FJB

JULIE HEILAND

STERNEN WALD

Roman

FJB

MIX
Papier aus verantwortungsvollen Quellen
FSC® C083411

Erschienen bei FISCHER FJB

Dieses Werk wurde vermittelt durch die Literaturagentur Kai Gathemann

Satz: Pinkuin Satz und Datentechnik, Berlin
Druck und Bindung: CPI books GmbH, Leck
Printed in Germany
ISBN 978-3-8414-2241-5

Für meine über alles geliebte Familie

FREMDER

Emilians Schreie hallen in meinem Kopf wie ein Echo.

Schmerz.

Birkaras' Flüstern sitzt in meinen Knochen. *Gib auf, Robin. Du entkommst mir nicht.*

Eiseskälte legt sich um meinen erstarrten Körper. Vor mir erhebt sich der nachtschwarze Wald, hinter mir liegt eine Wiese. Eine atemberaubend große Wiese. Diese Wiese ist meine Freiheit.

Emilian. Sie haben Emilian.

Die Nacht kämpft gegen die ersten Sonnenstrahlen an. Grau verschwommene Unendlichkeit über meinem Kopf. Ich fühle mich so klein, so hilflos wie noch nie zuvor in meinem Leben. Schwarze Schatten zeichnen sich zwischen den Tannen ab. Die Tauren lauern wie hungrige Wölfe in der Finsternis des Waldes und hoffen darauf, dass ich ihre Beute sein werde. Sie rufen meinen Namen.

Meine Beine geben nach. Kraftlos sinke ich zu Boden. Meine Finger suchen etwas, woran ich mich festhalten kann, doch sie finden nur zartes Gras. Ich zittere am ganzen Körper. Was, wenn ich doch zurückstürme und sie alle so schnell ich kann töte? Aber es sind zu viele …

»Robin …«, flüstert der Wind. Vielleicht einer der lauernden

Tauren im Wald, vielleicht Birkaras. Ich weiß es nicht, ich weiß gar nichts mehr.

Meine Schläfen pochen. Alles um mich herum dreht sich. Zunächst ganz langsam, dann immer schneller und schneller, bis die Konturen verschwimmen und ich nur noch das dunkle Grün des Waldes und das langsam heller werdende Blau des Himmels unterscheiden kann.

Ich höre meinen Herzschlag.

Einen Schlag.

Noch ein Schlag.

Nichts mehr.

Lange Zeit ist es still in meiner Brust.

Ich muss tot sein, denke ich.

Doch dann ist da wieder ein kaum spürbarer Schlag meines Herzens. Luft füllt meine Lunge. Ich atme tief ein. Ich lebe. Aber ich weiß nicht, ob Emilian lebt. Ob sein Herz noch schlägt. Wohin sie ihn bringen. Was sie mit ihm machen.

Ich krieche weiter vom Wald fort, kann meiner Feigheit nicht so nahe sein. Als die ersten goldenen Strahlen durch das Dach des Waldes brechen, verschwinden die Bestien. Gemächlich erhebt sich die Sonne über den Wipfeln der Tannen. Immer hat mich ihr helles Auftauchen irgendwie berührt. Jetzt schäme ich mich dafür, dass sie so freundlich über mir scheint, wo doch gerade meine Welt in Dunkelheit versinkt.

Schon wieder setzt mein Herz aus. Ich weiß nicht, was mit meinem Körper passiert. Ich weiß nur, dass er sich fremd anfühlt. Krank. Emilians Beobachtung kommt mir in den Sinn:

Ich werde immer schwächer, während Birkaras von Tag zu Tag an Kraft gewinnt. Was, wenn tatsächlich ein Zusammenhang besteht? Oder zerbreche ich an all dem Leid um mich herum? Weil ich es nicht mehr ertragen kann?

Wolken ziehen über mir vorbei. Vögel kreisen in der Luft, Bienen fliegen summend zwischen den Blüten hin und her. Ich fühle das Gras unter mir. Betrachte das helle Grün. Die bunten Blumen.

Ich bin frei.

Aber mein Gefühl sagt mir etwas anderes. Ich will meine Lungen füllen. Einatmen. Mein Leben spüren. Doch es ist, als lägen Steine auf meiner Brust. Als wäre ich bei lebendigem Leib begraben.

Langsam versuche ich mich aufzurichten. Stütze mich mit den Händen ab, knicke erneut ein. Versuche es wieder. Denke an das, was mich antreibt. Mein Leben mit Emilian. Freiheit. Aber ohne ihn fühlt sich das hier falsch an.

Wie Blitze zucken Erinnerungsfetzen durch meinen Kopf. Unsere Flucht. Die Tauren hinter uns. Birkaras, so nah ... Seine Mordlust. Im nächsten Moment war er einfach fort. Nur eine Einbildung. Nur in meinem Kopf. Doch es hat sich so echt angefühlt ...

Mein Stamm wartet in einer Höhle darauf, dass ich ihn rette. Aber alleine kann ich ihn nicht erlösen ... Nicht ohne Emilian.

Ich schaffe es, mich auf die Beine zu ziehen. Bleibe stehen. Zwinge mich klarzusehen. Den Wald. Meinen Feind. Mein jahrelanges Gefängnis. Mein Zuhause. Sein tiefes Grün erinnert mich an Emilians Augen. Vor Schmerz zieht sich mein Herz zusammen.

Ich renne einfach los. Renne zurück zu ihm, auch wenn es mich mein Leben kostet. Als ich die Grenze übertrete, fühlt es sich an, als würde ich ausgepeitscht. Die Zweige der Tannen schlagen auf mich ein, verhaken sich in meinem Hemd, reißen es auf. Die Dunkelheit des Waldes macht mich orientierungslos.

Ich stolpere, verliere das Gleichgewicht und falle auf die Knie. Der Hang ist so steil, dass ich ausrutsche, ein Stück hinabschlittere, als wäre es eine Fläche aus purem Eis. Meine Wildlederhose reißt an den Knien auf, im nächsten Moment pralle ich mit der Schulter gegen etwas Hartes. So fest, dass ich für einen kurzen Moment völlig benommen bin.

Stille. Dunkelheit.

Nur eine Krähe ruft ihre Artgenossen. Neben mir rollen immer noch Steine und Tannenzapfen den Hang hinunter. Ich blinzle. Nehme meine Umgebung wieder wahr. Der Stamm einer Tanne hat mich aufgefangen. Dort liege ich nun. Ein Schatten meiner selbst. Kraftlos. Hilflos. Nicht mehr die Robin, die ich einmal gewesen bin.

Ich huste. Klopfe mir auf die Brust, die sich anfühlt, als wucherten dort Dornenranken, die sich langsam durch meinen Körper bohren. Diese Stille macht mich verrückt. Kein einziges Geräusch hallt durch die Nacht. Die Tauren sind verschwunden und haben Emilian mitgenommen. Hier irgendwo muss es gewesen sein, nur wenige Meter vom Ziel entfernt. Hätte er es bis über die Grenze des Waldes geschafft, hätten die Tauren ihm nichts mehr antun können.

Aber er hat es nicht geschafft …

Ich lehne meine Stirn an den Baumstamm. Bleibe dort liegen, als wollte ich einschlafen und nie wieder aufwachen. Ich schließe meine Augen. Ein fremder Geruch mischt sich unter die würzigen Düfte des Waldes. Ich muss nicht lange überlegen, was es für ein Geruch ist. Blut. Ich öffne die Augen wieder und betaste mein Gesicht. Ob ich mich im Sturz verletzt habe. Doch ich kann keine Wunde fühlen.

Als ich auf meine Fingerspitzen sehe, beginnt sich die Welt um mich herum zu drehen. Sie sind dunkelrot. Aber ich spüre kein Brennen an meinem Körper. Da ist nichts. Gar nichts. Unversehrte Haut. Und dennoch ist meine Stirn voller Blut.

Es ist nicht mein Blut.

Als hätte ich einen Stromschlag bekommen, rücke ich von dem Stamm ab. Nur fort. Weit weg von hier. Aber mein Blick bleibt starr auf die Rinde der Tanne gerichtet. Sie ist rot. Mit Blut getränkt.

Emilians Blut.

Es ist schon fast getrocknet. Ich versuche verzweifelt, es mit dem Ärmel meines Hemdes aus meinem Gesicht zu wischen. Damit ich es nicht mehr sehen, nicht mehr riechen muss. Alles ist rot. Auch der Boden. Blätter, Wurzeln, Steine.

Ich schüttele den Kopf. Will nicht glauben, was ich da sehe. Ich stemme mich hoch. Renne einfach los. Ohne nachzudenken. Dorthin, wo sich die Mörder versammeln und auf ihren Erfolg anstoßen. Zurück in die Siedlung der Tauren. Zurück zu Emilian.

Diesmal stolpere ich nicht. Ich springe über alle Fallen des Waldes, haste an den Tannen vorbei, bringe den Hang sicher hinter mich. Renne und renne, verliere jegliches Gefühl für Zeit und Raum. Emilian gehört zu mir wie die Wurzeln zu einem Baum. Es kann nicht sein, dass er tot ist.

Einen kurzen Moment lang bleibe ich stehen, um mich zu orientieren. Ja, hier muss es sein. Irgendwo in diesem Teil des Waldes habe ich Emilian das letzte Mal bewusst angesehen. Ihm in die Augen geschaut.

Hysterisches Lachen. Noch sind sie fern, aber sie wissen scheinbar, dass ich mich zurück auf taurisches Gebiet gewagt habe.

Ich will weiterlaufen, doch in diesem Augenblick nehme ich die Anwesenheit einer anderen Person wahr. Nicht weit von mir. Hier irgendwo versteckt sie sich in der Finsternis des Waldes.

Vollkommene Stille. Nur der harte Schlag meines Herzens lässt das Blut in meinen Ohren wie Trommelschläge dröhnen. Ich sehe mich um. Doch da ist niemand. Werde ich verrückt? Meine Verbindung zur Natur ist lange nicht mehr so gut wie sie einmal war. Vielleicht täusche ich mich. Oder es ist ein Taurer, der geblieben ist, um darauf zu warten, dass ich zurückkomme. Natürlich ist es so. Es muss so sein. Die Tauren wollen töten. Sie können nicht verlieren.

Mein Herz schlägt schneller, immer schneller, wie das unruhige Prasseln des Regens an einem stürmischen Tag. Ich presse meine Hand auf die Brust und versuche es zu beruhigen. Ich muss all meine Gedanken sammeln. Brauche sie klar und deutlich. Nicht so, als würde in meinem Kopf ein Tornado wüten. Ich muss herausfinden, wo sich die Person befindet, damit ich ihr nicht direkt in die Arme laufe. Verzweifelt versuche ich, meine Energie in den Boden zu schicken. Doch sie dringt nicht durch. Verschwindet irgendwo. Versickert in der Erde. Löst sich einfach in der Luft auf.

Ich darf keine Zeit verlieren. Sprinte wieder los. Einfach weiter, egal wer hier auf mich wartet. Ich bin stark. Ich kann töten. Wenn derjenige es darauf anlegt, dann werden dies seine letzten Sekunden sein.

Es ist das erste Mal, dass ich nicht bei diesen Gedanken erschrecke. Ich weiß, dass ich töten werde, sollte mich jemand angreifen. Vielleicht tue ich es sogar gerne. Aus purer Rache, weil sie mir Emilian genommen haben.

In diesem Moment reißt mich etwas zurück. Jemand packt mich am Arm und hält mich fest. Wirbelt mich herum, so dass ich ihm gegenüberstehe. Flüchtig sehe ich die starken Schultern eines Mannes. Ein Taurer. Ich mache mich darauf gefasst, dass der Wunsch zu töten mich jeden Augenblick überkommen wird. Der Fremde stößt mich um, und ich stürze zu Boden. Versuche wegzukriechen, doch er kniet sich neben mich. Presst die Hände auf meine Brust. Nur leicht. Ich könnte mühelos entkommen.

Aber ich halte inne. Noch nie habe ich diesen Mann gesehen. Er ist zweifellos ein Taurer, so stark wie er ist. Doch sein Gesicht verrät mir, dass er mir nichts tun wird. Die Art und Weise, wie er mich mit seinen warmen Augen ansieht, gibt mir diese Gewissheit.

»Verschwinde von hier! Die Auslöser haben längst ihr Signal gesendet. Sie wissen, dass du wieder da bist. Du musst hier weg!« Er sieht mich ein paar Sekunden lang durchdringend an. Scheinbar wartet er auf eine Antwort. »Hast du verstanden?«

»Wer bist du?«, entgegne ich verwundert.

Er rollt mit den Augen. Dann packt er mich einfach an meiner Hand und zieht mich auf die Beine. »Ich hätte dich für intelligenter gehalten, Robin. Jetzt beweis mir, dass dir dein Leben nicht gänzlich egal ist und verschwinde!«

Wankend stehe ich vor ihm. Ich klopfe den Dreck von meinem Hemd, lasse ihn dabei jedoch keine Sekunde lang aus den Augen. »Wieso sollte ich dir trauen? Du bist doch einer von ihnen.«

»Ich gehöre nur mir selbst«, antwortet er bestimmt. »Die Wiese kennst du ja schon. Lauf weiter. Immer geradeaus und du kommt in die Siedlung der Aries. Es ist nicht allzu weit.«

Ich mustere ihn. Auch, wenn ich glaube, dass er mir nichts antun wird, ist er nur schwer einzuschätzen. Die braunen Haare, diese perfekte Tolle über seiner Stirn, so als würde er jeden Morgen Stunden damit verbringen, sie zu formen, passen nicht in das Bild eines unerschütterlichen Kämpfers für die

Gerechtigkeit. Er ist ein Schönling. Ein Blender. Vor solchen Leuten muss man sich in Acht nehmen.

»Was ist mit dir?«, frage ich. Vielleicht kann ich ja so wenigstens irgendetwas von diesem Fremden erfahren. Einen Hinweis bekommen, mit wem ich es hier zu tun habe.

Jetzt grölen die Tauren wieder meinen Namen. Wie Gespenster huschen einzelne Fetzen hasserfüllter Wörter durch den noch finsteren Wald. Sie nähern sich.

»Mach dir um mich keine Sorgen. Und jetzt los! Wenn du jetzt nicht verschwindest, dann war alles umsonst!« Er schubst mich den Hang ein Stück hinauf.

»Niemals. Ich lasse Emilian nicht im Stich.«

Ich rechne damit, dass er versuchen wird, mich festzuhalten. Deshalb weiche ich zur Seite aus, als er seine Hand nach mir ausstreckt. Mannshohes Dornengestrüpp versperrt mir den Weg, weshalb ich kurz innehalte. Der Fremde reagiert erstaunlich schnell. Diesmal bekommt er mich am Handgelenk zu fassen. Ich versuche mich ihm zu entwinden. Trete sogar nach ihm, doch sein Griff ist fest. Als er mich zusätzlich noch an der Schulter packt, bin ich gezwungen, aufzugeben.

»Wenn du jetzt in die Siedlung der Tauren marschierst, dann töten sie Emilian, und dich nehmen sie gefangen. Oder sie töten dich auch, weil Birkaras inzwischen verstanden hat, dass du eine Bedrohung für ihn bist. Verstehst du denn nicht? Du brauchst einen Plan. Du brauchst jemanden, der dir hilft. Nur so hast du eine Chance!«

Mir wird klar, dass er recht hat. Dass er mir vielleicht gerade das Leben rettet. Er, den ich nicht kenne. Der dritte Taurer in meinem Leben, der mich laufen lässt. In diesem Moment wird mir bewusst, dass ich ihm vertraue. Vermutlich ist es die Stärke in seinen Augen, die mich so fühlen lässt. Ich verharre noch ein paar Sekunden und präge mir sein schmales, schönes Gesicht ein. Dann nicke ich. Sein Griff lockert sich, bis er seine Hände schließlich ganz von mir löst. Vorsichtig mache ich ein paar Schritte rückwärts, ehe ich wieder renne. Diesmal mit klarem Kopf. So schnell mich meine Füße tragen sprinte ich den Hang hinauf. Ein einziges Ziel vor Augen. Die Siedlung der Aries.

Kurz bevor ich die Grenze erreiche, drehe ich mich noch einmal um. Doch der Wald ist wieder nur Wald, kein störendes Lebewesen darin. Von Ferne dringen Grölen, Gelächter und schlechter Gesang zu mir herüber. Offensichtlich haben die Tauren heute keine große Lust mehr zu jagen. Vielleicht sind sie noch zu sehr davon berauscht, Emilian gefangen zu haben.

Der fremde, ungewöhnliche Taurer hingegen ist einfach verschwunden. Als hätte er sich in Luft aufgelöst. Doch ich habe das Gefühl, dass ich ihn wiedersehen werde.

GEISEL

Er steht mitten auf dem großen Platz und wartet. Das schwache Licht des allmählich verblassenden Monds scheint ihm auf die knochigen Schultern. Er atmet die kühle Luft ein, saugt sie in sich auf. Er spürt, wie sie in seinen Lungen brennt. Sie gibt ihm Kraft. Er genießt den Moment, den Moment der vollen Kontrolle. Er fühlt sich so gesund wie schon lange nicht mehr.

Einige Tauren kehren vom See zurück. Sie wirken niedergeschlagen. Zögern, als sie ihn erblicken. Wagen es scheinbar kaum, ihm unter die Augen zu treten – sie haben sie nicht gefunden.

Natürlich haben sie das nicht. Weil sie dort nicht waren. Täuschen wollten Robin und Emilian ihn. Um zu fliehen. Selbst Melvin, der ihm stets treu ergeben war, haben sie in ihren Plan einbezogen.

Aber man täuscht ihn nicht.

Er gibt den Tauren mit der Hand ein Zeichen, dass sie verschwinden sollen. Er will nicht mit ihnen reden. Sie würden mit ihren plumpen Worten nur diesen vollkommenen Moment zerstören.

Gier wallt in seinem Magen. Sein ganzer Körper ist von zuckersüßer Vorfreude durchdrungen. Er schließt die Augen, spürt die neugewonnene Macht in sich. Ja – er, Birkaras, ist ein wahrer Herrscher. Ein Herrscher, der in die Geschichte eingehen wird. Schlau. Stark. Er hat Ideen, die die Welt verändern. Ohne Zweifel wird er in dieser Nacht seinen Triumph erleben. Er lässt seinen Blick über den Platz schweifen.

Hoffentlich tun die Tauren seiner Tochter nichts an. Denn sie haben eigentlich immer Lust zu töten. Und manchmal ist diese Lust so stark, dass sie ihr nicht wiederstehen können. Sie sind einfach zu heißblütig, zu impulsiv.

Auch er würde gerne mal wieder ein Leben auslöschen. Wenn man tötet, dann löst sich etwas in der Seele. Wie eine Fessel, die die Brust zuschnürt und mit einem Mal abfällt. Zwar hält dieses befreiende Gefühl nur für ein paar Augenblicke an, doch man will es immer wieder haben. Wieder und wieder. Es ist eine Sucht.

Von ihm aus können die Tauren Emilian töten. Am besten noch dort im Wald, weit von der Siedlung entfernt. Dann muss sich niemand um seine Leiche kümmern.

Jetzt tritt eine Gruppe Tauren aus dem Wald, kommt direkt auf ihn zu. Es ist so, wie er es erwartet hat. Sie haben Emilian. Zwei Taurer halten ihn an seinen Armen. Schleifen ihn über den Boden. Sein Kopf ist gesenkt, dennoch kann er sehen, dass Emilians Gesicht voller Blut ist. Wahrscheinlich ist er tot.

Kurz wünscht er sich, er hätte es selbst getan. Emilian mit seinen bloßen Gedanken zu Tode gequält, jegliches Leben aus ihm herausgepresst. Jetzt, wo sein Körper die Krankheit überlistet hat und er nicht ständig Schwächeanfälle fürchten muss, könnte er wieder nach Herzenslust töten.

Als hätte Emilian seine dunklen Gedanken gehört, hustet er. Spuckt Blut auf den Boden. Wehrt sich, will sich aufrichten. Doch einer der Taurer schlägt sofort mit der Faust auf seinen Hinterkopf, dass er wieder in sich zusammensackt. Sie müssen ihn übel zugerichtet haben, wenn sein ehemals stärkster Taurer so schwach ist.

Sein Blick gleitet weiter, sucht eine ganz bestimmte Person. Doch schon bald ist offensichtlich, dass sie nicht da ist.

Seine Tochter. Robin.

Sie hat es tatsächlich geschafft zu entkommen. Er holt tief Luft, zieht die Augen zu Schlitzen, leckt sich über die Lippen. Das Fehlen seiner Tochter trübt seine Stimmung. Gerade war alles noch so schön, geradezu perfekt. Er schaut noch einmal genauer, geht sogar ein paar Schritte auf die Gruppe zu. Aber er entdeckt Robin nicht.

Es wird nicht mehr lange dauern, bis es hell wird. Er sollte langsam von hier verschwinden und sich in sein Gemach zurückziehen, damit er diesen grässlichen Sonnenaufgang nicht sehen muss. Ganz zart zeichnet sich dort schon ein hellgelber Streif ab. Sonnenstrahlen. Wie er sie hasst.

»Das waren keine Diener, die flüchten wollten«, stellt jemand unnötigerweise fest.

Serbio, einer seiner stärksten Tauren. In etwa so alt wie Emilian, aber leider nur halb so intelligent.

»Diese Verräter haben nur so getan als ob, um sich heimlich aus dem Staub zu machen.« Serbio spuckt voller Verachtung auf den Boden. Direkt neben Emilian.

Denkt er etwa, er, Birkaras, sei dumm? Hätte die Sache nicht schon längst durchschaut? Für diese törichte Erklärung sollte er ihn eine Nacht in den Kerker werfen lassen! Um sich zu beruhigen, atmet er tief die kalte Nachtluft ein. Die Erkenntnis, dass er nicht das bekommen hat, was er wollte, bringt sein Blut in Wallung.

»Wo ist Robin?«, fragt er.

»Sie ist uns entwischt.«

Sie hat es tatsächlich geschafft. Er wundert sich nicht. Sie ist so willensstark, so entschlossen.

»Ist sie verletzt?«

Serbio schüttelt den Kopf. »Ich denke nicht.«

Er nickt. Die Taurer lassen den bewusstlosen Emilian zu Boden fallen, wo er wie ein Stein liegen bleibt. Ein Anblick, der seine Stimmung ein wenig bessert.

»Was sollen wir mit Emilian machen?«, fragt Serbio und kratzt sich am Kopf.

Auch die anderen Taurer sehen ihren Herrscher ratlos an. Die Tauren denken in erster Linie mit ihren Muskeln, deshalb brauchen sie auch einen fähigen Anführer. Zum Glück haben sie ihn, Birkaras. »Schafft ihn fort. Am besten in den Kerker. Zu Melvin, dem Verräter.«

Ein überraschtes Raunen geht durch die Gruppe. Sie wissen ja noch nicht, dass auch Melvin versucht hat, ihn zu täuschen.

Melvin war es, der behauptet hat, zwei Diener seien entwischt – irgendwo in der Nähe des Sees –, damit Emilian und Robin in die entgegengesetzte Richtung der Siedlung fliehen konnten. Für seine Tochter hat Melvin den Helden gespielt. Entzückend. Vermutlich hat sie das Gleiche an sich, was auch ihre Mutter hatte. Isa umgab eine Art Zauber, der ihn angezogen hatte wie ein Magnet.

»Wir könnten Emilian töten«, schlägt Serbio vor und lacht. Die anderen Taurer stimmen in sein Lachen ein.

Das Gelb am Himmel zeichnet sich immer deutlicher ab. Er sollte sich beeilen, wenn er vor Sonnenaufgang in seinem dunklen Gemach sein will. »Von mir aus. Macht, was ihr wollt.«

Er dreht sich um, will gehen. Doch dann kommt ihm ein anderer Gedanke. Seine Tochter wird nur in die Siedlung der Tauren zurückkehren, wenn Emilian noch am Leben ist. Emilian ist der Köder. Warum also sollte er ihn nicht nutzen?

Er dreht sich wieder um. Die Taurer sind bereits dabei zu klären, wer von ihnen Emilian töten darf. Kein einziger zeigt Mitleid. Nichts von der alten Freundschaft ist noch übrig. Sie alle haben Emilian gemocht, sogar zu ihm aufgesehen. Jetzt verachten sie ihn. Er weiß das zu schätzen.

»Oder nein«, verbessert er sich, fährt mit dem Zeigefinger über sein Kinn. Spürt seinen nachwachsenden Bart. »Eines ist sicher: Meine Tochter wird zurückkommen, um Emilian zu befreien. Bereiten wir ihr doch einen schönen Empfang.«

Er lacht. So laut und boshaft, dass die Taurer nicht widerstehen können, mit ihm zu lachen. Sie verstehen nicht, aber sie spüren die Grausamkeit, die in der Luft liegt.

O ja. Emilian wird sich noch wünschen, dass sie ihn einfach getötet hätten.

FREIHEIT

Mit aller Macht schiebt sich die Sonne über den Horizont empor. Breitet ihre Strahlen aus. Ihr Licht blendet mich. Brennt in meinen Pupillen.

Wieder stehe ich auf dieser mir endlos erscheinenden Wiese. Wieder ohne Emilian.

Der Fremde hat recht – ich brauche Hilfe, wenn ich Emilian retten will. Ich kenne die Aries nur vom Sehen. Nur vom Sternenball. Sie sind ruhige Wesen, meistens mit einem freundlichen Lächeln im Gesicht.

Ich nicke, als wollte ich mich selbst davon überzeugen. Denke an meine Familie, die in einer Höhle kauert, darauf wartet, dass ich sie befreie. Die Höhle, in der ich Emilian wiedergetroffen habe, nachdem unser Angriff auf die Tauren in der Huldigungsnacht gescheitert war. In der er mir alles erklärt hat. In der ich ihm verziehen habe. Und in der er mir gesagt hat, dass er mich liebt.

Vorsichtig mache ich einen Schritt nach vorne, dann noch einen. Schritte in die Freiheit. Ich kann gehen, wohin ich will. Mein Kopf ist so klar wie schon lange nicht mehr. Hier gibt es keine Fallen, die mich aufhalten. Keine Grenzen, die mir meine Freiheit nehmen. Wenn ich wollte, könnte ich die Welt kennenlernen und endlich zu leben beginnen.

Ich breite meine Arme aus, fühle den Wind an meinem Körper. Spüre, wie er unter mein Hemd fährt und meine Haut streichelt. Ich nehme all die Gerüche um mich herum wahr. Gerüche, die mir vertraut sind und andere, die mir völlig fremd scheinen. Langsam gewöhnen sich meine Augen an die wärmenden Sonnenstrahlen. Jetzt verschwimmt die Schönheit der Natur nicht mehr in einer schmerzenden, gelben Welle.

Ein Marienkäfer landet auf meiner Nasenspitze. Ich schiebe ihn auf meinen Zeigefinger, hauche ihn sanft an. Er breitet seine Flügel aus und hebt ab.

Meine Augen füllen sich mit Tränen. Ich schlucke, kämpfe innerlich dagegen an. Ich darf jetzt nicht weinen. Nicht schwach werden. Nicht jetzt.

Ich muss mich konzentrieren, mich irgendwie ablenken. Ich schließe die Augen, um die Energie der Sonne in all meinen Zellen zu speichern. *Keine Grenzen.*

In diesem Moment wird mir bewusst, dass ich jetzt endlich genauso frei bin wie ein Marienkäfer. Ich kann nicht fliegen, aber ich kann rennen, wohin ich will. Also renne ich los. Renne so schnell ich kann, die Arme ausgebreitet wie Schwingen. Ich spüre das Gras, nehme wahr, wie es gegen meine Beine schlägt. Vom Tau auf den Halmen werden meine Knöchel nass. Ich fühle mich so lebendig wie noch nie zuvor. Ich renne durch verblühten Löwenzahn, verteile seine grauen Pollen überall in der Luft. Wie Ballerinas tanzen sie in Richtung Himmel. Ich laufe immer weiter, schmecke die Luft, nehme sie in mir auf, als wäre sie das Köstlichste, was ich je gekostet hätte. Ich springe, als könnte ich fliegen. So wie der Marienkäfer oder die Vögel, die im Schwarm über meinen Kopf ziehen.

Aber Emilian ist nicht bei mir.

Ich darf nicht weinen. Nicht schwach sein. Nicht jetzt. Doch meine Wangen sind nass.

Ich bleibe stehen. Hole tief Luft. Wische die Tränen mit den Ärmeln meines schmutzigen Hemdes fort. Meine Knie, meine Arme, meine Hände zittern. Ich muss mich zusammenreißen. Muss weiterlaufen.

Als ich doch das Ende der Wiese erreiche und an einen Wald komme, fühle ich Vertrautheit. Im Wald kenne ich mich aus, hier kann ich mich verstecken, mit den Bäumen eins werden. Es ist ein freundlicher Wald. Saftig grüne Bäume, deren Stämme mit feinblättrigem Moos überzogen sind. Zarter Farn, der büschelweise den Boden bedeckt. Dicke Wurzeln, die vielen Tieren ein Zuhause bieten. Die Sonnenstrahlen bahnen sich ihren Weg durch das dichte Laubdach hindurch, lassen die Blätter funkeln.

Immer geradeaus. Das waren die Worte des fremden Taurers. Ich streiche mit den Händen über die Rinde der Bäume. Atme tief den harzigen Geruch des Waldes ein, den Duft all der blühenden Pflanzen. Im Busch neben mir raschelt es. Ein Fuchs schiebt seinen Kopf zwischen den Zweigen hervor, hält einen Augenblick lang inne, sieht mich misstrauisch an. Dann kreuzt er meinen Weg. Ihm folgt sein Nachwuchs, drei kleine Fuchswelpen. Tollpatschig, wie sonst nur Laurin geht, wenn er zu viel Beerenwein getrunken hat, tapsen sie über das Moos.

Sie folgen brav ihrer Mutter und verschwinden irgendwann aus meinem Sichtfeld.

Es schmerzt, an Laurin zu denken. Nicht zu wissen, wie es ihm geht. Wie es meinem Stamm geht. Meiner Familie.

Schon bald wird der Waldboden steiler. Kurz darauf höre ich die ersten Stimmen. Mein Herz pocht so heftig, dass ich ein paar Sekunden lang Atemnot habe. Ich weiß nicht, warum ich so nervös bin. Die Aries sind gut, sie wollen mir nichts Böses.

Ich lege die Hand um den Vorsprung eines großen Felsbrockens, ziehe mich hoch. Die Stimmen werden lauter. Ich höre Musik und Kinderlachen. Rieche den Duft von gebratenem Fett. Mein Magen knurrt. Er will dem Essen entgegen, doch mein Kopf und die Angst in meinem Bauch halten mich zurück.

Dann ertaste ich eine ebene Fläche. Gerade, als ich mich hinaufwuchten will, ergreift jemand meine Hand und zieht mich mit einem Ruck nach oben. Erst weiß ich nicht, wie mir geschieht. Wie ein Fisch, der an Land gespült wurde, liege ich hilflos auf dem Boden. Ich sehe zwei nackte Füße. Männerfüße. Mein Blick wandert weiter, sieht zwei Beine in bequemen Stoffhosen.

Ich entziehe dem Mann meine Hand. Drehe mich auf den Rücken. Der Ariesmann – zumindest vermute ich, dass es ein Ariesmann ist – hat seine Stirn misstrauisch in Falten gelegt, doch seine warmen Augen lächeln mich an. Ich spüre, dass er mir nichts Böses will.

»Wen haben wir denn hier?«, fragt er so laut, dass ihn alle

aus seinem Stamm gut hören können. Seine Stimme ist fest und sympathisch.

Als ich nicht antworte, lacht der Ariesmann. Er fährt mit den Fingern durch sein langes, ungekämmtes Haar. Hellrot ist es und ebenso lang, wie das von Almaras war. Überhaupt erinnert mich dieser Mann schmerzhaft an Almaras. Und das, obwohl mein Adoptivvater nicht so breite Schultern hatte und ihm sein Bart nicht bis zur Brust reichte.

Es ist seine Art. Sein freundliches und weises Lächeln. Seine starken, entschiedenen Bewegungen, von denen jede einzelne davon zeugt, dass er ein selbstsicherer und kluger Mann ist. Wie er amüsiert die Augenbrauen hochzieht.

»Geht es dir gut?«, erkundigt er sich, beugt sich zu mir herunter.

»Ja«, antworte ich knapp.

Umständlich richte ich mich auf. Der Ariesmann ergreift ein zweites Mal meine Hand und zieht mich auf die Beine. Er mustert mich eine Weile. Mein mit Dreck verkrustetes Hemd, meine wirren Haare, die Schrammen in meinem Gesicht.

»Wo kommst du her?«, fragt er schließlich ganz sanft, als wäre ich ein scheues Tier.

Inzwischen haben die Mitglieder seines Stammes einen Kreis um uns herum gebildet. Sie rücken immer näher. Ich kann ihre Neugier regelrecht fühlen. Sie mustern mich. Wollen wissen, wer ich bin, was mich zu ihnen führt. Bestimmt fragen sie sich, was mir widerfahren sein muss, um so mitgenommen auszusehen.

»Ich bin die Anführerin vom Stamm der Leonen.«

Mehrere Aries lachen leise hinter vorgehaltener Hand. Ich hätte mir denken können, dass sie mir das nicht glauben. Der rothaarige Mann vor mir bleibt vollkommen ruhig.

»Ich bin Elvor«, stellt er sich vor. Sein erwartungsvoller Blick sagt mir, dass er meinen Namen erfahren möchte. Doch ich schweige. Noch kann ich kein Vertrauen fassen.

Ich werfe einen Blick in die Runde. Sehe die freundlichen Gesichter und die Kleidung, die, obwohl sie grob ist, dennoch um ein Vielfaches besser ist als die meines Stammes. »Wo ist euer Anführer?«

Elvor macht einen Schritt auf mich zu. Sein Lächeln ist verschwunden. »Es ist dir also wirklich ernst.«

Eine Frau bahnt sich einen Weg durch die Menge der starrenden Aries und legt Elvor eine Hand auf die Schulter. Ihr Gesicht ist rund wie ein Kürbis, ebenso ihr Bauch. Ich erwische mich dabei, wie ich ein paar Sekunden lang auf die Wölbung starre. Meine Gedanken schweifen ab zu Marla – zu dem Tag, an dem ihr ungeborenes Kind, mein Bruder, starb.

Die Stimme der Frau holt mich zurück. »Hast du Hunger?« Sie löst sich von Elvor, wendet sich mir zu. »Wir dürften noch etwas vom Frühstück übrig haben.«

Mein Magen knurrt demonstrativ.

Elvor nickt mir aufmunternd zu. »Wenn du willst, dann kannst du erst mal etwas essen und dann bringen wir dich zu unserer Anführerin. Einverstanden?«

Anführerin? Ich bin mir sicher, mich verhört zu haben. Am

liebsten würde ich jetzt gleich den Anführer der Aries sprechen, aber ich brauche Kraft, um klar denken zu können. »Einverstanden.«

Elvor legt einen Arm um meine Schultern. Vorsichtig führt er mich durch die Menge. Ich mag ihn. Auch, wenn wir noch nicht wirklich viel miteinander gesprochen haben, ist er mir irgendwie vertraut.

Mein Blick bleibt fasziniert an jedem kleinsten Gegenstand in der Siedlung hängen. Die Aries wohnen in Zelten aus robustem Leder und schützenden Plastikplanen. Sie sind so groß, dass in manchen ganze Familien unterkommen können. Kunstvoll verziert mit Symbolen und Schriftzügen in allerlei Farben. Zeichen, die ich noch nie zuvor gesehen habe. Von fern höre ich Musik: fröhliche Klänge einer Gitarre. Kinder laufen an mir vorbei, beachten mich nicht mal, so sehr sind sie in ihr Spiel vertieft. Der Boden ist ausgelegt mit schmalen Holzstücken und kleinen Steinen. Ideal, falls es mal regnet.

Es fällt mir schwer zu schätzen, wie viele Aries hier leben. Die Zelte sind scheinbar wahllos verteilt. Die meisten stehen im Rund um den großen Platz, über den ich jetzt mit Elvor laufe. Doch als ich meinen Blick zum Wald schweifen lasse, fällt mir auf, dass auch dort zwischen den Bäumen noch einige Zelte stehen.

In der Mitte der Siedlung sind lange Tische zusammengestellt, um beim Essen möglichst nah zusammenzusitzen. Einfache Hocker stehen um die Feuerstelle herum. Es geht zu wie auf einem Marktplatz. Eine Gruppe Frauen mit Körben voller Wäsche vor den Bäuchen spaziert an uns vorbei und unterhält sich aufgeregt. Männer ziehen Karren mit Gemüse hinter sich hier. Ein Anblick, der in meinem Magen schmerzhaftes Ziehen hervorruft.

Etwas abseits sitzt ein Junge mit einer Gitarre in der Hand und spielt gedankenversunken ein Lied. Vor seinen Füßen liegt eine Mütze. Darin liegen ein paar Münzen. Ein Mann läuft an ihm vorbei, bleibt stehen und schüttelt amüsiert den Kopf. Er tätschelt dem Jungen liebevoll das Haar und lässt ein paar Münzen in die Mütze fallen. Münzen, für die wir Leonen eine Woche lang in der Stadt schuften müssten.

»Setz dich. Ich besorge dir etwas zu essen.« Elvor zwinkert mir zu, dann geht er und lässt mich alleine.

Ich setze mich auf eine der Bänke. Dorthin, von wo ich am besten die ganze Siedlung überblicken kann. Eigentlich hätte ich damit gerechnet, von allen angestarrt zu werden, als hätte ich drei Köpfe oder regenbogenfarbige Haut. Doch es beachtet mich niemand. Nur ein kleines Mädchen, das mit seiner Mutter Hand in Hand an mir vorbeiläuft und verwundert mit dem Finger auf mich zeigt, scheint mich wahrzunehmen.

Mein Herz zieht sich bei seinem Anblick schmerzhaft zusammen. Das Mädchen erinnert mich an Flora. Diese freche Art, die blitzenden Augen, das verträumte Lächeln.

»Wer ist das?«, fragt das Mädchen und zieht am Rock seiner Mutter.

Die Mutter wirft einen Blick zu mir herüber und lächelt entschuldigend. »Weiß ich nicht, mein Schatz. Aber wir müssen uns beeilen, sonst sind die Honigtörtchen alle aufgegessen.«

Bei dem Wort Honigtörtchen knurrt mein Magen so laut, dass es weithin zu hören ist. Elvor taucht wieder neben mir auf und stellt einen Teller mit in Öl eingelegten Tomaten, Käse und zwei verschiedenen Brotsorten neben mir ab. Ich starre auf den Teller und kann es kaum glauben. Wie köstlich alles aussieht. Tausendmal lieber möchte ich das hier essen als all die teuren Delikatessen der Tauren.

»Irgendwas nicht in Ordnung?« Elvor sieht mich erstaunt an. »Möchtest du lieber etwas anderes?«

Hastig schüttele ich den Kopf. »Nein, das ist perfekt«, antworte ich schnell, nehme mir eine Brotscheibe.

Elvor setzt sich neben mich und lehnt sich mit dem Rücken gegen den Tisch. Ich beiße in das noch warme Brot, kaue hastig, schlucke. Sofort muss ich husten.

»Nicht so schnell.« Elvor klopft mir auf den Rücken. Sein Mund formt sich zu einem verschmitzten Grinsen. Dabei ist sein Blick eindringlich. Ich sehe ihm an, dass er über mich nachdenkt. »Und du bist also eine Leonin?«, beginnt er, mich auszufragen.

Ich nicke, während ich mir ein Stück Käse in den Mund schiebe. »Anführerin.«

»Anführerin, entschuldige.« Er räuspert sich. »Möchtest du mir jetzt deinen Namen verraten?«

Ich überlege, zucke schließlich mit den Schultern. Von Elvor geht keine Gefahr aus. »Robin.«

»Robin.« Er nickt, als würde ihm einiges klarwerden. Dann streicht er sich gedankenversunken über den Bart. »Ich dachte immer, dass ein Mann der Anführer der Leonen sei? Zumindest war das noch auf dem letzten Sternenball der Fall.«

Ich kaue. Schlucke. Breche mir ein weiteres Stück Brot ab. Atme ein, atme aus. Für ein paar Sekunden droht die Welle aus Wut, Hoffnungslosigkeit und Angst mich mit sich zu reißen. Doch ich fange mich.

»Gestorben«, murmle ich, schiebe mir das Brot in den Mund.

»Das tut mir leid.« Elvor wischt die Krümel neben meinem Teller auf den Boden, fragt nicht weiter nach. »Wie alt bist du eigentlich?«, schneidet er ein anderes Thema an. »Ich meine, für eine Anführerin bist du ja noch ganz schön jung.«

Einen kurzen Moment lang muss ich überlegen. Dann wird mir bewusst, dass ich meinen eigenen Geburtstag vergessen habe. So groß ist das Leid, dass ich selbst an die schönen Dinge nicht mehr denke.

»Achtzehn«, antworte ich, während ich mich den eingelegten Tomaten widme.

»Dann müsst ihr Leonen ja ganz schön aufgeschlossen sein, wenn ihr eine so junge Anführerin habt«, stellt Elvor fest. Er grüßt mit einem stummen Nicken eine junge Frau, die ein Tablett voller Brote an uns vorbeiträgt.

Ich antworte nicht, esse stur weiter. Elvor nimmt mein Schweigen als Anlass, ebenfalls nichts mehr zu sagen. Vielleicht weil er denkt, dass ich nicht mit ihm sprechen will. Doch in Wahrheit bin ich sprachlos, weil mir in diesem Moment bewusstwird, wie wenig die anderen Sternenstämme über uns Leonen wissen. Sie haben keine Ahnung von unserer Gefangenschaft.

Als ich fertig gegessen habe, stehe ich sofort auf. Ich will keine Sekunde verlieren. »Bringst du mich nun zu eurem Anführer?«

Elvor kratzt sich am Kopf. Seine roten Haare fallen ihm ins Gesicht. Er streicht sie zurück. Wieder mustert er mich auf eine Weise, als wisse er nicht, was er von mir halten soll. »Bei deiner Entschlossenheit könnte ich fast glauben, dass du die Anführerin der Leonen bist.«

Er lächelt, doch das Lächeln verschwindet schnell wieder aus seinem Gesicht. »Ich bin gespannt, was sie zu deiner Geschichte sagen wird.«

SEELENBLICK

Wir schieben uns durch die Menge, laufen bis ans Ende der Siedlung, hin zu einer kleinen Erhöhung, die aus einer Anhäufung riesiger flacher Steine besteht. Auf einem dieser Steine, der so groß ist wie der zentrale Platz der Leonen, steht ein weiteres Zelt. Es ist größer als die anderen Unterkünfte und hat die Form eines Hauses. Zudem ist es mit zahlreichen Laternen und Tüchern prächtig geschmückt. Das Zelt des Anführers. Von hier kann er seine Siedlung gut überblicken.

Elvor steigt vor mir die in den Stein gehauenen Treppenstufen hinauf. Ich folge ihm schweigend. Oben angekommen schlägt er die Glocke an, die an einem bunten Band vor dem Eingang des Zelts hängt. Spätestens jetzt weiß man von unserer Ankunft. Zwei dicke Ledertücher schirmen das Innere des Zeltes ab. Auch diese sind kunstvoll verziert mit Schriftzeichen und Symbolen. Ich rätsle, was die Zeichen wohl zu bedeuten haben.

»Kommt herein«, bittet uns eine freundliche Stimme.

Ich habe eine tiefe Männerstimme erwartet. Habe mir den Anführer als robusten Mann vorgestellt, ebenso stark wie Elvor. Doch diese Stimme gehört einer Frau. Also habe ich mich eben doch nicht verhört.

Elvor schiebt eines der Ledertücher zur Seite. Mit der freien Hand macht er eine Bewegung, mit der er mir bedeutet, dass ich vorgehen soll. Ich danke ihm mit einem Nicken. Betrete das Zelt. Innen ist es unerwartet dunkel. Allein das Licht zahlreicher Kerzen erhellt die Unterkunft der Anführerin. Kerzen, die in Schalen aus buntem Glas stehen und das Leder der Zeltwände in alle möglichen Farben tauchen. Rote, gelbe, grüne und blaue Tücher sind von einer Seite des Zelts zur anderen gespannt oder hängen scheinbar wahllos von der Decke herab. Mehrere große Kommoden reihen sich aneinander. Die Schalen darauf sind angefüllt mit Nüssen, Kräutern oder getrockneten Früchten. Ein herber Geruch liegt in der Luft. Weihrauch oder Kräuterdampf, der in der Nase juckt.

»Trau dich nur«, sagt die fremde Stimme.

Eine zarte Gestalt taucht hinter der Wand aus bunten Tüchern auf, schiebt sie zur Seite. Sie mustert mich. Blut schießt mir in die Wangen. Ich schäme mich. Meine Klamotten sind zerrissen und dreckig, meine Haare zerzaust, mein Gesicht zerkratzt. Sie hingegen wirkt so würdevoll und stark, obwohl sie nicht sonderlich groß ist. Ihre hellblonden Haare reichen ihr gerade mal bis kurz über die Schultern und sind so akkurat geschnitten, als hätte jemand mit dem Lineal nachgemessen. Wie Marla trägt sie einen Pony, jedoch tanzt bei ihr keine einzige Strähne aus der Reihe.

Noch nie habe ich so viel Schmuck gesehen: Sie trägt goldene Ringe und bunte, geflochtene Bänder an den nackten Füßen. Mehrere schwere Ketten zieren ihren zarten Hals, die teils von einem breiten Tuch verdeckt werden. An ihren Ohren baumeln apfelgroße Kreolen. Das alles sind Schmuckstücke, für die Minna ein Jahr lang freiwillig den Abwasch machen würde, nur um sie einen Tag lang tragen zu dürfen.

Die weite Hose der Anführerin glänzt rot. Ihr Hemd ist schlicht und weiß, im Gegensatz zu der grünen, ebenfalls glänzenden Weste, die sie darüber trägt. Auf ihrer Stirn scheinen dieselben Zeichen gemalt zu sein, wie ich sie zuvor draußen auf den Zeltwänden entdeckt habe. Selbst um ihre Augen schwingen sich zarte Ornamente in tiefem Rot und glänzendem Gold.

Sie nähert sich mir langsam. Barfuß läuft sie direkt auf eine Holzschale mit einer dampfenden Flüssigkeit zu, die mitten im Zelt auf dem Boden steht. Sie blickt mich unverwandt an. Wenn sie nicht gleich stehen bleibt oder endlich zu Boden sieht, wird sie gegen die Schale stoßen und sich die Füße verbrennen. Ich will sie warnen, doch sie hebt ihren Fuß und steigt darüber hinweg, als würde sie jeden Zentimeter ihres Zeltes auswendig kennen.

»Sei gegrüßt«, sagt sie, als sie vor mir steht. Sie ist mir viel zu nah. So nah, dass unsere Gesichter nicht mal die Länge eines Zeigefingers trennt.

»Seid ebenso gegrüßt«, antworte ich und versuche so unauffällig wie möglich einen Schritt zurück zu machen.

Sie folgt mir auf der Stelle. Keine Sekunde lässt sie davon ab, mir in die Augen zu blicken. Als ob sie mich hypnotisieren will. Ich versuche ihren Blick zu halten, nicht nachzugeben.

Jemand räuspert sich hinter mir. Elvor. Ich atme vor Erleichterung aus. Er ist also immer noch da.

»Ich werde dann wieder gehen«, sagt er, jetzt aber mit seiner tiefen, beruhigenden Stimme. Kurz darauf höre ich, wie die ledernen Tücher am Eingang gegeneinanderschlagen.

Meine Hände beginnen zu schwitzen. Noch immer lässt mich die Anführerin nicht aus den Augen. Das Verlangen zu schlafen überkommt mich. Von einer Sekunde auf die andere bin ich unendlich müde.

Es fühlt sich an wie eine Ewigkeit, bis die Anführerin endlich einen Schritt zurück macht und ihren bohrenden Blick von mir löst. Mit einem Mal fühle ich mich, als könnte ich wieder frei atmen. Die Müdigkeit ist verflogen.

»Wie ist dein Name?«, tastet sie sich mit weicher Stimme vor.

»Robin.« Ich versuche wenigstens annähernd so viel Kraft in meine Stimme zu legen, wie sie es tut. »Anführerin vom Stamm der Leonen.«

Sie verzieht keine Miene. Kein amüsiertes Lächeln, wie ich es erwartet habe. »Dann folge mir, Robin, Anführerin vom Stamm der Leonen.«

Sie dreht sich um und verschwindet hinter den Tüchern. Ich folge ihr und stehe vor großen, bunten Kissen, die rings um einen flachen Tisch auf dem Boden liegen.

»Setz dich, Robin.« Sie weist mit einer eleganten Bewegung auf ein Kissen, dann auf den Tisch. »Bedien dich, wenn du Hunger hast.«

Erst jetzt nehme ich die Schalen mit all den Köstlichkeiten darin wahr. Früchte, die ich noch nie gesehen habe. Ich setze mich auf das buntbestickte Kissen. Warte ab.

Die Anführerin der Aries lässt sich mir gegenüber im Schneidersitz nieder, wobei sie die Hände auf die angewinkelten Knie legt. Wieder mustert sie mich, diesmal mit schiefgelegtem Kopf. »Was führt dich zu uns?«

Ich bin nicht besonders gut darin zu reden. Deshalb fällt es mir schwer, einen Anfang zu finden. »Ich bin geflohen«, beginne ich meine Geschichte.

Die Anführerin zieht die Augenbrauen hoch. Ich weiß nicht, wie ich diese Geste deuten soll. Erstaunen, Verwunderung, Unglaube?

»Eigentlich bin ich eine Leonin«, fahre ich fort, »doch Birkaras, der Anführer der Tauren, hat mich gezwungen, bei ihm zu leben.«

»Wie kann er dich zwingen?«, fragt mich die Anführerin, nimmt sich eine der Früchte. Sie klingt unbeeindruckt, fast ein wenig gelangweilt. Als müsse sie mir erklären, warum im Sommer die Sonne scheint und im Winter Schnee fällt. Sie beißt in die violette Frucht, betrachtet eingehend das blutrote Fruchtfleisch.

»Weil die Tauren unsere Kraft geraubt haben. Sie unterdrücken uns und wir können uns nicht wehren. Sie sind um ein Vielfaches stärker als wir.«

Die Anführerin beißt wieder ein Stück von der Frucht ab. Kaut. Schluckt. Ihr Gesichtsausdruck verändert sich, wird härter. »Du bist nicht schwach. Das hat mir deine Seele verraten.«

Mein Herzschlag beschleunigt sich. Sie glaubt mir nicht. »Ich bin eine halbe Taurin. Meine Mutter hatte ein Verhältnis mit Birkaras. Doch als der damalige Anführer der Tauren dahinterkam, ließ er meine Mutter töten.«

Mir wird bewusst, wie unwahrscheinlich meine Geschichte klingt. Vermutlich würde ich mir auch nicht glauben, wenn ich es nicht besser wüsste. Schon allein die Vorstellung, dass ich die Anführerin eines Stammes sein könnte, muss ihr lächerlich erscheinen.

Dennoch rede ich weiter. Ich berichte ihr von den Abgaben. Von all den Leonenleben, die die Tauren auf dem Gewissen haben. Von unserem Versuch, uns in der Huldigungsnacht zu befreien. Ich erzähle ihr davon, dass die Tauren meinen Ziehvater getötet haben. Davon, wie Birkaras mich gezwungen hat, in der Siedlung der Tauren zu leben und wie Emilian und ich geflüchtet sind. Und schließlich, wie Emilian auf einmal nicht mehr bei mir war.

Die ganze Zeit über hört mir die Anführerin aufmerksam zu. Als ich ende, schweigt sie minutenlang. Schließt die Augen. Ich wünsche mir nichts sehnlicher als eine Reaktion von ihr. Die Zeit vergeht quälend langsam.

Als sie die Augen wieder öffnet, ist ihr Blick vollkommen leer. »Ich muss mich nun hinlegen. Wir sehen uns beim Abendessen. Ich würde mich freuen, wenn du an meiner Seite sitzen würdest.«

Dann steht sie auf und neigt den Kopf zur Verabschiedung. Kurz bevor sie hinter einer weiteren Wand aus bunten Tüchern verschwindet, dreht sie sich noch einmal flüchtig zu mir um. »Mein Name ist Oxana. Elvor wird dir ein Zelt herrichten, in dem du dich ausruhen kannst. Schlaf ein wenig, du bist erschöpft.« Dann fallen die schweren Tücher hinter ihr zu.

Mehrere Atemzüge lang sitze ich einfach nur da. Starre geradeaus. Kann nicht fassen, dass sie einfach so gegangen ist. Dass sie meine Hoffnung, hier Hilfe zu finden, einfach so zerstört hat.

Als ich das Zelt verlasse, beginnt eine Ader an meiner Schläfe heftig zu pochen. Ich spüre, wie das Blut schwallartig durch meinen Kopf gepumpt wird, als hätte sich in meinem Körper ein Staudamm gelöst.

Auf einmal dreht sich alles um mich herum. Die ebene Fläche unter den großen Steinen scheint unendlich weit weg zu sein. Ich erkenne die Treppenstufen nicht mehr, nehme nur noch schemenhafte Umrisse wahr. Die riesigen Steine, der Wald, das Zelt lösen sich auf, werden zu einer einzigen grauen Masse. Alles dreht sich immer schneller und schneller. Und dann wird alles von einem Wirbelsturm mitgerissen.

Ich spüre, wie ich mit meinem Kopf auf etwas Hartem aufschlage. Eine warme Flüssigkeit läuft mir über die Stirn, über meine Augen und verfängt sich in meinen Wimpern.

Dann ist alles schwarz.

HILFLOS

Wie Sand, der langsam in ein Gefäß rieselt, kehrt meine Erinnerung ganz allmählich zurück. Bildfetzen tauchen vor meinem inneren Auge auf. Ich kann sehen, wie ich zu Boden gestürzt bin. Wie Elvor mich gefunden, mich vorsichtig auf eine Pritsche gelegt hat.

Jeder einzelne Schlag meines Herzens dröhnt in meinem Kopf. Es ist, als würde mein Gehirn vom Schmerz zerquetscht. Ich wage es nicht, meine Augen zu öffnen. Streiche nur vorsichtig mit den Händen über die weiche Decke, auf der ich liege. Ein seltsamer Geruch kitzelt mich in der Nase. Bitter und würzig. So, als hätte jemand Pfeffer und noch etwas, das ich nicht ausmachen kann, in die Luft gesprüht. Meine Lider flattern.

»Da ist sie ja wieder«, höre ich jemanden sagen. Eine tiefe klangvolle Männerstimme. Elvor.

»Besonders lang hat sie nicht geschlafen«, erklingt eine zweite Stimme. Die einer Frau. Jung, freundlich und klar. Die Anführerin.

Vorsichtig öffne ich die Augen. Die beiden beugen sich über mich, jeder von einer Seite, dass sich ihre Haarscheitel fast berühren.

»Wie geht es dir?«, fragt mich Oxana. »Elvor hat dich vor meinem Zelt gefunden. Du warst bewusstlos.«

Das Licht der roten Kerzen auf der Kommode brennt in meinen Pupillen. Ich fahre mir über die Stirn. Lasse die Augen über die wenigen Möbel im Zelt schweifen. Ein Schemel. Eine Kommode. Das Bett, in dem ich liege. Ein seltsames Gefäß hängt von der Decke herab und schwingt sanft über meinem Kopf hin und her. Eine Art silberner Topf, der oben geschlossen ist, dafür jedoch seitlich Löcher hat. Dämpfe steigen daraus empor. Vermutlich kommt daher der herbe Geruch.

Oxana folgt meinem Blick. »Das sorgt dafür, dass es dir wieder bessergeht. Du warst sehr schwach.«

Ich versuche mich aufzurichten. Scheitere. »Warum bin ich ohnmächtig geworden?«

Oxana zuckt mit den Schultern. »Ich kann dir das nicht erklären. Aber ich glaube, du selbst weißt ganz genau weshalb.«

Ich weiche ihrem Blick aus. »Dankt eurer Heilerin von mir.« Meine Stimme ist rau.

»Unsere Heilerin steht vor dir«, lacht Elvor. Nickt in Oxanas Richtung.

Die Anführerin lächelt. Streicht mir über die Wange, als wäre ich ein kleines Kind. Ihre Berührung fühlt sich gut an. Vertraut, obwohl ich diese Frau überhaupt nicht kenne. »Eigentlich sind wir ja alle Heiler.«

»Aber du bist die Beste«, fügt Elvor hinzu.

Oxana legt den Kopf schief. »Sonst wäre ich wohl nicht eure Anführerin, nicht wahr?«

Ich ziehe die Augenbrauen hoch. Lasse es zu, dass Elvor

mich am Rücken stützt, als ich ein zweites Mal versuche, mich aufzurichten. Nur langsam lässt das Brennen in meiner Brust nach. »Ihr könnt alle heilen?«

Jetzt habe ich die volle Aufmerksamkeit von beiden. Sie starren mich an. Ich schäme mich. Meine absolute Ahnungslosigkeit scheint ihnen die Sprache verschlagen zu haben.

»Wusstest du das nicht?«, fragt mich Oxana schließlich.

Ich schüttele den Kopf. Jeder Fetzen meiner langsam wiederkehrenden Erinnerung mahnt mich, dass ich mich gar nicht ausruhen dürfte. Die Zeit drängt. Ich liege hier – wohlig gebettet auf weichen Decken –, habe vielleicht sogar mehrere Stunden geschlafen, während sich mein Stamm voller Angst in einer Höhle versteckt. Darauf hofft, dass ich ihn rette. Vermutlich durchkämmen die Tauren bereits den Leonenwald. Suchen nach meinen Leuten. Lechzen nach Rache.

Ich denke an das Blut am Stamm der Tanne. Emilians Blut. Ich kann kaum atmen. Die Liste wird immer länger. Almaras, Jendrik ... Auch Melvin wird es mit seinem Leben büßen müssen, wenn Birkaras dahinterkommt, dass er uns geholfen hat.

Oxana setzt sich an meine Seite und nimmt meine Hand. Sie übt sanften Druck aus, verschränkt unsere Finger miteinander. Ich will etwas sagen, doch ihre Augen lassen mich schweigen. Erneut dringt ihr Blick tief in mich ein.

Ich erinnere mich daran, wie es war, als Salomé ihre Vision hatte, sie gesehen hat, dass ich eine Taurin werden würde. Salomé hat geschwitzt, war nicht mehr sie selbst. Auch wenn das bei Oxana nicht so ist, frage ich mich, ob auch sie eine Vision hat, wenn mich ihr Blick derart durchbohrt. Vielleicht sucht sie in mir nach der Wahrheit. Soll sie doch!, denke ich bitter. Soll sie sich ruhig bis zu meiner Seele vortasten. Sehen, wie dunkel sie inzwischen ist.

Als hätte Oxana meine Gedanken gehört, rückt sie auf einmal von mir ab. Zieht ihre Hand aus meiner. Steif erhebt sie sich, nicht mal ihre Kreolen schwingen. Ich kann ihren Blick nicht deuten. Erst nachdem sie wortlos aus dem Zelt geeilt ist und Elvor mich ratlos ansieht, wird mir bewusst, was ich in ihren Augen gesehen habe.

Angst. Kalte Angst.

Elvor lächelt entschuldigend. »Sei ihr nicht böse. Sie ist sehr sensibel, deswegen ist sie auch unsere beste Heilerin.« Er breitet die Arme aus, streckt und dehnt sich. Dabei zwinkert er mir zu. »In zehn Minuten gibt es Abendessen. Du bist natürlich unser Ehrengast.«

Als die Dämmerung draußen einsetzt, schiebe ich die Ledertücher des Zelteingangs beiseite und trete hinaus an die frische Luft. Die Aries essen bereits zu Abend. Elvor winkt mich zu sich. Auf einen Schlag drehen sich alle zu mir um und betrachten mich – das fremde Geschöpf. Inzwischen dürfte es vermutlich schon die Runde gemacht haben, dass ich behaupte, Anführerin der Leonen zu sein. Vielleicht lachen sie insgeheim darüber, vielleicht macht es sie auch fassungslos, welch dreiste Lügen ich mir ausdenke.

Elvor klopft auf den freien Platz neben sich. Ich setze mich, nehme Messer und Gabel, die Elvor mir reicht, entgegen. Oxana sitzt uns gegenüber. Sie weist eine der Frauen an, etwas zu essen für mich zu holen. Die Frau springt sofort auf und eilt davon. Kurz darauf ist sie wieder da, um zwei Schüsseln auf den Tisch zu stellen. In einer ist Salat, eine Mischung aus großen grünen Blättern und braunen, langstieligen Kräutern. In der anderen Süßkartoffeln.

Elvor reicht mir eine Platte mit gebratenem Gemüse und gerösteten Nüssen. Dazu gibt es Brot. Ich stürze mich auf das Essen. Kann spüren, wie mit jedem Bissen meine Kraft zurückkehrt.

Die Dunkelheit bricht mit Macht herein. Die Fackeln am Rand der Siedlung werden entfacht. Ich lasse meinen Blick über den Platz schweifen. Erst jetzt fällt mir auf, dass die Schriftzeichen an den Zelten zu leuchten begonnen haben. Ein zartes Funkeln, so, wie die Sterne am Himmel. Auch Oxanas Verzierungen um die Augen glänzen sanft.

Ich ignoriere das Ziehen in meinem Kopf. Betrachte gedankenversunken den prachtvollen Himmel. Suche die einzelnen Sternzeichen, den Löwen. Scheinbar direkt über mir leuchtet er an der Himmelsdecke. Die funkelnden Punkte reihen sich zu einer perfekten Linie aneinander, bilden den kräftigen Körper und den Kopf des Löwen.

Ich fühle die zarte Kette an meinem Hals, lege die Hand auf den kleinen, goldenen Löwen daran. Emilians Geschenk, als ich zur Anführerin der Leonen gekrönt wurde.

Eine Sternschnuppe huscht über die dunkle Himmelsdecke. Einen winzigen Augenblick lang lächle ich.

Doch dann denke ich an Emilian und mein Herz zieht sich vor Schmerz zusammen. Ich hasse mich dafür, hier in Sicherheit zu sein, zu essen, ein wärmendes Feuer im Rücken zu haben, während Emilian ... Ich wage es nicht, meinen Gedanken zu Ende zu führen.

»Wir Aries besitzen alle heilende Fähigkeiten. Das macht uns aus«, erklärt Oxana auf einmal. Eine späte Antwort auf meine Frage im Zelt.

Die meisten Aries haben sich schon zurückgezogen. Nur am Ende des Tisches sitzt noch eine Gruppe Männer. Doch sie sind viel zu vertieft in ihr Kartenspiel, als dass sie uns belauschen würden.

»Jeder Sternenstamm besitzt etwas, das ihn ausmacht«, fährt sie fort. »Eine Fähigkeit, ein Talent, eine bestimmte Art der Magie.« Sie schweigt einen Augenblick lang und wartet, bis der Ariesmann, der hinter ihr eine Fackel anzündet, verschwunden ist. »Das ist die Grundlage für den Handel zwischen den Sternenstämmen. Wir Aries geben unsere Heilmittel oder senden unsere besten Heiler zu anderen Sternenstämmen, wenn dort jemand krank ist. Im Gegenzug bekommen wir Dinge von ihnen, die wir gut gebrauchen können.«

Natürlich haben wir Leonen vom Handel zwischen den Sternenstämmen in der von Tauren geführten Schule nie etwas erfahren. »Und mit was handeln die anderen Stämme?«

»Oh, da gibt es viel. Die Acuarier haben den besten Fisch. Mit den Piscarien hingegen handelt man, wenn man besonders schönen Schmuck haben möchte. Sie haben die allerschönsten Perlen.« Kurz leuchten Oxanas Augen auf. »Dann gibt es natürlich noch die Jaculanen, die sehr viel Fleisch haben, aber auch Leder. Sie fertigen sogar Schuhe oder Kleidung an. Aber meistens geben sie das Leder an die Capricornen, die daraus die besten Kleidungsstücke schneidern können. Die Capricornen sind zudem auch sehr begabt im Sammeln von Kräutern. Wir handeln viel mit ihnen, da sie jedes noch so seltene Kraut für unsere Salben auftreiben können.«

Oxana macht eine kurze Pause und schnippt ein paar Krümel von ihrem Schoß. »Die Virginen sind mit allem vertraut, was die Schönheit betrifft. Sie sind sozusagen unsere größten Konkurrenten, weil auch sie viele Salben und Cremes herstellen. Sie handeln, soweit ich weiß, sehr gerne mit den Piscarien, da sie aus Unterwasserperlen schillernde Cremes herstellen. Die Scorpionen stellen Waffen für die Jagd her, kennen sich aber auch sehr gut mit Materialien für den Häuserbau aus. Wir verhandeln aber so gut wie nie mit ihnen.«

Klar, denn die Aries jagen weder, noch haben sie Häuser.

»Ich denke du kannst dir vorstellen, mit was der Stamm der Libren handelt?«

»Ähm …« Ich fürchte, das Falsche zu antworten, also schweige ich lieber.

»Gerechtigkeit«, sagt Oxana, wie zu sich selbst. »Wenn es kleine Streitigkeiten zwischen den Stämmen gibt, dann schlichten sie und lassen sich dafür bezahlen.«

Ein winziger Funken Hoffnung glimmt in mir auf, doch Oxana schüttelt den Kopf. »Nein, es geht nur um Kleinigkeiten. Mit größeren Problemen ...«, sie macht eine bedeutungsvolle Pause, »sind sie vermutlich überfordert. Es ist auch zu gefährlich, da deine Geschichte ihren Ursprung in etwas hat, das nicht jeder verstehen wird.«

Ich fühle mich, als hätte mir jemand in den Magen getreten.

»Handelt ihr auch mit den Tauren?«, frage ich.

»Wir haben es versucht. Immerhin heißt es, dass die Tauren viel Kraft besitzen und somit tüchtige Arbeitskräfte seien. Sie sollen auch magische Fähigkeiten besitzen. Scheinbar können sie die Gedanken ihres Gegenübers beeinflussen.«

Nicht nur das!, denke ich verächtlich.

»Man erzählt sich so einiges über die Tauren«, fährt Oxana fort. »Ich kenne niemanden, der jemals mit einem Taurer gehandelt hätte.« Oxana seufzt. »Sie haben offenbar kein Interesse daran. Wir wissen, dass sie einige Firmen in der Stadt besitzen, die viel Geld einbringen. Wir missbilligen das, weil sie sich damit den Menschen anpassen. Aber wir können das nicht unterbinden. Es ist ihre Entscheidung. Und bisher dachten wir immer, dass sie lieber für sich bleiben.«

»Besitzt denn jeder Stamm magische Fähigkeiten?«

»Der eine mehr, der andere weniger. Wichtig ist tatsächlich, dass stets ein Gleichgewicht der Kräfte herrscht. Sieh uns Aries an: Wir sind nicht besonders stark und können uns nicht wie die Acuarier tarnen. Deshalb hat uns die Natur heilende Kräfte geschenkt. Eine Gabe, die sehr wichtig ist.«

»Welche Art von Magie besitzen die Libren?«

»Sie können Gefühle beeinflussen. Ruhe verströmen, Wut entfachen oder Freude schenken.«

Ich wünschte, ich würde diese Fähigkeit ebenfalls besitzen.

Die lange Pause, die Oxana jetzt macht, verrät mir, dass sie sich einem schwierigen Thema nähern will. Sie seufzt, fängt dann an zu sprechen. »Was uns jedoch immer gewundert hat, war die Ignoranz von euch Leonen. So haben wir es zumindest wahrgenommen, weil ihr nie den Kontakt zu uns gesucht habt, obwohl wir euch auf jedem Sternenball auf einen Handel angesprochen haben. Zumindest euren damaligen Anführer. Almaras, nicht wahr?«

Ein weiterer Schlag in meinen Bauch. Ich nicke. »Almaras hat nie etwas davon erzählt. Vermutlich hatte er Angst, dass die Tauren uns sofort bestrafen würden, sollten Gerüchte vom Handel mit anderen Sternenwesen kursieren. Wir wussten nie, wie sehr uns die Tauren wirklich beobachten oder ob sie uns sogar ausspionieren. Hätten sie von einem Handel erfahren, dann hätten sie sich mit Sicherheit gerächt. Es hätte Tote gegeben.«

Inzwischen haben auch die Männer mit dem Kartenspiel aufgehört und sind zu ihren Familien in die Zelte gekrochen. Oxana hingegen macht keine Anstalten, unser Gespräch zu beenden. »Ihr Leonen könntet für uns alle einer der wichtigsten Verhandlungspartner sein.«

»Was könnten wir euch denn schon bieten?« Meine Stimme trieft vor Bitterkeit.

»Ihr habt die wundervollste Kraft von allen: Ihr erschafft Energie. Mit eurer Hilfe könnten wir Feuer und Wasser auf wunderbare Weise nutzen, um beispielsweise Strom zu erzeugen! Da aber ein Austausch mit euch nie möglich war, haben viele andere Stämme sich den Menschen genähert und nutzen den Strom aus den Städten. Wir Aries meiden alles, was mit den Menschen zu tun hat. Deshalb leben wir gänzlich ohne Strom.«

»Glaub mir, Oxana, wir würden gerne mit euch handeln. Aber wir müssen hinnehmen, dass uns die Tauren kontrollieren. Sie haben unser Leben in der Hand.«

»Wenn das, was du hier vorbringst, stimmt, dann hieße das, dass die Tauren wesentlich mehr Macht besitzen, als sie eigentlich dürften. Und das würde das Gleichgewicht der Kräfte zerstören, das uns zu Beginn geschenkt wurde.«

Elvor räuspert sich, während er sich verwirrt an seinem Kinn kratzt. »Aber wie könnte so etwas möglich sein?«

Ich umschließe meinen Holzbecher mit beiden Händen. An irgendetwas muss ich mich festhalten. »In einer Huldigungsnacht hat der Urgott der Tauren die Urgöttin der Leonen niedergeschlagen und ihre Kräfte in seiner Kette eingeschlossen. Eine Kette, die nun Birkaras besitzt.«

Oxana kräuselt ihre Stirn. »Woher nimmst du die Gewissheit, dass es so war?«

»Ich habe in Birkaras' Felsenburg ein Tagebuch gefunden. Ein Tagebuch, das dem Urgott der Tauren gehörte. Darin ist alles genau erklärt.«

»Und hast du das Buch mitgenommen?«

Ich schlucke. Sage so fest wie möglich: »Nein. Das wäre zu gefährlich gewesen. Birkaras hätte sofort gewusst, dass ich es gestohlen habe.«

Elvor scheint die Anspannung, die in mir ist, zu spüren. »Also, der Urgott der Tauren hat in dieser Huldigungsnacht die Kräfte der Leonen geraubt, wenn ich das bis jetzt richtig verstanden habe«, fasst er noch einmal mit betont ruhiger Stimme zusammen.

»Was zur Folge hätte, dass ihr Leonen gar keine Kräfte mehr besitzt«, wirft Oxana ein und streicht gedankenversunken über die Zeichnung an ihrer Schläfe.

»Besitzen wir auch nicht.«

Ihre Augen brennen sich in meine. »Du bist nicht schwach. Im Gegenteil. Das spüre ich.«

Meine Hände umschließen den Holzbecher nun so fest, dass ich schon fürchte, ihn bald zu zerbrechen. »Ich stamme ja auch zur Hälfte von den Tauren ab. Wie gesagt: Birkaras ist mein Vater.«

Eine Weile lang schweigen beide. Elvor schüttelt fassungslos den Kopf. Greift nach dem Weinkrug und schenkt sich nach. Kippt die rote Flüssigkeit auf einmal hinunter, so dass ein Teil davon über seinen Bart läuft und auf seine Hose tropft.

Oxana wirft ihm einen tadelnden Blick zu. »Elvor, mäßige dich.«

Elvor wischt sich mit dem Handrücken über den Mund. Übergeht Oxanas Worte. »Was ich nicht verstehe: Wie war es möglich, dass wir all die Jahre nichts davon mitbekommen haben? Nicht mal auf dem Sternenball. Absolut gar nichts! Es schien alles in bester Ordnung zu sein.« Er reißt die Augen auf, als würde er keine Luft mehr bekommen und schenkt sich erneut Wein ein. Aber er trinkt nicht.

»Die Tauren wissen, wie sie uns ruhigstellen können. Auf Flucht steht die Todesstrafe. Eigentlich steht auf so ziemlich alles die Todesstrafe.«

Erneute Stille. Das schmerzhafte Pochen in meinen Schläfen setzt wieder ein. Ich nehme einen Schluck Wein, versuche das Ziehen in meiner Brust herunterzuspülen. Es scheint, als wären meine Adern mit einem Mal viel zu eng, als müsste mein Herz mit aller Gewalt das Blut durch dünne Rohre pressen. Ich nehme einen weiteren Schluck Wein. Schlucke ihn so schnell wie möglich herunter. Spüre Oxanas Blick auf mir, doch das ist mir egal.

»Glaubst du ihr?«, fragt Elvor. Es scheint ihm egal zu sein, dass ich am gleichen Tisch sitze wie er und ihn hören kann.

Schwindel überkommt mich. Schon wieder. Ich schließe für ein paar Sekunden die Augen, versuche, mich zu beruhigen. Etwas Warmes läuft über meine Oberlippe. Hastig befühle ich die Stelle.

Meine Nase hat einfach so zu bluten begonnen. Ich setze den Becher Wein an. Tue so, als würde ich trinken. In Wahrheit verstecke ich mich hinter dem Becher. Ich greife nach einer der Stoffservietten, wische damit schnell das Blut weg. Elvor bemerkt von all dem nichts, selbst Oxana scheint mich nicht zu beachten. Aber ich spüre, dass sie mit ihren Gedanken immer noch bei mir ist.

Vorsichtig befühle ich meine Oberlippe. Das Bluten hat ebenso schnell wieder aufgehört wie es gekommen ist. Allein Schwindel quält mich noch, aber damit komme ich klar.

»Sie sagt die Wahrheit.« Kurz leuchtet Oxanas Zeichnung an ihrer Stirn auf. »Ich finde keine Lüge in ihrer Seele.«

Ich atme auf. Gleichzeitig weiß ich, dass noch etwas kommen wird. Dass es mir auch diesmal nicht leichtgemacht wird.

»Werdet ihr mir also helfen?«, wage ich zu fragen.

»Aber da ist etwas anderes an ihr«, fährt Oxana fort, ohne auf meine Frage einzugehen. »Etwas Dunkles, das ich nicht ausmachen kann. Etwas, das mir Angst macht.«

Ihr Blick nimmt mich gefangen. Am liebsten würde ich aufspringen und wegrennen. Doch in diesem Moment beginnt meine Nase wieder zu bluten. So stark, dass ich nicht schnell genug meine Hand davorhalten kann, um all das Blut aufzufangen. Es läuft über meinen Mund, über mein Kinn, tropft auf mein weißes, dreckverkrustetes Hemd.

Ich sehe das blanke Entsetzen in Oxanas Gesicht. Nehme undeutlich wahr, wie Elvor neben mir aufspringt und nach Hilfe ruft. Ein paar Männer eilen herbei. Ziehen mich von der Bank hoch. Einer nimmt meine Beine, ein anderer packt mich an den Schultern. Sie tragen mich fort von den Tischen, irgendwohin. Der Platz, die Zelte, das Feuer verschwimmen vor meinen Augen. Ein nebelartiger Schleier legt sich darüber. Schemenhaft nehme ich Oxana wahr, die meine Hand hält.

Sie tragen mich in ein Zelt, legen mich auf eine Pritsche. Meine Arme beginnen zu zucken, dann auch meine Beine und meine Augenlider.

Im nächsten Moment weiß ich, dass es nicht mehr lange dauern wird, bis ich wieder das Bewusstsein verliere. Ich bin froh darüber. So kann ich mich wenigstens für kurze Zeit flüchten. Denn die Erkenntnis trifft mich wie ein Schlag – ich bin allein. Die Aries werden mir nicht helfen. Oxana sieht etwas in mir, das ihr Angst macht.

Vielleicht das Monster, das ich schon immer war.

LEBENSKRAFT

Er steht an einem der großen, verdunkelten Fenster seines Arbeitszimmers. Beobachtet die Dienstmädchen dabei, wie sie die Fackeln löschen.

Sein Körper ist stark und gesund. Sein Herz schlägt regelmäßig. Er fühlt sich unbesiegbar. Und das, obwohl Isas Fluch ihn fast getötet hätte.

»Ich verfluche dich. Du sollst krank werden. Dein schlechtes Herz soll dich von innen heraus auffressen, und du sollst jeden Tag mehr leiden. Niemand soll dir helfen können, bis du nach Jahren der Qual einsam stirbst!« Das waren Isas Worte in jener Nacht, in der sie in seinen Armen gestorben war. Die beiden Taurer, die damals an seiner Seite waren, hatten sie ausgelacht. Doch er hatte die Macht ihrer Worte deutlich gespürt.

Die Tauren schnitten der kleinen Robin eine Haarsträhne ab. Kurz nachdem er Isa getötet hatte, holten sie eine junge Frau aus dem Stamm der Aries zu sich, die mit ihrer Magie heilen konnte. Sie würde mit ihren magischen Kräften für immer die Strähne in den Bernstein einschließen.

Der Frau gelang es, Robins Haar in die Kette einzulassen. Achtzehn Jahre später erinnert er sich immer noch an jedes einzelne ihrer Worte: *Ich vermute, dass derjenige, der die Kette trägt, eine Verbindung zu dem Mädchen aufbauen wird. Wie diese Verbindung aussieht, vermag ich jedoch nicht zu sagen.*

Eine Verbindung, die sein Leben rettet.

Ein Gedanke spukt ihm seit längerem im Kopf herum: Seine Tochter ist sein Lebenselixier. Als er seiner Tochter zum ersten Mal auf dem Sternenball gegenüberstand, strotzte sie vor purer Energie und Kraft. Hier bei ihm, in der Siedlung der Tauren, war sie irgendwie ... schwächer.

Was, wenn Isas Fluch durch Robins Haarsträhne im Bernstein auf Robin übertragen wird?

Es muss so sein. Er ist sich sicher.

Das bedeutet, dass seine Tochter sterben wird.

Dass sie sterben muss, damit er leben kann.

Eigentlich müsste er ihren Tod bedauern. Das tut er auch. Irgendwie. Denn er hatte es sich wahrhaft schön vorgestellt, mit ihr die anderen Sternenstämme zu unterwerfen. Sie ist so stark und mächtig, seine stärkste Waffe. Zumindest war sie das mal.

Wichtig ist nur, dass ihr nichts zustößt, denn er muss sie aussaugen, bis kein einziger Lebenstropfen mehr in ihr ist. Wer weiß, was passiert, wenn sie vorher stirbt ... Er darf es nicht riskieren. Eben deshalb muss sie hier sein, in seiner Nähe, wo er sie Tag und Nacht beobachten kann.

Als würde sein Leben davon abhängen, zieht es ihn zu dem unsichtbaren Hebel in der Wand. Sein Geheimfach. Jedes Mal schlägt sein Herz schneller, wenn das Fach aufspringt. Ganz vorsichtig streicht er über den Ledereinband des Tagebuchs, holt es mit beiden Händen heraus. Presst es an seine Brust. Der Duft der alten Seiten ist für ihn köstlicher als der Geruch von frisch gebratenem Fleisch oder sogar der Duft von Isas Haar.

Isas Haar ... Sein Herz zieht sich zusammen.

Schnell schlägt er das Tagebuch auf. Jede einzelne Seite kennt er auswendig.

So viele Jahre sind inzwischen vergangen. Jahre, in denen ich an Auroras Seite gewacht, ihre Hand gehalten und ihr versprochen habe, alles wiedergutzumachen. Jahre, in denen ich beobachten musste, wie die Tauren ihre neu gewonnenen Kräfte erprobten und feststellten, dass sie nicht nur verletzen, sondern noch viel mehr können: Sie können töten. Und es ist meine Schuld, dass einst so liebevolle Sternenwesen zu Mördern geworden sind. Ihr Anführer kam auf die Idee, die taurischen Kräfte an Menschen zu testen, die von geringerer Bedeutung seien als Sternenwesen. Ich versuchte mit ihm zu reden, ihn von diesem Vorhaben abzuhalten. Aber er wollte nicht auf mich hören. Natürlich hätte ich mich zu erkennen geben können, sagen können, ich sei ein Urgott, er hätte mir zu gehorchen. Aber es heißt, wenn ein Urgott sich gewöhnlichen Sternenwesen offenbart, verliere er seinen Gottesstatus und würde von den anderen Urgöttern für immer verstoßen.

Obwohl ich Aurora versprochen habe, nie mehr von ihrer Seite zu weichen, muss ich nun fort. Ich muss einen Weg finden, sie aus ihrem Schlaf zu erwecken. Schon ein paarmal habe ich kleinere Reisen unternommen, aber bisher bin ich auf meiner Suche nach Unterstützung gescheitert. Niemand weiß Rat, keiner versteht mich. Die anderen Urgötter scheinen verschwunden zu sein, und ich habe keine Ahnung, wie ich sie finden kann. Ich hasse mich dafür, dass ich sie nicht früher aufgesucht habe, als es noch die Gelegenheit dazu gegeben hätte. Ich hasse mich dafür, dass meine Angst vor ihrer Missbilligung zu groß gewesen ist. Ich hasse mich für all das, was ich den Leonen und Aurora angetan habe.

Zu den Tauren werde ich nie wieder zurückkehren. Ich werde meine Felsburg so hinterlassen, wie sie jetzt ist. Doch mein Tagebuch – der Beweis meines Versagens – will ich ihnen nicht einfach so hinterlassen. Deshalb habe ich beschlossen, es zu verstecken. Niemand soll es finden.

In der Wand meines Arbeitszimmers ist ein Fach eingelassen. Dieses Fach werde ich noch heute Nacht ausräumen, all die Bücher und Sammelstücke, die ich darin aufbewahre. Dann lege ich mein Tagebuch hinein und spachtele das Fach mit einer schwarzen Mörtelmasse zu, so dass es sich nicht von dem dunklen Fels unterscheiden wird.

Meine Kette habe ich bereits vor etlicher Zeit abgenommen. Der Ekel vor mir selbst hat mich im Wald kurz nach meiner grausamen Tat überwältigt. Ich habe sie mir vom Hals gerissen und sie tief in einem morschen Baumstamm versteckt. Es ist ein gefährliches Versteck, das ist mir bewusst, doch ich wollte und konnte die Kette nicht weiter an mir tragen.

Jedes Mal, wenn ich von meinen Reisen zurückkehre, suche ich diese Stelle des Waldes auf, um mich zu vergewissern, dass die Kette noch dort ist. Selbst als der morsche Baum gefällt wurde, ließen die Tauren den Teil des Stammes stehen, in dem ich sie versteckt hatte. Meine Sorge verblasste, der Baumstumpf wucherte zu und mit ihr das Schmuckstück.
Ich erinnere mich daran, was einst der Urgott der Capricornen, Olmeter, zu mir sagte, als ich mich über die kitschige Kette beschwerte, die mir zur Speicherung der taurischen Kräfte gegeben worden war. Ich sagte, dass ich sie am liebsten im Meer oder in einem tiefen See versenken würde, doch Olmeter lachte nur. Er konnte sich leicht über mich amüsieren, denn für ihn hatte man ein breites Lederarmband mit einem gezackten grauen Stein ausgesucht.
Olmeter sagte, dass die Kraftgegenstände immer wieder zu ihrem Stamm zurückkommen würden. Sie seien mit einem Zauber belegt, der dafür sorge, dass sie ihren Weg fänden. Auch meine Kette. Ich halte das für Unsinn und habe sie trotz seiner Warnung im Wald zurückgelassen.
Heute bin ich noch einmal dort gewesen, um nachzusehen. Die Kette ist nach wie vor dort, wo ich sie versteckt habe.
Sollte doch irgendwann jemand dieses Tagebuch finden, so ist es mir wichtig, hier noch einmal zu sagen: Ich verachte mich für das, was ich getan habe. Aurora, ich liebe dich. Ich liebe dich so sehr, dass ich nicht ohne dich leben kann. Verzeih mir.

Er schlägt das Tagebuch zu und lächelt zufrieden. Dieser Olmeter hatte recht behalten: Die Kette war doch zu den Tauren zurückgekehrt. Das Schicksal liebt ihn, Birkaras, Anführer der Tauren. Es wird ihn niemals im Stich lassen.

Vorsichtig legt er das Tagebuch zurück, drückt das Geheimfach zu. Das Warten auf seine Tochter wird ihm lang. Deshalb beschließt er, sich abzulenken. Sein Ziel ist der Kerker. Emilian hält sich bis jetzt gut, gibt nicht auf. Das war zu erwarten. Aber er muss am Ende sein. Nur ein Stück Brot und ein Glas Wasser bekommt er am Tag. Schlaf findet er dank der Ratten und der Eiseskälte im Kerker wohl kaum.

Als er die letzten Treppenstufen zu der finsteren Gruft hinabsteigt, erhebt sich Emilian vom Boden. Als hätte er mit seinem Besuch gerechnet.

Emilians Hemd ist zerrissen, seine Brust blutverklebt. Sein Blick aber immer noch entschlossen und schneidend wie ein Messer.

»Du bist bei Bewusstsein. Wie erfreulich«, begrüßt er ihn.

Emilian fixiert ihn stillschweigend. Er ist kurz davor, ihn für seine Stärke zu bewundern. Aber er wird es nicht tun, denn dafür hat er ihn zu sehr enttäuscht.

»Hast du wirklich gedacht, dass du mich hintergehen kannst? Mich? Das mächtigste aller Sternenwesen?«

Das zittrige Licht der Fackeln erleuchtet Emilians Profil. Eine Ratte huscht zwischen den Gitterstäben hindurch, versteckt sich im Stroh an der finsteren Kerkerwand.

Emilian schweigt.

»Die anderen Tauren haben zu dir aufgesehen. Du hattest Macht und Einfluss. Und das alles gibst du auf? Für sie?«

Er muss ihren Namen nicht aussprechen. Das Leuchten in Emilians Augen verrät, dass er ohnehin jede Sekunde an sie denkt.

Emilian presst seine Lippen noch fester aufeinander. Die Muskulatur seines Kiefers ist angespannt.

Sein Schweigen provoziert ihn. Fast hätte er Emilian angeschrien und ihm seine Wut offenbart, doch Melvin lenkt ihn glücklicherweise ab. Welch jämmerlicher Anblick! Melvin kauert in der hintersten Ecke des Kerkers. Er hustet, zieht die Beine eng an seinen Körper. Einige der jüngeren Tauren haben ihre Kräfte an ihm erprobt.

Auch Melvin hat seine Tochter den Kopf verdreht. »Was hat sie nur an sich …«, flüstert er.

Er kennt die Antwort. Robin ist wie ihre Mutter. Er hat Isa zum ersten Mal auf dem Sternenball gesehen. Ihr Stolz war ungebrochen. Anders als bei den restlichen Leonen. Sie war umgeben von einem Glanz, den er zuvor noch nie bei einer Frau gesehen hatte. Als er sie um einen Tanz bat, musterte sie ihn misstrauisch. Dann lachte sie ihn aus, schüttelte fassungslos den Kopf. Dieser Mut, diese Willensstärke, dieses Ungestüme an ihr … Er wollte sie zwingen, doch dann lachte sie nur noch mehr, drehte sich um und ließ ihn einfach stehen.

Diese Frau hatte sein Herz ohne ein einziges Wort erobert.

»Dachtest du wirklich, dass ihr mich täuschen könnt? Dass ich Melvin die Geschichte abnehme und glaube, dass Diener in Richtung des Sees geflohen seien? Während du und meine Tochter im Wald untertaucht? Ich hätte dich für intelligenter gehalten.«

Er macht eine Pause, streicht genüsslich über den Bernstein auf seiner Brust. »Ich hatte Großes mit euch vor. Mit dir und meiner Tochter. Doch beantworte mir eine Frage: Als du mir den Plan der Leonen, uns in der Huldigungsnacht anzugreifen, verraten hast – hast du meine Tochter schon da …« Er bricht ab. Kann dieses ekelhafte Wort nicht aussprechen.

»Geliebt?«, bricht Emilian sein Schweigen. Für ein paar Sekunden scheint er mit seinen Gedanken weit weg zu sein. Schließlich sagt er leise: »Ich habe sie vom ersten Augenblick an geliebt. Und daran wird sich auch niemals etwas ändern.«

»Hast du vergessen, dass sie mit deinem ärgsten Konkurrenten verheiratet ist? Sie gehört dir nicht!«, schreit er. Umklammert die eisernen Gitterstäbe. Versteht nicht, weshalb Emilians Worte ihn derart aus der Fassung bringen.

»Robin gehört nur sich selbst.«

»Ich sollte dich töten.«

»Aber das wirst du nicht tun.«

Obwohl er weiß, dass Emilian nicht nur außergewöhnlich stark, sondern ebenso intelligent ist, ist er verblüfft.

»Du rechnest damit, dass Robin versuchen wird, mich zu befreien«, fährt Emilian mit fester Stimme fort. »Ich bin der Köder.«

Er erwidert die Kampfansage in Emilians Blick. »Sag mir, was meine Tochter plant.«

»Niemals.«

»Und wenn ich dir dafür dein Leben schenke?«

»Eher bezahle ich mit meinem Leben.«

»Du weiß, dass wir Tauren Methoden haben, um jemanden zum Sprechen zu bewegen.«

Emilian macht einen Schritt auf ihn zu. Sein Oberkörper drückt sich gegen die Eisenstäbe. Er lächelt. »Selbst dann würde ich Robin nicht verraten.«

»Wie kannst du nur so schwach sein?« Seine Stimme trieft vor Verachtung. »Liebe ... Liebe ist bedeutungslos, verstehst du das nicht?«

»Diese Liebe bedeutet mir alles, sie hat meinem Leben erst einen Sinn gegeben«, antwortet Emilian ruhig.

Dieser Satz trifft ihn mitten in der Brust. Wie ein Pistolenschuss. Er taumelt zurück, schüttelt den Kopf. Will Emilian sagen, dass er sich irrt, doch seine Lippen sind wie versiegelt. Isa ...

Dann auf einmal spürt er die Kette an seinem Hals.

Er atmet tief ein, befühlt den Bernstein auf seiner Brust. Glühend heiß. Seltsam, denn bisher war der Stein immer eiskalt. Doch seit seine Tochter in die Siedlung der Tauren gekommen ist, wird er scheinbar von Tag zu Tag wärmer. Eine wundervolle Wärme. Sie kann nur eins bedeuten: Robin verliert an Leben – während er an Leben gewinnt.

KRANK

Schreie.

Finsternis. Ich wittere Angst. Panik.

Eiskalter Schweiß rinnt meinen Rücken hinab. Verzweifelt versuche ich etwas in der Dunkelheit zu erkennen. Nichts.

Jemand schreit meinen Namen. Fleht um Hilfe. Die Erkenntnis ist wie ein Pfeil, der meine Brust zerfetzt: Minna! Ein verzweifeltes Schluchzen mischt sich unter die Schreie. Es klingt nach einem kleinen Kind. Flora. Ich kann mich nicht bewegen. Meine Muskeln gehorchen mir nicht.

Die Schreie werden lauter. Verzweifelter.

Ein genüssliches Lachen kommt hinzu. Ein Lachen, das mir den Hals zuschnürt. Birkaras.

Dann ist auf einmal alles still.

Ich schrecke hoch. Weiß nicht, wo ich bin. Weiß nur, dass niemand schreit. Alles nur ein Traum. Ich will aufstehen, doch im nächsten Moment zerrt mich meine erschöpfte Seele zurück in einen tiefen, traumlosen Schlaf.

Das morgendliche Zwitschern der Vögel weckt mich. Sofort schrecke ich hoch, fasse mir an die glühende Stirn. Ich habe eine ganze Nacht geschlafen. Zeit verloren. Das Zelt, in das ich diesmal gebracht wurde, ist größer als das letzte. An den dicken Lederwänden stehen Kommoden voller Schalen und Schüsseln. Getrocknete Kräuter, befestigt an bunten Fäden, hängen von der Decke herab. Wie in Zeitlupe drehen sie sich, schaukeln sanft hin und her. Ein Feuer knistert am anderen Ende des Zeltes. Darin steht ein Kessel, aus dem bräunlicher Dampf steigt. Bunte Tücher mit fremden Schriftzeichen darauf sind von einer Seite zur nächsten gespannt.

Ich schiebe die Decke von meinem Körper, setze die Füße auf den Boden. Als ich mich aufrichte, zittern meine Knie.

Noch immer verfolgt mich mein Traum. Die Schreie. Es hat sich so real angefühlt. Ich beginne zu schwitzen. Was, wenn Birkaras Minna und Flora quält, foltert ... wenn er meine Familie getötet hat?

Als ich das Zelt verlasse, blenden mich die Sonnenstrahlen. Ich presse die Augenlider zusammen, halte die Hand vor mein Gesicht. Jemand ruft meinen Namen. Ich meine Elvors Stimme zu erkennen.

Der Stoff auf meiner Haut fühlt sich anders an. Als ich an mir herunterblicke, stöhne ich laut auf. Jemand hat meine Wildlederhose gegen eine schwarze Stoffhose ausgetauscht. Dazu trage ich ein kurzärmeliges, weißes Hemd. Meine Haut glänzt. Scheinbar hat man mich nicht nur umgezogen, sondern auch meinen Körper mit Öl eingerieben. Ich rieche an meinem Arm. Ein seltsamer Duft. Süß und leicht. Ein Duft, der mir fremd ist, so gar nicht zu mir passt.

Ich ignoriere Elvor. Muss mit Oxana sprechen. Eile zu den riesigen Steinen, hetze den Weg hinauf. Die Sonne brennt auf meine Schultern und mein Haar, das sie mir zu einem unbequemen Knoten geschlungen haben.

Ich läute nicht die Glocke. Trete einfach ein.

»Oxana«, sage ich laut.

Kissen rascheln. Eine Hand schiebt die herabhängenden Tücher zur Seite. Oxana sieht mich fragend an. »Was ist mit dir?«

»Ich muss los. Heute Nacht noch. Ich muss wissen, ob Emilian lebt. Ich muss wissen, was mit ihm ist.«

»Du wirkst durcheinander. Ist etwas passiert?«

»Ich hatte einen Traum ... Oder vielmehr eine Eingebung ... Es war so real. Ich glaube, Birkaras hält meine Familie gefangen, meine beiden Schwestern.«

Oxana bedeutet mir, mich zu setzen. Ich trete vor und lasse mich auf einem der Kissen nieder.

Oxana tut es mir gleich. Sie legt den Kopf schief. »Und wenn es wirklich nur ein Traum war? Träume fühlen sich oft sehr real an. Oder was, wenn Emilian schon längst tot ist und du umsonst dein Leben riskierst?«

»Als Emilian und ich aus der Siedlung der Tauren geflüchtet sind, habe ich Birkaras' Stimme im Kopf gehört. Er kommuniziert mit mir. Deshalb kann ich das nicht einfach ignorieren. Denn wenn es real ist ... Ich würde es mir nie verzeihen, nicht zumindest versucht zu haben, meine Schwestern zu befreien. Und Emilian ...« Meine Stimme versagt.

»Ich halte das für keine gute Idee. Du bist sehr schwach.«

Meine Kehle ist mit einem Mal wie ausgetrocknet. Ich räuspere mich, hole tief Luft. »Ich muss gehen, Oxana.«

»Dann geh erst einmal zur Höhle, in der sich die Leonen verstecken. Wenn sie dort sind, weißt du Bescheid.«

»Die Tauren wissen sofort, wenn jemand die Grenze zum Leonengebiet überschreitet. Bis jetzt ist die Höhle ein gutes Versteck, kaum jemand kennt sie. Sie ist schwer zu finden. Wenn ich die Leonen in der Höhle aufsuche, führe ich die Tauren vielleicht direkt zu ihnen.« Ich reibe meine müden Augen. »Außerdem werde ich niemals wissen, was mit Emilian ist, wenn ich nicht in die Siedlung der Tauren zurückkehre.«

Oxana betastet den bestickten Stoff des Kissens, auf dem sie sitzt. Weicht meinem Blick aus.

Ich gebe mir Mühe ruhiger zu atmen. Suche eine bequemere Position. Strecke meine schmerzenden Beine aus. »Ich bin schwach, das stimmt. Aber diese Schwäche werde ich nicht so schnell überwinden. Ich trage sie schon lange in mir.«

Es schmerzt, mir einzugestehen, dass das die Wahrheit ist. Ich bin schwach, werde immer schwächer und kann nichts dagegen tun.

»Ich spüre etwas Dunkles in dir. Ich kann nicht sagen, was es ist. Als du geschlafen hast, habe ich mit den besten unserer Heiler zusammengesessen, aber keiner von ihnen kann erfassen, was jenes Dunkle an dir ist.« Oxana sieht mir jetzt unverwandt in die Augen.

In meiner Brust zieht es, als würde mein Herz zerspringen. »Das Dunkle an mir ist meine Taurer-Seite.«

Oxana schüttelt energisch ihren Kopf. »Nein, das ist es nicht. Dieses Dunkle, von dem ich spreche, ist ein Zauber. Ein Zauber, den ich nicht kenne. Ein mächtiger Fluch, der dich beherrscht. Wir alle haben so etwas noch nie gesehen. Eigentlich schützen wir Aries uns vor fremder Magie, doch wir haben beschlossen, dich bei uns aufzunehmen und dir beizustehen, solltest du das wollen.«

»Dieser Schutz, von dem du sprichst …« Ich lasse meinen Blick einmal über die Zeltwände schweifen, über all die Verzierungen, und bleibe schließlich an Oxanas Stirn hängen. »… sind das die Schriftzeichen, die sich hier überall befinden?«

Oxana nickt. »Die uralten Bannsymbole helfen uns, böse Kräfte von unserer Siedlung fernzuhalten. Die Magie, die wir Aries besitzen, ist nur schwach. Mit ihr heilen wir. Deine Magie hingegen ist mächtig. Du weißt sie nur noch nicht zu nutzen.«

Ich weiß nicht, was sie damit sagen will, weiß nicht, was ich denken soll. All das macht mir Angst. »Wie wirkt sich dieser dunkle Fluch auf mich aus?«

Oxana schiebt mir eine Schale mit getrockneten Früchten hin. Doch ich möchte nichts essen. »Dieser Fluch ist der Grund dafür, dass du krank bist. Der Grund für deine Schwäche und deine Zusammenbrüche.«

»Aber wer sollte mich mit so einem Fluch belegen?«

»Ich weiß es nicht. Ich kenne niemanden, der zu einem solchen Zauber fähig wäre. Diese Art der Magie ist zu mächtig für uns normale Sternenstämme.«

»Die Tauren sind stärker als normale Sternenstämme. Kann es sein, dass Birkaras mich verflucht hat?«

Es kommt mir vor, als würden Stunden vergehen, bis Oxana

mir endlich eine Antwort gibt. »Nein, das kann ich mir nicht vorstellen.«

Ich nicke, blicke zu Boden. »Ich werde versuchen, Emilian zu befreien. Ich muss Gewissheit haben, dass es meinem Stamm gutgeht. Wirst du mir helfen?«, frage ich mit rauer Stimme. Ohne Unterstützung habe ich keine Chance.

Ganz langsam schüttelt Oxana den Kopf. Eine kaum merkliche Bewegung, die nur durch das sanfte Schaukeln ihrer Kreolen offenbar wird. »Wir können dir nicht helfen.«

Sie schließt die Augen, als würde es ihr leidtun. Vielleicht tut es ihr wirklich leid, aber das ist mir egal. Sie liefert Emilian aus. Emilian, der sein Leben riskiert hat, um die Leonen zu retten.

»Ich sehe in deinem Herzen, dass du ihn aufrichtig liebst und alles für ihn tun würdest. Ich sehe in deiner Seele, dass du die Wahrheit sagst. Dass nichts von dem, was du über die Tauren berichtest, gelogen ist.«

»Warum helft ihr mir dann nicht?«, fahre ich sie an und beiße mir ihm nächsten Moment schon auf die Zunge.

»Das, was die Tauren getan haben, ist schrecklich und gehört bestraft. Doch wenn wir Aries uns einmischen, weitet sich der Krieg aus. Dann ist der Frieden, den die Urgötter vorgesehen hatten, vollends zerstört.«

Ich schnaufe verächtlich aus. »Eine sehr simple Erklärung.«

Oxana holt tief Luft. »Ich kann nachvollziehen, dass du meine Entscheidung so verstehst. Aber bitte versuche auch, meine Situation nachzuvollziehen. Die Einzige, die euch helfen kann, ist die Urgöttin Libra, die Waage. Libra hat das Gleichgewicht der Sternenstämme ursprünglich geschaffen, sie kann es auch wieder herstellen.

Ich lege die Hände vors Gesicht, raufe meine Haare. Oxana scheint nicht zu begreifen, wie sehr wir Leonen wirklich leiden. »Ich habe nicht die Zeit, nach einem Wesen zu suchen, das es vielleicht niemals gab.«

»Aber du hast doch einen handfesten Beweis.«

»Der einzige Beweis dafür, dass es die Urgötter wirklich gab, ist das Tagebuch. Aber dieses Buch ist Hunderte von Jahren alt. Was, wenn die Urgötter schon gar nicht mehr existieren?«

»Wir Aries sind der festen Überzeugung, dass es die Urgötter noch gibt. Die Sage erzählt, dass sie irgendwo zurückgezogen leben. An einem versteckten Ort. Sie werden so lange am Leben bleiben, wie es uns Sternenstämme gibt.«

Ich hole tief Luft. Am liebsten würde ich einfach aufstehen und gehen. Mir diese Sagen nicht länger anhören. Reine Zeitverschwendung. »Und wo soll sich Libra befinden?«

Wieder schüttelt Oxana den Kopf. Ich hätte mir denken können, dass sie es nicht weiß. Ich massiere meine Schläfen. Erhebe mich. Wische meine verschwitzten Hände an den fremden Klamotten, die ich trage, ab. »Auch, wenn ihr mir nicht helft – ich werde um Emilian kämpfen. Ich kann auch meinen Traum nicht einfach ignorieren. Dafür war er zu real.«

»Es tut mir unendlich leid, das zu sagen, aber so wie du die Tauren beschreibst, haben sie Emilian bestimmt schon längst getötet.«

»Dann werde ich die Gewissheit haben. Aber was, wenn er doch noch lebt? Ich werde ihn heute Nacht befreien.«

»Ich halte das für keine gute Idee«, erwidert Oxana und steht ebenfalls auf. »Du bist sehr schwach. Und mit jeder Anstrengung wirst du schwächer und kommst dem Tod näher. Ich habe Sorge, dass du es nicht durchstehen wirst.«

Ich presse meine Lippen aufeinander. Die Worte, die mir auf der Zunge liegen, würden Oxana verletzen.

Erst nach ein paar Atemzügen dringt zu mir durch, was sie gerade gesagt hat. »Wie meinst du das … nicht durchstehen?«

Oxana macht einen Schritt auf mich zu, legt eine Hand auf meine Schulter. Ich lasse es zu, obwohl mir ihre Berührung einen kalten Schauer den Rücken hinabjagt. »Du wirst sterben, Robin.«

OFFENHEIT

Die Dämmerung hat eingesetzt. Langsam breitet sich dunkles Rot über dem Himmel aus. So, wie sich die Gewissheit, dass ich sterben werde, über meiner Seele ausbreitet. Selbst wenn es mir gelingt, Emilian und die Leonen zu befreien, werden wir nicht zusammenleben können.

Ich denke an die letzte Nacht, die wir im Wald der Tauren in der Ruine verbracht haben. Als Emilian sagte: *»Vielleicht sollten wir es endlich einsehen, Robin. Vielleicht sind wir einfach dazu bestimmt, gemeinsam etwas zu bewegen, aber nicht dazu, glücklich zu sein.«*

Inzwischen habe ich keine Angst mehr davor, zu sterben. Ich habe bereits zu oft damit gerechnet. Als hätte sich ein Panzer um mich gelegt, der mit jedem Mal dicker geworden ist und mich gänzlich vor dieser Angst bewahrt. Alles, was ich noch empfinde, ist Abscheu, Hass und Ekel vor dem, was die Tauren den Leonen und mir angetan haben.

Mein Herz zieht sich zusammen, wenn ich an meinen Traum denke. An Minnas und Floras Schreie. Wenn ich mir vorstelle, was sie mit Emilian gemacht haben … Ob Birkaras durchschaut hat, dass Melvin uns auf unserer Flucht geholfen hat? Birkaras ist schlau. Das bedeutet, dass Melvin aller Wahrscheinlichkeit nach tot ist.

Ein stechender Schmerz durchfährt meinen Magen. Ich kann ein paar Sekunden lang nicht atmen. Ziehe die Beine bis unters Kinn, schlinge die Arme darum. Der alte Baumstamm, auf dem ich sitze, ist nass vom Regen, der erst vor wenigen Minuten aufgehört hat. Müde blicke ich hoch in das kleine Stück Himmel, das die Tannen freigeben. Betrachte die Sterne. Hell und klar funkeln sie über mir.

Eine fremde Energie kitzelt meine Sinne. Ich kann spüren, dass sie mit jedem Atemzug stärker wird, auch wenn meine Sinne im Vergleich zu früher abgestumpft sind.

Kurz darauf steht Oxana vor mir. »Darf ich mich zu dir setzen?«

Sie setzt sich, ohne eine Antwort abzuwarten. Ich wende mich von ihr ab, will ihr nicht ins Gesicht sehen. Auf der einen Seite verstehe ich sie. Ich verstehe, dass sie mir nicht helfen kann, weil sie die Aries nicht in etwas hineinziehen darf, was nichts mit ihnen zu tun hat. Auf der anderen Seite fühle ich mich hintergangen und alleingelassen.

Sie nimmt meine Hand. Hält sie so fest, als hätte sie Angst, dass ich ihr entwischen könnte. »Du bist enttäuscht, das verstehe ich. Aber du musst auch mich verstehen. Mein Stamm hat nicht das Recht einzuschreiten. Allein Libra darf das tun.«

Oxana rückt noch näher, so dass sich unsere Schultern berühren. »Bist du dir sicher, dass du heute Nacht in den Kampf ziehen willst? Du weißt, dass du keine Chance hast.«

Ihre Offenheit verwirrt mich. Ich lege den Kopf in den Nacken. Schließe die Augen. »Ich würde es mir nie verzeihen, wenn ich es nicht versuche. Ich habe keine Angst. Wie die Tauren habe ich die Gabe zu töten. Ich bin stärker als mancher Taurer.«

Oxana zuckt kurz zusammen, doch sie fängt sich schnell wieder. Auch ich selbst müsste erschrecken, wenn ich mich so reden höre. Aber das tue ich nicht. Dennoch möchte ich auch nicht, dass Oxana denkt, ich sei grausam.

Ich streiche mir über das Gesicht. Reibe meine trockenen Augen. »Eine Gabe, die ich nur im Notfall benutzen werde.«

Oxana drückt meine Hand, während sie mit dem Daumen meine Knöchel massiert. Es fühlt sich komisch an, ihr so nah zu sein. Doch langsam gewöhne ich mich an ihre Art. »Hast du schon einmal einen anderen Weg versucht?«

Ich ziehe meine Augenbrauen hoch. »Anderen Weg?«

Wieder rückt sie näher, ich kann die Wärme ihres Körpers spüren. Ihre Kreole verfängt sich in meinem offenen Haar. Mit halbgeschlossenen Augen sieht sie mich an. Ihre eindringliche Art gibt unserem nächtlichen Treffen etwas Verschwörerisches. »Du trägst zwei unterschiedliche Kräfte in dir. Die Kraft der Natur – zu erschaffen und zu bewahren. Und die Kraft des Bösen – zu zerstören und zu töten.«

Sie macht eine kurze Pause ohne ein einziges Mal ihre Lider zu schließen. Ich versuche, mich auf die Verzierungen an ihrer Schläfe zu konzentrieren, denn wenn ich ihr in die Augen sehe, habe ich das Gefühl, ihr all meine Geheimisse zu offenbaren.

Doch sie umfasst mit ihrer freien Hand mein Kinn. Zwingt mich, ihr in die Augen zu sehen. »Das, was ich dir jetzt sage, das hast du nicht von mir! Verstanden?«

Ich nicke. Schlucke. Mein Mund ist mit einem Schlag wie ausgetrocknet.

In Oxanas Augen flackert Angst. »Du kannst eine neue Kraft erschaffen.«

»Neue Kraft?«, wiederhole ich ratlos.

»Hast du schon einmal versucht, beide Kräfte zu vereinen? Die Kräfte der Tauren und die der Leonen? Die Natur dir untertan zu machen?«

Ich weiß nicht, worauf Oxana hinauswill. Zudem fürchte ich, dass sie auf diese seltsame Art testen will, ob ich auch wirklich nicht zu den Bösen zähle.

Es dauert ein paar Sekunden, bis ich mir eine Antwort überlegt habe, die überzeugend, aber nicht zu abweisend klingt. »Ist das nicht gegen das Gesetz der Sternenvölker?« Ich versuche so unauffällig wie möglich ein Stück von Oxana abzurücken.

»Deswegen hast du diesen Vorschlag ja auch nicht von mir. Nutze ihn nur, wenn es zum Äußersten kommt. Im absoluten Notfall.«

»Wenn ich mir die Natur zum Untertan mache – verliere ich sie dadurch nicht?«

Sie nickt, sieht mir fest in die Augen. »Das wird die Gefahr dabei sein. Verliere dich nicht in den dunklen Kräften der Tauren. Die Macht wird dich durchfluten, stärker als du es bisher erlebt hast. Deswegen sei dir bewusst, wenn du es tust, und schränke die Kraft noch im selben Moment ein. Ansonsten wirst du dich vergessen.«

»Was meinst du mit *vergessen*?«

Ein sanfter Wind tanzt durch den Wald und bringt die Blätter der Büsche und Bäume zum Rascheln. Kurz fürchte ich, dass Oxana nicht mehr antworten wird, doch dann sagt sie so leise, dass ihre Stimme beinahe vom Rauschen des Waldes übertönt wird: »Das Wichtigste ist, zu wissen, wohin man gehört. Wer man ist und was einen ausmacht.«

Sie nimmt den Kopf hoch, blickt in den Himmel. Erhebt sich voller Anmut von ihrem Platz. Inzwischen hat sich die Dunkelheit so stark ausgebreitet, dass die Spitzen der Tannen in der Nacht verschwunden sind. Ich könnte ein Licht heraufbeschwören, doch dazu bin ich zu erschöpft.

Oxana streicht sich über ihre grüne Weste und lächelt mich aufmunternd an. »Heute Nacht werde ich mit meinem ganzen Herzen bei dir sein.« Sie holt tief Luft. »Es war mir eine Ehre, dich kennengelernt zu haben«, sagt sie schließlich, als wäre ich bereits gestorben.

Mit diesen Worten geht sie. Löst sich in der Dunkelheit auf. Einen Augenblick lang bleibe ich noch auf dem Baumstamm sitzen. Genieße den frischen Duft der Gräser und den herben Geruch des Stammes unter mir.

Als ich schließlich aufstehe, setzt mein Herz ein paar Schläge lang aus. Eins. Zwei. Drei. Dann hat sich mein Körper wieder gefangen. Ich fahre mit den Fingern durch mein zerzaustes

Haar, flechte es zu einem lockeren Zopf. Ignoriere das beklemmende Gefühl, nicht richtig atmen zu können. Laufe los.

Ich muss mich beeilen, wenn ich in tiefster Nacht die Siedlung der Tauren erreichen will. Also beginne ich zu rennen. Erst nur langsam, dann doch etwas schneller. Ich versuche bewusst, nicht zu sprinten, um meine Kräfte zu schonen. Aber alles in mir schreit danach, einfach loszustürmen.

Die Lederhose, die Elvor für mich aufgetrieben hat, fühlt sich gut auf meiner Haut an. Dazu trage ich ein schwarzes, enganliegendes Hemd. Im Takt meiner Schritte schlägt der Messergürtel – ein Geschenk von Oxana – gegen meinen rechten Oberschenkel. Gerade mal zwei Messer stecken darin. Vermutlich sind sie dafür gedacht, Holz zu schnitzen oder gröbere Pflanzen zu schneiden. Nicht, um zu verletzen, zu töten. Sie geben mir Sicherheit.

Zu wissen, dass ich töten kann, gibt mir hingegen keine Sicherheit. Im Gegenteil: Es macht mir Angst. Ich denke an das, was Oxana mir anvertraut hat. Ich will ihre Worte nicht verstehen, und gleichzeitig weiß ich, dass ich sie nur zu gut verstehe.

Ich sende meine Energie aus, tief in den Boden, tiefer als die Wurzeln der Bäume reichen. Schwach dringt das Flüstern der steinigen Erde in meine Zellen. Meine Muskeln fühlen sich an, als hätten sie nur darauf gewartet, endlich wieder mit dem Wald zu verschmelzen. Barfuß federe ich über den Boden. Unter mir weiches Moos, das mich sanft auffängt, Laub, das jeden meiner Schritte lautlos macht.

Ich lasse den Wald hinter mir. Vor mir erstreckt sich die

prächtige Wiese. Zart wiegen sich die Köpfe der Blumen im Mondlicht.

Doch ich habe keine Zeit mich an ihrer Schönheit zu erfreuen. Ich renne so schnell, dass ich die Pollen des Löwenzahns aufwirbele. Ich bin umgeben vom Duft der Blumen und Pflanzen. Sauge ihn tief in meine Lunge, lasse mir von der Natur Kraft geben.

Schließlich habe ich die Wiese fast überquert, und vor mir liegt der andere Wald. Eine schwarze, abschreckende Front. Knochige Äste. Büsche schneidend wie Messer. Ich werde langsamer, keuche, verschlucke mich. Klopfe so fest auf meine Brust, dass ich schon das Gefühl habe, mir selbst die Knochen zu zertrümmern. Langsam nähere ich mich diesem Wald, der für mich das Tor zu Hass und Tod darstellt. Kein Wunder, dass niemand von den anderen Sternenvölker jemals einen Fuß hineinsetzen wollte.

Nur noch ein paar Meter trennen mich von dem Gebiet der Tauren, als ich plötzlich zur Seite gerissen werde. Jemand packt mich am Kopf, drückt mich zu Boden. Wirft sich auf mich, so dass ich mich nicht mehr rühren kann.

Alles, was ich denke, ist: Verzeih mir, Emilian. Verzeiht mir, meine Schwestern, dass ich euch nicht gerettet habe.

LYSANDER

Ich trete nach hinten, doch ich verfehle meinen Gegner. Mein Messergürtel liegt unter mir, was es mir unmöglich macht, an eine meiner Waffen zu kommen. Ich versuche den Angreifer abzuwerfen, schlage um mich. Ich habe keine Chance.

Ein paar Sekunden lang schiebt sich eine Wolke vor den Mond. Tiefschwarze Dunkelheit.

Ich kann mich frei machen. Donnere mit voller Wucht meinen Ellenbogen nach hinten, treffe den Angreifer. Fluchen. Es gelingt mir, mich unter ihm wegzurollen. Ich robbe über den Boden, versuche mich auf die Beine zu stemmen – doch er ist schneller. Er packt meinen Unterschenkel. Zieht mich problemlos zu sich zurück. Greift meine Hände, presst sie auf den Boden.

Wie gefesselt liege ich da. Durch den Sturz habe ich mir auf die Zunge gebissen. Schmecke Blut in meinem Mund. Ich verschlucke mich daran, huste und versuche, es auszuspucken. Es darf nicht sein, dass die Tauren die Grenze ihres Gebiets übertreten, um mich in einem fremden Gebiet gefangen zu nehmen. Doch Birkaras schreckt offenbar vor nichts zurück.

Mit letzter Kraft werfe ich meinen Kopf nach hinten, in der Hoffnung, meinen Gegner irgendwie zu treffen. Ihm vielleicht so die Nase zu brechen ... Knacken. Ein wundervolles Geräusch, das in mir Hoffnung weckt.

»Verdammt ...«, knurrt mein unbekannter Feind.

Die Stimme kenne ich, doch mein Kopf kann sie nicht gleich zuordnen.

Plötzlich lacht der Fremde auf. Sein Lachen ist tief, warm und voller Stärke. »Ich habe dich unterschätzt.« Sein Schmerz scheint schon verflogen zu sein.

Jetzt erinnere ich mich auch wieder an die Stimme. Er ist der Taurer, der mich davon abgehalten hat, die Siedlung seines Stammes zu stürmen. »Du schon wieder. Was willst du?«, fauche ich, halte jedoch still.

Sein Lachen verstummt. Er gibt meine Arme wieder frei und löst sich von mir, dass ich mich umdrehen und wieder aufrichten kann. Der Fremde streicht sich über die Stirn, reibt sich erschöpft die Augen. »Dich vor einer Dummheit bewahren.«

»Wer bist du?«, zische ich. Wische nebenbei den Dreck von meinem Hemd.

»Das ist nicht wichtig.«

»Für mich schon.« Ich versuche aufzustehen, doch meine Knie zittern zu heftig. Ich sacke zu Boden. Der Taurer mustert mich, die Stirn in tiefe Falten gelegt.

»Ich bin müde«, rede ich mich heraus. »Also, wer bist du?«

»Lysander«, sagt er und lächelt dabei, als hätte ich ihm gerade gesagt, dass er der schönste Mann des Planeten sei.

»Und wo kommst du her, Lysander?«, verhöre ich ihn weiter.

»Das wirst du noch früh genug erfahren. Aber nicht jetzt.

Deine Gedanken drehen sich allein darum, Emilian zu befreien. Hältst du das wirklich für eine gute Idee?«

Ein paar Sekunden lang betrachte ich ihn einfach nur abschätzig, was ihn jedoch nicht zu stören scheint. Denn er ist viel zu sehr damit beschäftigt, seine Nase zu betasten. Eigentlich müsste sie gebrochen sein, doch Lysander scheint kaum Schmerzen zu verspüren.

»Ich brauche Emilian.«

»Du brauchst ihn, weil du ohne ihn, das, was du vorhast, nicht schaffst – oder weil du ihn liebst?« Lysander erhebt sich vom Boden und reicht mir die Hand. Zögerlich nehme ich sie an. Mit einem einzigen Ruck zieht er mich auf die Beine.

»Beides.«

»Falsch«, sagt er. »Du liebst ihn, und da hört es schon auf. Brauchen tust du ihn nicht unbedingt.« Seine braunen Augen leuchten in der Dunkelheit. Er wartet auf meine Reaktion.

»Außerdem muss ich davon ausgehen, dass die Tauren meine Schwestern gefangen halten. Sie haben nämlich das Versteck meines Stammes gefunden.«

Lysander wirkt überrascht. »Wann? Und vor allem: Woher willst du das wissen?«

Wenn ich Lysander von meinem Traum erzähle, wird er mich für verrückt halten. Deshalb weiche ich aus. »Das geht dich nichts an.«

Er setzt denselben Blick auf, den Almaras mir immer zuwarf, wenn ich etwas Verbotenes getan hatte. »Ich bekomme so ziemlich alles mit, was in diesem Wald geschieht. Dass die

Tauren deinen Stamm entdeckt und Minna und Flora in ihre Siedlung verfrachtet haben, ist mir neu.«

Ich packe ihn am Kragen seines Hemdes. »Woher kennst du die Namen meiner Schwestern?«

Lysander hebt abwehrend die Hände. »Ich sage doch: Du erfährst alles noch früh genug!« Doch als ich nicht loslasse, fügt er hinzu: »Ich weiß alles über dich, Robin. Ich verspreche dir, dass ich zu den Guten gehöre. Du musst mir vertrauen. Birkaras hält deine Schwestern nicht gefangen!«

Vertrauen ... Etwas, das Emilian mir beigebracht hat. Ich lasse von Lysander ab. Verfolge jede seiner Bewegungen. »Es tut mir leid, aber deine Meinung interessiert mich nicht. Ich kenne dich ja gar nicht.«

Ich marschiere auf den Wald zu, doch Lysander hält mich am Ärmel fest. »Robin, sei vernünftig.«

Ich reiße mich los. Gehe weiter auf den Wald zu. Doch Lysander stellt sich vor mich, zwingt mich erneut, stehen zu bleiben.

Ich gebe auf. »Also gut, was willst du?«

»Ich will dich vor einem Fehler bewahren«, antwortet er. Er packt mich an den Schultern, sieht mich fest an. »Ist Emilian es wirklich wert?«

Ich nicke. »Das ist er.«

Er fährt sich durch sein braunes Haar. Überlegt. »Dann werde ich dir helfen. Auch, wenn es absoluter Wahnsinn ist.« Er macht eine Pause, legt die Hand auf sein Herz. »Für die wahre Liebe soll man kämpfen. Koste es, was es wolle.«

Laut Lysander sind die Auslöser auf der Grenze zwischen den Gebieten der Tauren und der Aries außer Betrieb. Als ich ihn frage, woher er das weiß, antwortet er: »Ich wusste, dass du versuchen würdest, Emilian zu befreien. Und glaube mir: Ich lebe schon lang genug in diesem Wald, um zu wissen, wo sich die Auslöser befinden und wie man sie außer Kraft setzt.«

Vielleicht ist es ein Fehler, mir von Lysander helfen zu lassen. Ihm zu vertrauen. Doch alleine habe ich keine Chance, das sehe ich ein.

Als wir die Grenze zum Gebiet der Tauren übertreten, ist es mit einem Mal eiskalt. Das Leben, das ich eben noch schwach im Boden gespürt habe, ist verschwunden. Was bleibt, ist eine trostlose, tote Erde. Oxanas Worte hämmern in meinem Kopf: *Du wirst sterben.* Aber nicht bevor ich diejenigen gerettet habe, die ich liebe. Ich bin zu allem bereit.

Ich renne. Achte nicht darauf, ob Lysander mir folgt. Mein Herz schlägt heftig, treibt mich zu Emilian. Zu meinen beiden Schwestern. Zu Laurin, zu Melvin. Ich werde alles daransetzen, sie zu befreien.

Steine, alte Tannenzapfen und Erdbrocken poltern mit mir den Hang hinab. Oxana hatte mir Schuhe angeboten, doch meine Verbindung zur Natur ist hier so zerbrechlich, dass ich ihre Energie nur noch barfuß wahrnehme. Schon bald sind meine nackten Füße übersät mit Kratzern. Die dünne Haut platzt auf, Blut dringt daraus hervor. Ich nehme es kaum wahr.

Lysander ist mir dicht auf den Fersen. Obwohl ihm die Verbindung zur Natur fehlt und er ebenso schnell wie ich rennt, stürzt er kein einziges Mal. Er muss schon lange im Wald hausen.

Ich schlage Äste aus dem Weg, weiche in letzter Sekunde einem Dornenbusch aus. Federe kurz vor einer morschen Wurzel ab. Das Blut auf meinen Füßen und an meinen Knöcheln schimmert silbern im wenigen Mondlicht, das sich zwischen den Tannen hindurchkämpft.

Dann sehe ich sie. Die Mauer um die Siedlung der Tauren. Ich werde alles dafür tun, diese Mauer nicht noch einmal sehen zu müssen.

KERKER

Totenstille. Tiefschwarze Nacht.

Lysander kniet dicht neben mir. »Wenn Emilian noch lebt, wird Birkaras ihn vermutlich in den Kerker gesperrt haben.«

»Du kennst dich in der Siedlung der Tauren aus?«, flüstere ich.

Eine Frage, die Lysander nicht beantwortet. Er nimmt etwas Erde in die Hand, lässt sie durch seine Finger auf den Boden rieseln. Dabei fällt mir sein breites Lederarmband auf, in dessen Mitte ein dunkelroter Stein eingelassen ist.

Nichts. Nicht das leiseste Geräusch. Keine einzige Bewegung, als wäre die Siedlung der Tauren ausgestorben. Allein die Fackeln an den Seiten des großen Tores zittern im schwachen Wind.

Ein Dornenbusch bietet uns Deckung. Ein spitzer Ast bohrt sich direkt neben meinem rechten Auge in meine Haut. Harz klebt an meinen Händen und Füßen. Kampfbereit lasse ich meine Schultern kreisen, dehne die Arme.

»Wenn sie uns umzingeln, dann zögere nicht. Töte sie durch deine Gedankenkraft.«

»Ich werde nicht töten«, antworte ich ruhig.

»Ich dachte mir bereits, dass du das antworten wirst. Aber

sie werden sich uns in den Weg stellen. Dann wirst du töten müssen.«

»Nicht mit meiner taurischen Kraft. Nicht wenn ich es verhindern kann.« Durch meine Morde an Korfus und Fares hatte ich meine Verbindung zur Natur fast verloren. Ich will nicht riskieren, sie wieder zu verlieren.

»Welche Waffen trägst du bei dir?«

»Zwei Messer.«

»Zwei Messer«, wiederholt Lysander. »Und was noch?« Er deutet mein Schweigen richtig. »Robin, wenn du Glück hast, schaffst du es mit zwei Messern gerade mal in Birkaras' Felsburg!«

Er nimmt meine Hand, legt ein Messer hinein und schließt meine Finger um den rauen Holzgriff. Verwundert betrachte ich die Klinge, die eigentlich dafür gedacht ist, Tiere auszunehmen.

»Hier, das ist für dich. Es ist nicht besonders scharf, aber so trägst du immerhin drei Messer bei dir.« Er macht eine Pause, sieht mich fest an. »Da ist noch etwas ...«

»Was?«, dränge ich ihn, als er nicht weiterspricht.

»Ich weiß, dass alle deine Sinne darauf gerichtet sind, Emilian zu befreien. Aber Birkaras besitzt etwas, das für uns beide von großem Interesse ist. Etwas, das wir sehr gut gebrauchen könnten ...«

»Seine Kette?«, frage ich zögerlich.

Lysander nickt einmal.

»Warum hast du Interesse an der Kette?«

In diesem Moment schrickt eine Krähe hinter uns auf, erhebt sich kreischend in die Lüfte. Dann ein Rascheln. Keinen Meter hinter uns. Etwas Dunkles erhebt sich vom Boden, eine große, schwarze Gestalt. Alles geht viel zu schnell. So schnell, dass ich nicht mehr klar denken kann.

Ich hechte zur Seite. Hole aus. Schlage das Messer mit voller Wucht in warmes Fleisch.

Es ist wie damals. Damals, als ich das Reh tötete. Diesmal ist es ein Bär, dessen Lefzen noch gierig zucken. Er taumelt. Stürzt. Sein wuchtiger Körper kracht zu Boden.

Bären und Krähen zählen zu den wenigen Tierarten, die sich im Gebiet der Tauren aufhalten. Die Tauren schmeißen die abgenagten Knochen des Fleisches, das die Leonen ihnen mit den Abgaben liefern, in den Wald. Und locken damit die Tiere an.

Mein Messer steckt auf der Höhe seines Herzens, perfekt gezielt. Die braunen Augen des Bärs brennen sich in meine, während sein dunkles Fell nass vor Blut wird. Sein Atem geht schnell. Lysander sieht erst mich an, dann den Bären. Ich weiß, was er vorhat. Will ihn aufhalten. Zu spät. Das Tier knurrt ein letztes Mal, ehe sein Körper erschlafft und sein Blick ins Leere geht.

»Man hätte nichts mehr tun können«, flüstert Lysander. Ich höre ihn kaum.

Ich hätte es wissen müssen. Hätte den Bären spüren müssen. Aber da war nichts. Ich wollte nie einen Bären töten. Nun habe ich es getan.

Ich ziehe das Messer aus dem noch warmen Körper, wische es an meiner Lederhose ab. Schlucke. »Lass uns gehen.«

Wie ein schwarzer Schatten husche ich zum Eisentor. Schließe meine Finger fester um das blutige Messer. Lausche. Vollkommene Stille.

Wenn ich ehrlich bin, dann weiß ich, dass die Tauren mich erwarten. Dass diese Stille eine Drohung ist. Die Ruhe vor dem Sturm.

Ich hole tief Luft. Schiebe mit ganzer Kraft das Tor auf. Schlüpfe durch den schmalen Spalt.

Auf einmal reißt mich jemand an meinem Zopf zurück. Ein Faustschlag landet mit voller Wucht in meinem Magen. Gleichzeitig zerrt jemand per Gedankenkraft an meiner Seele. Ich öffne die Hand, mein Messer fällt zu Boden.

»Hast du wirklich gedacht, du könntest dich einfach so reinschleichen?« Ein weiterer Schlag. Diesmal in mein Gesicht. »Miststück!«

Serbio. Er war einer der Wachen in der Nacht, in der Emilian und ich aus der Siedlung der Tauren geflohen sind. Ihm hatte Emilian das Bewusstsein geraubt.

Das Ziehen in meinem Kopf und meiner Brust wird stärker. Serbio spielt mit mir. Ein zweiter Taurer geht zielstrebig auf einen Schalter an der Mauer zu. Ich bin mir sicher, dass dieser Schalter in der Siedlung einen Alarm auslösen wird.

Doch bevor er seine Hand auf den Metallgriff legen kann, sackt er auf einmal zu Boden. Leblos.

Angst flackert in Serbios Augen auf. Er verstärkt das Ziehen in meinem Kopf. »Was …?!«

Innerhalb weniger Sekunden habe ich eines meiner Messer gezückt. Ramme es in Serbios Oberschenkel. Entreiße mich seinem festen Griff. Serbio keucht laut.

Ich konzentriere mich. Stelle mir vor, wie Serbio das Bewusstsein verliert. Meine Kraft trifft ihn wie sein Faustschlag mich kurz zuvor. Mit aufgerissenen Augen kippt er nach hinten, prallt mit der Schulter voraus auf den Boden. Reglos liegt er da. Allein seine Brust hebt und senkt sich noch regelmäßig.

Ich ziehe das Messer aus seinem Oberschenkel, schiebe es wieder in meinen Gürtel. Nehme eine plötzliche Bewegung hinter mir wahr – Lysander. Ich nicke ihm zu. »Danke.«

Wir setzen uns in Bewegung. Es ist ein Wunder, dass nach Serbios Schreien nicht die ganze Siedlung hell erleuchtet ist. Mein Herz hämmert in meiner Brust. Adrenalin jagt durch meinen Körper. Gespenstisch flackert das goldene Licht der Fackeln an der schwarzen Felswand.

Ich hasse diesen Ort. Allein meine Hoffnung, Emilian und meine beiden Schwestern zu retten, treibt mich an. Ich ziehe die schwere Tür in der Felswand auf, Lysander folgt mir hinein. Im Inneren der Burg werfe ich einen Blick nach links und rechts. Niemand. Wir huschen einen nachtschwarzen Gang entlang.

Nur einmal war ich im Kerker – der einzige Ort in der Felsburg, an dem Emilian und ich reden konnten, ohne Angst haben zu müssen, Birkaras könnte uns belauschen. Ich befürchte, mich nicht mehr an den Weg zu den Kerkern erinnern zu können, doch Lysander führt mich. Nicht eine Sekunde wirkt er unschlüssig. Ich frage mich, warum er sich so gut in Birkaras' Felsburg auskennt.

Wir erreichen eine zweite Treppe. Mein Puls rast. Ich haste die Stufen hinab, stolpere fast, da die Finsternis die Kanten verschlingt. Erreiche endlich ebenen Boden. Halte die Luft an.

»Robin?«, flüstert eine Stimme, die ich unter tausend anderen erkennen würde. Er kann mich nicht sehen, dafür ist es zu dunkel. Aber er kann mich spüren. Mein Herz glüht.

»Emilian«, hauche ich.

Ich versuche, ein Licht heraufzubeschwören, aber es gelingt mir nicht. Ich strenge mich an, schließe die Augen. Alles in mir schreit danach, Emilian zu sehen. Wenn ich daran denke, was die Tauren ihm angetan haben … Auf einmal lodert aus den Fackeln an der Wand Feuer. Mächtig. Gelb mit roten Funken. Keine bunten Farben, die darin tanzen. Die Flammen zittern gefährlich. Das ist kein Leonenfeuer.

Ich verstehe nicht, wo diese Kraft auf einmal hergekommen ist. Doch als ich Emilian meinen Namen erneut flüstern höre, bin ich mit all meinen Gedanken nur noch bei ihm.

Lysander reagiert sofort. Besieht sich das Schloss an der Gittertür, die Emilian von mir trennt.

»Ich hab jede Nacht probiert, es zu zerstören. Keine Chance. Es ist zu stabil.« Emilians Stimme ist gebrochen. Schwach. Was haben sie ihm angetan?

Lysander scheint Emilian nicht zu hören. Er umschließt das

Schloss mit beiden Händen, drückt einmal fest zu. Einzelne Metallteile fallen zu Boden.

Stille. Emilian mustert Lysander stirnrunzelnd.

»Wir sprechen später darüber«, sagt Lysander knapp.

»Was ist mit Melvin? Flora, Minna ...«, frage ich Emilian, während ich seine Zellentür aufreiße. Das laute Quietschen der Metallverstrebung lässt mich zusammenfahren.

Er nickt in Richtung des anderen Kerkerendes. »Dort hinten halten sie Melvin gefangen. Deine Schwestern sind nicht hier.«

Er keucht. Sieht mich an. »Robin ...«

Dann bleibt die Zeit auf einmal stehen. Er zieht mich an sich, ich spüre seine starken Arme um mich. Er hält mich fest. So fest, dass ich seinen Herzschlag spüren kann. Als könnte uns nichts auf dieser Welt noch einmal trennen.

»Du lebst«, presse ich mit tränenschwerer Stimme hervor. Ich weiß nicht, ob ich vor Freude weinen oder lachen soll. Er lebt!

»Hast du geglaubt, ich lass dich das alles alleine durchstehen?« Er beugt sich zu mir hinab, legt seine Lippen auf meine. Zunächst ganz vorsichtig, dann immer drängender, als bräuchte er diesen Kuss, um nicht den Rest seiner inneren Stärke zu verlieren.

In diesem Moment spüre ich, dass Emilian ebenso wenig ohne mich leben kann, wie ich ohne ihn. Alleine sind wir nichts, gemeinsam sind wir alles.

Schon hat Lysander das Schloss der Zelle, in der Melvin kauert, zerstört. Melvin hat die Arme um die Beine geschlungen, den Kopf hinter den Oberschenkeln versteckt. Als er sich nicht bewegt, stößt Lysander die Tür auf und zieht ihn gnadenlos vom Boden hoch. »Hey, aufstehen!« Er hebt Melvins Kinn an und blickt in leere Augen. »Wir bringen dich hier raus.«

»Bist du dir sicher, dass Minna und Flora nicht hier sind?«, frage ich Emilian.

»Birkaras hätte sie ebenfalls in den Kerker gesperrt. Außerdem war Serbio oft genug hier.« Emilian schluckt. »Ich bin mir sicher, er hätte seinen Mund nicht halten können, wenn die Tauren die Leonen gefunden hätten.«

Er hat recht. Ich versuche, mich zu beruhigen. Es war nur ein Traum. Minna und Flora geht es gut. Sie sind in Sicherheit.

»Melvin, komm zu dir!«, reißt Lysander mich aus meinen Gedanken.

»Melvin!« Ich eile zu ihm. Weiß nicht, wie ich ihm helfen kann.

Als Melvin meine Stimme hört, blinzelt er schwach. Hebt den Kopf, sucht mich. »Robin …«, haucht er.

Ohne zu zögern hebt Lysander Melvin hoch und trägt ihn zu den Treppenstufen. »Wir müssen hier raus. Das alles hier ist viel zu einfach. Ich hab kein gutes Gefühl.«

Ich auch nicht. Aber ich sage nichts.

Emilian humpelt, doch er schlägt sich tapfer. Das Blut auf seinem Körper lässt meine Hände zittern. Aber er ist bei mir! Wir werden zusammen sein …

Wieder huschen wir den Gang entlang. Erreichen die schwere Eisentür. Gänsehaut überzieht meine Arme. Mein Körper weiß etwas, was mein Kopf zu ignorieren versucht.

Ich ziehe die Tür auf. Viel zu grelles Licht blendet mich. Lachen. Ein tiefes, siegessicheres Lachen.

Birkaras.

FEUER

»Willkommen zurück, Tochter.« Birkaras macht einen Schritt auf mich zu. Breitet seine Arme aus. Sein langer, schwarzer Mantel schleift hinter ihm über den Boden.

Ich schüttele den Kopf. Kann nicht glauben, was ich sehe. Seit ich ihm das letzte Mal gegenüberstand, ist kaum Zeit vergangen – und dennoch hat er sich deutlich verändert. Er sieht jünger aus. Sein schwarzes Haar ist voll und glänzend. Die dunklen Ringe unter seinen Augen sind verschwunden. Er wird tatsächlich immer stärker, während ich immer schwächer werde.

Vor ein paar Jahren hatte Almaras mir abends am Lagerfeuer versprochen, dass am Ende die Guten immer gewinnen würden. In diesem Moment bin ich mir sicher, dass er gelogen hat.

Eine Mauer aus Tauren baut sich hinter Birkaras auf. Ihre Blicke sagen, dass sie mich endlich tot sehen wollen. Wie Geister wirken sie im beißenden Licht der Scheinwerfer, die den Platz erleuchten. Es sind zu viele. Wir sind verloren.

Vincente lugt hinter Birkaras hervor. Zieht den Kopf sofort ein, als ihm klarwird, dass ich ihn gesehen habe. Er war es, der Minna verschleppt und ihr mit einem Messer das Gesicht zerschnitten hat. Abgrundtiefer Hass wütet in meinem Bauch.

Vorsichtig gibt Lysander Melvin frei. Melvin schwankt, bleibt jedoch stehen. Meine Gedanken rasen, überschlagen sich. Finden keine Lösung.

»Ergib dich, Tochter.« Birkaras legt seine Hände wie zum Gebet aneinander.

»Niemals.«

»Du hast keine Chance.«

»Eher sterbe ich heute Nacht.«

Birkaras verzieht seinen Mund zu einem hässlichen Grinsen. »So stur war deine Mutter auch. Und was hat es ihr gebracht?« Er gibt zwei Taurern zu seiner Seite ein Zeichen. »Tötet sie. Nur meine Tochter will ich lebend. Vincente, bring Robin auf ihr Zimmer und sperr sie dort ein.«

Die beiden Taurer setzen sich in Bewegung. Ziehen ihre Augen zu Schlitzen. Konzentrieren sich. Von einer Sekunde auf die andere stöhnt Emilian vor Schmerz, kämpft gegen die Tötungskraft des Taurers vor ihm an. Doch er ist schwach, er wird nicht lange standhalten können.

Melvin bricht zusammen, presst die Hände gegen seine Schläfen. Reißt die Augen unnatürlich weit auf.

Vincente nähert sich mir mit eingezogenem Kopf. Er hat Angst vor mir. Wenn er mich anfasst, ramme ich ihm eines meiner Messer in den Bauch.

»Kümmer du dich um Emilian!«, schreit mir Lysander zu.

Ohne zu wissen, was Lysander vorhat, konzentriere ich mich auf den Taurer, der Emilian mit seiner Gedankenkraft quält. Schleudere ihm eine Welle puren Schmerzes entgegen.

Meine Hände umfassen den Griff eines Messers. Im nächsten Moment steckt es in seinem Bauch. Ich ziehe es heraus. Ein zweiter Taurer packt mich von hinten an der Kehle. Ich ramme ihm das Messer in die Schulter. Hände drücken in mein Gesicht, ein Knie landet in meinem Bauch. Es sind einfach zu viele ...

Aus dem Augenwinkel sehe ich, wie Lysander sich schützend vor Melvin stellt. Er schafft es, mehrere Taurer gleichzeitig in die Knie zu zwingen. Er muss außergewöhnlich stark sein.

Auf einmal trifft mich eine Faust an der Stirn. Ich breche zusammen, und mein Kopf dröhnt. Verzweifelt versuche ich, mich vom Boden hochzuwuchten. Ich muss Emilian schützen ...

Emilian wirft einen Taurer über die Schulter. Blut läuft aus seiner Nase. Seine Arme zittern. Verzweifelt kämpft er gegen die tödliche Gedankenkraft der Taurer an. Sein Gesicht ist so blass wie das silberne Licht des Mondes.

Ein Arm umschlingt mich von hinten, eine Hand legt sich auf meine Kehle. »Verabschiede dich von Emilian«, flüstert Birkaras in mein Ohr. Sein heißer Atem schlägt mir ins Gesicht.

Emilian schwankt. Sinkt auf die Knie. Stöhnt vor Schmerz.

»Lysander«, schreie ich. Er muss Emilian helfen.

In diesem Moment wird Lysander von mehreren Taurern angegriffen. Gemeinsam ringen sie ihn zu Boden. Doch seine Augen suchen den Taurer, der Emilian quält. Finden ihn. Töten ihn.

Alles geht viel zu schnell. Verschwimmt vor meinen Augen. Ich sehe, wie Emilian sich vom Boden hochkämpft. Sehe, wie Melvin von Taurern umzingelt wird. Wie Lysander zwei von ihnen tötet. Aber er ist nicht schnell genug … Höre jemanden meinen Namen schreien.

Die Welt bleibt stehen.

Melvin sinkt zu Boden. Hart schlägt sein lebloser Körper auf. Seine Augen blicken ins Leere.

Ich verstehe nicht. Kann nicht glauben, dass Melvin tot ist. Mein Körper reagiert mechanisch. Ich schlage um mich. Treffe Birkaras mit dem Ellenbogen an der Stirn. Donnere ihm meine Handkante gegen den Hals. Stoße ihn von mir fort. Keine Sekunde später töte ich einen Taurer, der seinem Anführer zur Hilfe eilen will.

Es ist mir egal, dass ich ihn töte. Mehr noch: Es befriedigt mich.

Hass kocht in mir hoch. Meine Fingerspitzen kribbeln. Mein Herz schlägt hart in meiner Brust. Ich schließe die Augen. Spüre eine ungeheure Kraft in mir aufsteigen. Meine Muskeln spannen sich an. Sagen mir, dass sie bereit für mehr sind.

Als ich meine Augen wieder öffne, sprießen Feuerzungen vor mir aus dem Boden. Sie züngeln dem Himmel entgegen, tanzen im Wind. In Höhe meiner Augen hören sie auf zu wachsen.

Niemand wagt es, sich zu bewegen. Das hier ist nicht natürlich. Ich wittere Angst.

Drei Taurer befinden sich gemeinsam mit Lysander, Emilian und mir hinter der Feuermauer. Mit vor Panik geweiteten Augen starren sie in die Flammen. Einen von ihnen töte ich mit einem kurzen Seitenblick. Ich erschrecke nicht mal, als er zu Boden sinkt und mit dem Gesicht voraus im Dreck landet. Sie haben Melvin getötet, ich töte sie. Die anderen zwei Taurer schaltet Lysander aus.

Ich lächle. Fordere Birkaras durch das Feuer hindurch mit meinem Blick heraus. Er versucht es zu verbergen, aber ich spüre seine Angst. An seiner Stirn zeichnet sich deutlich eine Ader ab.

»Tötet sie endlich und bringt mir meine Tochter!«, weist er die Taurer an.

Noch immer rührt sich niemand. Mehrere Atemzüge lang sind die Taurer wie erstarrt. Schließlich flüstert einer: »Es geht nicht ...«

Nur das Knistern des Feuers füllt die Stille, die entstanden ist.

»Was sagst du da?« Birkaras packt den Taurer am Kragen seines Hemdes. Zieht ihn so nah an sich heran, dass sich fast ihre Nasenspitzen berühren.

»Ich habe mehrmals versucht, den Fremden zu töten. Aber ich kann nicht. Mein Kopf schmerzt. Und jetzt dieses Feuer ...«

Birkaras lässt von dem Taurer ab, tritt auf die Flammen zu. Er fixiert Lysander. Zieht seine Augen zu Schlitzen. Versucht Lysander zu töten.

Scheitert. Jetzt kann er seine Angst nicht mehr verstecken.

Ich lasse einmal meinen Kopf kreisen, um meinen verspannten Nacken zu lockern. Jeder Atemzug bringt mir neue Kraft. Ein mächtiges Gefühl hat von mir Besitz ergriffen. Ein Gefühl, das mich drängt, meine neu gewonnenen Kräfte zu erproben, ihnen freien Lauf zu lassen.

Ist es das, was Oxana mir im Wald anvertraute? Ich kenne die Antwort: Ja, es ist mir gelungen, die Kräfte der Taurer und die der Leonen zu vereinen. Und das macht mich mächtiger, als Birkaras es jemals für möglich gehalten hätte.

Das künstliche Licht der Strahler flackert. Erlischt. Allein meine Feuerwand erhellt noch den Platz. Ein harter Wind streift über die Siedlung und bringt die Flammen nur noch mehr zum Zucken.

Ich kann Lysanders aufgeregtes Herz spüren. »Wer hätte gedacht, dass du so stark sein wirst?«, flüstert er.

Emilian nähert sich mir vorsichtig. Der Wind wird stärker. So stark, dass einzelne Funken Feuer durch die Luft sprühen, tanzend in den Himmel steigen und dort verglühen. Unerwartet durchzuckt ein Blitz die eiskalte Nacht. Ein Donner folgt ihm so gewaltig, dass der Boden unter meinen Füßen erzittert. Dichter, grauer Nebel schlängelt sich aus dem Wald direkt auf uns zu. Umwebt die Mauer, die Häuser, die Tauren. Der Boden vibriert unter der Brunst der Flammen.

Das alles hier ist ganz und gar nicht mehr natürlich.

»Was soll das werden?« Birkaras zwingt seinen Worten eine Gleichgültigkeit auf, die er nicht verspürt. Das leichte Beben in seiner Stimme verrät ihn. »Willst du jetzt für immer hinter einer Wand aus Feuer bleiben?«

Ich strecke meine Hand aus. Berühre die wild tanzenden Flammen. Spüre nicht mehr als eine angenehme Wärme. Ich stehe Birkaras direkt gegenüber, nur vom Feuer getrennt. Meinem leiblichen Vater. Das Monster, das mich geschaffen hat und mich zu einem noch viel schlimmeren Monster gemacht hat.

»Du weißt, dass ich außergewöhnlich stark bin. Dass ich eine Macht besitze, von der du nur träumen kannst.«

Schweigen.

»Was willst du?«, presst er schließlich hervor.

»Ich will, dass du uns gehen lässt.«

Lachen. »Ist das dein Ernst?«

In meiner Brust wütet auf einmal ein reißender Schmerz. Meine Knochen werden schwer, meine Muskeln müde. Es ist so, wie Oxana es mir prophezeit hat: Mit jeder Anstrengung verliere ich an Lebenskraft. Wer weiß, wie lange ich diese Feuerwand noch aufrechterhalten kann? Ob sie mich vielleicht sogar mein Leben kostet?

»Du willst es nicht anders.«

Ich springe durch das Feuer hindurch. Packe Birkaras an den Haaren, reiße seinen Kopf nach hinten. Ein paar Taurer wollen ihm zur Hilfe eilen, also umfasse ich demonstrativ mit meiner freien Hand seine Kehle. »Einen Schritt weiter und euer Anführer ist tot.«

Die Taurer sind unschlüssig: Einige schrecken zurück, andere unternehmen halbherzige Versuche, ihren Anführer zu retten. Ich muss nur die Hand erheben, und sie erstarren in der Bewegung.

Ich nehme wahr, wie Birkaras' Herz schneller schlägt. So schnell wie die Flügel eines Schmetterlings. Schweiß glänzt auf seiner Stirn.

»Jetzt bist du es, der Angst hat, Birkaras«, flüstere ich und genieße das Gefühl der Macht, das mich in diesem Moment durchströmt.

»Denkst du wirklich, dass es so einfach ist?«

Mit einem Mal zieht es in meinem Kopf, als würde er in tausend Stücke zerspringen. Ich schreie, lasse von Birkaras ab, presse die Hände auf meine Schläfen. Aus meinen Augen rinnen unaufhaltsam Tränen – so stark ist der Schmerz. Birkaras lacht. Es ist die Kraft seiner Gedanken, die mich quält.

»Robin! Pass auf!«, schreit jemand. Emilian.

Birkaras hat sich aus meinem Griff befreit. Ich will ihn am Hemd packen, verfehle ihn. Doch irgendetwas spüre ich in meiner Hand ... Birkaras reißt sich mit aller Kraft los.

In meiner Hand bleibt ein goldfunkelnder Gegenstand zurück. Birkaras' Kette. Der Bernstein, der meinen Tod bedeutet.

Ich blicke zu meinem verhassten Vater, sehe, wie er sich erschrocken die Hand auf die Brust presst. Mit einem Mal zittert sein ganzer Körper. »Was ... was hast du getan?«

Von einer Sekunde auf die andere fühle ich mich unendlich stark. Unbesiegbar. Als würde in meinen Knochen und Muskeln, in jeder einzelnen Zelle eine Art Lebenselixier fließen und mich von den Toten zurückholen. Ich sehe heller, höre lauter, rieche besser. Ein Wunder.

Das Feuer geht langsam aus. Die Flammen züngeln noch,

ziehen sich jedoch allmählich in den Boden zurück. Dorthin, wo sie hergekommen sind.

Ich starre auf die Kette in meiner Hand. Auf den großen Bernsteinanhänger. Sehe eine Haarsträhne darin schimmern.

In diesem Moment begreife ich. Ich blicke zu Emilian, der ebenso gebannt auf das Schmuckstück starrt wie ich. Meine Augen huschen zu Birkaras, der jetzt auf dem Boden liegt, gekrümmt wie ein Wurm. Seine Haare sind mit einem Mal grau, sein Gesicht faltig und weiß. Blutunterlaufene, fahle Augen liegen in den zwei dunklen Höhlen in seinem Gesicht.

Ich hingegen fühle mich wie neu geboren. Ein zweites Leben, das mir geschenkt wurde.

»Die Haarsträhne im Stein ...«, setze ich an. Schlucke. Fixiere Birkaras.

Er erwidert meinen Blick. Bittend, ja sogar flehend. Die anderen Taurer sind vor Schreck erstarrt.

»Es ist eine Strähne von deinem Haar«, bestätigt er das, was ich nicht auszusprechen gewagt habe.

»Es ist also wahr ...«, flüstert Emilian.

»Du hast meine Kraft gestohlen. Richtig?«, frage ich Birkaras. Meine Stimme ist erschreckend tief und gefasst. »Durch mein Haar im Bernstein hast du an Stärke gewonnen, während ich immer schwächer geworden bin.«

»In der Nacht, in der ich deine Mutter getötet habe, ist dir die Strähne abgeschnitten worden. Du warst noch so klein ...« Er hustet. Spuckt Blut. »Eine Heilerin der Aries hat die Strähne später in den Stein eingelassen.«

Birkaras wimmert mit tränenerfüllten Augen. Speichel rinnt aus seinem Mund, tropft auf den Boden. Ein Bild des Verfalls.

»Wenn ich dir die Kette nicht zurückgebe, dann stirbst du, nicht wahr?«, sage ich. »Vater …«, füge ich verächtlich hinzu.

»Das ist die Schuld deiner Mutter!«, zischt er. Verschluckt sich. Hustet. »Die Hexe hat mich verflucht!«

»Meine Mutter war keine Magierin«, antworte ich mit fester Stimme.

»Ich weiß nicht, wie sie es gemacht hat. Doch kurz bevor ich sie getötet habe, hat sie mich verflucht. Wenig später wurde ich krank. Erst nur leicht, dann immer stärker.«

»Und um die Kontrolle über mich zu haben, hast du eine Haarsträhne von mir in diesen Stein einschließen lassen. Du wolltest die Gewissheit haben, mich jederzeit töten zu können.«

»Ja, ich wollte die Kontrolle über dich. Aber ich wusste nicht, dass ich dir damit …«, er stockt.

»Dass du mir damit langsam, aber stetig das Leben nimmst?«, führe ich den Satz für ihn zu Ende.

»Nein. Das wusste ich nicht.«

»Aber irgendwann hast du schließlich doch bemerkt, dass dich die Kette am Leben hält, während ich ganz allmählich immer schwächer wurde.«

»Ich war mir nie ganz sicher, aber ich hab es mir gedacht.« Seine Stimme ist nur noch ganz leise.

»Hast du mich deshalb in eure Siedlung geholt? Um mich bewachen zu können? Mich, dein Lebenselixier?«

Birkaras wischt sich den Schweiß von der Stirn. »Ich hätte dich ebenso gerne an meiner Seite gewusst.«

»Was ja wohl nur schlecht möglich ist, wenn ich immer schwächer werde.«

»Sei nicht albern. Du ...« Seine Stimme versagt. Er versucht sich ein wenig aufzurichten, sackt jedoch sofort wieder in sich zusammen.

Ich betrachte die Kette genauer, lasse sie durch meine Finger gleiten. Provoziere ihn. »Dein Leben hängt also von diesem Schmuckstück ab.«

Birkaras' Augen sind nur noch zwei Schlitze, mit denen er mich hasserfüllt fixiert. »Genieße deinen Triumph nur. Denkst du wirklich, dass du damit durchkommst? Dass mein Stamm dich einfach so gehen lassen wird?«

Ich brauche nicht zu antworten. Schaue mich um und sehe eine Reihe unentschlossener Taurer, die sich gegenseitig fragende und verwirrte Blicke zuwerfen. Sie fürchten mich, weil ich anders bin. Ich bin auf eine Art stark, die sie nicht kennen.

Birkaras knurrt. Seine Lider flattern. Aus seiner Nase rinnt Blut. Langsam läuft es sein Kinn hinab und perlt auf den Boden. Er stützt sich mit seinen Händen ab, versucht sich aufzurichten. Scheitert. Ein Bild des nahenden Todes.

In diesem Moment beginnt es zu regnen. Erst ist es nur ein Nieseln, doch der Regen wird immer stärker, bis schwere Tropfen vom Himmel fallen.

Vor lauter Hass bekomme ich keine Luft mehr. Spüre, wie

dieses dunkle Gefühl der Macht von mir Besitz ergreift. Meinen Körper kontrolliert.

Wie von fern dringt Lysanders Stimme zu mir durch. »Lauf, Robin! Verschwinde mit der Kette!«

Lysander hat recht. Wir müssen von hier fort, so schnell wie möglich, ehe ich zusammenbreche. Innerhalb eines Atemzuges ziehen sich die Flammen komplett in den Boden zurück. Ich greife nach Emilians Hand. Halte ihn fest. Renne. Sende verzweifelt meine Energie in den Boden, damit die Erde mich leitet. Doch anstatt eine Antwort zu erhalten, spüre ich, wie mir meine Kraft entgleitet. Sich verselbständigt. Die Erde reißt auf, spaltet sich. Gerade noch rechtzeitig federe ich ab, ziehe Emilian mit mir. Ich kann nicht glauben, was meine Augen sehen – was ich mit meiner Energie anrichte. Wie eine klaffende Wunde breitet sich der Riss im Boden immer weiter aus.

Das alles ist zu viel für meinen Körper. Ich taumle. Sehe nur noch verschwommene Umrisse, bekomme kaum mehr Luft. Gerade noch kann ich verhindern, dass ich in die von mir selbst geschaffene Schlucht stürze.

Doch meine Hand öffnet sich und lässt fallen, worum ich so bitter gekämpft habe. Die Kette stürzt in die Erdspalte. Verschwindet in der Dunkelheit.

Die Kette, in der die Kräfte der Leonen gespeichert sind.

Die Kette, die mein Leben bedeutet.

GEBROCHEN

Mitten in der Siedlung der Tauren liegt etwas Schwarzes. Sieht man genauer hin, erkennt man, dass es ein schwarzer Mantel ist, unter dem ein lebendes Geschöpf kauert. Es zittert, gibt immer wieder hohe, wimmernde Geräusche von sich. Versteckt sein Gesicht vor den Taurern, die es in respektvollem Abstand umkreisen.

Es geht dem Ende zu. Er kann sich selbst sehen, wie er sich dort auf dem Boden krümmt. Die Arme um seine angezogenen Beine geschlungen. Wie ein Embryo im Bauch der Mutter. Er wird sterben, wenn er nicht bald den Bernstein an seine Haut pressen kann.

»Herr?«, sagt einer seiner Männer voller Ehrfurcht. »Herr? Was ist mit Euch?«

Es ist, als wäre er hier auf dem Boden und gleichzeitig schon irgendwo in unbekannte Sphären verschwunden. Er sieht, wie die Taurer sich ängstliche und fragende Blicke zuwerfen. Niemand weiß, was mit ihrem geliebten Anführer ist. Sie zucken mit den Schultern, manche verkriechen sich in ihre Häuser.

»Sucht meine Kette.« Seine Stimme ist schwach und klingt seltsam verzerrt.

»Ich habe Euch nicht verstanden, Herr.« Der Taurer nähert sich ihm, geht leicht ihn die Hocke. »Was sollen wir suchen?«

»Sucht meine Kette«, sagt er noch einmal bemüht deutlich. Seine Lippen zittern. Speichel läuft ihm übers Kinn, vermischt sich mit den Tropfen von seinem nassen Mantel. Langsam versiegt der Regen. Der Spuk endet.

Hass. In diesem Moment hasst er seine Tochter. Er hasst sie dafür, dass sie in so vielem ihrer Mutter gleicht. Aber Isa hätte ihn nie bedroht. Sie hätte ihn niemals hintergangen. Robin zerstört seine Erinnerung an Isa, und dafür hasst er sie noch mehr.

»Die Kette mit dem Bernstein?« Der Taurer stützt sich nun mit den Händen auf dem Boden ab und beugt sich ein Stück nach vorne, so dass ihn nur noch eine Armlänge von seinem Herrscher trennt.

»Jaa!«, keift er.

Der Taurer zuckt zurück. Erschrickt vor dem seltsamen Laut, den sein Herrscher ausgestoßen hat. Seine Stimme erinnert an das freudige Quietschen eines Säuglings und zugleich an das tiefe Grollen eines sterbenden, alten Mannes.

»Aber die Kette ist in die Schlucht gefallen ...«, sagt der Taurer zögerlich.

»Ich weiß.« Er muss erst schlucken, bevor er weitersprechen kann. »Holt sie heraus!«

Ein entsetztes Raunen geht durch die Taurermenge. Sie fürchten sich vor dem, was seine Tochter zurückgelassen hat. Er kann es verstehen. Die Tauren hatten nie Feinde. Heute Nacht stand ihnen plötzlich eine solch machtvolle Bedrohung gegenüber, die ihre Vorstellungskraft gesprengt hat.

»Gut«, sagt der Taurer mit fester Stimme.

Er kann sich nicht an den Namen des Mannes erinnern. Aber er kann sehen, dass er große Hände hat, mit denen er gut zupacken kann, und einen so kahlen Kopf, wie er jetzt selbst.

»Ihr habt gehört, was unser Herr gesagt hat! Wir brauchen Seile, an denen wir zehn Männer festbinden, die in die Schlucht steigen und suchen. Der Rest hält sie an den Seilen fest, dass sie – sollte die Schlucht sich ausweiten oder vertiefen – gesichert sind. Alles klar?«

Der Taurer weist zwei Männer an, Seile zu holen. Dann wendet er sich wieder seinem Anführer zu. »Ich weiß nicht, mit was diese leonische Teufelsgeburt euch verflucht hat. Aber ich verspreche euch, dass wir die Kette finden werden. Die Kette wird euch wieder gesund machen, oder?«

»Ja, das wird sie«, presst er hervor.

Jetzt erinnert er sich: Pavel heißt der Mann mit den großen Händen und der Glatze. Er erschien ihm immer bedeutungslos, aber heute hat er bewiesen, dass er seinem Herrscher treu zur Seite steht.

Birkaras zieht seine Beine noch enger an, versteckt sein Gesicht an seinen Oberschenkeln. Er kann spüren, wie sein Fleisch zusammenfällt. Wie seine verkümmerten Muskeln und Knochen nur noch von einer hauchdünnen Schicht Haut geschützt werden. Wie seine Lippen aufplatzen. Die Luft in seiner Lunge beginnt zu rasseln. Jeder Atemzug bedeutet puren Schmerz.

Er weiß nicht, wie viel Zeit vergeht. Zeit bedeutet ihm

nichts mehr – und gleichzeitig bedeutet sie ihm alles. Seine Gefolgschaft beginnt zu suchen. Wie der Taurer mit den großen Händen angeordnet hat, binden sie zehn Taurer an Seilen fest. Er kann ihre Angst wittern, als sie in die Schlucht hinabsteigen. Als einer fällt, schreien sie wild durcheinander. Die Frauen kreischen. Denken wohl, dass nun auch der Boden unter ihren Füßen aufbrechen und sie für immer verschlingen wird.

Jemand kniet sich neben ihn. Es ist Vincente. In seinen zitternden Händen hält er eine Tasse mit einer dampfenden Flüssigkeit darin. »Heheherr … ich hahabe eueuch einen Teeee machen lassen«, stottert er.

Wenn er könnte, würde er Vincente die Tasse aus der Hand schlagen. Er sieht, in einigen Metern Entfernung, eine junge Dienerin stehen. Sie denkt bestimmt, dass er sie nicht sehen kann, so wie er sich unter seinem Mantel versteckt. Aber er sieht sie ganz genau. Ein kaum wahrnehmbares Lächeln liegt auf ihren Lippen. Sie hofft, dass er sterben wird. Ist sich fast sicher, dass er seine letzten Atemzüge tut.

Die Sonne geht auf. Unter seinem schwarzen Mantel wird es stickig warm. Was ihm das Atmen noch viel schwerer macht. Vielleicht hat die Dienerin recht, und er wird wirklich sterben. Wenn sie nicht bald die Kette finden …

»Ich glaube …«, hört er Pavel sagen. Pavel macht eine lange Pause, die an seinen Nerven zerrt. »Ich glaube, ich hab sie! Die Kette!«, ruft er schließlich mit fester Stimme aus. »Zieht mich hoch! Schnell!«

Die Taurer ziehen Pavel hinauf. Pavel eilt an seine Seite. »Hier ist die Kette, Herr.«

Er kann ihre Nähe spüren. Die Nähe der Kette, die sein Leben bedeutet. Und den Tod seiner Tochter. Vorsichtig hebt er seinen Mantel an. Sofort spürt er das Brennen der Sonnenstrahlen auf seinem Gesicht.

Pavel macht einen Satz zurück, als er die eingefallenen Züge seines Herrn sieht. Die starren Augen, die viel zu groß wirken. Seine graue Haut. Die krummen Finger, die nach dem Bernstein gieren. Ein paar Taurer starren Birkaras vor Entsetzen an, andere wenden sich ab – unfähig, den Anblick des gebrochenen Geschöpfes auf dem Boden zu ertragen.

Pavel legt die Kette in seine Hände, verbeugt sich dann hastig. Weicht wieder zurück. Nur Vincente bleibt an seiner Seite. Vincente zuckt nicht mal mit der Wimper. Dafür liebt er seinen Herrn viel zu sehr.

Seine Finger schließen sich fest um den Bernstein. Die Energie geht auf ihn über, die Kraft strömt in seine Muskeln, seine Knochen, seine Adern und sein Herz. Seine ausgefallenen Fingernägel wachsen nach, seine Haut strafft sich, seine Haare sprießen. Seine Beine sind mit einem Mal zu lang, um sie weiter unter dem Mantel zu verstecken – aber das muss er auch nicht mehr.

Sein Rücken knackt, als er sich vom Boden erhebt. Die Taurer sehen ihn mit großen Augen an. Pavel verbeugt sich ein zweites Mal. Vincente lässt die Teetasse aus seinen Händen fallen.

»Euer Anführer ist zurück«, verkündet er und breitet die Arme feierlich aus.

Die Taurer klatschen, jubeln, umarmen sich gegenseitig.

Nur der jungen Dienerin entgleisen die Gesichtszüge. Sie dreht sich um und will fortrennen, doch er ist schneller. »Wo willst du denn hin?«, ruft er ihr nach und lacht.

Er braucht nur einmal kurz zu blinzeln, und sie fällt tot zu Boden. Die Jubelrufe der Taurer werden noch lauter.

Während die Taurer feiern, denkt er an seine Tochter. »Es wird mir eine Freude sein, dich auf den Knien zu sehen, flehend und winselnd, Robin, während ich dir den letzten Rest Lebenskraft aussauge.«

LEERE

Melvin ist tot.

Er ist gestorben, weil er uns, den Leonen, geholfen hat.

Ich weiß nicht, wie lange Emilian und ich rennen. Kurz vor der Grenze zu den Aries bleiben meine Füße wie von selbst stehen. Wo ist Lysander? Wir sind gemeinsam geflohen, doch jetzt kann ich ihn nirgendwo sehen.

Leere. Ich verspüre nichts als eiskalte Leere. Kann nicht begreifen, welche Macht in der Siedlung der Tauren von mir Besitz ergriffen hat. Ich habe wieder getötet. Und es war mir gleichgültig.

Doch dann höre ich Emilians Stimme. Er flüstert meinen Namen. Mein Herz glüht vor Erleichterung, dass ich ihn wiederhabe. »Robin …«

Es schmerzt zu sehen, wie das getrocknete Blut auf seiner Brust vom Regen aufweicht und seinen Oberkörper hinabrinnt. Seine Haut ist übersät von Kratzern und tiefen Schnittwunden. Er zuckt zusammen, als ich meine Hände auf seinen Brustkorb lege. Vermutlich haben die Taurer ihm mehrere Rippen gebrochen. Trotz seiner Schmerzen zieht er mich an seine Brust, und ich versinke in seiner Umarmung, seiner Wärme, seiner Liebe.

»Melvin ist tot … Ich …« Meine Stimme bricht. Ich würde

gerne weinen, doch mein Körper ist ausgelaugt. Ich zittere nicht mal. Bin wie erfroren.

Emilian legt mir seinen Zeigefinger auf den Mund. Schmiegt seine Stirn an meine. Hält mich fest.

»Was haben sie dir angetan?«, keuche ich.

Er öffnet seinen Mund, als wolle er mir alles anvertrauen. Doch dann schüttelt er nur stumm den Kopf.

Ein Ast zerbricht. Schritte, die sich uns nähern. Sofort spannen sich meine Muskeln wieder an.

»Robin?«, ruft Lysander meinen Namen.

Lysander lebt! Die Spannung weicht einer glühenden Dankbarkeit.

Im nächsten Moment schieben sich tiefhängende Tannenzweige auseinander, und Lysander steht vor uns. »Wir haben es geschafft«, begrüßt er uns mit einem schwachen Lächeln.

Emilians Augen betrachten erst Lysander aufmerksam, dann mich. »Ich habe euch viel zu verdanken. Ihr habt mir das Leben gerettet.«

Die langsam aufgehende Sonne taucht die Landschaft in ein so herzliches und warmes Licht, als wolle sie uns trösten. Als wir die Grenze überschreiten, überwältigt mich die Erschöpfung, die, seitdem ich das Feuer geschaffen habe, in meinen Knochen steckt.

Dann geschehen viel zu viele Dinge gleichzeitig. Ich sehe Melvin vor mir, wie er stürzt. Sehe ihn leblos am Boden liegen. Von einer Sekunde auf die andere bebt mein ganzer Körper. Das Brummen in meinem Kopf gleicht einem Bienennest.

Eiseskälte erfasst mein Herz. Die grellen Strahlen der Sonne lassen mich erblinden. Und schließlich dröhnt Birkaras' Stimme in meinem Kopf. Er sagt: »Glaube nicht, dass es vorbei ist. Es wird mir eine Freude sein, dich auf den Knien zu sehen, flehend und winselnd, Robin, während ich dir den letzten Rest Lebenskraft aussauge.«

Ich klammere mich an Emilian.

»Robin, was ist los?!« Seine Stimme dringt nur schwach zu mir durch, als würde uns eine dicke Glaswand trennen.

Dann wird alles schwarz um mich herum.

Als ich wieder zu mir komme, liege ich in einem Bett. Der süßliche Duft von Rosenblättern hängt in der Luft. Meine Knochen schmerzen, aber ansonsten geht es mir gut. Ich öffne die Augen, sehe die Decke eines Zeltes. Ich bin also wieder bei den Aries gelandet.

»Robin, schön dich wiederzusehen«, sagt auf einmal jemand direkt neben mir.

Oxana. Ich richte mich ein wenig auf. Ein brennender Schmerz durchzuckt meinen Rücken. Ich beiße die Zähne zusammen. Mein Herz beginnt wild zu pochen.

»Wie lange war ich bewusstlos?«

»Nicht so lange. Als deine Freunde dich hierhergebracht haben, habe ich dich sofort versorgt. Du liegst hier seit ungefähr einer Stunde.«

Eine Stunde, das geht noch. Ich streiche mir mit den Händen übers Gesicht, fahre durch mein zerzaustes Haar. Will aufstehen, doch Oxana legt ihre Hand auf meinen Oberschenkel. Ich gehorche.

»Es war sehr knapp. Dein Herz hat nur noch schwach geschlagen. Was auch immer du gemacht hast, es hat dich sehr viel Kraft gekostet. Du musst dich jetzt schonen«, mahnt sie mich.

Ich lache bitter. »Ich kann mich jetzt nicht schonen. Ich muss meinen Stamm retten. Meine Familie.«

Oxanas Augen brennen sich in meine, sagen mir, was sie von meinem Vorhaben hält. »Ich weiß nicht, ob ich dich noch ein weiteres Mal heilen kann. Es wird mit jedem Tag schlimmer werden.«

»Umso schneller muss ich von hier fort, um herauszufinden, ob es die Urgöttin Libra gibt und sie mir helfen kann.«

Oxana zieht erstaunt ihre Augenbrauen nach oben. Schüttelt fassungslos den Kopf, dass ihre mit kleinen bunten Steinen verzierten Ohrringe klimpern. »Libra gibt es. Dessen bin ich mir inzwischen sicher. Du selbst hast den Beweis gefunden.«

Ich sehe sie ratlos an, obwohl ich bereits ahne, was sie meint. »Wovon sprichst du?«

»Lysander – ich habe sofort gespürt, dass er anders ist als die normalen Sternenwesen.« Sie streicht über das Kissen unter meinem Kopf, als würde sie die kleinen Falten glätten wollen. »Er ist der Urgott der Tauren.«

Ich schließe die Augen. Atme tief ein. Atme tief aus. Sehne mich danach, die Sterne sehen zu können. Almaras hat mir mal gezeigt, wie man ihre Formationen deuten kann. Jede

Nacht erscheinen sie am Himmel, verraten die Zukunft. Als Kind habe ich fest daran geglaubt, Almaras sogar für seine Fähigkeit bewundert, solche Sternenbilder lesen zu können. Inzwischen weiß ich, dass es einfach nur ein Märchen war.

Egal. Könnte ich sie sehen, dann könnte ich mir einreden, dass sie ein gutes Ende meiner Geschichte prophezeien.

»Wenn Lysander wirklich ein Urgott ist ... dann habe ich eine Chance«, sage ich nach einer Weile und Oxana nickt. »Wie geht es Emilian?«

»Gut. Ich denke, er ruht sich noch aus. Lysander hat dich hierhergetragen, nachdem du zusammengebrochen bist.«

»Wo sind sie jetzt?«

»Sie sind in anderen Zelten und werden dort versorgt. Wenn du willst, kannst du gleich zu ihnen. Aber du solltest vorher noch ein wenig schlafen ...«

»Aber Emilians Rippen ...«, setze ich an, doch Oxanas freundliches Lächeln beruhigt mich sofort.

»Mit Emilian ist alles in Ordnung. Es hat mich viel Kraft gekostet, seine gebrochenen Knochen zu heilen, aber ich denke, dass er schon jetzt keine Schmerzen mehr hat. Er stand, während du geschlafen hast, die ganze Zeit vor deinem Zelt, obwohl er sich selbst hätte schonen sollen.«

Ich grabe meinen Kopf tiefer in das Kissen und hole tief Luft. »Es ist die Kette. In Birkaras' Bernstein ist ein Haar von mir eingelassen. Durch dieses Haar raubt er mir Lebenskraft, die ihn stärker werden lässt. Er behauptet, meine Mutter habe ihn verflucht, bevor er sie getötet hat. Eigentlich sollte er sterben.«

»Und durch das Haar kann er dir deine Lebenskraft entziehen, den Fluch von sich abwenden und auf dich lenken?«

»Ja, deshalb werde ich immer schwächer.«

»Das ist die Krankheit, die ich in dir gespürt habe. Die dich dein Leben kosten wird.«

Mein Mund verzieht sich zu einem misslungenen Lächeln. »So hatte sich das meine Mutter mit Sicherheit nicht vorgestellt.«

Oxana streicht mir über die Wange. »Wir finden einen Weg.«

Das, was ich nun sage, will ich eigentlich nicht aussprechen. Aber Oxana ist die Einzige, der ich mich anvertrauen kann. Die Einzige, die mich versteht. »Ich habe beide Kräfte zusammengebracht und benutzt, so wie du es mir gesagt hast. Dadurch ist eine ungemeine Macht entstanden. Zu groß für eine einzelne Person.«

»Emilian hat mir davon erzählt.«

»Hat er dir auch erzählt, was mit mir passiert ist?«

Oxana schweigt zunächst. »Nein. Ich denke, er würde nie schlecht über dich reden. Aber ich kann es mir vorstellen.«

»Es hat sich so gut angefühlt. Ich war so stark. Ich habe getötet, und es hat mir nichts ausgemacht. Ich war wie die Taurer selbst. Schlimmer sogar.«

Oxanas Augenlider zucken. Ein paar Sekunden lang herrscht Stille. »Die dunkle Seite ist immer wie ein Magnet«, flüstert sie schließlich. »Je mehr man sie benutzt, desto stärker wird sie, und desto mehr zieht sie einen an. Du musst stark sein, Robin. Und ich spreche nicht von der Stärke, die du ohnehin besitzt.

Das Gute in deinem Herzen muss weiterhin die Oberhand behalten. Behalte immer im Blick, was du willst. Was dein Ziel ist, und was dich ausmacht.«

Die Lider meiner Augen senken sich langsam. Mit einem Mal bin ich schrecklich erschöpft. Ich kämpfe dagegen an, will jetzt nicht wieder schlafen. »Vielleicht weiß ich schon längst nicht mehr, was mich ausmacht.«

Oxana lacht. Eine so unerwartete Reaktion, dass ich die Augen wieder öffne und sie ansehe. Sie streichelt meine Wange, um dann ihre Finger auf meinem Hals ruhen zu lassen. »Aber du hast jemanden an deiner Seite, der das ganz genau weiß. Jemanden, der dich sehr zu lieben scheint.«

Sie erhebt sich, streicht über ihre weiße, flatternde Hose. »Ich werde Emilian sagen, dass er nun zu dir kommen kann.«

Mein Brustkorb brennt wie Feuer. Als Oxana das Zelt verlassen hat, betaste ich meine Stirn. Versuche mir selbst einzureden, dass ich vielleicht Fieber habe – doch mein Gesicht ist eiskalt. Nur die Haut auf meiner rechten Brustseite ist glühend heiß. Ich schiebe den Ausschnitt meines Hemdes ein Stück zur Seite. Mir stockt der Atem. Direkt über meinem Herzen zeichnet sich deutlich eine rote Ader ab.

Ich ziehe die Beine bis unters Kinn, klammere meine Arme darum. Hoffe, dass Emilian die Ader auf meiner Brust nicht bemerken wird. Einen Atemzug später wirft Emilian auch schon einen nahezu schüchternen Blick ins Zelt. Als er mich entdeckt, breitet sich ein wunderschönes Lächeln auf seinem Gesicht aus. Mein Herz zieht sich zusammen.

Emilian fährt sich über den Nacken, schiebt die Hände in die Taschen seiner sauberen Hose. »Wie geht es dir?«, fragt er so leise, als würde er fürchten, dass die geringste Lautstärke mir wieder das Bewusstsein nehmen würde. Mit einem Mal wirkt er viel älter. Es schmerzt, sehen zu müssen, wie sehr ihn mein Zustand bekümmert.

»Gut. Es geht mir wirklich gut.« Ich strecke die Hand aus, die er sofort ergreift. Seine Nähe gibt mir Halt. Die tiefen Falten auf seiner Stirn warnen mich jedoch: Er will mit mir über meine Kräfte sprechen. Mir sagen, dass ich Kontrolle nötig habe. So, wie wir es damals im Wald geübt haben.

»Wo ist Lysander?«, frage ich, um ihn abzulenken.

Er zuckt mit den Schultern, während er meine Hand sanft drückt. »Ich vermute, er ist beim Mittagessen.«

»Dann werden wir auch noch etwas essen und dann aufbrechen.« Ich spiele am Saum meines sauberen, schwarzen Hemdes, das sie mir während meiner Bewusstlosigkeit angezogen haben.

»Du willst fort von hier? Jetzt, wo es dir so schlechtgeht?«

Ich schließe die Augen, hole tief Luft. »Du weißt, dass ich keine Wahl habe.«

Emilian rückt näher. Eine prickelnde Wärme breitet sich in meinem Bauch aus, als ich mir vorstelle, dass Emilian sich zu mir herabbeugt und mich küsst. Doch er hat sich mir nur genähert, um eine Wimper von meiner Wange zu pflücken und sie mir auf seiner Fingerspitze hinzuhalten, damit ich mir etwas wünschen kann. Ich schließe meine Augen, stelle mir vor, wie wir alle glücklich sind: Marla, Minna, Flora, Laurin … Emilian und ich. Dann puste ich.

Als ich meine Augen wieder öffne, sehen mich seine grünen Augen ernst an. »Ich mache mir Sorgen, Robin.«

»Es geht mir wirklich gut!« Demonstrativ erhebe ich mich vom Bett. Doch meine Beine geben nach. Emilian fängt mich auf, als hätte er bereits damit gerechnet, dass genau das passieren würde.

»Das wäre auch passiert, wenn ich gesund wäre«, rechtfertige ich mich. »Ich bin einfach nur zu schnell aufgestanden.«

»Ach ja? Oxana bewertet deinen Gesundheitszustand, soweit ich verstanden habe, anders als du.«

Ich winde mich aus seinem Griff. Mit einem Mal ist mein ganzer Körper eiskalt. Wenn Oxana Emilian über meine *Krankheit* informiert hat, dann hat sie ihm auch gesagt, wie sie ausgehen wird. »Du hast mit Oxana gesprochen?«

»Natürlich habe ich das! Du bist einfach ohnmächtig geworden. Ich musste wissen, was mit dir los ist! Aber sie wollte mir nichts sagen. Meinte, ich solle selbst mit dir reden.«

Ich weiche seinem Blick aus. Einem Blick voller Besorgnis, Angst und Unsicherheit. Forschende Augen. Er weiß, dass mehr hinter meiner Ohnmacht steckt. »Ich muss fort von hier. Ich muss meinen Stamm …«

»Es ist also so, wie wir vermutet haben«, unterbricht mich Emilian. »Die Kette macht ihn stark und dich schwach. Das war auch wirklich nicht zu übersehen.«

»Wir werden nicht mehr viel Zeit haben, bis die Tauren bemerken, dass die Leonen nicht mehr in ihrer Siedlung sind. Und dann werden sie …«

Er nickt schwach. »Ich weiß.« Er streicht mit seinen Lippen über meine Stirn. Fährt mit seinem Daumen meine Unterlippe entlang. »Hat Oxana dir noch etwas gesagt, das ich auch wissen sollte?«

Emilian weiß nur, dass Birkaras mir durch die Kette Kraft raubt. Er weiß nicht, dass ich dadurch sterben werde. Emilian verdient die Wahrheit. Mehr als jeder andere. Dennoch schüttele ich den Kopf. Zwinge mir ein Lächeln auf, das für jeden zu durchschauen ist. Auch für Emilian, doch er will es glauben, zu sehr fürchtet er sich vor der Wahrheit.

»Es wird wieder alles gut werden. Wir müssen nur abwarten«, lüge ich.

Unsere Blicke treffen sich, lassen einander nicht mehr los. Er nickt. Dann nimmt er mein Gesicht in seine Hände und küsst mich. Ein zarter Kuss voll unschuldiger Aufrichtigkeit. Seine Nähe erstickt das Gefühl der Leere, das mein Herz so schwer macht. Die Sanftheit seiner Lippen, der leichte Druck, den seine Hände auf meine Schultern ausüben, sein Atem, der in meinen übergeht.

In diesem Moment fühle ich mich so grausam, wie ich mich schon lange nicht mehr gefühlt habe.

EINGEENGT

Er ist dreizehn Jahre alt. Robin und er rennen durch den Wald. Sie trägt eine Kette aus Gänseblümchen um ihren Hals, die er für sie gemacht hat. Robin lacht, breitet die Arme aus. Ihre braune Wildlederhose ist ihr viel zu groß, sie hat sie sowohl an der Hüfte als auch an den Füßen mehrmals umgekrempelt. Ihre langen Haare wehen hinter ihr her, so schnell rennt sie.

Er übersieht eine hervorstehende Wurzel, stolpert. Kann sich gerade noch fangen. Seine Wangen glühen.

Robin bleibt sofort stehen. Ihr Lachen verstummt. »Laurin!«, ruft sie. Eilt zu ihm zurück und streicht seine Haare liebevoll aus seinem Gesicht. »Hast du dir weh getan?«

Er blinzelt ein paarmal. Die Sonne blendet ihn. Im goldenen Licht ist Robin wunderschön. In diesem Moment weiß er, dass er alles für sie tun würde.

»Laurin!« Jemand zupft an seinem Ärmel.

Er schluckt. Leckt sich müde über die rauen Lippen. Seine Augenlider sind so schwer …

»Laurin!« Jemand hält ihm die Nase zu.

Sofort schreckt er hoch. Er braucht mehrere Atemzüge, bis er weiß, wo er ist. Er ist in der Höhle, dort wo sich die Leonen verstecken.

Flora sieht ihn mit großen Augen an. »Du schnarchst!«

Er streicht über ihr weiches Haar, ist mit seinen Gedanken immer noch in seinem Traum gefangen. Es sind nur vier Tage vergangen. Seit vier Tagen verstecken sich die Leonen in der Höhle. Es ist eng. Dreckig. Die Nerven sind zum Zerreißen gespannt. Es erscheint ihm wie eine Ewigkeit.

Zunächst wollten die Leonen dem fremden Taurer, der mit einem Brief von Robin in ihrer Siedlung aufgetaucht war, nicht trauen. Sie versteckten sich in ihren Häusern, dachten, dieser Melvin wäre gekommen, um zu töten.

Aber er hatte sofort Robins Handschrift erkannt. Sie in den Worten wiedergefunden. Gewusst, dass der Taurer die Wahrheit sagt. Wenn Robin versuchen würde zu fliehen, dann mussten die Leonen sich in Sicherheit bringen.

Die Höhle ist schwer zu finden. Die Bäume drängen sich in diesem Waldstück dicht aneinander. Die grauschwarze Felswand ist moosbewachsen und dunkel. Mehrere Meter über dem Boden befindet sich die Höhle. Gut versteckt hinter einem dichten Vorhang aus tiefgrünem Efeu.

»Ich habe Hunger, Laurin!« Flora schiebt ihre Unterlippe vor. Ihre langen Wimpern sind tränenverklebt.

Er zieht sie an sich, drückt seine Lippen auf ihr Haar. »Ich weiß.«

»Wir haben alle Hunger!«, beschwert sich Titus.

Titus sitzt im Schneidersitz in der dunkelsten Ecke der Höhle. Eigentlich müsste er Wache halten. Aber offenbar ist er zu sehr damit beschäftigt, Salomé vorzujammern, wie lange er schon nichts mehr gegessen hat.

Wie lange werden es die Leonen in dieser Höhle noch aushalten? Das Wasser ist knapp, auch die Lebensmittel werden bald zur Neige gehen. Zum Glück ist ihr Unterschlupf so groß und hoch, dass alle Platz haben und sogar aufrecht stehen können.

»Sei still!«, fährt Minna Titus an. Sie und Marla versorgen den dicken Parl, der beim Aufstieg gestürzt ist und sich an der Schulter verletzt hat. Sie wechseln die Kräuterwickel, die den Schmerz lindern.

»Gleich hast du's geschafft«, beruhigt Minna Parl. Sie sitzen am Eingang zur Höhle unmittelbar hinter dem Efeuvorhang, da dort noch am meisten Licht einfällt.

Damit kein Chaos entsteht, hat Sepo die Höhle in Zonen eingeteilt. Am Höhleneingang werden die Kranken versorgt. Zudem darf man dort sein Essen zu sich nehmen. Ansonsten müssen sich die Leonen vom Eingang fernhalten – falls doch einer der Tauren hier vorbeikommt und einen Blick hinaufwirft.

Wo Titus sitzt, ist die Schlafzone. Sie befindet sich im hintersten Teil der Höhle. Dort ist es so niedrig, dass man nur gebeugt stehen kann. Die wenigen rauen Leinendecken reichen nur für einen Teil der Leonen. Viele müssen einfach so auf dem harten Steinboden schlafen. Sie hatten ihre Siedlung Hals über Kopf verlassen und sich nicht die Zeit genommen, ausreichend Decken oder Kleidung einzupacken. Immerhin hatten sie ein paar von Salomés Salben und Cremes mitgenommen.

Die Feuerstelle ist die dritte Zone. Jeder Leone darf am Tag etwa eine Stunde am Feuer sitzen und sich wärmen. Danach muss er Platz für den nächsten machen.

In der vierten Zone – eine seitliche Ausbuchtung der Höhle – werden die wenigen Lebensmittel, die die Leonen mitnehmen konnten, gelagert. Getrocknetes Fleisch, von dem schon fast nichts mehr übrig ist. Brot. Ein paar von Donias Keksen.

»Ich werde uns etwas zu essen beschaffen«, hört er sich selbst sagen. Er muss hier raus …

Jetzt versteht er, warum Robin so oft im Wald verschwunden ist. Allein sein wollte.

»Soll ich mitkommen?«, bietet sich Sepo an.

An der schroffen Höhlenwand hinter Marla hängt ein robustes Seil mit spitzen Haken daran. Er schnappt sich das Seil, legt es sich über die Schulter. An diesen Haken wird er die Fische befestigen, die er hoffentlich fangen wird. Er zwingt sich ein Lächeln auf, schüttelt den Kopf. Sepo hat die ganze Nacht Wache gehalten. Er ist erschöpft, braucht Schlaf. Aber auch er hat nachts den Wald beobachtet, jedes Geräusch verfolgt.

Aber es geht ihm gut. Er muss nur kurz alleine sein …

»Nein danke«, lehnt er deshalb Sepos Angebot ab.

Vorsprung für Vorsprung lässt er sich die steile Felswand hinab. Keucht vor Schmerz, als er sein rechtes Bein zu sehr belastet. Als er das letzte Mal die Wand hinaufgeklettert ist, ist er gestürzt. Nicht tief. Dennoch tief genug, um sich sein Bein zu verstauchen und sein Knie aufzuschlagen.

Er kommt sicher auf dem Boden auf. Beginnt vorsichtig zu laufen. Er denkt daran, wie anmutig sich Robin im Wald bewegt. Wie die Natur ihre Augen zum Leuchten bringt. Auch er kann jetzt spüren, wie ihn die Natur beruhigt und aufatmen lässt.

Die Tauren werden inzwischen bestimmt bemerkt haben, dass die Siedlung der Leonen wie ausgestorben ist. Sie werden den Wald nach ihnen absuchen. Hinter jedem Baum könnte demnach ein Taurer lauern.

Aber er hat Glück. Alles ist still. Als er den Fluss erreicht, an dem er so oft mit Robin gewesen ist, wird sein Herz schwer. Nicht zu wissen, wie es ihr geht, ob sie noch lebt, frisst ihn innerlich auf. Er hat inzwischen akzeptiert, dass ihm ihr Herz niemals gehören wird. Trotzdem ist sie immer noch alles für ihn. Nachdem seine Eltern von den Tauren getötet wurden, ist Robin zu seiner Familie geworden.

Auf dem dicksten Ast der Trauerweide liegt ein Speer versteckt. Er schlüpft aus seinen Stiefeln. Stellt sich auf die Zehenspitzen, bekommt den Speer zu fassen. Dann watet er ins eiskalte Wasser hinein. Denkt an Robins Worte: »Sei ganz ruhig. Warte, bis die Fische zu dir kommen. Und dann stichst du zu, so schnell wie möglich.«

Immer wenn er mit Robin am Fluss gewesen war, war es ihm nicht gelungen, Fische zu fangen. Doch seit sie fort ist, hat er es gelernt. Für sie. Für Robin. Sie wäre stolz auf ihn, wenn sie wüsste, dass er sich täglich in den Wald wagt, um seinem Stamm Nahrung zu beschaffen.

Die sechs Fische, die er fängt, hängt er an den Haken des Stricks auf. Dann macht er sich auf den Rückweg. Mit jedem

Schritt in Richtung Höhle fällt es ihm schwerer zu atmen. Eines ist sicher: Es wird nicht mehr lange dauern, bis die Tauren die Leonen gefunden haben.

URGOTT

»Ich muss einen kurzen Augenblick alleine sein«, entschuldige ich mich bei Emilian, als er mich zum Essen begleiten will.

Er nickt. Versteht. Krempelt mit angespanntem Gesichtsausdruck die Ärmel seines Hemdes hoch. »Muss ich mir Sorgen machen?«

Ich schüttele stumm den Kopf. Kann ihm dabei nicht in die Augen sehen.

»Es ist nicht deine Schuld. Das weißt du, oder?«

»Ja, das weiß ich«, antworte ich mit einer Überzeugung, die ich nicht spüre.

Ich habe Melvin nicht helfen können. Das ist alles, was ich weiß. Melvin, der sein Leben für mich riskiert hat. Der Birkaras angelogen hat, damit Emilian und ich gemeinsam aus der Siedlung der Tauren flüchten konnten.

Ich laufe los. Weiter, als es vernünftig wäre. Aber Vernünftigsein ist eine Charaktereigenschaft, die mir offenbar fremd ist. Am Waldesrand bleibe ich stehen. Sinke zu Boden. Die kniehohen Blumen knicken unter meinem Gewicht ein. Ich höre ihre Schreie nicht. Höre nichts. Fühle nichts. Sehe nur Melvin reglos auf der Erde in der Siedlung der Tauren liegen. Ich habe nicht mal einen Körper, den ich begraben kann.

Ich wünschte, ich könnte weinen. Doch meine Augen brennen vor Trockenheit. Die Leere in meiner Brust erdrückt mich. Vor meinem inneren Auge tauchen immer wieder Bilder aus der Taurensiedlung auf. Ich sehe, wie geschwächt Melvin ist, als wir ihn aus seiner Zelle befreien. Ich sehe, wie das Leben aus Melvins Körper weicht.

Verzweifelt suche ich nach einer Möglichkeit, von ihm Abschied zu nehmen. Aber mir bleibt nichts, als zu hoffen, dass er von irgendwo dort oben im Himmel zu mir herabblickt und weiß, wie viel er für mich getan hat. Für uns Leonen.

Als ich zur Siedlung der Aries zurückkehre, erwarten mich Lysander und Emilian an einem der Tische. Ich setze mich zu ihnen. Die Sonnenstrahlen fühlen sich auf meiner Haut wie Nadelstiche an. Hinter uns knistert ein Feuer, über dem ein alter Mann Wurzeln und Nüsse röstet. Ich reiße mir ein Stück Brot ab, doch anstatt hineinzubeißen, tauche ich es nur in den Kräuterquark auf meinem Teller und lasse es dann liegen. Ich kann nichts essen. Die wenigen Wolken am Himmel scheinen vorbeizufliegen, so schnell ziehen sie über uns hinweg. Auch die Zeit fliegt.

Emilian sitzt schweigend vor seinem Teller. Er schiebt das Stück eingelegte Paprika mit der Gabel hin und her. Melvins Tod verdunkelt seine grünen Augen.

»Ich wollte mich noch bei dir bedanken, Lysander«, durchbreche ich unser Schweigen.

Lysander sieht fragend zu mir auf. »Wofür?«

»Dafür, dass du mich hierhergetragen hast.«

Lysander räuspert sich. Legt seine Gabel auf den Teller. »Du brauchst dich nicht zu bedanken. Das bin ich euch schuldig.«

Ich frage mich, was er damit meint.

Emilian schiebt seinen Teller von sich. Ein Stück Brot und ein wenig Gemüse, mehr hat er nicht angerührt. »Warum hast du uns geholfen? Warum bist du es uns schuldig?«, spricht Emilian die Fragen aus, die mir auf der Zunge liegen.

Lysanders Gesicht nimmt einen flehentlichen Ausdruck an. Sein fein geschnittenes Gesicht, die dunklen Augen, sein braungewelltes Haar machen ihn zu einem attraktiven Mann. Doch seine Schönheit kann nicht die Last verdecken, die seine Seele zu erdrücken scheint.

»Ich spreche nicht gerne darüber«, antwortet er nach einer Weile. Weicht Emilians Blick aus.

Emilian will etwas erwidern, doch ich lege beruhigend die Hand auf sein Bein und bringe ihn auf diese Weise zum Verstummen.

»In welche Richtung gehen wir?« Ich denke, wenn ich das Thema wechsle, hebt sich Lysanders Stimmung vielleicht.

Doch das Gegenteil ist der Fall. Er wirkt umso verzweifelter. »Ich weiß nicht, wo wir Libra finden können. Ich weiß nicht …«

»Wirst du uns helfen, sie zu suchen?«

Lysander nickt. Entschlossenheit flackert in seinen Augen auf. »Ich werde alles tun, was in meiner Macht steht, um Libra zu finden.«

Ich bin müde. Erschöpft. Seit Tagen habe ich nicht mehr ruhig geschlafen. Wenn ich meine Augen geschlossen hatte, dann nur, weil ich in Ohnmacht gefallen war. Ich lege meinen Kopf auf den Tisch. Stelle mir vor, wie die kleine Flora sich an mein Bein klammert oder Marla mich liebevoll umarmt. Wie gerne würde ich noch einmal mit Minna darüber streiten, dass Titus nicht der Richtige für sie ist, oder mit Laurin am Lagerfeuer sitzen und mir ausmalen, wie der Rest der Welt aussieht.

Fast bin ich eingeschlafen, doch Emilian holt mich ins Hier und Jetzt zurück. »Robin?« Er streicht mir vorsichtig über den Rücken. »Vielleicht solltest du dich in ein richtiges Bett legen?«

»Nein«, nuschle ich, versuche meine Gedanken wieder zu ordnen. »Ich muss noch was klären.«

Emilian und Lysander sehen mich aufmerksam an. Ich entscheide gleich zum Punkt zu kommen. »Du bist also ein Urgott?«

Lysander blinzelt nicht mal. »Der Urgott der Tauren, um genau zu sein.«

»Deshalb war dein Interesse an Birkaras' Kette so groß. Weil diese Kette ursprünglich dir gehört hat und in ihr die taurischen Kräfte gespeichert sind.«

Er lacht bitter. »Das ist richtig.«

»Und weil du mit dieser Kette der Urgöttin der Leonen in der Huldigungsnacht die Kräfte geraubt hast, nicht wahr?«

Sein Körper ist mit einem Mal so steif, als wäre er zu Eis gefroren. »Woher weißt du das alles?«

»Emilian und ich haben es in deinem Tagebuch gelesen.«

»Mein Tagebuch? Aber … Es ist gut versteckt!«

»Nein, es ist in Birkaras' Besitz. Als ich bei den Tauren war, habe ich ihn dabei erwischt, wie er heimlich darin gelesen hat. Wir haben das Tagebuch nachts entwendet, um herauszufinden, warum dieses Buch für ihn so wichtig ist. So haben wir erfahren, dass die Leonen nicht immer schwach gewesen sind. Dass die Kette, die Birkaras um den Hals trägt, die Kette eines Urgottes ist. *Deine* Kette.«

Lysander nickt, reibt sich die Augen. »Ja, mit dieser Kette habe ich Auroras Kräfte gestohlen.«

Ich will ihn nicht mit Fragen bedrängen, deshalb warte ich darauf, dass er zu erzählen beginnt. Es dauert eine Weile, bis er so weit ist. »Das war der schwerwiegendste Fehler meines Lebens. Ich hoffe, dass Libra das, was ich angerichtet habe, wieder rückgängig machen kann.«

»Warum hast du dir die Kette dann nicht schon längst wieder zurückgeholt?«, fragt Emilian. Sein Tonfall ist schärfer als vermutlich beabsichtigt. Auf seinen Unterarmen zeichnen sich seine Adern ab. Ich befürchte, dass er den Holzbecher in seinen Händen zerdrücken wird. »Es dürfte doch für dich kein Problem sein, in die Siedlung der Tauren zu spazieren und sie dir zu besorgen? Immerhin kann dir scheinbar niemand etwas anhaben.«

Lysander schüttelt den Kopf. »Lediglich die magischen Kräfte der Sternenstämme haben keine Auswirkungen auf die Urgötter. Doch eine normale Waffe, wie ein Messer oder auch Gift, kann unser Leben wie das eines jeden normalen Sternenwesens beenden.«

»Das heißt, du warst einfach feige.«

Ich lege meine Hand auf Emilians Oberschenkel. Hoffe, dass er sich dadurch beruhigt.

Doch Emilian ist noch nicht fertig. »Im Gegensatz zu dir hatte Robin keine Angst, sich den Tauren zu stellen. Du streunst im Wald herum, schaust dabei zu, wie die Leonen leiden und schickst jetzt Robin vor!«

»Emilian!«, mahne ich ihn.

»Ich verstehe, dass du das denkst und dich das wütend macht«, rechtfertigt sich Lysander ruhig und bestimmt. »Ich wollte überlegt vorgehen. Zuerst herausfinden, wo Libra sich aufhält und ihren Rat einholen.« Er fährt mit den Fingern durch sein glänzendes Haar. »Zumal mir nichts passieren darf. Aurora befindet sich an einem Ort, den niemand außer mir kennt. Wenn mir etwas zustößt, wird sie niemals entdeckt werden. Aber ich war immer auf der Suche nach Libra. Und wenn nicht, dann habe ich die Taurer und auch euch beide heimlich beobachtet.« Lysander sieht erst mich, dann Emilian an.

»Du wusstest also von unserem Plan, in der letzten Huldigungsnacht die Tauren anzugreifen? Und du hast uns nicht geholfen?«, platzt es jetzt aus mir heraus. Ich klammere mich an der Tischkante fest.

Lysander schüttelt schnell den Kopf. »Nein! In dieser Zeit war ich wieder einmal unterwegs auf der Suche nach Libra! Ich bin erst zurückgekommen, als du bereits zur Anführerin der Leonen ernannt worden warst!« Plötzlich verstummt er. Sieht erst mich, dann Emilian an.

Mein Hals ist mit einem Mal ganz trocken. »Was ist, Lysander?«, dränge ich ihn.

»Wenn Birkaras mein Tagebuch hat, dann weiß er von der Möglichkeit, anderen Stämmen ihre Kräfte zu stehlen ...«

Emilian beugt sich vor. Senkt seine Stimme, als wäre das, was er nun sagen wird, etwas Verbotenes. »Du glaubst, das ist es, was Birkaras will? Auch die Kräfte der anderen Stämme rauben?«

»So würden die Tauren zum mächtigsten Sternenstamm werden.«

Ich zweifle keine Sekunde daran, dass es genau das ist, was Birkaras will. Noch so viele Fragen sind nicht beantwortet: wann Lysander vorhatte, mich und Emilian einzuweihen. Ob er versucht hat, Birkaras' Herrschaft zu beenden. Oder ob er für immer unentdeckt bleiben wollte. Doch nur eine Frage stelle ich noch. Die entscheidende.

»Hast du Libra wirklich nie gefunden?«

Lysander hält den Blick gesenkt. Schüttelt fast unmerklich den Kopf.

»Aber du hast doch eine Ahnung, wo Libra sich aufhält?«

Wieder schweigt er. Emilian schnauft verächtlich.

»Du musst doch irgendeine Theorie haben!« Fassungslos sehe ich ihn an. Frage mich, was er all die Jahre getrieben hat.

»Es gibt Tausende von Theorien. Nur leider hat sich bis jetzt keine davon bewahrheitet!«

»Was ist mit der Theorie, dass Libra in den Bergen wohnt?«, wirft auf einmal jemand hinter mir ein.

Ich zucke zusammen, als Oxana mir im Vorübergehen über den Rücken streicht. Elegant lässt sie sich neben Lysander auf der Bank nieder.

Lysander atmet schwer aus »Ich war schon sehr, sehr oft in den Bergen. Dort ist sie nicht.«

»Dann hast du vielleicht nicht gründlich genug gesucht«, erwidert Oxana beharrlich. »Zudem zeigt sich Libra wohl auch nur dann, wenn sie wahrhaftig gebraucht wird. Nur wenn ihre Hilfe unerlässlich ist.«

»Glaub mir: Ich brauche sie wahrhaftig. Also hätte sie sich laut deiner Theorie von mir finden lassen müssen.« Lysander schenkt sich Wein nach, leert seinen Becher in einem Zug.

»Aber du bist ebenfalls ein Urgott und solltest somit eigentlich nicht auf sie angewiesen sein.«

»Woher weißt du das?«, frage ich.

Oxana legt den Kopf schief und lächelt verträumt. »Ich weiß es nicht mit Gewissheit. Aber wir vom Stamm der Aries kommen viel herum, hören dieses und jenes.«

Ich stehe von der Bank auf, blicke einmal in die Runde. Ein jäher Windhauch fährt über den Platz und wirbelt die herabgefallenen Blätter der Bäume und Sträucher auf. Wie Tänzerinnen kreisen sie in der Luft, ehe sie langsam wieder auf den Boden sinken. Der Rauch des Feuers hinter mir nimmt mich gefangen, legt sich um mich. Drängt in meine Luftröhre. »Wir müssen los. Wir haben keine Zeit mehr zu verlieren.«

Oxana erhebt sich ebenfalls von ihrem Platz. Die Art, wie sie mich ansieht, ist eindringlich. »Du meinst wohl, dass *du* keine Zeit mehr zu verlieren hast.«

Ich verschlucke mich beinahe vor Schreck an meiner eigenen Spucke. Was bringt es, wenn Lysander oder Emilian von meinem nahenden Tod erfahren? Die Art, wie Emilian seine Stirn in tiefe Falten legt und seine Kiefermuskeln sich anspannen, verrät mir, dass er sehr wohl verstanden hat, was Oxana gerade gesagt hat.

»Wenn die Tauren herausfinden, wo die Leonen sich versteckt halten, dann werden sie nicht davor zurückschrecken, jeden Einzelnen auszulöschen«, erwidere ich schnell.

»Trotzdem wirst du viel schneller sein, wenn du noch eine Nacht hierbleibst und erst herausfindest, wo Libra sich aufhält.« Oxana hebt ihren Kopf. Jegliche Sanftheit ist aus ihrem Gesicht verschwunden. Sie duldet keinen Widerspruch.

Ich atme tief aus, fixiere meine Füße und das plattgetretene Gras auf dem Boden. »Und wie bitte soll ich herausfinden, wo Libra sich aufhält?«

»Man sagt, wenn man sie im Geiste ruft, dann wird sie antworten. Aber es ist schwierig. Eine Art Meditation. Nicht alle können das. Vor allem dir wird es nicht gefallen.«

»Warum sollte es mir nicht gefallen, endlich zu wissen, wo wir hinmüssen?«

»Weil du bei dieser Methode mehr über dich selbst erfährst, als dir lieb ist.« Oxana faltet die Hände, als wäre sie in ein Gebet vertieft.

»Kann ich es nicht tun? Diese Meditation«, mischt sich Emilian ein. »Ich suche Libra doch auch. Sie kann mir doch antworten.«

»Glaub mir, auf Robins Seele lastet viel mehr als auf deiner«, erklärt Oxana ruhig und verwirrt Emilian nun vollends.

Ich fürchte mich vor dem, was mich erwartet. In Oxanas Augen lese ich, dass diese Angst berechtigt ist. Aber Angst zählt zu jenen Gefühlen, für die ich jetzt keinen Raum und keine Zeit mehr habe.

Ich habe meinen Entschluss gefasst. »Gut. Wann kann es losgehen?«

FEST

Den restlichen Tag über ist der gesamte Stamm damit beschäftigt, alles vorzubereiten. Die Aries machen aus meiner Suche nach der Urgöttin Libra ein Fest, das beginnt, als die Nacht hereinbricht.

Die Luft flimmert bunt durch die unzähligen Tücher, die über den großen Platz gespannt sind und die Bäume im Wald zieren. Überall leuchten Lampen und Fackeln, sogar in den Büschen hängen Lichter. Die Tische sind mit bunten Blumen und Kräutern geschmückt. Im Hintergrund überzieht ein Meer aus Kerzen die großen grauen Steine mit einem goldenen Schimmer.

Weißer Nebel – eine Mischung aus verbrannten Gewürzen und Weihrauch – schlängelt sich gemächlich zwischen den Zelten hindurch. Der runde, volle Mond am Himmel wacht verschwörerisch über unser Treiben. Ich vernehme Musik, suche ihren Ursprung. Eine Gruppe von Musikanten steht vor den Steinen und scheint völlig in ihrem Spiel mit Gitarre, Flöte und Harfe versunken zu sein. Eine Frau mit Haaren bis zur Taille singt zur Musik mit einer unglaublich weichen Stimme. Der Wohlklang dieses Liedes macht mir Gänsehaut. Schon nach wenigen Augenblicken des Zuhörens werde ich schläfrig. Zwei Glühwürmchen schwirren um meinen Kopf herum. Ich verscheuche sie. Ständig legt jemand einen Arm um mich, drückt meine Hand, wünscht mir Glück und flüstert mir zu, dass alles gut werden wird. Anscheinend ist das, was Oxana mit mir vorhat, wirklich etwas Besonderes.

In meiner Brust zieht es, als würde mein Herz in zwei Hälften gerissen. In der einen Hälfte wohnt die Sehnsucht, die endlich ihren Frieden finden will. In der anderen Hälfte lauert die Dunkelheit, die meine Seele bitter werden lässt. Es ist Hass. Ein so starker Hass, dass er mein Herz zu verbrennen scheint. Ich träume davon, Birkaras endlich tot zu sehen. Den Mann, der mir alles genommen hat.

Ich steige die Stufen zu Oxanas Zelt hinauf. Mein Atem geht schneller. Noch bevor ich die Glocke am Zelteingang anstupsen kann, werden die dicken Ledertücher zur Seite geschoben. Oxana lächelt mich an. »Komm herein.«

In ihrem Zelt riecht es anders als sonst. Strenger, als hätte sie verharzte Tannenzweige und scharfe Kräuter verbrannt. Meine Augen beginnen zu tränen. Die bunten Tücher wurden ausgetauscht durch dunkelrote Vorhänge, die jegliches Licht in sich aufzusaugen scheinen.

Oxana weist mit einer schlichten Bewegung auf die großen Kissen in der Ecke. Ich lasse mich darauf nieder, reibe meine brennenden Augen. Oxana setzt sich direkt neben mich. Unsere Schultern berühren sich. Ich mustere die Linien um ihre Augen. Heute sind sie noch bunter, noch breiter. Sie zieren ihre Schläfen, verschwinden in ihrem blonden Haaransatz.

Oxana zwinkert mir zu und schenkt mir ein beruhigendes Lächeln, das ihre weißen Zähne offenbart. »Ich sagte dir bereits, dass dieser Prozess für dich sehr anstrengend werden wird.« Sie senkt den Kopf und blickt mich schräg von unten an, wie ein kleines Mädchen. »Es ist aber ausgesprochen wichtig, dass du nicht abbrichst. Auch, wenn es anfangs sehr hart sein wird.«

Der Gedanke, nicht aufhören zu können, wenn ich mich unwohl fühle, gefällt mir nicht. »Warum darf ich nicht abbrechen?«

Oxana fächelt sich etwas vom Rauch ins Gesicht. Atmet tief ein. »Stell dir vor, du fliegst. Wenn du alles ordentlich zu Ende bringst, dann landest du sanft auf dem Boden. Wenn du abbrichst, dann stürzt du zu Boden.«

Ich presse die Zähne aufeinander. In meinem Bauch liegt ein Stein, der mit jedem einzelnen von Oxanas Worten schwerer zu werden scheint.

»Zunächst einmal müssen wir dich etwas lockern«, fährt Oxana fort.

Sie beugt sich nach vorne und greift nach einem kleinen, tiefroten Fläschchen, das neben einer goldenen Schale auf dem Tisch steht. Unter jener Schale befindet sich eine flache Keramikhalterung, die innen hohl ist. Darin glimmt der Docht einer roten Kerze. In der Schale liegen getrocknete Kräuter. Große, gezackte Blätter, die auf den ersten Blick aussehen wie Brennnesseln. Durch die Hitze des Feuers sind sie an den Rändern braun verfärbt.

Oxana zieht den Korken aus dem Fläschchen und gießt ein paar Tropfen auf die Blätter. Sofort verschwindet die Flüssigkeit. Die Kräuter scheinen sie in sich aufzusaugen wie ein Schwamm. Das Brennen in meinen Augen wird stärker.

Oxana nimmt zwei der Blätter, faltet sie zu kleinen Päckchen und reicht sie mir schließlich. »Die musst du kauen.«

»Was ist das?« Aus Versehen beiße ich mir auf die Zunge. Ich bin müde. So müde, dass ich schlafen könnte. Dieser Rauch, das dunkle Licht ...

»Keine Sorge«, sie nimmt meine Hand, legt die kleinen Blätterpäckchen hinein. Dann nimmt sie zwei weitere Blätter aus der Schale und faltet auch diese. »Ich bin bei dir. Die Kräuter sind nur dazu da, deinen Kopf frei zu bekommen. So verkrampft wie du bist, geht das nicht ohne Hilfe.«

Ich denke an Titus und an Salomés Kräuter, die er immer heimlich geraucht hat. Schaden hat er davon nie genommen. Ich hole tief Luft, lege das erste Päckchen auf meine Zunge.

»Hör auf das, was ich dir sage. Das ist wichtig, hast du verstanden?«, flüstert Oxana.

Wieder nicke ich. Die Kräuter schmecken bitter, rauchig und ein wenig salzig. Dann wird meine Zunge auf einmal taub. Mein Mund ist voller Speichel, ich habe verlernt, zu schlucken. Habe das Gefühl, nicht mehr atmen zu können – als wäre in meiner Kehle ein faustdicker Korken, der keinen Sauerstoff mehr durchlässt. Ich sehe zu Oxana, schüttele den Kopf. Ich will, dass dieses Gefühl sofort aufhört.

Doch Oxana lächelt nur. Sie legt ihre Hand auf meinen Arm, streicht mit dem Daumen über meine raue Haut. »Alles ist gut«, flüstert sie.

Die Kissen um mich herum scheinen sich zu drehen. Die Tücher an der Decke des Zeltes flattern wie im Wind.

»Beruhige dich. Achte auf deinen Atem. Hole tief Luft und komme ganz zu dir«, dringt Oxanas Stimme von fern zu mir.

Ich gehorche, obwohl ich am liebsten flüchten möchte. Merke allmählich, dass ich wieder normal atmen kann. Werde ruhiger, spüre Oxanas Hand auf meinem Arm. Ihre Wärme und Gelassenheit.

»Wirkt es bereits?«, fragt sie.

Ein Lächeln breitet sich auf meinem Gesicht aus. Ich spüre, wie sich meine Arme und Schultern entspannen. Mein Herz beruhigt sich. Das Drehen in meinem Kopf verschwindet.

»Genieß das Gefühl.«

Ich weiß nicht mehr, aus welcher Richtung die Stimme kommt. Jemand übt einen leichten Druck auf meine Brust aus. Ich sinke mit dem Rücken auf etwas Weiches. Als würde ich auf Wolken liegen … Von draußen dringt leise Musik ins Zelt. Eine fröhliche, heitere Musik. Die Musik wird schneller und schneller, und mit einem Mal bin ich nicht mehr in Oxanas Zelt. Ich bin draußen auf dem Platz. Dort, wo all die Aries sind. Das Fest hat begonnen. Sie singen und tanzen. Alles dreht sich. Jemand greift nach meinen Händen.

Emilian. Er wirbelt mich herum. Hält mich ganz fest. Wir tanzen, ich versinke in seinen wunderschönen Augen. Dann lässt er mich los und ich breite die Arme aus. Habe das Gefühl zu fliegen. Die Lichter der roten, blauen und grünen Stofflaternen verzaubern mich. Sie lösen sich von den Ästen und heben wie Glühwürmchen sanft ab, treiben langsam durch die Luft. Der Himmel ist bunt, die Luft ein Ozean aus Farben. Es duftet köstlich süß, wie Honig. Dazu diese wundervolle Musik. Viel zu schön. Ich lache und lache und lache. Bin so glücklich. So frei.

Dann höre ich meinen Namen. »Robin«, sagt jemand ganz sanft, und die Musik um mich herum verebbt.

Ich bin gar nicht unten auf dem Platz. Ich liege immer noch auf dieser unglaublich weichen Wolke.

»Versuche dich jetzt zu konzentrieren«, weist mich Oxana an. »Wer bist du?«, fragt sie mich.

Obwohl die Frage mir seltsam erscheint, antworte ich mit fester Stimme: »Ich bin Robin.«

Oxanas Atem streicht über meine Schulter, so nah ist sie mir. »Zu welchem Stamm gehörst du?«

Ich will antworten, doch es fällt mir schwer. Ich bin mir so sicher, und trotzdem kann ich es nicht aussprechen. Mit einem Mal sehe ich Korfus vor mir. Wie er auf dem Boden liegt und sich nicht mehr rührt. Ich sehe Fares, wie ich ihn durch den Wald trage. Sehe das Feuer auf dem Platz der Tauren um mich züngeln. Feuer, das ich geschaffen habe. Ich spüre, wie sich etwas Dunkles um mein Herz legt. Ein schwarzes Monster, das meine Seele verschlingt. Es flüstert mir etwas ins Ohr, sagt, dass ich nicht besser bin als die Tauren. Dass ich nach Rache lechze, dass ich meine mörderische Kraft genieße.

Nein, das bin nicht ich! Ich schüttele verzweifelt den Kopf, kann meine Augen nicht öffnen, obwohl ich doch von hier weg muss. Ich muss fliehen, fort von dem schwarzen Schatten …

»Robin, beruhige dich! Du darfst jetzt nicht abbrechen! Es ist alles gut. Vielleicht zweifelst du an dir, aber das musst du nicht. Tief in deinem Herzen weißt du, zu welchem Stamm du gehörst.«

Oxana greift nach meiner Hand. Unsere Finger verschränken sich. Ihre Nähe gibt mir Kraft. »Hör auf dein Herz.«

Ich hole tief Luft, versuche den schwarzen Schatten in mir zu verdrängen. »Zu den Leonen«, kommt es mir schließlich über die Lippen. Endlich.

»Was ist dein Ziel?«, fragt Oxana weiter.

Erneutes Zögern. Doch diesmal fällt es mir leichter. »Meinen Stamm zu befreien. Das Gleichgewicht der Kräfte wieder herzustellen. In Frieden zu leben.«

»Genau«, flüstert Oxana. »Schließ das in dein Herz und dann sende deine Gedanken hinaus.«

Ich stelle mir vor, wie mein Stamm in Freiheit lebt. Wie wir genügend zu essen und saubere Häuser ohne Löcher in den Dächern haben. Wie die Kinder durch den Wald streifen, ohne Angst davor haben zu müssen, getötet zu werden. Sehe deutlich vor mir, wie wir Leonen lachen und diese ewige Hoffnungslosigkeit aus unseren Augen verschwunden ist. Ich wünsche mir, dass Libra meine Gedanken hört. Dass sie mir verrät, wo ich sie finden kann.

»Und? Zeigt Libra dir, wo du sie suchen sollst?« Oxana rückt noch ein Stück näher, als wollte sie in meinen Kopf kriechen.

Ich konzentriere mich. Denke an all das Leid, dass wir über Generationen ertragen mussten. An die schreiende Ungerechtigkeit. Ich will, dass Minna und Flora ein normales Leben haben. Keines in Schrecken und Qual.

Auf einmal taucht wie ein Blitz in meinem Kopf ein Bild auf. Wasser, das gegen Stein schlägt. Meer. Ein grauschwarzes, mächtiges Gebirge. Ein Ort, wie ich ihn noch nie gesehen habe. Magisch. Und da ist noch etwas: Über mir leuchtet ein wunderschöner Sternenhimmel.

Wie oft habe ich nachts in den Himmel geblickt und die Sterne bewundert. Doch dieses Kunstwerk über mir ist anders. Es verzaubert mich, treibt mir Tränen in die Augen, weil ich nicht fassen kann, wie schön es ist. Die Sterne scheinen aus purem Gold zu sein. Sie funkeln mit aller Macht, reihen sich so dicht aneinander, dass sie sich zu berühren scheinen und kaum etwas von dem schwarzen Universum zu sehen ist, in dem sie schweben.

Einige Sterne leuchten besonders stark. Sie heben sich vom Rest ab. Hypnotisieren mich. Nie wieder will ich etwas anderes sehen.

»Du siehst etwas, richtig?«, höre ich Oxana sagen. »Konzentriere dich ganz genau auf das, was du siehst. Wie die Landschaft aussieht, welche Bäume dort wachsen, ob es Berge gibt …«

Das bedeutet, dass ich mich von diesem wunderschönen Himmel lösen muss. Es dauert eine Weile, bis es mir gelingt. Ich zwinge mich, die Landschaft genauer zu betrachten, doch sie kommt mir im Gegensatz zu diesem machtvollen Himmel beinahe blass vor. Ich nehme die Form der Klippen wahr, speichere sie in meinem Kopf ab.

Dann nicke ich und lächle. Ich habe es geschafft. Libra hat mir gezeigt, wo ich sie finden kann. Es wird Zeit, dass ich wieder zu mir komme.

Doch plötzlich nimmt mich die Nacht um mich herum gefangen. Ein dunkler Sog reißt mich mit sich. Ich wittere Angst. Oxanas Angst. Eine Energie der Furcht strömt von ihr auf mich über – dennoch lässt sie mich nicht los. Ihr Griff wird fester. So fest, dass sich ihre Fingernägel in meine Haut graben.

»Robin! Du hast es geschafft, du musst jetzt nur noch die Augen öffnen!«, höre ich sie sagen. Ihre Stimme ist verzerrt, als würde sie durch eine Wand hindurch mit mir sprechen.

Mein Körper bebt. Ein tiefer, erschütternder Schmerz zieht sich durch meine Brust, als würde meine Seele in zwei Teile gerissen. Ein Druck, der immer stärker wird. Er will mir beweisen, dass ich eben gelogen habe. Dass ich keine Leonin bin. Dass mein Herz das eines Taurers ist. Ich nehme den schwarzen Schleier wahr, der mich unter sich begräbt. Lasse es zu, weil ich mir nicht mehr sicher bin, ob nicht das die Wahrheit ist.

Die Seite, die niemand an mir sehen will, gewinnt die Oberhand. Meine eigentlich starke Seite. Ich vergesse das Ziel, das ich Oxana eben genannt habe. Tausche es gegen ein anderes ein: Birkaras vernichten. Mich und meine Familie rächen. Keine Gnade zeigen.

Ja, ich will die Wahrheit nicht mehr verbergen. Ich stelle mir vor, wie ich die Siedlung der Tauren niederbrenne. Ich sehe, wie die leblosen Körper der Taurer auf dem Boden liegen. Mein Werk. Vielleicht ist das der richtige Weg. Auch so würde ich die Leonen befreien, ihnen Freiheit schenken. Warum also zögern?

Auf einmal ein Schrei. Erfüllt von Schmerz und Verzweiflung. Er jagt mir einen Schauer über den Rücken. Nur mit größter Mühe gelingt es mir, meine Augen zu öffnen. Ich sehe Oxana. Sie liegt vor mir auf dem Boden. Zittert. Reißt die Augen noch weiter auf, als sie sieht, dass ich wieder zu mir gekommen bin. Als hätte ihr jemand heißes Wasser über die Finger geschüttet, streckt sie ihre Hand von sich. Unter ihren Fingernägeln ist Blut. Scheinbar hat sie ihre Finger so fest in meinen Arm gekrallt, dass sich ihre Nägel durch meine Haut gebohrt haben. Als ich die fünf kleinen halbmondförmigen blutigen Wunden sehe, empfinde ich nichts. Gar nichts.

»Das war … das Böse …«, wispert sie. Sie betrachtet mich, als würde nicht ich, sondern Birkaras vor ihr stehen.

Langsam dämmert mir, welch grauenhafte Gedanken mich gerade erfüllt haben. *Meine Gedanken.* Ich habe mich mitreißen lassen. Habe genau das in meinen Gedanken getan, was ich an den Tauren verabscheue. Jetzt zittere auch ich. Das bin nicht mehr ich. Da ist irgendetwas anderes in mir. Eine andere, stärkere Macht, die mich immer mehr zu sich zieht.

»Deine Seele ist schwarz … tiefschwarz. Das habe ich gespürt.« Oxana schüttelt den Kopf, richtet sich langsam auf. Ich will ihr helfen, doch sie zuckt vor mir zurück. »Ich kann jetzt nicht mehr … Ich möchte nicht … Ich muss nachdenken. Bitte lass mich für einen Augenblick alleine.«

Dann geht sie. Schwankend, als wäre sie verletzt. Ich bleibe alleine zurück. Oder nein, ich bin nicht alleine. Mein schwarzer Dämon ist immer noch bei mir und flüstert, dass ich endlich nachgeben soll.

AUFBRUCH

Ich sitze auf dem Boden, lehne mit dem Rücken am Stamm einer uralten Eiche, deren breite Äste fast den Boden berühren. Fahre mit den Fingerspitzen über die moosbewachsene Rinde ihrer Wurzeln.

Oxana bereitet alles für unseren Aufbruch vor. Ich sollte ihr helfen, aber ich muss alleine sein. Nachdenken.

»Hier bist du.« Emilian setzt sich neben mich auf den Boden. Zieht die Beine an. Seine Augen ruhen geduldig auf mir. Er weiß, was in Oxanas Zelt geschehen ist. Ich schäme mich so …

Es verstreichen etliche Minuten, ohne dass ein Wort fällt.

»Emilian …«, presse ich schließlich hervor.

Ich verstumme, als Emilian mich an sich zieht. Mich in seine starken Arme schließt.

»Mach dir nicht so viele Gedanken. Oxana ist dir nicht böse. Sie hat sich nur erschreckt«, tröstet er mich.

Ich weiß. Sie hat es mir selbst gesagt. Aber ich schaffe es einfach nicht, ihre Worte zu vergessen. Sie hat das Böse in mir gesehen. Hatte Angst vor mir. Vor mir, Robin, die doch immer zu den Guten gezählt hat.

Ich schmiege mich an Emilians feste Brust, atme seinen angenehmen Duft nach Tannennadeln und warmer Haut ein.

Wenn ich das hier verloren hätte … Wenn Birkaras mir Emilian genommen hätte, hätte mein Leben jeglichen Sinn verloren. Ich halte mich an ihm fest, will in ihm versinken.

»Hey«, flüstert er sanft. Seine Hand gleitet meine Wirbelsäule hinab. »Es wird alles gut werden, Robin. Das verspreche ich dir.«

»Wie kannst du das versprechen?« Meine Stimme zittert.

Emilian schenkt mir ein schiefes Lächeln. Mein Herz erschauert. »Wir haben so viel zusammen geschafft. Wir werden auch das noch schaffen.« Er streicht mit seinen weichen Lippen über meine Stirn. »Ich habe nur Angst um dich.«

»Angst um mich?« Meine Worte sind nur ein schwacher Hauch.

»Ich weiß nicht, was mit dir passiert, Robin. Aber ich kenne die bösen Kräfte. Ich weiß, dass sie wie ein Sog sind, aus dem man vielleicht nicht mehr herauskommt. Vielleicht ist es bei dir anders, weil *du* anders bist … Aber vielleicht auch nicht. Ich will dich nicht an das Böse verlieren.«

Ich lasse meinen Blick über die dunkelgrüne Fläche aus dicht wucherndem Farn schweifen. So dunkelgrün wie Emilians Augen. Ich sauge den frischen Duft der satten Natur in mir auf. Weich, süß, warm. »Du verlierst mich nicht.«

»Als wir aus der Siedlung der Tauren geflohen sind, hast du Birkaras' Stimme gehört. Obwohl er nicht da war. Durch die Kette hat er eine Verbindung zu dir, richtig?«

Ich nicke.

»Das bedeutet, dass er die Kette aus der Erdspalte retten

konnte. Wenn Birkaras stärker wird, indem er die Kette trägt, du hingegen immer schwächer wirst, dann ...«

»Es geht mir gut, Emilian«, sage ich schnell. Löse mich von ihm. Bohre meinen Blick entschlossen in den Boden.

»Okay«, antwortet er. »Versprichst du mir, es mir zu sagen, wenn sich das ändert?« Sein Blick ist voller Gefühl.

Als ich nicht antworte, nimmt er mein Gesicht in seine Hände. Lehnt seine Stirn an meine. Das Spiel seiner Armmuskeln zeichnet sich unter seiner gebräunten Haut ab. »Versprich es.«

Ich schlucke. Nicke.

Lange Zeit sehen wir uns einfach nur an. Es kommt mir so vor, als würden wir beide etwas sagen, was der andere nicht hören kann. Hitze kriecht meinen Körper hinauf, als Emilian mit seinem Zeigefinger meinen Hals hinabfährt, mein Schlüsselbein nachzeichnet. Seine Lippen sind meinen so nah. Mein ganzer Körper wird von einem warmen Prickeln erfasst, das mein Herz schneller schlagen lässt. Emilians Hand gleitet meine Taille hinab, verschwindet unter meinem Hemd.

Ich vergesse zu atmen. Emilian lächelt. »Nervös?«, fragt er. Aber auch seine Stimme ist rau.

Ich lächle auch. Habe das Gefühl, in der Zeit zurückgesprungen zu sein. Schon als Emilian mich im Leonenwald trainierte, wusste er ganz genau, dass er mich mit solchen Sprüchen um den Verstand bringen kann.

Mein Hals ist mit einem Mal trocken, als Emilian mich näher zu sich zieht. Seine Lippen streichen über meine, berühren sie nur sanft. Ich schließe die Augen und dränge mich ihm entgegen, gleite wie selbstverständlich auf seinen Schoß. Spüre, wie Emilian unter meinen Lippen lächelt. Er nimmt mein Kinn. Neigt es zu sich. Küsst mich voller Leidenschaft. Mein Körper steht in Flammen.

Das Gurren einer Wildtaube holt mich ins Hier und Jetzt zurück. Erinnert mich daran, dass wir bald aufbrechen müssen. Ich lege meine Hand auf Emilians muskulösen Bauch und schiebe ihn sanft von mir. Räuspere mich verlegen.

»Freust du dich, mich wieder zu haben?«, fragt mich Emilian mit einem selbstsicheren Grinsen.

»Ist ganz nett«, antworte ich. Ich bin mir sicher, dass meine Wangen glühen.

Emilian lacht, doch von einer Sekunde auf die nächste ist er wieder ernst. So ernst, dass ich erschrecke. Das, was er sagt, berührt mich mehr als alles zuvor: »Ich liebe dich, Robin.«

»Ich dich auch«, antworte ich aus tiefstem Herzen.

»Du und ich. Für immer.«

»Für immer.«

Er schenkt mir noch einen sanften Kuss, ehe er im nächsten Moment aufsteht und mir seine Hand entgegenhält. Ich ergreife sie und er zieht mich auf die Beine. »Dann kann die Reise beginnen.«

»Und du bist dir wirklich sicher?« Oxana kommt langsam auf mich zu, während sie mir die Hände entgegenstreckt. In ihrer weiten lilafarbenen Hose und der rosa Weste wirkt sie wesentlich jünger, als sie vermutlich ist.

»Ja, das bin ich«, antworte ich.

Der ganze Stamm hat sich auf dem Platz versammelt, um Abschied zu nehmen. Die Sonne steht schon viel zu hoch. Wir müssen aufbrechen, ansonsten verliere ich noch einen ganzen Tag.

Vor meinen Füßen liegen zwei Rucksäcke, die Elvor für unsere Reise gepackt hat. Darin befinden sich Lebensmittel, jeweils zwei Flaschen Wasser, eine Decke, ein Seil sowie ein paar Salben für den Notfall. Um meine Hüfte liegt ein wunderschöner Messergürtel aus glattem hellbraunen Leder. Drei Messer stecken darin. Die schärfsten, die Elvor in der Siedlung der Aries auftreiben konnte.

»Ich wünsche dir viel Glück auf deiner Reise und hoffe, dass du bald zu uns zurückkehren wirst. Du bist immer willkommen«, sagt Oxana, und etliche Aries nicken zustimmend.

Einen kurzen Augenblick zögere ich, doch dann ziehe ich Oxana an mich und umarme sie. »Ich danke euch allen sehr.«

Elvor zwinkert mir zu und legt einen Arm um seine Frau, die mir zum Abschied ein breites Lächeln schenkt, während sie sich über ihren runden Bauch streicht. Ein paar Kinder winken mir schüchtern zu. Ich drehe mich um und lege meine Hand auf Emilians Schulter. Brauche seine Stärke, um meine eigene zu spüren.

Als wir schließlich aufbrechen, fühlt es sich für einen winzigen Augenblick so an, als würde ich etwas verlassen, das ein Teil von mir geworden ist. Doch ich muss von hier fort. Ich habe ein Ziel: meine Familie und meinen Stamm zu retten.

Ich genieße es, die braune Lederjacke, die Oxana mir für die Reise geschenkt hat, auf meiner Haut zu spüren. Wir alle tragen frische Klamotten. Sogar Stiefel hat Oxana für mich aufgetrieben. Durch das dunkelgrüne Hemd, das Emilian trägt, wirken seine Augen so intensiv, dass mir jedes Mal der Atem stockt, wenn sein Blick mich streift.

Wir kommen erstaunlich schnell voran. Der Wald der Aries ist ein friedlicher Wald. Hell, offen, voller bunter Blüten und Pflanzen, die ich noch nie gesehen habe. Blumen mit feuerroten Köpfen, deren Blätter so groß wie meine Handflächen sind. Hellgrüne Kletterpflanzen, die sich die Bäume hinaufschlängeln und so feingliedrig wie ein Tausendfüßler sind. Der Boden ist bedeckt von jungen Wurzeln und trockenen Blättern, auf die warmes Sonnenlicht fällt.

Ein Licht, das ich immer weniger zu vertragen scheine. Ich halte meine Hände vor die Augen, presse die Lider für ein paar Sekunden zusammen. Es scheint, als hätte die Sonne ihre Strahlen allein auf mich gerichtet. Meine Haut erhitzt so sehr, dass ich zu schwitzen beginne. Mein Rücken ist nass. Das braune Hemd klebt an meiner Haut.

Emilian bemerkt sofort, dass etwas mit mir nicht stimmt. Ich spüre, wie seine Augen versuchen, meine Gedanken zu lesen. Er läuft neben Lysander ein paar Schritte vor mir, dreht sich immer wieder nach mir um.

Ich wische mir mit dem Handrücken den Schweiß von der Stirn. Versuche, mich auf die Umgebung zu konzentrieren. Der Trockenheit des Bodens nach zu urteilen, sind wir weit von einem Gewässer entfernt. Das Laub auf dem Boden ist ideal zum Verbrennen. Die Steinbrocken, die uns im Weg liegen, werden immer mehr. Könnte sein, dass wir uns einem Berg nähern.

Aber tatsächlich habe ich nicht die leiseste Ahnung, wo wir uns befinden und wohin wir laufen. Mir bleibt nichts anderes übrig, als Lysander zu vertrauen.

Die erste Rast machen wir in der Nähe einer weiten Ebene, wo wir unsere Umgebung gut überblicken können. Ich lasse den Rucksack von meinen Schultern gleiten und stelle ihn an den Stamm einer Fichte. Die Nacht bricht herein. Der Mond versteckt sich hinter einem grauen Wolkenschleier, nicht mal die Sterne wagen sich hervor. Dabei hätte es mich getröstet, die funkelnden Gebilde anzusehen, so wie ich es früher immer mit Almaras getan habe.

Ich lehne mich mit dem Rücken gegen den Stamm, gleite an ihm hinab. Lysander ist im Wald verschwunden, um etwas Brennholz zu sammeln. Zwar widerstrebt es mir, ein Feuer zu machen – für unsere Feinde wird es ein Kinderspiel sein uns zu finden –, aber die Nacht ist kalt. Ich lege meine Hand auf den Löwenanhänger der Kette, die Emilian mir geschenkt hat. Sofort fühle ich mich ein wenig besser.

»Hast du Hunger?«, frage ich Emilian.

Er nickt. Ich reiche ihm den Rucksack, und er holt das Brot heraus.

»Eine der Wasserflaschen ist schon fast leer«, stellt er fest.

Emilian schneidet sich ein Stück Brot ab. Ich betrachte

stillschweigend zwei Rehe, die sich auf die kleine Ebene geschlichen haben und grasen. Auf einmal heben sie ihre Köpfe und rennen um ihr Leben. Kurz darauf taucht Lysander auf. In seinen Armen trägt er einen Haufen Äste.

Wortlos schneidet Emilian auch mir ein Stück Brot ab, nimmt meine Hand und legt es hinein. Dankbar lächle ich ihn an.

»Wie lange dauert es noch, bis wir das Gebirge erreichen?«, frage ich Lysander.

»Ich schätze zwei Tage.«

Zwei Tage. Ich reibe meine müden Augen. Beiße in das Brotstück. Versinke in einem Strudel von Gedanken. Nicht zu wissen, wie es meiner Familie, meinem Stamm geht, frisst mich innerlich auf.

»Wusstest du eigentlich, dass ich deinen Vater kannte? Ich meine deinen Ziehvater.« Lysander muss ahnen, dass ich ihm nicht wirklich zuhöre, denn er fügt betont deutlich hinzu: »Almaras.«

»Was?« Fast wäre mir das Stück Brot aus der Hand gefallen. »Du kanntest ... du kanntest Almaras?«

»Es ist schon lange her. Nach einer meiner Reisen auf der Suche nach Libra durchquerte ich den Leonenwald – da stand er auf einmal vor mir. Er war gerade dabei, eine Falle zu überprüfen. Dachte, dass ich gekommen sei, um ihn zu töten, weil die Abgaben in Verzug waren oder was auch immer. Er hat von seiner Frau erzählt, von seinen Töchtern, von dir ... Hat mich angefleht, ihn zu verschonen.« Er verstummt.

Ich dränge ihn nicht. Warte darauf, dass er bereit ist, den Rest der Geschichte zu erzählen.

»Ich habe gesagt, dass ich ihm nichts tun würde. Aber es war so schrecklich zu sehen, dass er Angst vor mir hatte. Ich wollte nicht, dass er sich schwach fühlt. Es ist ja alles meine Schuld! Deshalb habe ich ihm gesagt, dass es nicht immer so war. Dass die Leonen nicht immer schwach gewesen sind, sogar mal zu den stärksten und herrschaftlichsten Sternenstämmen gezählt haben. Ich wollte ihm Mut machen. Aber ich konnte ihm nicht die Wahrheit sagen. Deshalb bin ich dann weggelaufen. Feigheit scheint meine Spezialität zu sein.« Er schnippt einen kleinen Käfer von seinem breiten Lederarmband mit dem roten Stein.

Mit einem Mal bin ich wieder fünfzehn Jahre alt. Es ist der erste Mai, Marlas Geburtstag. Almaras ist in der Früh aufgebrochen, um den Tauren die Abgaben zu bringen – erst spät in der Nacht kehrt er zu uns zurück. Zwei Rippen haben sie ihm gebrochen. Am darauffolgenden Abend sitzen wir am Lagerfeuer, er ganz dicht neben mir. Er hat seinen Kummer in Beerenwein ertränkt und erzählt mir Geschichten. Ich höre ihm gerne zu – auch, wenn die wilden Meere, die unendlich hohen Gebirgen und die bunten Städte vermutlich frei erfunden sind.

Völlig unerwartet sagt er an diesem Abend: »Ich möchte, dass du weißt, dass wir nicht schwach sind.« Er habe es von jemandem erfahren, der zuverlässig Bescheid wisse.

Jetzt weiß ich, wer dieser Jemand war.

»Glaubst du, Almaras wusste, dass du ein Urgott bist?«

Lysander atmet schwer aus. »Vielleicht. Vielleicht auch nicht. Almaras war ein kluger Mann, aber nur wenige glauben noch an die Urgötter.«

Die Erinnerung an Almaras lässt mein Herz schwer werden. Ich bringe kein einziges Wort mehr über die Lippen.

Nachdem wir gegessen haben, versuche ich ein wenig zu schlafen. Eigentlich hätte ich gedacht, dass ich die ganze Nacht wach liegen würde, aber es dauert nicht lange, und meine Augen fallen zu.

JAGD

Er wartet.

Draußen scheint gleißend die Sonne, doch er hat alle Vorhänge des großen Saals zuziehen lassen. Er mag das Spiel des Kerzenlichts mit den roten, schweren Stoffen vor den Fenstern. Es ist gerade hell genug, um die Umrisse der Möbelstücke zu erkennen.

Er sitzt in einem schwarzen Ledersessel mit Blick auf den Kamin. Das Zittern des Feuers wirft schaurige Schatten seines Körpers an die Wand. Der Bernstein auf seiner Brust leuchtet auf. Die sonst eiskalte Kette wird für ein paar Sekunden warm, ehe sie wieder wie ein Eiswürfel auf seiner Haut liegt.

In diesem Augenblick sieht er sie vor sich, seine Tochter, wie sie mitten im Wald steht. Aus einer Flasche trinkt. Sich fast verschluckt, als Emilian etwas zu ihr sagt. Sie lacht. Er spürt, wie sich der Takt ihres Herzens beschleunigt.

Er presst seine Lippen zusammen. Knackst mit den Fingerknöcheln. Erstaunlich, diese Verbindung, die er zu Robin hat. Es scheint, als würde jene Verbindung – je näher das Ende seiner Tochter rückt – stärker werden.

Sein rotes Hemd rutscht ein Stück zur Seite, als er sich vorbeugt, und gibt die Ader über seinem Herzen frei. Seit ein paar Tagen zeichnet sie sich deutlich unter seiner Haut ab.

Ein wärmendes Prickeln durchströmt seine Brust. Ein gutes Gefühl.

Es stellt sich ihm eine Frage: Wenn er Robin sehen kann, kann dann auch sie ihn sehen? Sollte dies der Fall sein, wird es ihm ein Leichtes sein, sie zu brechen. Ihr jegliche Hoffnung zu rauben. Einen Versuch ist es wert. Er weiß auch schon wie.

Immer noch fragt er sich, wer dieser Fremde war, der an ihrer Seite gekämpft hat. Er war außergewöhnlich stark. Die Kräfte der Tauren waren an ihm wirkungslos. Er leckt sich über die Lippen. Erhebt sich aus seinem Sessel. Was, wenn es ein Urgott war? Gewiss nicht der Urgott der Tauren, denn dieser würde sich niemals gegen seinen eigenen Stamm stellen.

Unten fällt die schwere Eisentür der Felswand ins Schloss. Jemand stolpert die Treppen hinauf, bleibt kurz stehen, um Luft zu holen. Eilt schließlich weiter. Die Schritte sind unbeholfen und zittrig.

Als Vincente in sein Arbeitszimmer platzt, erwartet er ihn bereits. Vincente verbeugt sich tief. Hustet, kratzt sich am Hals. Lästigerweise wird sein Berater von ein paar Mücken verfolgt, die immer wieder versuchen, ihn zu stechen. »Es ist alles vorvorvorbereitet.«

Er legt den Kopf schief. Betrachtet die sich deutlich auf seinem Handrücken abzeichnenden blauen Venen. »Gut. Was ist mit den Hunden?«

Vincente verzieht seinen Mund zu einem hässlichen Grinsen. »Auf Eure Tototochter konditioniert.«

Seine Tochter hat eines ihrer Messer in der Siedlung der

Tauren verloren. Er hat Spürhunde herbeischaffen lassen. Hat ein paar Taurer angewiesen, sie zu quälen und ihnen immer wieder das Messer, an dem noch ihr Duft haftet, unter die Nase zu halten. Sie sollen ebenso verbissen sein, Robin finden zu wollen, wie er es ist.

Vincente schlägt um sich, doch die Mücken lassen sich nicht stören. Sie kreisen ihn ein, attackieren ihn. Selbst Mücken haben mehr Mumm in den Knochen als Vincente, dieses erbärmliche Geschöpf.

»Gibt es irgendwelche Hinweise?« Er zeichnet mit der Spitze seines Zeigefingers eine Vene auf seinem Handrücken nach. Seine Haut ist durchsichtig wie Pergament.

»Sisiesie hat die Siedlung der Aries verlassen.«

»Hat dich jemand gesehen?«

»Nnnein.«

»Gut.« Wenigstens dafür ist Vincente zu gebrauchen.

Das hohe Summen der Mücken schmerzt in seinem Kopf. Noch bis vor kurzem hätte dieses Geräusch ihn schier umgebracht. Jetzt strapaziert es nur seine Nerven. »Dann ist es Zeit für uns, aufzubrechen und ihrer Reise ein Ende zu bereiten.«

FREMDSTEUERUNG

Der Wald verändert sich. Der Boden wird immer steiniger. Meine Gelenke schmerzen vom harten Untergrund.

Auf einmal lässt das Heulen eines Wolfes uns alle innehalten. Ein zweiter Wolf stimmt in den melancholischen und gefährlichen Ruf ein.

Emilian legt seine Hand an meine Taille. Die Wölfe sind nah. Und sie haben Hunger. Aber ich behalte meine Gedanken für mich. Werfe Emilian einen Blick zu, mit dem ich ihn bitte, vorsichtig zu sein. Aufzupassen. Er nickt.

Ich bemerke, dass die zarten Blüten der Büsche und die weißen Blumen im dunkelgrünen Moos ihre Köpfe schließen. Das bedeutet, die Sonne wird bald untergehen. Wir müssen uns beeilen, wenn wir vor Einbruch der Dunkelheit ein Nachtlager finden wollen.

Schließlich lichtet sich der Wald. Etwas Dunkles taucht vor uns auf, eine Felswand. Sie ist von der Witterung schwarz gefärbt. Die Wand ist in etwa doppelt so hoch wie die höchste Tanne des Waldes – ein dunkler Riese. Als ich zu beiden Seiten schaue, verschlägt es mir den Atem: Es scheint, als nähme die steinerne Wand kein Ende.

Schweigen. Lysander ist der Erste, der seine Stimme wiederfindet. »Hier stand ich schon einige Male.«

»Gibt es keine Alternative? Einen anderen Weg, der an der Felswand vorbeiführt?« Die Anspannung in Emilians Stimme verrät, dass er fürchtet, ich könnte während des Kletterns erneut das Bewusstsein verlieren und stürzen. Auch ich fürchte mich davor.

»Nein, tut mir leid. Ich habe oft genug nach einem anderen Weg gesucht. Aber jedes Mal musste ich aufgegeben.«

Emilian wendet sich an mich. »Glaubst du, du kannst da hochklettern?«

»Natürlich. Es sieht so aus, als hätte die Wand viele kleine Vorsprünge. Da kann man sich bestimmt gut festhalten.«

»Aber was wenn ...«

Ich ahne, was Emilian sagen will. *Was, wenn du wieder ohnmächtig wirst ...* Ich stelle mich auf die Zehenspitzen und küsse Emilian auf die Stirn. Er verstummt.

»Es wird alles gutgehen.«

In seinen Augen spiegelt sich die dunkle Felswand, was sie dunkel und bedrohlich wirken lässt. Aber ich weiß, dass sein Herz voller Güte ist. Vielleicht ist es inzwischen sogar besser als meins.

Ich werfe einen Blick zum Himmel. Die Sonne brennt. Das tiefe Rot, das zwischen den Wolken hindurchblitzt, sieht gefährlich aus – wie Feuer.

Lysander dehnt seine Schultermuskulatur, als würde er sich bereitmachen zum Klettern. »Wir sollten vorher noch etwas essen. Wir werden Kraft brauchen.«

Nachdem wir uns gestärkt haben, nimmt Emilian meine Hand und führt mich ein Stück weit von Lysander fort. Während wir gehen, streicht er mit seinem Daumen über meine Fingerknöchel.

»Ich vermisse die Zeit, in der wir im Wald trainiert haben«, sagt er. Der Wind wirbelt die Strähnen seiner inzwischen länger gewordenen Haare durcheinander. Das Licht der untergehenden Sonne überzieht seine gebräunte Haut mit einem goldenen Schimmer. Seine markanten Gesichtszüge treten noch deutlicher hervor. Manchmal erschreckt mich seine Schönheit.

»Jedes Mal, wenn ich nach dem Training zurück in die Siedlung der Tauren lief, war ich mir sicher, dass du mich verachtest«, fährt er fort. »Die Blicke, die du mir zugeworfen hast, konnten mir echt Angst einflößen.« Er schenkt mir ein schiefes Lächeln.

»Das sagt der Richtige. Weißt du, wie nervös ich jedes Mal war?«

Emilian lacht. Schiebt die Hände in die Taschen seiner Hose. »Ich fand das süß. Aber du hast es gut überspielt. Dein Körper hat dich nur manchmal verraten.«

»Ich vermisse diese Zeit auch. Es kommt mir vor, als wären seitdem Jahre vergangen.«

Doch plötzlich bin ich wie betäubt, nehme ich alles nur noch wie durch einen Schleier wahr. Meine Brust brennt, als würde ein Feuer in ihr wüten. *»Emilian, der Verräter!«*, höre ich Birkaras' Stimme in meinem Kopf.

Ich will sie nicht hören, will sie ignorieren. Aber sie ist so präsent, als würde ich selbst sprechen.

»Robin …« Die Art, wie Emilian meinen Namen ausspricht, klingt ebenso zärtlich wie sorgenvoll. »Wenn Birkaras dir deine Kraft stiehlt … Ich habe jeden Morgen Angst, dass du nicht mehr aufwachst.«

Ich weiß, dass ich ihm die Wahrheit sagen sollte. Dass man die Person, die man liebt, nicht belügen darf. Aber wenn ich ihm sage, dass ich sterben werde, wird er mich überreden wollen, umzukehren. Wird er einen Weg suchen wollen, mir mein Leben zurückzugeben. Dann werde ich meinen Stamm niemals retten.

»Das wird nicht passieren.« Meine Stimme zittert. Enttarnt meine Lüge.

»Wie leicht es dir fällt, Emilian anzulügen. Bedeutet er dir so wenig?« Birkaras' Stimme ist voller Hohn.

Emilians Gesichtsausdruck nimmt etwas Flehendes an. Er will etwas sagen – schüttelt schließlich den Kopf. Ich verletze ihn, verletze mich selbst mit meiner Unehrlichkeit. Aber ich will, dass es zwischen uns bleibt wie es jetzt ist. Emilian darf mich nicht von meinem Vorhaben abbringen.

»Lass uns umkehren«, sagt Emilian nach mehreren schweren Atemzügen.

Er dreht sich um, will sich auf den Rückweg machen.

»Töte ihn!«, zischt es in meinem Kopf. *»Töte ihn! Jetzt!«*

»Emilian«, sage ich. Nehme meine eigene Stimme kaum wahr.

Emilian wirft mir einen Blick über die Schulter zu. »Was ist, Robin?«

»Töte ihn! Er ist all dein Leid nicht wert!«

Birkaras' Flüstern ist mir so vertraut, als würde meine Seele zu mir sprechen.

Mechanisch setze ich Schritt vor Schritt, nähere mich Emilian nur langsam. Emilian zieht seine Augenbrauen hoch, mustert mich von der Seite. Ich stelle mir vor, wie sich meine Hände um seinen Hals legen. Zudrücken. Mein Herz ist schwarz. Ein gutes Gefühl.

Emilian glaubt tatsächlich, ich würde mich an seine Brust schmiegen wollen. Er lässt zu, dass uns nur Millimeter trennen. Vertraut mir. Meine Finger gleiten sein Schlüsselbein entlang, legen sich um seinen Hals. Meine Hände drücken zu.

Töte ihn!

»Robin?«

Drücken fester.

»Robin!« Emilian reißt meine Hände von seinem Hals.

Mit einem Mal wird mir bewusst, was ich da gerade getan habe. Ich lasse mich fallen, versinke in Emilians fester Umarmung. Tränen strömen aus meinen Augen, während ich wie ein kleines Kind wimmere. Emilian streicht mir beruhigend übers Haar. »Alles ist gut. Alles ist gut …«

Ich wünschte, ich könnte ihm glauben.

»Was ist los mit dir?« Er sieht mich fest an. »Was sollte das?«

Ich will ihm antworten, doch ich weiß nicht, was. Verstehe mich selbst nicht.

Vollkommen unerwartet schiebt Emilian mich von sich. Etwas hat sich verändert. Sein Blick reicht in die Ferne. Er hat Angst. Sein Schrei durchschlägt meine Brust wie eine Kugel: »Lauf!«

ABSTURZ

Ein kehliges Heulen zerreißt die Nacht. Schwarze Schatten schießen aus dem Wald. Es ist schwer zu schätzen, wie viele Wölfe es sind. Vielleicht sechs, vielleicht mehr. Vielleicht lauern auch noch welche im Wald. Adrenalin jagt durch meinen Körper. Wölfe sind unberechenbar, wenn sie Hunger haben. Sie reagieren schnell, sind stark.

Emilian packt mich am Arm. »Versteck dich im Wald! Los! Ich lenke sie ab!«

Wie Blitze preschen die Wölfe auf uns zu. Ihre Körper sind dünn, doch muskulös. Ich entwinde mich Emilians Griff, kann ihn nicht alleine lassen.

Viel zu spät nehme ich den Wolf hinter uns wahr. Im vollen Lauf setzt er zum Sprung an. Wirft sich auf Emilian. Emilian kracht zu Boden. Verzweifelt drückt er das geifernde Maul des Wolfes von sich, doch die scharfen Krallen des Tieres schrammen über seinen Hals, seine Brust. Zerkratzen seine Stirn. Immer wieder schnappt der Wolf nach Emilians Hand. Ich reiße das Tier an seinem Schwanz von ihm herunter, trete es von ihm fort. Knurren.

Die anderen Wölfe werden langsamer. Sie nähern sich uns siegessicher. Drohend senken sie die Köpfe. Ziehen die Lefzen hoch. Zeigen ihre Reißzähne.

Im nächsten Moment werde ich nach vorne geschleudert. Ein Wolf verbeißt sich im Rucksack auf meinem Rücken, zerrt ihn von meinen Schultern. Ein zweiter schnappt nach meiner Hand. Ich stürze zu Boden. Rolle mich zur Seite. Schütze mein Gesicht mit den Unterarmen. Heißer Wolfsatem schlägt mir ins Gesicht. Ehe der Wolf seine Zähne in meiner Schulter vergraben kann, lasse ich meinen Kräften freien Lauf. Der Körper des Tieres erschlafft, drückt mich zu Boden.

Ich verliere den Überblick. Sehe, wie einer der Wölfe zum Sprung ansetzt und sich auf Emilian wirft. Emilian schützt seine Augen in letzter Sekunde vor den Krallen der Bestie. Die Wölfe kreisen uns ein. Die einzige Möglichkeit, Emilian zu retten, ist, die Wölfe von ihm fortzulocken. Dann kann er sich die Felswand hinaufretten …

Ich schiebe den Körper des toten Wolfes von mir, rufe: »Lauf zur Felswand!«

Emilian begreift, was ich vorhabe. Schreit meinen Namen. Will mich aufhalten, doch ich renne so schnell ich kann in Richtung Wald.

Die Wölfe folgen mir. So, wie ich es beabsichtigt habe. Sie sind so viel schneller als ich. Am Waldrand haben sie mich bereits eingeholt. Schnappen nach meinen Beinen. Die Messer, die Oxana mir gegeben hat, schmiegen sich bei jeder Bewegung an meinen Oberschenkel, als wollten sie sagen: *Benutz uns!*

Aber das tue ich nicht. Ich schnappe mir den Ast einer Tanne, ziehe mich daran hoch. Die Wölfe jagen unter mir hinweg.

Brauchen ein paar Sekunden, bis sie verstehen. Es fehlt mir die Kraft, meinen Körper ganz hinaufzuwuchten. Meine Finger geben nach, ich falle. Ehe die Wölfe kehrtmachen und meine Schutzlosigkeit auf dem Boden ausnutzen können, bin ich schon wieder auf den Beinen. Renne.

Sie sind überall. Viel mehr als erwartet. Mein Herz pumpt mit Wucht das Blut durch meinen Körper. Schwindel ergreift mich, macht mich orientierungslos. Kalter Schweiß rinnt über meine Stirn, meinen Hals hinab. Von fern höre ich Emilian meinen Namen schreien.

Ich übersehe eine Wurzel, stürze der Länge nach zu Boden. Meine Beine, Arme, selbst meine Finger zittern wie verrückt. Überall huschen Schatten zwischen den Tannen umher. Knurren. Heulen. Ich bin ihnen ausgeliefert, und sie wissen das. Gelbe Augen blitzen zwischen den Büschen hindurch. Fixieren mich gierig. Sie haben gewonnen. Genießen den Tanz um die Beute. Die Schatten sind vor mir, hinter mir, über mir. Scharfe Zähne zerreißen mein Hemd. Ich schreie vor Schmerz, als einer der Wölfe mit seinem Maul meinen Unterschenkel zu fassen bekommt.

Dann passiert es. Meine dunkle Energie gewinnt überhand. Ich lasse sie im Geist des Wolfes wüten, bis er heulend davonläuft. Ich ziehe das Messer aus meinem Gürtel. Ramme es in den Bauch eines anderen Wolfs. Die Wölfe sind verwirrt. Sie haben Angst, doch ihr Hunger ist mächtig. Einige halten inne. Ich ergreife die Chance, wuchte mich hoch. Doch meinen Beinen fehlt die Kraft. Ich stürze ein zweites Mal.

Plötzlich ist Emilian an meiner Seite. Er packt mich an meiner Lederjacke, raubt mit einem einzigen Blick dem vordersten der Wölfe das Bewusstsein. Immer noch umschließen meine Finger fest das tiefrot gefärbte Messer. Emilian zieht mich vom Boden hoch. »Zur Felswand!«, schreit er. Ich gehorche.

Ich spüre Emilians wild pochendes Herz. Zweige schlagen mir ins Gesicht. Meine Augen brennen. Die Wölfe nehmen die Verfolgung auf. Jagen uns über das freie Feld. Ich sehe aus den Augenwinkeln, dass Lysander auf dem Boden liegt. Wie er einen Wolf von sich tritt, der kurz darauf neben zwei reglosen Wölfen zusammenbricht. Lysander trägt seinen Rucksack immer noch auf dem Rücken. Ein Glück.

»Lysander!«, rufe ich. Aber er hat uns bereits entdeckt.

Er rafft sich vom Boden hoch. Rennt. Erreicht fast zeitgleich mit uns die Wand. Ich setze meinen Fuß auf den ersten Vorsprung im Fels, ziehe mich hoch. Schon schneiden die scharfen Kanten des Steins in meine Hände. Meine Finger tasten nach der nächsten Möglichkeit, sich festzuhalten. Wieder wuchte ich mich ein Stück höher, stelle meine Füße auf sicheren Grund.

Ein Wolf schnappt nach meiner Hose, versucht mich die Felsen hinabzuzerren. Ich blinzle nicht mal, und der Wolf fällt wie ein Stein zu Boden.

Seit ich denken kann, klettere ich – auf Felsen, Bäume, auf die Dächer der Leonenhäuser. Die Felswand ist für mich kein Problem. Auch Emilian ist unglaublich schnell ein paar Meter über dem Boden. Die Wölfe im Wald heulen. Sie wissen, dass sie verloren haben.

Mein Herz schlägt immer noch viel zu schnell. Ich ringe nach Luft.

»Was jetzt?«, ruft Lysander, der sich ein Stück weit links an eine Felskante klammert.

»Wir klettern weiter«, beschließt Emilian. »Eine andere Wahl haben wir nicht.«

Mein Hemd verfängt sich an den steinigen Spitzen, die wie Messer hervorstehen. Der Stoff reist auf, ebenso meine Haut. Ich werfe einen Blick zum Himmel. Dunkelrot wie Blut. Die letzten Strahlen der untergehenden Sonne blenden mich.

Ich taste mit dem Fuß nach festem Halt, ziehe mich ein Stück höher. Erklimme Vorsprung für Vorsprung. Werfe einen Blick nach unten: Wir haben gerade mal etwas über die Hälfte der Felswand hinter uns gelassen.

Meine Armmuskeln beginnen zu zucken. Ich kralle mich an einer Steinkante fest. Meine Hände bluten inzwischen so stark, dass an jedem Arm rote Rinnsale entlangfließen.

Die Schläge meines Herzens werden schneller und schneller. Bis es im nächsten Moment einfach aussetzt. Ein Schlag, zwei Schläge, drei Schläge lang. Stille in meiner Brust. Ich ringe nach Atem. Verliere die Kontrolle über meine Muskeln.

»Was ist los? Robin! Was ist?«, schreit Emilian. Er ahnt, dass etwas nicht stimmt.

Es fängt wieder an. Das Brennen in meiner Brust warnt mich vor. Mein Bewusstsein entgleitet mir.

»Bleib, wo du bist! Ich komme zu dir! Halt dich fest!«, hallt Emilians Stimme von fern zu mir.

Doch meine Seele flüstert mir gehässig zu, dass es bereits zu spät ist. Dann wird alles schwarz um mich herum.

Meine Finger lassen los. Ich sacke nach hinten und falle. Niemand wird mich auffangen können.

ENTDECKT

Seine Beine sind eingeschlafen, weil Floras Kopf auf seinem Oberschenkel ruht und er sich – um sie nicht zu wecken – seit einer Stunde nicht bewegt hat. Die Kleine weint im Schlaf, zittert.

Das Feuer ist heruntergebrannt, doch die rötlich funkelnde Glut wärmt seinen Rücken. Die Schmerzen in seinem Knie sind stärker geworden. Heute Morgen ist Titus ausgerastet. Er schrie Marla an, dass sie an allem schuld sei, weil sie Robin großgezogen habe. Als er Titus beruhigen wollte, hat er ihn geschubst. Er ist auf sein verletztes Bein gefallen. Seitdem pocht die Wunde im Takt seines Herzens.

Eine eiskalte Stille hat sich unter den Leonen ausgebreitet. Ein Teil schläft, ein anderer Teil spielt schweigend unter dem Schein einer zittrigen Lichtkugel eine Art Kartenspiel: Sepo hat Zahlen und Symbole in Baumrindenstücke geritzt. Sepo, einer der wenigen, der einen kühlen Kopf bewahrt und sich seine Verzweiflung nicht anmerken lässt.

Eigentlich hat er verboten, bei Nacht eine Lichtkugel heraufzubeschwören. Sollte Birkaras nach den Leonen suchen lassen, würde das helle Flackern in der Dunkelheit sofort auffallen. Aber er duldet es schweigend, schluckt seine Angst herunter.

Der Rest der Leonen wartet. Auf was? Er weiß es nicht. Hoffnung können sie keine mehr haben. Es ist zu viel Zeit vergangen. Es grenzt ohnehin an ein Wunder, dass Birkaras nicht schon längst die Höhle entdeckt und sie alle hat töten lassen.

Er ruft sich immer wieder in Erinnerung, wie stark Robin ist. Er kennt Robin wie eine Schwester. Er weiß, dass sie die Einzige ist, die es schaffen kann, die Leonen von diesem Leben in Angst und Qual zu befreien.

Auf einmal zerreißt ein Geräusch die Stille. Das Knacken eines zerbrochenen Asts. Rascheln.

Adrenalin jagt durch seinen Körper. Kein Reh, kein Wolf, kein Hirsch verursacht im Wald so laute Geräusche. Vor allem nicht nachts. Schnell bringt er die Lichtkugel zum Erlöschen.

Mit zitternden Händen hebt er Floras Kopf an. Rutscht zur Seite. Bettet sie auf die raue Leinendecke am Boden. Sie murmelt Robins Namen. Eine Träne rollt über ihre Wange. Normalerweise würde er sie nun streicheln, aber jetzt erhebt er sich wie in Zeitlupe vom Boden. Tritt an den Rand der Höhle. Seine Augen suchen in der Dunkelheit.

Verschiedenste Gefühle setzen seinen Körper unter Strom. Was, wenn es Robin ist? Wenn sie es geschafft hat … Sie alle erlösen kommt! Aber das Ziehen in seinem Magen sagt ihm, dass er sich täuscht.

Gerade noch nimmt er die Umrisse eines breitschultrigen Körpers wahr, ehe dieser sich umdreht und im Sumpf der Nacht untertaucht.

Es ist also so weit.

Er dreht sich um. Leere breitet sich in seiner Brust aus. Er betrachtet Flora, wie ihre zarten Händchen sich an die Leinendecke klammern. Sie ist noch viel zu jung. Sie hat es verdient, zu leben. Sie alle haben es verdient.

Er spürt, dass ihn jemand beobachtet. Sepo.

»Ja?«, fragt Sepo nur kurz. Und er versteht, was Sepo eigentlich fragt: *Haben sie uns entdeckt?*

Er nickt. Er hat mit Sepo bereits darüber gesprochen: Wenn die Tauren ihr Versteck entdecken, werden sie nicht flüchten. Sie sind zu viele. Sie müssten Stammesmitglieder, die nicht so schnell sind, zurücklassen. Donia, Salomé, Parl … Außerdem würde Birkaras sie alle töten, wenn sie erwischt würden. Wenn sie hier bleiben, besteht die Chance, dass er einen Teil von ihnen verschont. Birkaras braucht Arbeitskräfte.

»Robin«, fleht er im Stillen. »Bitte beeil dich.«

MAGIE

Mein knurrender Magen weckt mich. Als ich die Augen aufschlage, ist es bereits Nacht. Dicht an mich gedrängt liegt Emilian und schläft. Er hat sich auf die Seite gerollt, sein Gesicht ist mir zugewandt. Ohne seinen stets wachsamen Blick und seine aufrechte Haltung wirkt er jünger, als er ist.

Emilian verdient es viel mehr als ich zu überleben. Ich werde alles dafür tun, um ihn zu schützen.

Ein stechender Schmerz durchzuckt meine linke Schulter, als ich mich aufrichten will. Ich beiße die Zähne zusammen, um nicht laut aufzustöhnen.

Emilian murmelt meinen Namen. Atmet jetzt stoßweise. Obwohl er schläft, streckt er seine Finger in meine Richtung, doch er berührt mich nicht.

Vorsichtig stütze ich mich auf meinen rechten Unterarm. Schiebe mich irgendwie hoch, bis ich aufrecht sitze. Sauge die kalte Nachtluft in mir auf. Zum Glück konnte Lysander seinen Rucksack vor den Wölfen retten. Ich ziehe ihn zu mir rüber und suche darin nach einem Stück Brot und Käse. Unsere Vorräte sind bedrohlich geschrumpft. Nur ein kleiner Rest Wasser ist übrig. Ich verstaue die Flasche wieder im Rucksack ohne einen Schluck zu trinken. Nur ein Stück vom Käse beiße ich ab, ehe ich mich der Frage stelle, die ich nicht verdrängen kann.

Wieso lebe ich? – Mein Schwächeanfall. Emilians entsetztes Gesicht. Ich erinnere mich daran, wie er meinen Namen schreit. Wie die Dunkelheit mich verschlingt. Wie ich stürze.

Ich stehe auf, sehe mich um. Der Boden unter meinen Füßen ist fest und steinig. Selbst die Schicht aus rauem Moos und robustem Gestrüpp dämpft meine Schritte nicht, als ich mich ein Stück von Lysander und Emilian entferne. Das Bein, in das der Wolf seine Zähne geschlagen hat, schmerzt bei jedem Schritt. Ich versuche, es so gut es geht zu ignorieren.

Hügel und Täler erstrecken sich vor mir, sanft geschwungen, als hätte ein Künstler sie gemalt. Das Mondlicht überzieht das ferne Gebirge mit einem silbernen Glanz, lässt es wie ein Traumbild erscheinen.

»Du bist wach.« Ich habe gar nicht gehört, dass Emilian sich mir genähert hat. Er schlingt seine Arme um meine Taille. Küsst mich auf den Nacken. Ich liebe es, seine Wärme zu spüren. »Wie geht es dir?«

»Ich bin abgestürzt. Wieso …?« Meine Stimme versagt.

Emilian löst sich von mir. Legt seine Hände auf meine Schultern und dreht mich zu sich um. »Du bist auf einen Felsvorsprung ein paar Meter unter uns gestürzt. Wäre dieser Vorsprung nicht gewesen, wärst du jetzt tot.«

»Wie kommt es, dass ich jetzt hier bin? Hier oben? In Sicherheit …?« Meine Stimme bricht wieder.

Emilian legt seine Hände auf mein Gesicht, streicht mit dem Daumen meine Wangenknochen entlang. »Ich habe dich getragen. Wir haben dich mit dem Seil auf meinen Rücken gebunden.« Er wirft einen Blick in den Nachthimmel, scheint im Anblick des Mondes zu versinken.

Ich bin ihm so unendlich dankbar. Und ich schäme mich. Schäme mich wegen meiner Schwäche und weil ich Emilian solche Sorgen bereite.

»Wenn ich dir eine Frage stelle, wirst du mir dann ehrlich antworten?« Meine Stimme ist eine Nuance zu hoch. Ich befürchte, ich werde die Tränen bald nicht mehr zurückhalten können.

»Ich bin immer ehrlich zu dir, Robin. Bist du auch ehrlich zu mir?« Sein Blick ist eine zarte Liebkosung und ein Peitschenhieb zugleich.

Er legt beide Daumen unter mein Kinn, hebt mein Gesicht an. Ich beiße mir auf die Unterlippe. Sein Lächeln ist sanftmütig, ich verdiene diese Art von Lächeln nicht. Emilian verschränkt unsere Finger miteinander, doch ich entziehe ihm meine Hand. Habe Angst, dass ich meine Frage ansonsten nicht stellen werde.

»Okay«, gibt Emilian nach. »Du musst dazu nichts sagen. Stell mir deine Frage.«

Ich hole tief Luft. »Warum liebst du mich?«

Emilian öffnet seinen Mund, scheint nicht mehr zu atmen. Er legt die Stirn in Falten. Sein Kehlkopf bewegt sich mehrmals auf und ab, ehe er mich fragt: »Das weißt du nicht?«

Ich schüttele den Kopf. Das unangenehme Schamgefühl wächst an.

Ich habe nie verstanden, weshalb Emilian mich laufen ließ,

als ich die Grenze zu seinem Gebiet übertrat. Warum er mich nicht einfach getötet hat. Warum er mich immer wieder gesucht hat, obwohl die Tauren doch sonst jede Gelegenheit nutzen, uns Leonen zu töten. Ich habe nie verstanden, wie jemand wie er – intelligent, stark, wunderschön – für jemanden wie mich alles aufgeben kann. Sein Leben riskiert ...

Ich habe nie verstanden, warum Emilian mich liebt.

Emilian macht einen Schritt auf mich zu, doch ich weiche zurück. Sein Leben könnte so einfach, so schön ohne mich sein.

»Robin, du ...« Er rauft sich die Haare, lacht schüchtern und gleichermaßen überfordert. »... du bist einzigartig. Du bist stolz, mutig, unglaublich tapfer. Wenn man dich kennt, dann weiß man, wie überwältigend dein Herz ist. Voller Liebe.«

»Aber warum hast du mich damals laufen lassen, als ich die Grenze übertreten habe? Du kanntest mich doch nicht!«

»Ich kannte dich«, antwortet er ganz ruhig, sieht mir dabei tief in die Augen. »Manchmal, wenn du in der Nähe zu meinem Gebiet warst, habe ich dich heimlich aus der Ferne beobachtet. Ich war beeindruckt, wie schnell du bist. Wie konzentriert du vorgehst. Wie du dich von der Natur leiten lässt. Wenn ich dich gesehen habe, habe ich das Gefühl gehabt, wie du die Natur spüren zu können.«

»Ich habe dich nie bemerkt ...«, flüstere ich.

Aber das stimmt nicht. Manchmal habe ich die Anwesenheit eines Fremden gespürt. Dann war ich unglaublich wütend.

Ich dachte, die Tauren warten nur darauf, dass ich die Grenze überschreite, damit sie mich töten können.

»Doch, du hast mich bemerkt«, bestätigt Emilian meine Gedanken. »Einmal bist du stehen geblieben. Bist ganz dicht an die Grenze getreten und hast gerufen: ›Zeig dich! Oder traust du dich nicht?‹«

Ich lächle. Erinnere mich nur zu gut an diesen Tag. Mein Herz hatte so heftig geschlagen, dass ich dachte, es würde mir bald aus der Brust springen.

»Ich wusste nicht, was ich tun sollte. Auf der einen Seite wollte ich dich unbedingt kennenlernen. Dir einmal gegenüberstehen. Dir in die Augen sehen. Auf der anderen Seite wusste ich, dass das unmöglich war. Denn dann hätte ich dich töten müssen.«

»Aber dann stand ich dir gegenüber und du hast mich nicht getötet.«

»Als du damals plötzlich auf meinem Gebiet standst, hat sich etwas in mir verändert. Du hast etwas in mir ausgelöst. Ich habe dich angesehen und Dinge gefühlt, von denen ich nicht mal wusste, dass es sie gibt.«

Als ich nichts erwidere, fährt Emilian fort. »Bis zu diesem Zeitpunkt wusste ich nicht, was Liebe bedeutet. Als ich dich auf dem Sternenball berühren durfte, da wusste ich, dass wir miteinander verbunden sind. Untrennbar.«

»Untrennbar«, wiederhole ich. Kann nicht glauben, dass er das tatsächlich so meint.

Doch sein Blick ist voller Liebe und Aufrichtigkeit. »Merkst du denn nicht, was du mit mir machst? Du machst mich zu einer besseren Person. Wenn wir zusammen sind, dann ... Das ist Magie, Robin.«

Mein Lächeln breitet sich aus. »Magie?«, frage ich.

»Magie«, antwortet er und lacht.

Dann vergräbt er seine Hände in meinem Haar, sieht mich einfach nur an. Seine Muskeln sind angespannt, so dass sich die Sehnen deutlich an seinen Oberarmen abzeichnen. Ich spüre seinen schnellen Pulsschlag, sein warmer Atem kitzelt meine Wange. Ich stelle mich auf die Zehenspitzen, nähere mich seinen Lippen. Alles an ihm berauscht mich. Sein männlicher Duft, seine Art, mir mit einem einzigen Blick weiche Knie zu zaubern, die Weise, wie er meine Hand nimmt und sie auf seine Brust legt. Dorthin, wo sein Herz schlägt.

Ich erkenne mich selbst nicht wieder, als ich mich an ihn dränge und ihn küsse. Meine Hände wandern seinen Körper entlang, ertasten seine Muskeln. Wollen jeden Millimeter seiner Haut erkunden. Als würde ich nichts wiegen, hebt mich Emilian vom Boden hoch. Ich schlinge meine Beine um seine Taille. Ein stechender Schmerz durchzuckt mein verletztes Bein und meine gebrochene Schulter. Ich keuche.

»O Robin ... Es tut mir leid. Ich habe ganz vergessen, dass ...«

Ich versiegle seine Lippen mit einem weiteren Kuss. Beiße ihm in die Unterlippe, schmecke sein schiefes Lächeln.

Als sich jemand hinter uns räuspert, erschrecke ich so sehr, dass ich mit meiner Stirn gegen Emilians Schläfe krache. Emilian lacht, mir ist es peinlich. Meine Wangen glühen, als ich wieder festen Boden unter den Füßen habe. Ich zupfe mein Hemd zurecht, straffe die Schultern.

»Guten Morgen«, sagt Lysander. Er kratzt sich am Nasenrücken, um sein breites Grinsen zu verstecken.

»Guten Morgen«, antworten Emilian und ich wie aus einem Mund.

Emilian versorgt meine Wunden mit einer der Cremes, die Oxana uns mitgegeben hat. Es dauert nicht lange, und der Schmerz lässt nach. Auch sein Körper ist von Verletzungen und Hautabschürfungen gezeichnet, die ich dick mit der grünlichen Paste bestreiche. Nur Lysander ist unversehrt. Ich erinnere mich daran, dass seine Wunden innerhalb weniger Augenblicke heilen.

Der Himmel ist inzwischen ein wenig aufgeklart. Die ersten Vögel stimmen ihr Lied an. Zeit weiterzuziehen. Es geht größtenteils bergauf. Meine Knie schmerzen schon bald. Nadelbäume, nichts als Nadelbäume, deren dünne Stämme im Vergleich zum üppigen Wuchs des Leonenwaldes wie ausgetrocknet wirken.

Wir laufen mitten in einem breiten Bachbett, das so wenig Wasser führt, dass die dunkelbraunen flachen Steine an manchen Stellen ganz trocken sind.

Ich knie mich auf den Boden, lege meine Hände auf einen feuchten Stein. Genieße die kühle Erfrischung. Wünschte, ich könnte die Natur so spüren, wie ich sie früher im Leonenwald gespürt habe. Doch mein Morden sowie die Verbindung zu Birkaras haben mich von ihr entfernt.

»Im Tagebuch steht, du hättest Aurora in einer Höhle versteckt«, sage ich zu Lysander. Sammle etwas Wasser auf meinen Handflächen, wasche mir damit das Gesicht. »Hattest du keine Angst, dass jemand sie findet?«

Lysander zieht den Rucksack von seinen Schultern, holt die Flaschen daraus hervor und legt sie waagrecht auf den Boden. Nur langsam füllen sie sich. »Natürlich hatte ich Angst, dass jemand sie entdeckt. Gleichzeitig war ich kurz davor, in meinem Tagebuch Auroras Versteck zu beschreiben, damit – sollte mir etwas zustoßen – jemand sie findet.«

Seine Worte im Lager der Aries kommen mir in den Sinn: Allein die Kräfte der einzelnen Stämme seien an ihm wirkungslos. Aber er sei nicht unsterblich. Eine normale Waffe könne ihn töten.

»Warum hast du es nicht getan?«, fragt Emilian. Er blickt in den Himmel, verfolgt den Flug eines Greifvogels über uns.

»Es war zu gefährlich. Ich dachte, wenn jemand das Tagebuch findet und Aurora sucht, ihr etwas antut ... Deshalb habe ich nur geschrieben, dass sie in einer Höhle versteckt ist. Das stimmt so jedoch nicht ganz.«

»Wieso? Wo ist sie?« Ich richte mich wieder auf, trockne mein feuchtes Gesicht an meinem Hemd. Spüre Emilians Blick auf mir. Sehe aus den Augenwinkeln, wie er sich mit dem Daumen über die Unterlippe fährt.

»Schwer zu beschreiben.« Lysander lüftet den Kragen

seines Hemdes, so dass eine goldene Kette zum Vorschein kommt. Sie war mir zuvor nicht aufgefallen. An der Kette hängt ein ebenfalls goldener Schlüssel, den er eine Weile lang gedankenversunken betrachtet. »Es ist ein sehr besonderer Ort. Ich habe ihn gut mit der wenigen Magie, die ich besitze, geschützt.«

»Du besitzt Magie?«

»Jeder Urgott besitzt ein klein bisschen Magie. Sie sollte uns dabei helfen, die Sternenstämme vor den Menschen zu schützen. Habt ihr euch nie gefragt, weshalb es so gut wie nie vorgekommen ist, dass Menschen bei euch in der Siedlung aufgetaucht sind? Die Siedlungen sind mit einer Art unsichtbarer Schutzschilde versehen. Wenn Menschen sich nähern, fühlen sie sich unwohl. Wollen umkehren ...«

»Ich dachte, das liegt daran, dass sie sich einfach vor dem Wald fürchten.«

»Das tun sie auch. Aber dennoch war ein zusätzlicher Schutz nötig. Und dieselbe Magie hält auch Eindringlinge von Auroras Versteck fern. In dem Tagebuch sprach ich deshalb von einer Höhle, um denjenigen, der es eventuell finden sollte, zu verwirren. Ihn auf eine falsche Fährte zu locken.«

Ich habe noch so viele Fragen. So viel, was mir auf der Zunge brennt. Aber ich merke, dass es Lysander schwerfällt, darüber zu sprechen. Deshalb schlucke ich die Fragen herunter, hebe sie mir für einen besseren Zeitpunkt auf.

Lysander verstaut die gefüllte Flasche wieder im Rucksack. Ich nehme ihm den Rucksack ab, ziehe ihn mir auf den Rücken.

Wir folgen dem Bachlauf eine ganze Weile, bis das Wasser zunimmt. Dann weichen wir in den angrenzenden Wald aus. Ich atme auf, denn er schützt mich vor den Sonnenstrahlen.

Emilian schlägt hin und wieder mit einem Stock Äste aus dem Weg. Ich packe das freie Ende des Stocks, lege den Kopf schief. Muss nichts sagen, damit er mich versteht. Er lächelt milde, als hätte er nur darauf gewartet, dass ich genau das tun würde.

»Soll ich dir den Rucksack abnehmen?«, fragt er mich.

»Nein danke«, antworte ich. »Ein Stück trage ich ihn noch, dann wechseln wir uns ab.«

Die Wunde an meinem Arm schmerzt, als ich einen tiefhängenden Kiefernzweig zur Seite schiebe. In der Ferne erstreckt sich wie ein grauer Fleck am Fuß der Berge eine Stadt. Keiner von uns muss etwas sagen. Wir sind uns unausgesprochen einig, dass wir Städte besser meiden. Mit unseren zerrissenen und dreckigen Klamotten und den mit Kratzern übersäten Körpern würden wir zu viel Aufmerksamkeit erregen.

»Die Welt war so schön, als die Menschen noch nicht alles zugebaut hatten. Als es noch keine Autos gab und noch kein Müll in den Wäldern lag«, durchbricht Lysander unser Schweigen.

Ich frage mich, wie alt er eigentlich ist, doch dabei ist mir klar, dass ich mir sein Alter nicht mal annähernd vorstellen kann.

Als die Sonne den höchsten Punkt erreicht hat, schlägt Emilian vor, Rast zu machen. Als wüsste er, dass ich Widerspruch einlegen würde, legt er eine Hand auf meine Schulter, streicht mir mit dem Zeigefinger über die Nasenspitze. Seine grünen Augen verkörpern pure Wärme und Fürsorge. »Bitte«, fügt er hinzu, und mein eigenes Herz entwaffnet mich.

»Okay«, gebe ich nach. »Aber nur kurz.«

Die Träger des Rucksacks hinterlassen rote Striemen, als ich sie von meinen Schultern gleiten lasse. Ich schlüpfe aus den Lederstiefeln. An jedem Fuß habe ich mindestens zwei Blasen. Meine Schultern knacken, als ich die Arme über den Kopf strecke.

»Darf ich dich mal was fragen?« Emilian betrachtet Lysander mit diesem Gesichtsausdruck, den nur er hat, wenn er ein ernstes Thema anschneidet: in Falten gelegte Stirn, leicht offener Mund, das Kinn in die Höhe gereckt.

»Natürlich«, antwortet Lysander. Er wirkt wie ein Tier, das man in die Ecke getrieben hat.

»Warum hast du die Urgötter nicht um Hilfe gebeten? Gleich nachdem du Aurora beraubt hast? Das verstehe ich nicht.« Emilian knöpft sein Hemd bis zur Mitte der Brust auf, krempelt die Ärmel hoch.

Lysander fährt mit seinem Zeigefinger über das Lederarmband an seinem Handgelenk. »Ich fühlte mich schrecklich. Ich hatte Panik. Hatte die Hoffnung, mein Vergehen selbst rückgängig machen zu können … Aber es stellte sich schon bald heraus, dass ich alleine keine Chance hatte. Als ich mich endlich dazu überwunden hatte, die anderen Urgötter um Hilfe zu bitten, war es zu spät. Sie waren verschwunden.«

»Und warum hast du nicht bei den anderen Stämmen Hilfe gesucht?«

»Da gibt es viele Gründe. Hauptsächlich, weil ich mich so geschämt habe. Wir Urgötter sollen Perfektion verkörpern. Wir sollen vor allem besser sein als die Menschen, sollen mit gutem Beispiel vorangehen. Und was mache ich?« Er schüttelt von sich selbst angewidert den Kopf. »Außerdem dürfen wir Urgötter uns eigentlich nicht zeigen. Einzig Libra hat das Recht dazu. Nur ganz zu Beginn, als die Stämme gegründet wurden, haben wir Urgötter die Sternenwesen unterstützt. Und als alles funktionierte, haben wir uns zurückgezogen. Zudem habt ihr gehört, was Oxana gesagt hat: Würden sich die anderen Stämme einmischen, wäre das Gleichgewicht der Kräfte erst recht bedroht.«

»Aber was wäre denn passiert, wenn du dich den anderen Stämmen gezeigt hättest?«, hakt Emilian weiter nach.

»Wenn ich mich anderen Sternenwesen zeige, verliere ich meinen Status als Urgott. Darf nie wieder zu den anderen Urgöttern zurückkehren. Das bedeutet, dass auch Libra mich nicht zu sich lässt. Und Libra ist meine einzige Hoffnung.«

»Warum hast du dich dann uns zu erkennen gegeben?«

»Weil ich eingesehen habe, dass ich alleine keine Chance habe. Libra wird euch zu sich lassen. Wir müssen sie nur finden.«

»Aber du bist immer noch ein Urgott. Und das, obwohl du hier mit uns sitzt.«

Lysander nickt. »Wer weiß, wie lange ich noch ein Urgott

sein werde.« Er geht in die Hocke, öffnet den Rucksack, holt die Wasserflasche daraus hervor.

Mein Nacken schmerzt bei jeder Bewegung, so verspannt ist er. Emilian cremt ein zweites Mal die Wunden an meiner Schulter und meinem Unterschenkel ein. Der Schmerz lässt nach, doch mein Körper bräuchte Ruhe, um gesund zu werden. Ruhe, die ihm nicht vergönnt ist.

Lysander nimmt einen Schluck Wasser. Verfolgt mit besorgtem Gesichtsausdruck, wie ich meine Schläfen massiere. »Alles in Ordnung?«

Mein Kopf fühlt sich unendlich schwer an, überladen mit Informationen. »Ich glaube, ich muss kurz alleine sein. Seid mir nicht böse.«

Bevor Emilian mich aufhalten kann, bin ich schon vom Boden aufgesprungen und in einen leichten Trab verfallen. Der Messergürtel schlägt im Takt meiner Schritte gegen meinen gesunden Oberschekel. Ich atme tief ein, nehme den würzigen Duft des Waldes in mir auf. Genieße es, die Kraft meiner Muskeln zu spüren.

Die Bäume rücken immer näher zusammen, bis ihr Abstand gerade mal so breit ist wie eine Unterarmlänge. Gut, denn je dichter der Wald, desto mehr Tiere gibt es. Ich versuche Leben zu erspüren, doch die Natur antwortet mir nicht. Also schließe ich die Augen und lausche. Herabrieselnde Tannennadeln. Sanftes Rauschen vom Wind, der durch die Zweige fährt. Der Ruf eines mir nicht bekannten Vogels. Nervöses Rascheln, das kurz darauf erstirbt. Als hätte sich ein Tier hastig unter den dichten Zweigen der jungen Kiefern ein paar Meter vor mir versteckt. Ich könnte es fangen, dann wäre zumindest unser Abendessen gesichert.

Langsam pirsche ich mich an. Wage es nicht zu atmen. Setze wie in Zeitlupe Fuß vor Fuß.

Auf einmal blitzt vor meinem inneren Auge Birkaras' Gesicht auf. Sein siegessicheres Grinsen. Die spitzen Zähne, die grauen Augen, die schwarzen, strähnigen Haare.

Im nächsten Moment ist er wieder aus meinem Kopf verschwunden.

»Robin«, flüstert das Laub unter meinen Füßen, flüstern die Bäume und die Blätter der Büsche. Ihr Flüstern wird lauter und lauter, schwillt zu einem schmerzhaften Durcheinander an. Entlädt sich in einem einzigen Schrei.

DROHUNG

Ich schreie. Mein Körper ist purer Schmerz. Meine Brust scheint zu zerreißen. Ich sehe meine Mutter. Sehe Isa, wie sie mir ihre Hand entgegenstreckt. Nach mir greift. Spüre, dass sie mich zu sich holen will.

Sie weint. Ihr weißes Kleid ist aus einem groben Stoff genäht. Ein Nachtkleid. Ich weiß, dass sie dieses Kleid trug, als Birkaras sie tötete. Als wäre ich selbst dabei gewesen. Als hätte ich selbst die Hände um ihren Hals gelegt.

Ich betrachte meine Finger voller Abscheu. Meine Lippen werden feucht. Blut strömt aus meiner Nase. Ich weiß nicht, wie mir geschieht – alles geht viel zu schnell.

Ein Hase prescht unter den Zweigen hervor, von meinem Schrei aufgeschreckt. Er schlägt Haken. Ich kann seinen rasenden Herzschlag spüren. Die Panik, die er empfindet.

Ich suche nach meiner Mutter, doch sie ist verschwunden. Stehe wie erstarrt da. Sekunden fühlen sich an wie Minuten. Die Panik des Hasen spornt mich an. Ich genieße die Macht, die ich über sein Leben habe. Erkenne mich selbst nicht wieder. Stürme ihm nach, federe an einem hervorstehenden Felsbrocken ab und springe. Komme keine Sekunde später sicher auf, renne weiter. Der Schmerz in meinem Bein hat sich in Luft aufgelöst.

Vor mir erhebt sich zwischen den Tannen eine hüfthohe Mauer aus grauem Stein. Knapp über dem Boden ist ein Spalt im Stein – gerade breit genug für den Hasen. Erreicht er den Fels, ist er vor mir in Sicherheit.

Ohne zu wissen, was ich tue, strecke ich meine Hand aus. Meine Energie elektrisiert die Luft um mich herum. Direkt vor dem Hasen sprießt eine gleißende Feuersäule aus dem Boden. Der Hase fiept, macht kehrt, läuft direkt auf mich zu. Im nächsten Moment erstarren seine Pfoten. Er kippt zur Seite. Tot.

Lange Zeit stehe ich vor dem leblosen Tier. Blicke auf es herab. Fühle nichts und gleichzeitig viel zu viel. Die alte Robin hätte niemals ein Tier auf so hinterhältige Weise getötet. Es ist, als hätte ich mich selbst nicht mehr unter Kontrolle.

Ich hebe den Hasen an seinen Hinterläufen vom Boden auf. Erst jetzt wird mir bewusst, wie scheußlich das Waldstück ist, in dem ich mich gerade befinde. Die Äste der dichtstehenden Fichten und Kiefern sind abgebrochen. Wie spitze Messer ragen sie aus den Stämmen heraus. Bohren sich durch den dünnen Stoff meines Hemdes, ritzen meine Haut auf.

Die Gebiete der Sternenvölker sind immer gepflegt. Schon allein deswegen, weil die Sternenwesen der Erde das zurückgeben wollen, was sie ihnen mit ihrer Schönheit schenkt. Doch um diesen trostlosen Fleck Wald kümmert sich offensichtlich niemand. Schlimmer noch: Er wirkt sogar verunstaltet. Ich entdecke eine alte Flasche unter den dünnen Wurzeln einer Tanne. Nur wenig davon entfernt liegt ein Stück Plastik.

Ich laufe weiter. Will wissen, ob Menschen in der Nähe angesiedelt sind. Und tatsächlich: Weiter vor mir entdecke ich zwischen den Baumstämmen etwas Gräuliches – eine Straße.

Schnell drehe ich mich um, will zurück zu Emilian und Lysander. Doch meine Beine sind jetzt zu müde, um zu rennen.

Ich versuche mir einzureden, dass alles gut ist. Dass ich mich unter Kontrolle habe. Doch mein Instinkt schlägt Alarm. Ich belüge mich selbst.

Mein Griff um die Läufe des Hasen lockert sich. Der noch warme Tierkörper entgleitet mir. Ich übersehe einen großen Ast auf dem Boden. Stolpere. Meine Hände tasten in der Luft nach Halt, doch sie finden nur einen der knochigen und spitzen Äste. Der Ast bricht. Ich stürze auf die Knie. Wie Messer stechen die spitzen Zweige nach mir, schrammen meine Wange entlang. Ein Rabe krächzt in der Ferne, als würde er sich über mich lustig machen. Der Duft des Waldes ist so anders und verursacht Übelkeit in meinen Magen. Es riecht nach welkem Moos, nach altem Bier, nach Zigaretten, verfaultem Holz und den Ausdünstungen der Stadt.

Ich muss so schnell wie möglich von hier fort.

Mit aller Kraft ziehe ich mich an einem Baumstamm wieder hoch. Die Pflanzen vor meinen Augen verschwimmen, scheinen sich zu drehen. Alles fließt ineinander, ich verliere die Orientierung. Schwitze. Meine Brust beginnt zu brennen. Ich ziehe den Ausschnitt meines Hemdes tiefer. Erhasche einen flüchtigen Blick auf die rote Ader über meinem Herzen, die wieder ein Stück gewachsen zu sein scheint.

»Der Wald ist wie du«, flüstert eine gehässige Stimme, die ich unter Tausenden erkenne. Birkaras. *»Tot ...«*

»Lass mich!«, schreie ich.

»Bald schon wirst du nicht mehr wissen, wer du bist. Du wirst die Kontrolle über dich verlieren. Ich werde dich finden und es zu Ende bringen. Denk nicht, dass du auch nur die geringste Chance gegen mich haben wirst.«

Ich presse die Hände auf meine Ohren, um Birkaras nicht mehr hören zu müssen. Doch seine Stimme ist in meinem Kopf. Sie ist in meinem Blut, fließt durch mich hindurch. Durchdringt meinen gesamten Körper.

»Es ist Zeit aufzugeben. Denk an deine Familie ... Noch heute wird jemand sterben.«

Mein Magen kann das wenige, das er zu sich genommen hat, nicht mehr halten. Ich erbreche auf den Boden. Mein ganzer Körper bäumt sich auf in der Hoffnung, Birkaras vertreiben zu können. Ich huste, stütze mich mit den Händen auf meine Oberschenkel.

»Nein ...«, bringe ich hervor. Wische mir mit dem Ärmel über den Mund.

»Nur für dich werde ich mir jemanden aussuchen. Den Tod dieses unschuldigen Leonen wirst du zu verantworten haben. Und glaube mir: Ich bin dir auf den Fersen. Bald werden wir dich eingeholt haben, und dann ist es für dich vorbei. Deine Freunde werden sterben. Nur dich werde ich noch so lange am Leben lassen, bis mein Werk vollendet ist und ich dein Leben in mir aufgesaugt habe.«

»Verschwinde!«, kreische ich.

»Gib auf. Komm zu mir. Nur dann werde ich nachsichtig sein. Ich werde deine Freunde verschonen, wenn du dich an meine Seite stellst.«

»Niemals!«

»Du bist nicht besser als ich, Robin. Du tötest. Du hast den Wunsch, Rache zu üben. Ich kenne deine intimsten Gedanken. Leugne es nicht! Gib dem Drang nach. Dein Leben wäre so viel einfacher!«

»Verschwinde aus meinem Kopf!«

Ich erwarte ein böses Lachen, eine gehässige Erwiderung – doch es bleibt still.

Bedrohlich still. *Noch heute wird jemand sterben ...* Seine Worte hallen in meinem Kopf wie ein Echo. Ich will mich an eine Tanne lehnen, doch das Schwindelgefühl in meinem Kopf lässt alles um mich herum verschwimmen. Ich verfehle den Stamm. Stolpere über meine eigenen Füße. Falle auf die Knie.

Noch heute wird jemand sterben ...

Ich bin viel zu weit weg. Kann meine Familie nicht schützen. Birkaras wird sich an ihnen rächen, und ich kann nichts dagegen tun.

Mein Magen brennt wie Feuer. Wie in Trance klammere ich mich an einen tiefhängenden Ast und richte mich wieder auf. Breche mir von einer Fichte ein Stück trockene Rinde ab, um auf ihr zu kauen und den bitteren Geschmack aus meinem Mund zu vertreiben. Das alles war nur Einbildung, rede ich mir ein. Nicht real. Er wird meiner Familie nichts tun.

Aber ich weiß, dass ich mich selbst belüge.

Ich hebe den Hasen vom Boden auf. Muss nur noch ein kurzes Stück laufen, um Lysander und Emilian zu finden.

»Du hast geschrien«, stellt Emilian fest, als ich die beiden erreiche. Er mustert mich eindringlich mit seinen grünen Augen, als könnte er auf meiner Stirn die Wahrheit lesen. »Ich habe dich gesucht. Wo warst du? Was ist passiert?«

»Ich musste einen Eber vertreiben«, lüge ich.

Emilian presst seine Lippen zusammen. Ich werfe ihm einen Blick zu, der ihm zu verstehen geben soll, dass jetzt nicht die Zeit ist, um zu reden. Birkaras wird jemanden töten, der mir viel bedeutet. Den ich liebe. Marla. Minna. Flora ...

»Du willst mir doch nicht ernsthaft sagen, dass du gerade einen Eber angeschrien hast!« Emilians Stimme ist so trocken wie das Stück Brot in unserem Rucksack. Diese plötzliche Härte erschreckt mich. »Robin, ich kenne dich. Ich weiß, dass du am liebsten alles mit dir alleine ausmachst. Dass du befürchtest, Lysander und mich zu belasten, wenn du dich uns anvertraust. Aber es ist wichtig, dass wir die Wahrheit kennen!«

Ich bohre meinen Blick entschlossen in den Boden.

»Verstehst du denn nicht? Ich weiß nicht, was mit dir los ist, muss mit ansehen, wie es dir von Tag zu Tag schlechter geht und kann nichts dagegen tun! Wir müssen jemanden finden, der dir hilft! So geht es nicht mehr weiter, Robin!«

Ich presse die Fingerknöchel an meine Lippen. Habe das Gefühl, die Welt ist auf einmal zerbrechlich – jeder Atemzug ein Risiko.

Dabei würde ich mir nichts mehr wünschen, als dass Emilian mich einfach in die Arme schließt, mich auf den Hals küsst und mir sagt, dass wir das gemeinsam schaffen.

»Du hattest wieder Nasenbluten. Und jetzt erzähl mir nicht, dass du gestolpert bist. Heißt das, Birkaras war wieder in deinem Kopf?«

Ich zupfe nervös am Nagelbett meines Daumens. Reiße einen abstehenden Hautfetzen ab. Blut dringt aus der Wunde, drängt sich unter meinen Nagel.

»Du wirst mir nicht antworten, oder?« Emilians Stimme bebt vor Enttäuschung. Enttäuschung, die ich verdient habe.

»Du weißt es! Du weißt, dass Birkaras eine Verbindung zu mir hat! Dass ich seine Stimme höre!«

»Aber da ist noch etwas, das du verschweigst. Ich kenne dich, Robin! Bitte schließ mich nicht aus!«

Wortlos gehe ich auf den Rucksack am Boden zu, hole die Flasche daraus hervor. Schütte mir etwas Wasser auf die Handfläche und wische mir das Blut aus dem Gesicht. Mein Kopf fühlt sich an, als wäre er gegen Stein geschlagen. Mein Herz zieht sich zu einem Klumpen zusammen. Schmerzt in meiner Brust. Ich verachte mich selbst dafür, Emilian nicht die Wahrheit sagen zu können. Ihm nicht gestehen zu können, dass wir nicht mehr viel Zeit zusammen haben. Aber ich will ihn schützen. Es nicht noch schwerer machen.

Ich versuche, den faustgroßen Klos in meinem Hals hinunterzuschlucken. Hole tief Luft. »Vertraust du mir, Emilian?«, stelle ich die Frage, die er einst mir im Leonenwald gestellt hat.

Emilian zögert keine Sekunde. Antwortet klar und deutlich: »Ja. Ich würde dir mein Leben anvertrauen.«

»Dann gib mir noch Zeit. Ich kann jetzt noch nicht darüber sprechen. Aber bald. Das verspreche ich dir.«

Für ein paar Sekunden weicht die Härte aus seinem Gesicht. Doch dann reißt es auf einmal so stark in meiner Brust, dass ich eine Hand über mein Herz presse. Keuche. Meine Seele scheint in Flammen zu stehen. Ich spüre, wie die dunkelrote Ader pocht.

Ich versuche so zu tun, als wäre nichts geschehen. Doch Emilians Blick brennt sich in meinen.

Wortlos nimmt er mir die Flasche aus der Hand, verstaut sie im Rucksack, ehe er ihn sich auf den Rücken schnallt. Dann marschiert er los, ohne sich nach uns umzusehen.

Ich kann nicht mehr. Alles erscheint mir auf einmal sinnlos – ich will aufgeben, mich auf dem Boden zusammenrollen. Einschlafen und nie mehr aufwachen. Meine Familie ... Ich hasse Birkaras. Hasse ihn so sehr ...

Noch heute wird mein Vater jemanden aus meinem Stamm töten.

Und ich kann nichts dagegen tun.

TOT

Er versteckt sich hinter dem dichten Schleier eines Goldregens. Er hasst diese kitschige Baumart. Doch als Versteck ist sie ideal. Er beobachtet die Leonen. Hin und wieder nimmt er hinter dem dichten Efeu an der Felswand Bewegungen wahr. Hört ihre Stimmen. Wittert ihre Angst.

Es war gar nicht so leicht, das Versteck der Leonen zu finden. Pavel hat ganze drei Tage das Leonengebiet durchkämmt. Wie die Tiere hausen sie in einer Höhle. Mehrere Meter über dem Erdboden.

Er wischt ein Blatt von seiner Schulter. »Ihr bleibt hier«, sagt er zu den zwei Taurern hinter sich, ohne sich dabei umzudrehen.

»Aber Herr …«, antwortet einer von ihnen. Pavel.

Ihn stört der besorgte Unterton in Pavels Stimme. Als wäre er ein kleines Kind, das es zu schützen gilt. Er wird ihm beweisen, wie stark er ist.

Er schreitet auf die Felswand zu. Seine Begleiter bleiben wie befohlen im Dickicht zurück. Er weiß, dass die Leonen Eindringlinge erspüren können. Er hätte sie gerne überrascht, das Entsetzen in ihren Gesichtern gesehen, wenn er plötzlich vor ihnen steht. Doch auch ohne diesen Überraschungseffekt wird sein Auftritt grandios sein.

So viele Jahre ist er nicht mehr geklettert. Jahre, in denen er langsam verweste. Aber jetzt ist er stark und gesund. Er streicht mit seinen Händen über den Stein. Tastet nach einer Erhebung. Zieht sich hinauf. Wie wundervoll das Gefühl ist, seine Muskeln arbeiten zu spüren! Stück für Stück erklimmt er die Felswand. Immer weiter, bis der Wind seinen Mantel ergreift und diesen tanzen lässt.

Eigentlich sind die Tauren nicht fürs Klettern gemacht. Nicht so, wie die Capricornen oder die Aries. Aber es ist, als wäre sein neuer Körper eine Maschine. Er könnte lachen, so glücklich ist er in diesem Moment. Gleich, in wenigen Augenblicken, wird er töten.

Auf einmal verstummen die Gespräche, die seinen Aufstieg eben noch in Form eines leisen Murmelns begleitet haben. Ein paar Atemzüge lang ist es still. Die Leonen spüren ihn.

»Da ist jemand …«, flüstert eine Männerstimme.

Wieder Stille. Er klettert weiter.

»Es ist keine dunkle Energie, aber auch keine helle.« Diesmal eine Frauenstimme.

Interessant, dass sie die gestohlenen Kräfte seiner Tochter in ihm wahrnehmen. Er krallt sich an der Felskante fest, zieht sich mit einem Ruck nach oben. Richtet sich auf, schiebt das Efeu beiseite. »Das nenne ich einen würdigen Empfang.«

Er klopft den Staub von seinem Mantel. Schiebt mit den Fingern eine Haarsträhne nach hinten, die sich in sein Gesicht verirrt hat. Dann geht er ein paar Schritte auf den Haufen Leonen zu, der sich kaum mehr vom Stein der Höhle abhebt.

Totenstille. Allein das Feuer in der Mitte der Höhle zuckt nervös. Wirft gespenstische Schatten an die Felswand.

»Hat es euch die Sprache verschlagen?« Er lacht, während er die Ringe an seinen Fingern geraderückt.

Jemand löst sich aus der erstarrten Menge. Er steht so weit von ihm entfernt, dass er zunächst nicht erkennt, wer den Mut hat, ihm gegenüberzutreten. Erstaunlich, wie weit die Höhle doch in den Fels hineinreicht. Dennoch sitzen alle dicht aneinandergedrängt, um sich gegenseitig zu wärmen.

»Was sollen wir auch sagen? Dass wir uns über deinen Besuch freuen? Wohl kaum. Denn er bedeutet Tod.«

Der Leone scheint Probleme mit seinem rechten Bein zu haben. Er humpelt. Das Feuer bescheint ihn golden von der Seite. Sein Oberkörper ist nackt, doch verhüllt von einer dreckigen Decke.

Er macht ein paar Schritte in die Höhle hinein, der Leone humpelt ein paar Schritte auf ihn zu. Neben ihm presst ein kleines Kind die Hände auf sein Gesicht und weint. Ein etwas älteres Mädchen, das von einer Narbe entstellt ist, zieht es an sich. Tröstet es. Manchen soll ja bekanntlich ein solcher Anblick das Herz erweichen, aber sein Herz bleibt hart. Er weiß, dass das die Bastarde aus Robins Pflegefamilie sind. Und dieser Leone, der es tatsächlich wagt, ihm entgegenzutreten, ist Robins bester Freund: Laurin.

»Sag uns einfach, was du von uns willst.« Laurins Stimme zittert nicht einmal.

Birkaras fährt sich mit dem Daumen über den Nasenrücken,

um die leichten Schweißperlen, die sich dort während seines Aufstiegs gebildet haben, fortzuwischen. »Ich würde meiner Tochter gerne ein Geschenk schicken. Eine kleine Aufmerksamkeit.«

Laurin senkt den Blick. Seine nackten Füße sind schwarz vor Dreck. Hinter ihm erheben sich nun zwei Männer, doch sie bleiben stehen. So viele ängstliche Augen sind auf ihn gerichtet, auf den bösen Taurer, der doch eigentlich nur das Beste für die Welt will.

»Wie soll diese Aufmerksamkeit aussehen?«

»Ich denke da an eine Art ... Erinnerung. Robin scheint vergessen zu haben, wie mächtig ich bin.«

»Liege ich richtig damit, wenn ich mir eine solche Erinnerung als leblosen Körper eines Leonen vorstelle?«

Jetzt geht ein ersticktes Raunen durch die Menge.

Er nickt ganz langsam, während sich ein triumphierendes Lächeln auf seinem Mund ausbreitet. »Ganz richtig.«

Auf einmal tritt einer der beiden Männer nach vorne. Der Leone an seiner Seite versucht noch, ihn an der Schulter festzuhalten. »Titus!«

Er reißt sich los. Er ist in etwa genauso jung wie Laurin, aber um vielfaches heißblütiger. Aus seinen Augen leuchtet purer Hass. Er ist auch stärker, eigentlich überaus gut gebaut für einen Leonen.

»Verschwinde!«, brüllt er. »Lass uns in Frieden! Wir haben dir nichts getan!«

Birkaras lacht nur. Reibt sich vor Freude die knochigen

Finger. »Das wäre doch langweilig. Aber danke für diese emotionale Rede.«

»Dann nimm mich.« Laurin stellt sich vor den heißblütigen Leonen.

»Wie kannst du nur einfach so aufgeben?«, fährt ihn Titus an. Seine laute Stimme hallt von allen Seiten wider.

»Titus, es ist in Ordnung. Wir haben keine andere Wahl. Willst du, dass wir alle sterben?«

Ein zweites Mal humpelt Laurin auf ihn zu, bis er nur noch eine Armlänge von ihm entfernt steht. Entschlossenheit ist in seinem Gesicht.

Birkaras legt seine Hand auf Laurins Brust, dorthin, wo das Herz sitzt. Ein Kind schreit auf, ein paar Frauen beginnen zu weinen. Sie sind wie erstarrt. Denken alle, dass er ihn töten wird. Titus ballt die Hände zu Fäusten. Hebt sie wie zum Angriff vor seine Brust, aber auch er starrt nur.

Birkaras schubst Laurin zurück, so dass dieser stolpert und mit voller Wucht auf den Boden stürzt. Er hat Glück, denn er landet nur knapp neben dem Feuer. Das Ende der Schnur, mit der er seine Hose um die Taille festgebunden hat, landet in den Flammen und beginnt zu glühen. Eine Frau nimmt all ihren Mut zusammen, um die Schnur aus der Glut zu befreien und sie am Boden auszuschlagen. Sie ist alt, uralt. Ihre Haut gleicht der Rinde einer hundertjährigen Tanne.

»Du bist ein Monster!« Titus' Kopf ist hochrot, was von den Flammen noch unterstrichen wird.

Die Spannung in der Luft ist nahezu greifbar. Es riecht nach Angst.

»Willst du, dass ich dich töte? Bist du so ein großer Held und opferst dich für die anderen?«

Der Name Titus weckt eine Erinnerung in ihm. Vincente hat ihm von diesem Leonen erzählt: Das junge, narbenentstellte Mädchen hatte seinen Namen geschrien, als Vincente ihr das Gesicht zerschnitt. »Aber ein wahrer Held scheinst du nicht zu sein. Oder warum hast du zugelassen, dass man dein Mädchen quält?«

»Hör auf!« Titus' Blick huscht zu dem jungen Mädchen an der Wand, die ohne diese Narbe ganz ansehnlich wäre.

Birkaras klatscht in die Hände. Eigentlich sollte diese Geste ein wenig Stimmung machen, doch die Leonen zucken zusammen, als hätte er Feuer gespuckt. »Ich muss heute noch aufbrechen. Deshalb schlage ich vor, dass ihr mir helft. Umso schneller seid ihr mich auch wieder los. Also, wo ist die Frau, die Robin großgezogen hat?«

Schweigen. Das hatte er sich bereits gedacht. Deshalb wendet er sich an Titus.

»Also, sagst du es mir oder muss ich es aus dir herausfoltern? Das wäre für alle unschön.«

»Hier bin ich«, sagt eine jugendlich klingende Stimme.

Die Frau hat Schwierigkeiten aufzustehen. Sie schiebt ihren müden Körper mit Hilfe der Felswand in die Höhe, um dann auf zittrigen Beinen zu stehen. Sie sieht aus wie jemand, der schon zu viel ertragen musste. Aber sie ist voller Stolz. Ihre

Art, ihn anzusehen, als könnte ihr Blick ihn zu Boden blitzen, imponiert ihm beinahe. Ja, Stolz haben sie alle, die Leonen.

»Ich bin Robins Ziehmutter«, sagt sie.

Noch jemand erhebt sich, doch diesmal auf der anderen Seite der Höhle. Zunächst beachtet er die Bewegung nur aus dem Augenwinkel. Doch dann muss er ihr seine gesamte Aufmerksamkeit schenken, denn die Person sagt: »Nein, das stimmt nicht. Ich habe Robin großgezogen.«

Trotz des Hungerns und des Leids ist diese Frau immer noch wohlgenährt. Ihr Körper ist so wuchtig, dass sie den schmächtigen Vincente mit ihrer Masse erdrücken könnte. Aber Robins Ziehmutter ist sie nicht. Dafür fehlt ihr das Funkeln in den Augen. Jenes Funkeln, das er bei der ersten Frau gesehen hat, als sie sich zu Robin bekannt hat.

»Nein, ich bin es«, krächzt die alte Heilerin auf dem Boden und lacht, als müsse sie eigentlich husten.

Jetzt wird er wütend. Sehr wütend. Die Leonen sollen Angst vor ihm haben! »Was soll das?«, schreit er. »Findet ihr das lustig? Ich kann euch alle töten. Alle nacheinander!«

Titus denkt wohl, dass dies seine Chance ist. Er glaubt, dass der große Herrscher der Tauren abgelenkt ist. Macht einen Satz nach vorne. Seine Absicht ist es sicherlich, ihn die Felswand hinabzustürzen. Aber der Herrscher der Tauren ist schneller.

Seine Kraft trifft Titus mit voller Wucht. Titus kippt nach hinten, als wäre er gegen eine unsichtbare Wand gelaufen. Eine Sekunde später liegt er schlaff auf dem Boden. Er hat weniger Glück als Laurin und ist direkt mit dem Gesicht voraus im Feuer gelandet, das jetzt nur noch graue Rauchfäden hervorbringt, die zur Höhlendecke aufsteigen.

Totenstille. Der Mut, den die Leonen eben noch gefasst haben, ist mit einem Mal verschwunden.

Er hätte große Lust, sie alle auszulöschen. Aber er braucht sie noch als Arbeitskräfte und Sklaven, um sein neues Reich aufzubauen.

»Jetzt zittert ihr alle. Aber ich will euch verschonen«, sagt er. Er verbeugt sich tief, streicht seinen Umhang glatt. Ehe er sich an den Abstieg macht, hält er noch einmal kurz inne. »Wie immer war es mir eine Freude«, verabschiedet er sich. Höflich ist er.

REGEN

Nach mehreren Anläufen gelingt es Lysander, ein Feuer zu entfachen. Ich bin erleichtert, denn ich hätte mich davor gefürchtet, meine Kräfte zu benutzen. Wir grillen den Hasen, und ich esse so gut es geht. Versuche, mich zusammenzureißen. Stark zu sein. Aber ich fühle mich schwächer denn je.

Als wir wieder aufbrechen, beginnt es zu regnen. Die Stimmung sinkt innerhalb kürzester Zeit. Meine Stiefel sind durchweicht, meine Finger ganz runzelig. Den anderen geht es ähnlich. Trotzdem laufen wir weiter und weiter und weiter …

Bis es stockdunkel ist. Gerade, als ich sagen will, dass wir einfach hier – mitten im Wald – eine Rast einlegen sollten, taucht in der Dunkelheit vor uns ein scheinbar vergessener Unterstand auf. In dem Unterstand ist nichts außer altem Brennholz, etwas Heu und rostigen Maschinen gelagert. Als ich mich etwas genauer umsehe, finde ich eine von Mäusen zerfressene Decke, die ich auf dem Boden ausbreite und auf die wir uns setzen.

Dicht aneinandergedrängt, mit dem Rücken ans Heu gelehnt, beobachten wir, wie die Regentropfen vom Dach auf die Erde prasseln. Ich zittere wieder, aber langsam gewöhne ich mich daran. Ich hasse es, so schwach zu sein. Hasse es, mich selbst nicht wiederzuerkennen. Und ich hasse es, dass Emilian so dicht neben mir sitzt, sich unsere Unterarme berühren, ich fühlen kann, wie sich beim Einatmen sein Brustkorb dehnt, und ich ihm dennoch so fern bin. Ich spüre, dass er über mich nachdenkt. Sich fragt, warum ich mich ihm nicht anvertraue.

Als hätte auch er meine Gedanken gehört und wolle mir nun das Gegenteil beweisen, legt Emilian seinen Arm um meine Schulter. Doch seine Berührung lenkt mich nicht ab. Birkaras' Stimme hat sich in meinem Kopf festgesetzt. *Noch heute wird jemand sterben*.

Ich versuche die Vorstellung, Birkaras könne die Leonen gefunden und meiner Familie etwas angetan haben, aus meinen Gedanken auszusperren. Aber immer wieder taucht vor meinem inneren Auge ein Bild auf, das zeigt, wie mein verhasster Vater seine Hände um den Hals der kleinen Flora schließt, wie er Minna mit seinen Gedanken foltert, Marla mit einem einzigen Blick tötet.

Es ist, als wisse Birkaras genau, was ich tue. Als könne er in mein Gehirn schlüpfen und meinen Körper steuern. Aber vielleicht ist das auch nur eine Entschuldigung dafür, dass ich wirklich anders geworden bin. Vielleicht hatte Birkaras recht. Töten ist ein Rausch. Nicht jeder kann diesem Rausch standhalten.

»Als wir aus der Siedlung der Tauren geflüchtet sind, da war es, als hättest du Birkaras direkt vor dir gesehen. Als wäre er wirklich dort gewesen«, stellt Emilian mehr für sich selbst fest. Beendet damit unerwartet unser Schweigen. »Wenn du seine Stimme hörst, was sagt er dann zu dir?«

Das metallische Trommeln des Regens auf dem Dach übertönt die Geräusche des Waldes. Lässt die Außenwelt zurücktreten, macht den Unterstand zu einer kleinen begrenzten Welt.

Ich dehne meine Finger, reibe meine Knöchel. »Es ist immer nur ganz kurz. Ich weiß nicht mal sicher, ob er wirklich mit mir spricht. Oder ob ich es mir nur einbilde.«

»Droht er dir?«

An der dunklen Holzwand nähert sich eine große, schwarze Spinne am Rand ihres mit Staub überzogenen Netzes siegessicher einer gefangenen Fliege. Ich sehe ihr dabei zu, wie sie die Fliege mit ihrem silbernen Faden umhüllt. »Manchmal«, antworte ich.

»Mit was droht er dir?«

Ich verschweige ihm, dass Birkaras mich beinahe dazu gebracht hätte, meine Hände um Emilians Hals zu legen. Der Gedanke, dass dieser halbtote Mann meinen Körper und meinen Geist nach seinem Willen beugen kann, widert mich an.

Als ich nichts sage, lässt Emilian das Thema fallen. Versteht, dass ich nicht weiter darüber sprechen will.

Ich bereue es, dass ich unser Gespräch zum Erliegen gebracht habe. Denn so bin ich wieder mit meinen Gedanken alleine. Ich versuche die Regentropfen zu zählen. Beobachte die Spinne dabei, wie sie die Fliege einwickelt, der schwarze Körper immer mehr von einem grauen, hauchdünnen Netz umwoben wird. Muss mich irgendwie ablenken. Schaffe es nicht.

»Lysander?«, frage ich deshalb nach einer Weile. »Birkaras

hat behauptet, meine Mutter hätte ihn verflucht.« In dem Moment, wo ich es ausspreche, bin ich mir nicht mehr sicher, ob ich wirklich darüber reden will. Ich verstumme.

»Willst du wissen, ob das stimmt?«

»Ich weiß nicht, ob er mich nur verwirren wollte.«

»Nein. Er hat die Wahrheit gesagt.« Lysander seufzt dramatisch. »Ich kam gerade von einer längeren Reise zurück. Wieder einmal war ich gescheitert. Ich ...«

Mit einem einzigen Blick bringe ich Lysander zum Schweigen. »Heißt das, du hast dabei zugesehen, wie Birkaras meine Mutter getötet hat?«

»Nein! Wie kannst du mir so etwas zutrauen!«

»Tut mir leid. Es klang nur so ...«

Doch Lysander ist mit seinen Gedanken bereits woanders. Er scheint zu überlegen, ob er mir das, was er über den Tod meiner Mutter weiß, zumuten kann. Als ich es schon nicht mehr erwarte, fährt er fort. »Ich hörte die Taurer durch den Leonenwald poltern. Sie sangen Lieder und grölten und lachten über das, was deine Mutter zu Birkaras gesagt hatte. *Ich verfluche dich!*, hat sie wohl gesagt. *Ich verfluche dich. Du sollst krank werden.* Ich habe die Worte nicht mehr genau im Kopf. Ich glaube, sie sagte noch etwas wie: *Du sollst jeden Tag mehr leiden, bis du nach Jahren der Qual einsam stirbst*!«

»Stirbst ...«, wiederholt Emilian leise. »Der Fluch hätte Birkaras sterben lassen sollen?«

»So haben es zumindest die Taurer erzählt. Ob Isa das wirklich so gesagt hat, weiß ich nicht.«

Emilian will weiter nachhaken, doch Lysander lässt ihn nicht zu Wort kommen. Ich danke ihm im Stillen. »Ich habe dann die Leiche deiner Mutter gesucht und gefunden. Er hat ihr das Genick gebrochen. Sie lag auf dem Boden, als würde sie schlafen. Ein schlafender Engel in einem weißen Nachtkleid. Ich habe sie bis kurz vor die Siedlung der Leonen getragen, mich dann versteckt und gewartet, bis jemand sie gefunden hat.«

Ich versuche mir vorzustellen, wie Lysander meine Mutter durch den Wald trägt. Wie ihr langes Haar im Takt seiner Schritte schwingt.

Lysander beugt sich vor und legt seine Hand auf mein angewinkeltes Knie. Ich bin mir sicher, dass er nun sagen wird, was alle immer sagen, die meine Mutter gekannt haben. Wie ähnlich ich ihr doch sehe. Doch das, was Lysander jetzt sagt, wiegt viel schwerer: »Es tut mir so schrecklich leid, Robin. Das ist alles meine Schuld, und ich werde es nie wiedergutmachen können.«

Das ist das Letzte, was in dieser Nacht gesprochen wird. Wir schweigen uns in den nächsten Tag, für kurze Zeit schlafe ich sogar ein.

Am Morgen hat der Regen aufgehört. Nachdem Emilian meine gebrochene Schulter sowie meinen Unterschenkel mit Oxanas Creme versorgt hat, beschließen wir, weiterzuziehen.

Die Sonne versteckt sich hinter einer weißgrauen Wolkendecke, es ist kühl. Als sie schließlich durchbricht, brennen ihre Strahlen auf meiner Haut, als hätte ich sie mit Salz eingerieben. Wirbel für Wirbel richte ich mich langsam auf. Habe das Gefühl, auf meinem Rücken würden Sandsäcke lasten. Als Lysander seine Schultern streckt, knacksen und krachen seine Knochen.

Leider ist unser Rucksack völlig durchnässt. Aber wenigstens haben das Brot und der Käse nichts abbekommen. Ich ärgere mich, dass ich nicht daran gedacht habe, unsere Flasche in den Regen zu stellen.

»Robin?«, sagt Emilian ganz leise, als wir wieder aufbrechen.

»Ja?« Ich bleibe stehen. Drehe mich zu ihm um.

Er öffnet den Mund. Sieht mich an und sagt mit seinem Blick viel mehr, als ihm vermutlich bewusst ist. »Ach, es ist nichts ...«, lügt er.

Und ich weiß, dass alles ist.

LIEBE

Meine Kehle ist staubtrocken. Die Blasen an meinen Füßen sind inzwischen walnussgroß. Die Stiefel, die Oxana mir geliehen hat, sind nicht für längere Märsche geeignet. Die Sohle ist bereits durchgelaufen, das dünne Leder an manchen Stellen aufgerissen oder von spitzen Dornen und Steinen durchbohrt.

Als die Luft langsam abkühlt und ein abendliches Rot den Himmel überzieht, bleibt Lysander stehen. »Wir sollten hier bleiben.«

Er hat recht. Der Wald hier ist übersichtlich und hell, was es Angreifern erschwert, sich unbemerkt anzuschleichen. Der Boden ist bedeckt von hellbraunem Laub und feingliedrigem Moos. Besser, als auf dem grauen Stein zu schlafen, der uns heute stets begleitet hat. Die Bäume schützen uns vor dem kalten Nachtwind. Dem saftigen Grün der Blätter nach zu urteilen, muss hier irgendwo ein See oder ein Fluss in der Nähe sein.

»Ich werde schauen, ob in der Nähe Wasser zu finden ist«, sage ich.

»Wir sollten uns nicht trennen«, entgegnet Emilian. Er fährt mit beiden Händen über sein zerkratztes Gesicht.

»Ich passe gut auf mich auf. Versprochen.«

Emilian schweigt. Schluckt seine Widerworte herunter. Seine Augen sind müde, seine Bewegungen langsam, als er sich mit Daumen und Mittelfinger die Stirn massiert.

Ich krame die Flasche aus dem Rucksack, den Lysander inzwischen an einen umgefallenen Baumstamm gelehnt hat. Lasse meine Schultern kreisen. Laufe los.

Als ich Emilian und Lysanders Stimmen nicht mehr hören kann, knie ich mich auf den Boden und befühle die Erde. Feucht. Ich bin also auf dem richtigen Weg.

Auf einmal höre ich schwere Schritte, die mir folgen. Die Art und Weise, wie Emilian inzwischen versucht, kleinen Pflanzen aus dem Weg zu gehen, lässt mein Herz erwärmen. Obwohl ich gerne noch ein paar Minuten alleine wäre, bleibe ich stehen. Warte, bis er mich erreicht.

»Ich begleite dich«, stellt er fest. Lächelt mit hochgezogenen Augenbrauen, als bitte er mich auf diese Weise um Erlaubnis.

»Du bist müde. Du musst mich nicht begleiten«, sage ich, obwohl mich sein Angebot freut.

»Und wer passt dann auf dich auf?«

Ich bin versucht zu antworten, dass auf mich niemand aufpassen muss. Doch wie immer scheint Emilian meine Gedanken lesen zu können. Das Lächeln verschwindet von seinen Lippen. Seine Augen verdunkeln sich. Er spannt die Kiefermuskulatur an. Alles deutet darauf hin, dass er keinen Widerspruch duldet.

Es fühlt sich gut an, neben Emilian durch den Wald zu laufen. Keiner von uns sagt etwas. Mir wird bewusst, dass wir noch nie alleine nebeneinander gelaufen sind, ohne vor etwas zu flüchten oder Angst zu haben, dass einer von Birkaras' Spähern uns auflauert.

Emilian greift nach meiner Hand. Eine Geste, die ich nur von Almaras und Marla kenne. Auch sie sind immer Hand in Hand durch den Wald gelaufen. Früher habe ich nie verstanden, warum sie das getan haben. Im Wald muss man auf der Hut sein, man muss darauf vorbreitet sein, zu flüchten oder sich zu wehren. Muss auf die Warnungen des Waldes achten und sich konzentrieren. Mit nur einer freien Hand ist das nicht möglich.

Aber jetzt verstehe ich die beiden. Die Verbindung zwischen mir und Emilian gibt mir Sicherheit, obwohl sie mich schwach macht.

Gleichzeitig wäre es besser, Emilian auf Abstand zu halten. Ihn dazu zu bringen, mich nicht mehr zu lieben. Ihm mein Ende leichter zu machen.

Der Wald lichtet sich. Vor uns taucht ein See auf. Er ist so groß, dass ich sein Ende nur schwer erkennen kann, aber sein Wasser ist so klar, dass man es als Spiegel benutzen könnte. An seiner rechten Seite ragen hohe Felsen auf, die weiß wie Schnee sind. Noch nie habe ich etwas so Wunderschönes gesehen.

»Das müssen wir Lysander zeigen!« Ich will sofort umdrehen, doch Emilian hält mich zurück.

»Erst nachdem wir gebadet haben.« Er grinst. Ein Grinsen, das mir einen kalten jedoch wohligen Schauer den Rücken hinunterjagt.

»Ist das nicht gemein? Zu baden, während er auf uns wartet?«

Emilians Grinsen wird noch breiter. Seine Augen blitzen auf, während er mit der Zunge über einen seiner Schneidezähne leckt. »Natürlich ist das gemein. Aber wir werden es trotzdem tun.«

Ich lache so laut, dass ein Eichhörnchen auf dem Ast über meinem Kopf flüchtet. Schnell presse ich mir die Hand vor den Mund. Zu lachen fühlt sich seltsam an. Fremd. Als ob ich es verlernt hätte.

Innerhalb weniger Sekunden schlägt meine Stimmung um.

»Es tut mir leid, Emilian«, sage ich. »Alles.«

»Ich weiß«, antwortet er sanft. Er kommt näher. Seine Finger streichen mein Kinn entlang. Ich denke, dass er mich küssen wird. Doch er zieht in einer eleganten Bewegung sein Hemd über den Kopf.

Hitze steigt mir ins Gesicht. Ich tue so, als wäre der flache, weiße Stein vor meinen Füßen das Interessanteste, das ich je gesehen hätte.

»Hey, nicht nervös werden«, ärgert mich Emilian. Er wusste schon damals, als er mich im Leonengebiet trainiert hat, wie ich auf seinen schönen Körper reagiere.

»Ich bin nicht nervös«, murmle ich.

»Los, zieh dich aus oder willst du mit Klamotten ins Wasser?« Sein Lachen ist ganz schön frech. Aber so ist mir Emilian tausendmal lieber als mit in Falten gelegter Stirn und müden Augen.

Emilian schlüpft aus seiner Hose, ich lege die Flasche auf den Boden. Tue es ihm gleich. Schäle mich aus meinem Hemd. Verstehe nicht, warum ich mit einem Mal so unsicher bin. Ich halte die Unterarme an meinen nackten Brustkorb, um vor Emilian die dunkle Ader zu verstecken. Seine Augen wandern ganz ungeniert meinen Körper entlang. Von meinen Füßen, über meinen Bauch bis hin zu meinen Augen.

»Weißt du eigentlich, wie schön du bist?«, fragt er.

Mein Mund ist ganz trocken.

Jeder seiner Schritte ist erfüllt von einer Anmut, die mich vergessen lässt, wer ich bin. Wo ich bin. Was ich hier mache.

Als Emilian mit seinen breiten Schultern ins Wasser gleitet, setzt mein Herz einen Schlag aus. Wie konnte ich jemals Angst vor diesem makellosen Geschöpf haben? Ich folge ihm ins Wasser, genieße die eiskalte Frische, die mich umgibt. Wir schwimmen weit hinaus. Lachen, als trügen wir keine tonnenschwere Last auf unseren Schultern. Es erscheint mir wie ein Wunder, den Dreck von meinem mit Kratzern gezeichneten Körper waschen zu können.

Nach einer Weile schwimmen wir ans Ufer zurück und kleiden uns wieder an. Es ist so wunderschön, mit Emilian alleine zu sein. Doch plötzlich habe ich Angst. Angst davor, dass wieder etwas Schreckliches passiert. Dass ich Emilian so nah bin und Birkaras die Kontrolle über mich bekommt. Dass ich Emilian etwas antue, ohne es zu wollen.

»Lass uns wieder zu Lysander gehen. Er wartet bestimmt

schon.« Ich will mich bereits umdrehen, doch Emilian hält mich fest.

»Warte noch einen Augenblick. Ich möchte mit dir reden.«

Er lässt meine Hand los und setzt sich ans Ufer des Sees. Ich könnte schnell im Wald untertauchen. So tun, als hätte ich seine Bitte nicht gehört. Alles in mir drängt darauf fortzurennen – ich weiß, dass er mir nun die Frage stellen wird, die ihm schon so lange auf der Seele brennt.

Doch ich setze mich neben ihn. Emilian scheint vollkommen im Anblick des Sees und der Felsen versunken zu sein, denn es dauert eine Weile, bis er zu sprechen beginnt. »Robin«, setzt er an. Mein Magen zieht sich zusammen. »Ich mache mir Sorgen. Ich will dich zu nichts drängen, aber kannst du dir nicht vorstellen, wie es sich anfühlt, zu wissen, dass es dir schlechtgeht? Und nichts dagegen tun zu können! Hast du Angst, dass ich nicht mit der Wahrheit umgehen kann?«

»Nein, das ist es nicht …« Oder vielleicht ist es genau das.

»Warum schließt du mich dann aus? Ich dachte, wir stehen das hier zusammen durch, aber du machst das mit dir alleine aus.«

»Lysander weiß auch nichts …«

Mit einem Satz springt Emilian auf. Vor Enttäuschung donnert er seine geballte Faust gegen den Stamm eines Laubbaums. Die Wurzeln werden ein Stück aus dem Boden gerissen, der Baum neigt sich ein paar Zentimeter nach hinten. Zum Glück nur so wenig, dass er nicht umfallen wird.

»Es ist mir egal, dass Lysander auch nichts weiß!« Er wirbelt zu mir herum, fährt sich durch die Haare. »Ich bin dein Freund, Robin! Ich habe meinen Stamm für dich aufgegeben. Ich habe alles, was ich hatte, für dich aufgegeben. Seit ich dich kenne, ist alles, was ich mache, nur darauf ausgerichtet, dich zu beschützen. Ich liebe dich, Robin. Aber du ... Was empfindest du für mich?«

»Du weißt, wie viel du mir bedeutest.«

»Das wusste ich mal. Ich hab es in deinen Augen gesehen, aber seitdem du Birkaras' Stimme hörst, werden deine Augen mit jedem Tag leerer.« Seine Stimme bebt. »Du merkst es vielleicht nicht. Aber du veränderst dich.«

Auch ich stehe jetzt auf. »Ich bin immer noch die, die du damals vor dem Eber gerettet hast«, versuche ich bestimmt zu sagen. Doch der Zweifel in meiner Stimme ist nicht zu überhören.

Emilian holt tief Luft. Beruhigt sich wieder. »Ich bin nicht dumm, Robin. Seit du diese unglaublichen Kräfte hast, hat sich etwas verändert. Manchmal scheint es mir, als würdest du dich selbst nicht mehr kennen.«

Mein Hals ist wie zugeschnürt. Ich schweige, also fährt Emilian fort. »Deine Mutter hat Birkaras verflucht. Er sollte sterben. Doch dieser Fluch ist durch das Haar in der Kette auf dich umgeschlagen.«

»Ich weiß nicht ...«, flüstere ich.

»Du weißt es.«

Jetzt passiert das, was ich eigentlich vermeiden wollte. Tränen fließen unaufhaltsam aus meinen Augen, strömen meine

Wangen hinab und tropfen auf mein nasses Hemd. Meine Beine geben einfach nach. Ich sinke zu Boden. Ich sollte stark sein, Emilian ins Gesicht sehen und ihm die Wahrheit sagen. Stattdessen benehme ich mich wie ein kleines Mädchen, ziehe die Beine an und verberge mein Gesicht an den Knien.

Emilian schnauft schwer. Setzt sich wieder neben mich. So dicht, dass unsere Schultern sich berühren. »Nicht weinen, bitte ...«

Er küsst mich auf mein Haar. Nie wieder möchte ich seine Wärme verlieren, den Duft seiner Haut.

»Wenn du es nicht aussprechen willst, dann tue ich es.«

Ich spüre, wie seine Muskeln sich anspannen. Ich habe Angst. Angst davor, dass er es wirklich weiß. Er es wirklich sagen wird. Ich kralle mich an seinem Hemd fest.

Emilian senkt sein Gesicht, dass unsere Nasenspitzen sich berühren. Ich spüre etwas Feuchtes an meiner Schläfe. Es sind nicht meine Tränen, die mich dort kitzeln. Es sind seine. »Du wirst sterben, nicht wahr?«

Ich nicke schwach. Emilian umschließt mit den Händen mein Gesicht. Ich erwarte, dass er etwas Tröstendes sagen wird, doch er küsst mich. Seine Lippen schmecken salzig – von meinen Tränen und seinen. Alles, was ich jetzt spüre, ist die zarte Berührung seines Mundes.

Wir werden einen Weg finden. Sein Kuss ist ein Versprechen.

Ich kann seinen Herzschlag spüren. Tauche in seine Wärme ein, will mehr und immer mehr davon. Unsere Blicke treffen sich. Nichts ist mehr zwischen uns. Mir wird klar, wie sehr ich seine Nähe vermisst habe. Emilian vergräbt seine Hände in meinem Haar, lehnt sich ein wenig zurück. Sofort fühlt sich mein Gesicht kalt an, wenn er mir nicht mehr so nah ist. Ich will noch nicht aufhören, ihn zu küssen. Emilian schmunzelt, als ich mich ihm wieder nähere. Seine Daumen streicheln sanft über meine Schläfen.

»Wenn ich könnte, würde ich dich den ganzen Tag küssen.«

Ich bette meinen Kopf an seiner Brust. Emilian schlingt die Arme um meinen bebenden Körper.

Auf einmal kann ich sie nicht mehr halten, die Worte, die schon so lange auf meiner Seele lasten und immer hinauswollten. »Ich verdiene dich nicht, Emilian.«

»Was redest du denn da, Robin?«, flüstert Emilian liebevoll, während er die wirren Haarsträhnen aus meinem Gesicht streicht.

Ich schmiege mein Gesicht noch fester an seine Brust, in der Hoffnung, dort nie wieder fortzumüssen. Ich liebe Emilian so sehr, dass der Gedanke daran, irgendwann nicht mehr bei ihm sein zu können, mich innerlich zerreist.

»Hey, sieh mich an …« Emilians Lippen sind nur einen Hauch von meiner Stirn entfernt. Er hebt mein Kinn vorsichtig an, dass ich gezwungen bin, ihm direkt in seine grünen Augen zu sehen. »Du bist alles für mich, Robin.«

Mit einem Mal gibt es nur noch uns. Gibt es keine Sorgen mehr, die mich innerlich auffressen. Keinen Hass, der mich immer mehr von mir selbst entfernt. Emilian beugt sich langsam zu mir herab, als würde er im Stillen um meine Erlaubnis bitten. Ich strecke mich ihm entgegen, süchtig nach der Berührung seiner Lippen. Mein Körper wird von einem angenehmen, warmen Kribbeln erschüttert. Ein Gefühl, das so schön ist, dass ich mich noch näher an Emilian dränge. Sein Kuss schenkt mir die Sicherheit, die ich vor so langer Zeit verloren habe.

Er fährt mit den Fingern durch mein Haar, atemlos. Beißt mir zärtlich in die Unterlippe, ehe er sich von mir löst. Ich lasse mich nach hinten auf den Boden sinken, halte mich weiter an seinem Hemd fest, dass er nicht anders kann, als mir zu folgen. Emilian will etwas sagen, doch ich lasse ihm keine Möglichkeit dazu – meine Lippen versiegeln seinen Mund. Alles in mir sehnt sich nach ihm. Meine Hände schieben sich unter sein Hemd, ziehen es ihm in einer einzigen Bewegung über den Kopf, um ihn dann wieder an mich zu ziehen.

Emilian lächelt, schüttelt den Kopf, und ich weiß, dass er hin- und hergerissen ist. Meine Hände fahren über seinen Rücken, über seine breiten Schultern und verharren an seinem Nacken, um seine Lippen den meinen wieder näher zu bringen.

»Bist du dir sicher?«, fragt Emilian.

Er liest die Antwort in meinen Augen, denn er beugt sich zu mir und küsst mich so leidenschaftlich, wie er es noch nie getan hat. Ich versinke in seiner Wärme, in seinem Duft, seiner Liebe. Mein Herz möchte so gern glauben, dass es für immer so sein kann.

Emilian und mir ist es nicht vergönnt, unsere Leben miteinander zu verbringen. Doch allein diese Zeit hier am See macht mich glücklich. Mehr will ich mir gar nicht wünschen. Ich bin für Emilian geboren, habe auf ihn gewartet und ihn gefunden.

Er und ich. Für immer.

BESUCH

Es war vorhersehbar, dass Robin und der Verräter mindestens eine Nacht in der Siedlung der Aries verbringen würden, um nach ihrer Flucht aus der taurischen Siedlung wieder zu Kräften zu kommen. Also stattet er den Aries einen Besuch ab.

Er wird alles andere als freundlich empfangen. Er hätte nichts gegen ein anständiges Mahl oder ein bequemes Bett einzuwenden, aber weder das eine noch das andere wird ihm angeboten. Also kommt er gleich zur Sache.

Auf seinem Schoß sitzt ein kleines Ariesmädchen. Vielleicht neun, höchstens zehn Jahre alt. Es zittert am ganzen Körper. Er kann hören, wie ihre Zähne aufeinanderschlagen.

Er streicht ihr langsam mit den Fingerspitzen den zerbrechlichen Hals hinab. »Wo sind sie?«, fragt er die Anführerin. Lässt sie ahnen, dass ihn nichts davon abhält, den Hals des Mädchens zu zerbrechen, wenn sie ihm keine zufriedenstellende Antwort gibt.

»Ich weiß es nicht«, antwortet die Anführerin. Eine erstaunliche Persönlichkeit. Nicht den leisesten Hauch von Angst findet er in ihren Augen.

Sie sind in ihrem Zelt. Das gibt ihr Sicherheit. Eindrucksvoller wäre es gewesen, wenn er mitten auf dem Platz, umringt von allen Aries, das Mädchen in seiner Gewalt halten würde.

So hatte er es ursprünglich geplant. Aber irgendwie ist es der Anführerin gelungen, ihn in ihr Zelt zu lotsen.

»Aber du weißt, was sie vorhaben, nicht wahr?«

Als er beide Hände um den Hals des Mädchens legt, rechnet er damit, dass die Kleine aufschreit oder versucht, sich ihm zu entreißen. Doch sie hält still. Still wie ein Hase, der darauf wartet, dass der Fuchs ihm das Genick durchbeißt.

Oxana schweigt. Deshalb wiederholt er seine Frage. Verstärkt den Druck am Hals des Mädchens. »Vielleicht hast du meine Frage nicht richtig verstanden, denn anders kann ich mir dein Schweigen nicht erklären. Ich bin mir sicher, dass mein Ruf mir vorausgeeilt ist. Deshalb weißt du vermutlich, dass mir dieses zarte Leben auf meinem Schoß nichts bedeutet. Ich gebe dir eine letzte Chance: Sag mir, was meine Tochter vorhat und wohin sie gegangen ist.«

Draußen schluchzt die Mutter des kleinen Mädchens, schreit vor Verzweiflung. Die Dramatik erreicht ihren Höhepunkt.

»Sie sind auf der Suche nach Libra«, stößt die Anführerin schließlich hervor. In ihren Augen brennt ein Feuer, das ihn wohl vernichten soll. Aber es kann ihm nichts anhaben.

Libra, die Urgöttin der Gerechtigkeit. Er hat es sich bereits gedacht. »Wo ist Libra?«

»Ich weiß es nicht.«

»Du weißt aber, wohin meine Tochter unterwegs ist.«

Oxana schüttelt den Kopf. Zupft an der Kette mit den vielen bunten Steinen um ihren Hals. Jetzt ist sie also doch nervös. »Nein. Ich weiß es nicht.«

Eine Träne rinnt dem Mädchen die Wange entlang, tropft auf seine schwarze Lederhose. Sanft wie ein Vater tätschelt er das blonde Haar des Kindes.

»Dann sag mir, in welche Richtung sie aufgebrochen sind. Sag mir alles, was du weißt. Ansonsten sind das die letzten Sekunden dieses Kindes hier.«

»Ich weiß nichts.«

»Doch, du weißt, wohin sie gegangen sind.«

»Lass erst das Kind frei«, fordert die Herrscherin der Aries.

Doch er bleibt stur. »Antworte. Dann kann dieses kleine Geschöpf zu seiner Mutter laufen.«

Die Schnur der Kette reißt. Die Steine fallen wie bunter Regen zu Boden. Früher hätte dieses laute Geräusch seinen Kopf gesprengt. Heute macht es ihm nichts mehr aus.

»Also?«

»Sie wollen ans Meer. Dorthin, wo das Gebirge ins Wasser übergeht. An den höchsten Punkt. Das ist alles, was ich weiß.«

Er kennt diesen Ort. »Ich danke dir«, sagt er mit einem zufriedenen Grinsen.

Kurz überlegt er, ob er dem Kind nicht dennoch das Genick brechen soll. Einfach nur, weil er es kann. Aber er will sich nicht zu unbeliebt machen, denn irgendwann wird er auch über die Aries herrschen.

Raum und Zeit verschwimmen zu einer unendlichen Größe. Irgendwann schläft der ganze Wald, die Stille ist perfekt.

Emilian und ich liegen engumschlungen am Ufer des Sees und halten uns gegenseitig fest. So liegen wir, bis ich nicht mehr leugnen kann, dass ich vor Kälte zittere. Wir müssen aufbrechen, auch wenn ich an diesem Ufer den Rest meines Lebens hätte verbringen können. Allein mit Emilian, sicher in seiner Umarmung.

»Ich werde alles dafür tun, dass Birkaras dich mir nicht nimmt«, sagt Emilian auf dem Rückweg so ruhig und überzeugt, dass ich beinahe so etwas wie Hoffnung verspüre. »Ich werde einen Weg finden.«

Als wir zurückkommen, sitzt Lysander auf einem umgestürzten Baumstamm und sieht uns aufgebracht entgegen.

»Wo wart ihr? Ich habe mir Sorgen gemacht!«, schimpft er.

Ich versuche schuldbewusst zu gucken. Es gelingt mir nicht. Um mir nichts anmerken zu lassen, verstaue ich schnell die volle Flasche im Rucksack.

Emilian hingegen hat seine Gesichtszüge perfekt unter Kontrolle. »Wir haben einen See gefunden«, antwortet er. Sucht meine Hand, nimmt sie in seine. »Was hältst du davon, morgen früh ein Bad zu nehmen?«

Für einen kurzen Augenblick kann ich mir einbilden, dass irgendwann doch alles gut werden wird.

Wir breiten die Decke aus, legen uns nebeneinander darauf. Langsam gleite ich in den Schlaf hinüber.

Ich weiß, dass ich träume, und gleichzeitig ist es mir, als sei ich hellwach. Von einer Sekunde auf die andere bin ich meilenweit von Emilian und Lysander entfernt. Ich stehe in einer Höhle. Nichts als Dunkelheit um mich herum. Mein Körper ist das einzig Warme in der Eiseskälte.

Ich zwinge mich dazu, ruhig zu atmen. Es ist nur ein Traum. Nur ein Traum. Ein Traum. Jeder Muskel ist zum Zerreißen gespannt.

»Robin …«, flüstert Birkaras. Er muss irgendwo vor mir in der Dunkelheit stehen.

Ich konzentriere mich auf meine Atmung. Ruhig. Ganz ruhig. Ich muss stark sein. Ihn aus meinem Kopf aussperren.

»Sieh, was du angerichtet hast!«

Ein Licht glimmt am Ende der Höhle auf. Golden vertreibt es die Dunkelheit. Eine Lichtkugel, von einem Kind erschaffen. Floras müde Augen sehen mich ausdruckslos an. Ich will zu ihr, will sie in die Arme schließen – ich kann mich nicht bewegen.

Flora dreht sich zur Seite, gibt der Kugel einen leichten Stups, dass sie ein Stück nach rechts schwebt. Ihr Licht wird stärker, erhellt den vorderen Bereich der Höhle. Dort steht Titus, die Hände kampfbereit zu Fäusten geballt. Birkaras und ihn trennt nur das schwache Feuer, das die dünnen Zweige und morschen Holzstücke in der Mitte der Höhle verzehrt.

Titus macht einen Satz nach vorne. Will sich auf Birkaras stürzen. Im nächsten Moment liegt er reglos am Boden. Sein Gesicht im Feuer.

Titus. Tot.

»Nein!«, schreie ich. Meine Stimme prallt an den Wänden der Höhle ab, wird auf mich zurückgeschleudert. Klingt weiter und weiter, bis sie schließlich verhallt.

Birkaras tritt neben Titus. Stellt einen Fuß auf dessen Rücken. Sein Lächeln entblößt die spitzen Zähne. »Es ist deine Schuld.«

Ich keuche. Starre auf den Körper, aus dem jegliches Leben gewichen ist.

»Ich werde dich töten, Birkaras! Ich werde alles dafür tun, um dich tot zu sehen!«, schreie ich.

Hass wallt in mir auf. Durchdringt mich. Ich lasse mich von ihm mitreißen. Dieser Hass in mir macht mir Angst.

»Ach ja? Du willst mich töten? Wie willst du das anstellen? Merkst du nicht, dass unsere Leben miteinander verbunden sind?«

Ich verstehe nicht. Kann nur mit ansehen, wie sein Grinsen breiter wird.

»Das Schicksal hat uns zusammengeschweißt, Tochter. Mehr als du dir vorstellen kannst.«

Dann ist er mit einem Mal verschwunden. Und mit ihm auch die Dunkelheit.

Am nächsten Tag ist die Stimmung gedrückt. Wir haben alle nicht gut geschlafen. Noch vor Sonnenaufgang stehen wir auf, baden im See und brechen auf. Ich würde gerne an Emilians Seite laufen, doch auf seiner Stirn haben sich die beiden tiefen Falten gebildet, die er immer nur dann hat, wenn er angestrengt nachdenkt. Er läuft ein Stück abseits, hat seit Stunden nicht gesprochen.

»Warum kennst du Libras Aufenthaltsort eigentlich nicht? Und wie kommt es, dass du von keinem der Urgötter etwas weißt?«, frage ich Lysander.

Lysander sieht mich überrascht an, vielleicht auch nur, weil ich unser Schweigen breche. Er steigt über einen Baumstamm. Reicht mir galant seine Hand, um mich zu stützen, als ich ebenfalls darübersteige. Ich brauche seine Hilfe nicht, nehme sie dennoch an.

»Ich war lange Zeit verschwunden. Und als ich dann wiedergekommen bin, haben die Urgötter mich nicht mehr zu sich gelassen.«

»Und du warst so lange Zeit verschwunden, damit du bei Aurora sein konntest?«

Lysander lächelt, zieht die Augenbrauen hoch. Nickt. »Als ich begriffen hatte, dass ich die Hilfe der Urgötter brauche, war es schon zu spät. Wie du bereits weißt, waren sie wütend, weil ich sie nicht unterstützt habe. Sie dachten, ich treibe mich einfach so in der Welt herum. Obwohl sie auch meine Hilfe gebraucht hätten.«

»Wobei hätten sie deine Hilfe gebraucht?«

»Es gab eine Zeit, in der die Stämme gegründet wurden. In der die Urgötter für die Sternenwesen ein Zuhause geschaffen und dafür gesorgt haben, dass sie später ohne göttliche Hilfe leben können. Damals haben wir Urgötter alle zusammengearbeitet. Du glaubst gar nicht, wie schön das alles war … Sogar die Tauren waren freundlich.« Er lacht. Wirft einen kurzen Blick zu Emilian hinüber. Doch Emilian ist zu sehr in seine Gedanken vertieft, um Lysander zu hören.

Lysander fährt fort: »Damals hatten wir große Probleme mit den Menschen.«

Ich bin so erstaunt, dass ich kurz stehen bleibe. »Die Menschen gab es schon damals?« Ich dachte immer, die Sternenwesen seien die ältesten aller Geschöpfe.

»Sind sie auch. Aber auf diesen Planeten sind wir erst nach den Menschen gekommen.« Lysander legt den Kopf schief. »Das ist alles sehr kompliziert.

Ich will ihn bitten, es dennoch zu erzählen – halte jedoch inne. Ein winziges, rotes Kreuz am Fuß einer Birke sticht mir ins Auge. Womöglich ein Warnhinweis dafür, dass hier in der Nähe eine Hasenfalle aufgestellt ist. Zumindest haben wir Leonen unsere Fallen auf diese Weise gekennzeichnet. Das könnte bedeuten, dass hier in der Nähe ein Sternenstamm angesiedelt ist.

Ich zeige Lysander und Emilian das Zeichen, lege ihnen meine Vermutung dar. Frage sie, ob wir den Sternenstamm aufsuchen, dort ein wenig Essen und Wasser erbitten oder unentdeckt weiterziehen sollen.

»Es ist besser, wenn uns niemand sieht«, entscheidet Emilian.

»Der Stamm der Jaculanen befindet sich in der Nähe. Tolle Jäger! Und unglaublich trinkfest«, erzählt Lysander, und Emilian muss lachen. »Wir könnten die Fallen überprüfen und schauen, ob wir so zu unserem Abendessen kommen. Was haltet ihr davon?«

Die Idee ist gut. Wir streifen durch den Wald, prüfen mehrere Fallen. Die Erinnerung daran, wie intensiv ich früher die Natur spüren konnte, lässt mein Herz schwer werden. Früher hätte ich die Energie um uns im Boden gefühlt. Ich hätte wahrgenommen, wie die Wurzeln der Bäume und Pflanzen sich mit Wasser vollsaugen. All das kann ich nicht mehr.

Wir haben Pech. Die Fallen sind leer. Wir finden lediglich einen Strauch mit süßen, roten Beeren. Besser als nichts.

Als wir an einem Bach vorbeikommen, der sich friedlich durch den Wald schlängelt und dessen Wasser durch all die schleimigen Algen auf dem Grund grünlich wirkt, merke ich, wie trocken mein Hals eigentlich ist.

Emilian lässt den Rucksack von seinen Schultern gleiten, holt die Wasserflasche daraus hervor. Er drückt sie unter Wasser, bis sie voll ist, um sie mir zu reichen. Ich danke ihm, setze mich im Schneidersitz auf den Boden.

Lysander lehnt sich an den dünnen Stamm einer jungen Fichte. Betrachtet das Armband an seinem Handgelenk. Seine Augen glänzen. »Das hat Aurora mir geschenkt. Sie hat es selbst gemacht.«

Emilian streicht sich über den Nacken. »Du darfst nicht aufgeben, Lysander.«

Lysander scheint ihn nicht zu hören. »So viele Jahre suche ich schon nach einer Möglichkeit, Aurora wieder lebendig zu machen. Wiedergutzumachen, was ich verbrochen habe. Könnt ihr euch vorstellen, wie schrecklich es ist, sie nicht in die Arme schließen zu können? Nicht mehr ihr Lachen zu hören?«

Schweigen. Ich finde nicht die richtigen Worte, um Lysander aufzumuntern. Werfe Emilian einen flehenden Blick zu.

»Nein, das können wir uns nicht vorstellen, Lysander. Aber ich verspreche dir, dass wir alles versuchen werden, um den Leonen ihre Kräfte wiederzugeben und Aurora aufzuwecken.«

Ich reiche Lysander die Wasserflasche. Er nimmt sie, trinkt aber nicht. »Ihr wolltet doch wissen, weshalb die Menschen vor uns Sternenwesen auf der Welt waren.« Er rutscht mit dem Rücken am Baumstamm hinab, zieht die Beine an. Fährt mit der Spitze seines Zeigefingers am Boden der Flasche entlang. »Wir Urgötter haben vor langer, langer Zeit im Universum gelebt. Habt ihr euch noch nie gefragt, warum wir Sternenwesen heißen?«

Tatsächlich habe ich wirklich noch nie genauer darüber nachgedacht. Für mich war immer klar: Wir heißen Sternenwesen, weil jeder Stamm einem der Sternzeichen zugeordnet ist.

»Bevor wir Urgötter Körper bekamen, waren wir Sterne. Wir haben die Welt vom Universum aus betrachtet. Haben gesehen, wie die Menschen auf die Welt kamen, wie sie alles an sich rissen und schon von Beginn an zerstörten. Sie haben gegeneinander gekämpft. Kriege geführt. Es schien, als könnten sie gar nicht anders. Das Universum wollte ein Gegengewicht zu all dem Schlechten schaffen. Und so fielen wir als Sternenstaub zur Erde, wo wir menschliche Gestalt annahmen.«

Emilian schiebt mit der Fußspitze einen kleinen Stein in den Bach. Hakt den Daumen in eine seiner Gürtelschlaufen. »Willst du damit sagen, dass du mal ein Stern warst?«

»Genau das will ich, ja.«

Ich runzle die Stirn. Überlege mehrere Atemzüge lang. Kann meinen eigenen Ohren nicht trauen. »Und dann?«

»Jeder Urgott schuf einen Stamm, der die Verbindung zur Natur halten und dafür sorgen sollte, dass das Gute nicht verlorengeht.«

Emilian verschränkt die Arme vor der Brust. Verfolgt mit den Augen einen Käfer, der seinen Unterarm entlangkrabbelt. »Ich verstehe nicht, wie man als einzelnes Wesen einen Stamm gründen kann.«

»Wir haben unsere Stammesmitglieder selbst geschaffen. Jeder Urgott auf seine eigene Art und Weise. So wurde jeder Stamm etwas ganz Besonderes. Ich schuf die Tauren aus Stein, weshalb sie besonders stark sind.«

»Und die Leonen?«, dränge ich Lysander.

»Die Leonen hat Aurora aus Feuer geformt, weshalb ihr sehr heißblütige Geschöpfe seid.« Lysander lacht. »Ihr seid temperamentvoll und stur, aber dabei könnt ihr einen verzaubern.«

»Und woraus sind die anderen Stämme geschaffen?«

»Die Aries sind aus Wurzeln geschnitzt, die Virginen aus Blütenblättern gestaltet und die Gemellen aus Lehm geformt. Die Scorpionen sind aus Lava gegossen, die Cancer aus Horn geschnitzt. Die Capricornen aus Luft, die Acuarier aus Korallen und die Piscarien aus Meeressalz geschaffen. Fehlen noch die Jaculanen, die aus Leder gemacht wurden. Elf Stämme.«

»Und woraus schuf Libra ihren Stamm?«

»Einer musste doch aufpassen, dass alles mit rechten Dingen zugeht. Dafür haben sie Libra ausgewählt. Ihre Aufgabe ist es, darüber zu wachen, dass nichts Unrechtes geschieht. Ihr Stamm vereint alle Sternenwesen zu gleichen Teilen in sich, um so für Gerechtigkeit sorgen zu können. Kannst du dir vorstellen, wie sie die Libren geschaffen hat?«

»Indem sie etwas von allen Elementen zusammengefügt hat?«, vermute ich.

Lysander nickt bedächtig. Nimmt einen Schluck Wasser und reicht die Flasche an Emilian weiter.

Emilian hat in wenigen Zügen den Rest ausgetrunken. Kniet sich erneut auf den Boden, um die Flasche ein zweites Mal zu füllen. »Ich weiß, dass es dich schmerzt, darüber zu sprechen. Aber wie kommt es, dass keiner der Urgötter Auroras Verschwinden bemerkt hat? Oder, dass die Leonen ihre Kräfte verloren haben?«

»Eigentlich wollten wir friedlich mit den Menschen leben. Im besten Falle sogar unentdeckt bleiben. Doch schon bald nachdem die Stämme geschaffen worden waren, gab es Probleme mit den Menschen. Sie wollten die Siedlungen zerstören, die Sternenwesen vertreiben. Die Urgötter mussten die Menschen aufhalten. Sie – und vor allem Libra – waren nur noch damit beschäftigt, ihre Stämme zu schützen. Mussten dies mit ihrer Magie tun. Keiner von ihnen hat deshalb auf die Kräfte der Leonen und Tauren geachtet.«

Lysander kratzt sich am Nasenrücken. Nimmt eine Hand voll Laub, lässt die Blätter wieder auf den Boden fallen. »Die Tauren waren die einzigen Sternenwesen, die sich selbst verteidigen konnten. Ich hatte es von allen Urgöttern am leichtesten. Deshalb konnte ich mir die Welt anschauen. Mich mit Aurora beschäftigen. Sie hat mich vom ersten Augenblick an verzaubert. Aber dann verlor ich in dieser verfluchten Nacht die Kontrolle. Ich war ohnehin nicht oft bei den Versammlungen der Urgötter, aber nachdem ich Aurora ihre Kraft geraubt hatte, traute ich mich gar nicht mehr zu ihnen. Vermutlich dachten sie, dass wir beide zusammen durchgebrannt wären. Damals war es mir nur recht, dass sie nicht nach mir gesucht haben.«

Ich kratze eine Kruste auf meinem Handrücken ab. Sehe zu, wie Blut aus der Wunde hervorquillt. »In jener Huldigungsnacht hast du Aurora die Kräfte gestohlen und sie in der Kette der Tauren gespeichert?

Lysander gibt einen verzweifelten Laut von sich. Rauft sich

die Haare. »Ja. Erst dachte ich, sie wäre tot. Doch dann habe ich ihren Herzschlag gespürt. Ich habe alles versucht, um sie zu mir zurückzuholen. Aber nichts hat funktioniert … Schließlich habe ich Aurora an einen sicheren Ort gebracht. An einen Ort, wo sie niemand finden kann.«

Ich strecke meine Beine aus, damit sie mir nicht einschlafen. »Und wie kommt es, dass die Urgötter dann einfach so verschwunden sind?«

»Irgendwann haben die Menschen begonnen, sich mit all ihrer Technik und ihren Kriegen mehr oder weniger selbst zu vernichten. Sie haben sich nicht mehr für die Sternenstämme interessiert. Das war vorbei. Da haben die Urgötter offenbar beschlossen, den Dingen ihren Lauf zu lassen und sich zurückzuziehen. Zu einem Zeitpunkt, an dem ich bei Aurora war. Sie wussten ja nicht, was passiert war. Dachten, dass wir zusammen weggegangen wären.«

Emilian strafft die Schultern, dass sie knacken wie ein zerbrechender Ast. »Aber sie können doch nicht einfach verschwinden! Ohne zu wissen, wo du und Aurora seid!«

»Doch, das konnten sie. Sie waren sicher wütend – und das zu Recht. Sie dachten, ich hätte ihnen gemeinsam mit Aurora den Rücken gekehrt. Dass wir nichts mehr mit ihnen zu tun haben wollten. Jetzt sind sie irgendwo untergetaucht und ahnen nicht mal, was ich angerichtet habe.« Lysanders Augen heften sich an einen Ast, der den kleinen Bach gemütlich hinabtreibt. »Wenn es sie überhaupt noch gibt …«

Ich muss erst verarbeiten, was er gesagt hat. Emilian ist da schneller. Er verschränkt die Arme hinter dem Kopf. Starrt Lysander an. »Wenn es sie überhaupt noch gibt? Das heißt, unsere Suche ist vielleicht vollkommen umsonst?«

Ich atme ein. Atme aus.

Die Zeit steht still.

Ich kann nicht glauben, was Lysander gerade gesagt hat. Will es nicht glauben. Verdränge seine Worte aus meinem Kopf, als hätte ich sie nie gehört. Doch sie haben sich bereits tief in mein Herz gebrannt. Mein Glaube, meine Hoffnung sind zu Asche geworden.

»Ja, vielleicht ist alles umsonst. Vielleicht ist Libra schon längst nicht mehr auf dieser Welt. Als ich noch bei ihnen war, haben die Urgötter manchmal davon gesprochen, sich irgendwann ganz zurückzuziehen. Nachdem die Sternenstämme in Sicherheit zu sein schienen, könnte es sein, dass die Urgötter wieder ...«

»... verschwunden sind«, beende ich seinen Satz.

Ich bin müde. Schrecklich müde. »Aber Libra hat mir ihren Aufenthaltsort gezeigt! Das bedeutet doch, dass es sie noch geben muss.«

»Du hast unter Drogen gestanden!«, knurrt Emilian.

»Aber woher sollte ich solche Bilder nehmen? Ich habe mein ganzes Leben lang nichts anderes gesehen als den Leonen- und den Taurenwald!« Ich springe vom Boden auf, um mit Emilian auf Augenhöhe zu sein.

»Es gibt da etwas, das wir noch nicht bedacht haben.« Lysanders Art, mich anzusehen, jagt einen kalten Schauer meinen Rücken hinab. Das, was er mir gleich sagt, wird mir den Boden unter den Füßen wegreißen. Das spüre ich.

»Es kann ja sein, dass Libra dir ihren Aufenthaltsort gezeigt hat. Aber erinnere dich genau: Was hast du gesehen? War es wirklich Landschaft, die du gesehen hast? Oder war es etwas ganz anderes?«

Emilian vergräbt sein Gesicht in den Händen. Er versteht, worauf Lysander hinauswill. Aber in mir sträubt sich alles. Ich will mich nicht an die Bilder meiner Vision erinnern. Denn dann müsste ich erkennen, was Lysander meint. Nicht die Landschaft hat meine Aufmerksamkeit auf sich gezogen. Nein. Es war der wunderschöne Sternenhimmel. Tausende Kilometer von mir entfernt ... Unerreichbar.

»Nein, das stimmt nicht ...« Meine Stimme bebt.

»Robin, Lysander hat uns gerade erklärt, dass die Urgötter höchstwahrscheinlich wieder Sterne sind!«, redet Emilian eindringlich auf mich ein. »Dass wir vielleicht unsere Zeit verschwenden!«

»Und wenn er sich täuscht?«, rufe ich voller Verzweiflung. »Er täuscht sich! Ich bin mir sicher ...«

»Und wenn nicht?«, sagt Emilian sanft. Zieht mich an sich. Umarmt mich. So vorsichtig, als hätte er Angst, ich würde sonst zerbrechen.

Er zweifelt.

»Was, wenn wir den völlig falschen Weg gewählt haben? Was, wenn wir die wenige Zeit, die uns noch bleibt, besser nutzen könnten?«

»Hör auf, Emilian«, sage ich. Doch er hört nicht auf.

»Was, wenn es da draußen irgendwo eine Möglichkeit gibt, den Fluch, der sich von Birkaras auf dich übertragen hat, rückgängig zu machen? Aber wir sie nicht sehen, weil wir irgendwelchen Geistern hinterherlaufen …?«

Ich schiebe Emilian von mir fort. Bringe ihn mit einem einzigen Blick zum Verstummen. »Ich werde nicht umkehren, Emilian. Dafür ist es zu spät.«

VERZWEIFELT

Ich weiß nicht mehr, was richtig und was falsch ist. Alles deutet darauf hin, dass ich scheitern werde. Dass ich verloren habe.

Ich versuche, mir nichts anmerken zu lassen. So zu tun, als hätte ich noch Hoffnung. Wir marschieren, ohne uns eine Verschnaufpause zu gönnen. Kommen schnell voran. Als die Nacht über uns hereinbricht und Emilian beschließt, unser Nachtlager aufzuschlagen, sitze ich in meiner eigenen Leere. Sehe zu, wie Emilian aufbricht, um zu jagen. Lysander Feuer macht. Reagiere nicht, als Emilian nach einer Weile zurückkommt, mir sanft mit seinen Fingerspitzen über den Nacken streicht.

Nachdem wir gegessen haben, ziehe ich die Beine an. Stütze mein Kinn darauf. Starre in die rötlichgelben Flammen. Die Knochen der Wildgans liegen um das Feuer verteilt.

Früher hätte mich diese Lichtung verzaubert. Das Gras unter mir ist dick und saftig. So stelle ich mir den Schauplatz der Märchen vor, die Laurin der kleinen Flora erzählt. Der Mond überzieht das Gras und die Wipfel der Tannen mit einem silbernen Hauch. Der Sternenhimmel über mir funkelt und glitzert. Verhöhnt mich.

Lysander streckt die Arme in die Luft. Seine Schulterknochen knacken so laut wie das Knistern des Feuers. »Wenn ich mich richtig erinnere, ist die Siedlung der Capricornen nicht mehr weit. Ich werde mich mal umsehen. Vielleicht gelingt es mir, etwas Brot und Käse zu stibitzen.«

»Wir könnten sie fragen, ob sie für die Nacht ein Bett für uns haben«, schlägt Emilian vor.

Lysander schüttelt entschieden den Kopf. »Sie würden zu viele Fragen stellen. So, wie wir aussehen ... Außerdem dürfen wir keine Spuren hinterlassen. Für den Fall, dass Birkaras uns wirklich folgt.«

Als Lysander im Wald verschwunden ist, bemerke ich das Gewitter, das in der Ferne am Nachthimmel tanzt. Ich hoffe, dass es uns nicht erreichen wird.

»Robin ...«

Ich erschrecke nicht mal mehr, als Birkaras' Stimme in meinem Kopf wie ein Echo widerhallt.

»Robin ... gib auf. Du weißt, dass du mir gehörst.«

Emilian legt Äste auf das Feuer nach. Sieht mich an, als hätte er ebenfalls Birkaras' Stimme gehört. Mein Puls beschleunigt. Doch Emilians Mundwinkel heben sich. »Versuch zu schlafen, Robin.«

Seine grünen Augen leuchten noch viel schöner, als der Mond es jemals könnte. Ich will dieses Leuchten in meinem Herzen speichern, es niemals vergessen. Es ist nur noch eine Frage der Zeit, bis ich nicht mehr ich selbst sein werde. Bis Birkaras meine Seele vollends eingenommen hat. Dann werde ich mich vielleicht nicht mal mehr an Emilians Augenfarbe erinnern können.

»Ich kann nicht schlafen.«

»Was ist los?«, fragt mich Emilian.

»Das Böse gewinnt immer. Immer! Verstehst du? Sogar deinen Geist wird es besiegen«, flüstert Birkaras. *»Du hast gesehen, wie stark ich bin. Wie ich diesen jungen Leonen einfach getötet habe. Glaubst du wirklich, dass ich deine Familie verschone?«*

Ich kralle meine Hände ins Gras. Versuche nicht daran zu denken, dass meine Familie tot sein könnte. »Ich habe Angst, dass alles umsonst ist.«

»Am Ende wirst du wie ich sein. Kurz vor deinem Tod wird dich niemand mehr erkennen. Du stirbst, während ich erstrahle. Ist das nicht wunderbar? Was wird Emilian nur dazu sagen?«

Alles um mich herum dreht sich. Ich kann nicht mehr … Dieser Gedanke überschlägt sich tausendfach in meinem schmerzenden Kopf. Ich kann nicht mehr! Ich kann nicht mehr! Ich kann nicht mehr!

»Es ist nicht alles umsonst, Robin. Wir sind zusammen. Und das werden wir auch bleiben.« Emilian stochert mit einem Ast in der Glut des Feuers.

Mein Herz zersplittert. Ich hole tief Luft. Mein Brustkorb dehnt sich schmerzhaft. »Birkaras hat sich an meinem Stamm gerächt.«

Emilian erstarrt in der Bewegung. Das Feuer frisst sich den Ast hinauf. »Er hat wieder mit dir gesprochen?«

Ich nicke. Schäme mich für etwas, für das ich nichts kann. Fürchte mich davor, dass Emilian mich bald nicht mehr wiedererkennen wird. Dass er Birkaras in mir sieht. Mich hassen muss.

»Weißt du überhaupt noch, wer du bist, Tochter? Was dich ausmacht? Oder überwiegt der Hass?«

Emilian versucht nicht, mich zu beruhigen. Sagt nicht, dass er nicht an Birkaras' Worte glaubt. Behauptet nicht, dass Birkaras sich nicht die Mühe macht, meinen Stamm zu suchen. Nein, das tut er nicht. Er fährt sich mit den Händen durch die Haare, schließt die Augen. Sagt: »Sollen wir umkehren, Robin? Wir können versuchen, Birkaras die Kette wegzunehmen.«

»Nein«, antworte ich mit einem so schneidenden Tonfall, dass ich selbst erschrecke. Etwas ruhiger füge ich hinzu: »Wir sind schon zu weit gekommen.«

Ich stelle mir vor, was Almaras an meiner Stelle tun würde. Vor meinem inneren Auge sehe ich ihn am Lagerfeuer sitzen. Er stützt sein Kinn nachdenklich in die Hand. Beobachtet gedankenversunken, wie sich die Flammen durch die Holzscheite fressen.

»Das Wichtigste ist, dass dein Herz sich wohl fühlt. Wenn dein Herz dir flüstert, dass du auf dem richtigen Weg bist, dann bist du es auch«, sagt er.

Aber mein Herz schweigt.

»Ich frage dich das nicht gerne, Robin. Aber was, wenn wir Libra nicht finden?«

»Wir werden sie finden.«

»Wir könnten auch versuchen, den Fluch auf andere Weise

rückgängig zu machen. Wenn es möglich war, die Haarsträhne in den Bernstein einzulassen, warum sollte es dann nicht auch möglich sein, es rückgängig zu machen? Ohne dass der Stein zerstört wird und dir etwas geschieht.«

»Du meinst, ohne dass ich dabei sterbe?« Ich beiße mir auf die Zunge. Sie schmeckt nach Gift.

»Es ist deine Schuld, dass Emilian leidet. Dass dein Stamm leidet. Du weißt, dass ich Titus getötet habe. Wen glaubst du, habe ich noch getötet? Wie viele, glaubst du, waren es? Es ist alles deine Schuld. Weil du dich mir nicht stellst.«

Emilian erhebt sich vom Boden. Die Kälte in seinen Augen würde jedem anderen Angst einjagen. Mir macht sie schon lange keine Angst mehr. »Sag mir, was ich tun soll, Robin. Soll ich stillschweigend zusehen, wie du dich in etwas verrennst? Stillschweigend zusehen, wie du stirbst, ohne um dein Leben gekämpft zu haben?«

»Ich kämpfe um mein Leben. Wir werden Libra finden, und sie wird mir helfen.«

»Das hoffst du. Und wenn wir es nicht schaffen, dann verliere ich dich!« Emilian redet sich so in Rage, dass ein Uhu am anderen Ende der Lichtung aufschrickt, seine Schwingen ausbreitet und davonfliegt. »Du kannst nicht von mir verlangen, dass ich dieses Risiko eingehe! Lass uns Birkaras suchen, ihn töten. Es auf diese Weise beenden.«

»Selbst wenn wir Birkaras töten, ändert das nichts an der Situation der Leonen. Wir werden immer noch schwach sein.«

Emilian macht einen Schritt auf mich zu. Vergräbt die Hände in seinen Hosentaschen. Ein dünner Kratzer zieht sich über seine rechte Wange, seine Hände und Arme sind übersät von Schrammen und Hautabschürfungen. Ich denke daran, wie ich ihn das erste Mal gesehen habe. Damals, als er mich vor dem Eber gerettet hat, war seine Haut makellos. Er war ausgeschlafen, satt und gesund. Jetzt ist er müde, verletzt, hungrig. Verzweifelt.

»Was, wenn deine Familie noch lebt? Wenn wir sie retten können?«

Ich schluchze laut auf. Emilian reißt, ohne es zu merken, meine Seele entzwei. Er spricht die Gedanken aus, die in meinem Kopf spuken. Was, wenn meine Familie noch lebt, ich sie aber nicht vor Birkaras beschütze? Was, wenn ich umkehre, um sie zu beschützen, meine Familie aber schon längst tot ist und ich zu spät komme?

»Ich hatte nie eine Familie.« Ein Satz, der meine Gedanken vollends durcheinanderwirbelt. Mir die Fähigkeit zu sprechen raubt.

Es ist das erste Mal, dass Emilian mir etwas von seinem Leben erzählt. Ich wollte ihn nie nach seiner Familie fragen. Auch jetzt wage ich es nicht, ihn zu drängen. Warte, bis er von sich aus weiterspricht.

»Schon bei der Geburt weiß man, wer später einmal besonders stark sein wird. Diese Babys kommen dann in Birkaras' Felsfestung und werden dort von Ersatzmüttern aufgezogen. Natürlich nicht besonders liebevoll. Diese Mütter sind nur da, um die Kinder morgens zu wecken, dafür zu sorgen, dass sie in die Schule gehen, und um sie dann abends wieder ins Bett zu bringen. Kinder, die doch nicht so stark sind wie erwartet, schickt Birkaras zurück in ihre Familien.«

Emilian streicht sich über den Nacken. Ein sicheres Zeichen dafür, dass ihn diese Erinnerung quält.

»Und du hast deine Familie nie kennengelernt?«, taste ich mich mit angehaltenem Atem vor.

Emilian schüttelt den Kopf. »In jenem Jahr wurden insgesamt vier Kinder ausgewählt. Zwei kehrten mit fünf Jahren wieder zu ihren Familien zurück, weil sie nicht stark genug waren. Das dritte Kind wurde aber erst mit sechzehn zu seiner Familie zurückgeschickt.«

Ich weiß sofort, von wem er spricht. Muss mich nur an den Hass in Melvins Augen erinnern, wenn er in Emilians Nähe war.

»Melvin und ich standen in ständiger Konkurrenz. Wir wussten, dass nur einer der Auserwählte sein konnte. Eines Tages kam es zu einem Kampf. Ich habe gewonnen. Ich habe Birkaras nichts davon erzählt, aber irgendjemand muss uns beobachtet haben und konnte nicht schweigen. Melvin wurde zurückgeschickt. Er dachte, ich hätte vor Birkaras mit meinem Sieg geprahlt.«

»Hatte er seine Familie vorher schon kennengelernt?«

»Nein, er erfuhr erst an diesem Tag, wer seine Eltern waren. Die ausgewählten Babys werden immer so früh von ihrer Familie getrennt, dass sie keine Erinnerung an sie haben.«

Ich habe Angst, Emilian zu verletzen. Stelle Emilian dennoch die Frage, die sich mir aufdrängt. »Du weißt also nicht, wer deine Eltern sind?«

Er schüttelt nur den Kopf. Die Vorstellung, dass Emilian sein ganzes Leben mit Birkaras zusammen in seiner Felswand gelebt hat, lässt mich schaudern.

»Nein.« Seine Stimme ist rau. Er räuspert sich. Erzählt weiter: »Mit siebzehn wurde ich gefragt, ob ich ein eigenes Haus haben möchte. Aber ich musste dafür Birkaras besondere Treue erweisen.«

Das heißt, Emilian musste auf Birkaras' Wunsch jemanden töten. Ich will nicht daran denken. Nicht daran, dass er vielleicht sogar Leonen getötet hat …

»Was hat Birkaras gesagt, als du ausgezogen bist?«

Emilian zuckt mit den Schultern. »Nichts. Anfangs hat er mich ständig in seine Felswand rufen lassen. Manchmal hat er mich sogar heimlich von anderen Taurern beschatten lassen. Irgendwann war er sicher, dass er sich auf mich verlassen kann.«

Ich schmunzle. »Bis du mich getroffen hast.«

»Bis ich dich getroffen habe.« Emilian erwidert mein Lächeln.

Er fährt sich mit beiden Händen übers Gesicht, um dann laut zu seufzen. »Eine Familie muss etwas Wundervolles sein. In jedem älteren Taurer in unserer Siedlung habe ich meinen Vater gesucht, im Gesicht einer jeden Frau habe ich Ähnlichkeit zu mir gesehen und mir vorgestellt, dass sie vielleicht meine Mutter sein könnte. Aber ich wusste nie, wer meine Eltern sind. Anscheinend war es ihnen auch nicht wichtig, mich kennenzulernen. Ansonsten hätten sie auf sich aufmerksam machen können. Aber du weißt ja: Wir Tauren haben es nicht so mit den Gefühlen.«

Ich will Emilian sagen, dass er es durchaus mit den Gefühlen hat, auch wenn der Rest der Tauren gefühlskalt ist. Aber er spricht gleich weiter. »Inzwischen sind meine Eltern vermutlich froh, dass keiner weiß, dass ich ihr Sohn bin. Der Verräter …« Er lacht bitter.

Meine Lippen sind wie versiegelt. Trösten war noch nie meine Stärke.

Das Gewitter nähert sich. Das Feuer faucht, als es zu regnen beginnt. Die Flammen kämpfen gegen das Wasser an. Erlöschen. Grauer Rauch ist alles, was bleibt.

Hastig packe ich den Rucksack. Wir schlüpfen unter das dichte Geäst einer uralten Weide.

»Darf ich dir noch eine Frage stellen?«, höre ich mich selbst sagen. Schiebe mir mit den Fingern mein feuchtes Haar aus dem Gesicht.

»Natürlich.« Emilian steht hinter mir. Ich drehe mich nicht zu ihm um.

»Wann hast du dich dazu entschlossen, den Leonen zu helfen?«

»Was meinst du?«

Ich sehe ihn über die Schulter hinweg an. »Hättest du den Leonen auch geholfen, wenn du mich nicht getroffen hättest?«

»Du meinst, wenn ich mich nicht in dich verliebt hätte?«

Er schenkt mir ein schiefes Lächeln. »Ich weiß es nicht, Robin. Bevor ich dich traf, habe ich nie über das, was ich getan habe, nachgedacht. Mir war bewusst, dass wir Tauren Böses tun. Aber seit ich denken kann, haben mich die Tauren dafür bewundert, wenn ich getötet habe. Ich dachte, dass es richtig ist zu töten. Dass es etwas Gutes ist. Bereits im Kindergarten wird den Tauren beigebracht, dass die Leonen minderwertig sind. Dass sie es nicht anders verdienen. Ich habe es geglaubt. Doch dann hast du auf einmal vor mir gestanden.«

»Und dann?«

»Dann habe ich angefangen, nachzudenken. Wollte dich kennenlernen und habe dabei gemerkt, wie falsch die Tauren liegen. Wie schrecklich das ist, was wir tun.«

Seine Hände gleiten meine Taille entlang, schieben sich unter mein Hemd. Bleiben dort liegen. Wärme breitet sich in meinem Bauch aus. Mein Puls beschleunigt sich. Ich schließe die Augen, beiße mir auf die Unterlippe. Spüre seinen warmen Atem in meinem Nacken. Erahne den Hauch einer Berührung seiner Lippen. Mein Körper ist wie elektrisiert. Als er mich knapp unter mein Ohr küsst, lege ich meine Hände auf seine.

»Störe ich?«

Die Hitze in meinen Bauch steigt in meinem Kopf. »Nein«, sage ich zu Lysander.

Er seufzt schwer, sinkt erschöpft zu Boden. Einen Laib Brot sowie ein apfelgroßes Stück Schinken presst er an seine Brust. »Ich hatte Glück. Aber dummerweise hat mich der Regen überrascht. Das Brot ist aufgeweicht.«

Erneut erhellt ein Blitz den Himmel. Ihm folgt ein mächtiger Donner, der den Boden beben lässt. Wir wagen es nicht, die Decken aus dem Rucksack zu holen.

Kurz bevor er einschläft, höre ich Emilian sagen: »Denk darüber nach.«

VERLOREN

Das Gewitter tobt über unseren Köpfen. Lysander und Emilian schlafen tief und fest. Ich bringe kein Auge zu.

Ich denke über Birkaras' Worte nach. Ich könnte stark sein, stärker als die meisten. Ich könnte all das Leid und die Qual um mich herum vergessen. Ein neues, prächtiges Leben beginnen. Niemand könnte sich mir widersetzen.

Emilian ist mit dem Kopf auf dem Rucksack eingeschlafen. Er dreht sich auf die andere Seite, schlingt die Arme um seinen Körper. Er friert. War mal der geborene Anführer. Ein Sternenwesen von Größe. Was ist er jetzt?

Ich weiß es nicht. Weiß gar nichts mehr.

Weiß nur, wie mein Herz Funken gesprüht hat, wenn ich ihn angesehen habe. Weiß, dass plötzlich alles anders ist. Ich sehe ihn an und empfinde nichts. Es ist, als wäre in mir eine Eislandschaft herangewachsen. Mein Kopf ist leer. Mein Herz schlägt regelmäßig und ruhig. Aber es fühlt sich an, als wäre es nicht mehr mein Herz. Nicht mehr mein Körper.

Ich erhebe mich wie in Trance vom Boden. Meine Brust glüht. Die Ader über meinem Herzen weitet sich aus. Ich kann spüren, wie sie schräg hinabwächst. Doch es tut nicht mehr weh – im Gegenteil: Es fühlt sich gut an.

»Robin?«, murmelt Emilian.

Er fährt sich mit den Händen übers Gesicht, richtet sich schlaftrunken auf. Stützt sich auf den Unterarm. Auf seiner linken Wange hat sich der Reißverschluss des Rucksacks eingeprägt, den er als Kopfkissen benutzt hat. Erinnerungsfetzen tauchen in meinem Kopf auf: Erinnerungen daran, wie dieser Anblick bisher hunderte Schmetterlinge in meinem Bauch hat auffliegen lassen.

»Was machst du?«

»Ihr werdet scheitern.«

Mechanisch formen meine Lippen die Worte: »Wir werden scheitern.«

Emilian blinzelt. Atmet schwer aus. »Was? Was redest du da?«

Ich presse meine Fingerknöchel auf die Lippen. Beiße auf die dünne Haut meines Handrückens. Ich weiß nicht, warum ich das gesagt habe.

»Warum schläfst du nicht?«, fragt mich Emilian.

Ein Teil von mir sieht auf Emilian wie auf den Dreck am Boden herab. Ein anderer Teil will sich neben ihn knien, sich an ihn schmiegen, seine warme Haut spüren. Ich strecke meine Hand nach ihm aus. Er will sie ergreifen, doch unsere Finger sind zu weit voneinander entfernt. Ein Blitz jagt durch den nachtschwarzen Himmel. Erhellt Emilians erschöpftes Gesicht.

»Ich werde gewinnen. Weil ich der rechtmäßige Herrscher über die Sternenvölker bin. Das Schicksal will es so!«

Ich lecke mir über die Unterlippe. Kann Emilian nicht in

die Augen sehen, als ich sage: »Er wird gewinnen. Weil er der rechtmäßige Herrscher über die Sternenvölker ist. Das Schicksal will es so.«

Emilian streicht über seinen Hals, räuspert sich. »Beruhige dich, Robin. Hast du wieder seine Stimme gehört?«

»Nein. Hast du nicht.«

Ich schüttele den Kopf. »Nein.«

Emilian steht vom Boden auf. Sein Haar ist nass, ebenso wie meines. Das Grün seines Hemdes ist vom Regen fast schwarz geworden. Der Stoff liegt eng an seiner Haut. Seine Muskeln zeichnen sich darunter ab. Seine wunderschönen, breiten Schultern. Die schlanke Taille.

»Du bist ja ganz blass.« Er kommt auf mich zu, streichelt mit dem Handrücken meine Wange. »Komm her.«

Seine Umarmung fühlt sich gut an. Fühlt sich seltsam an. Die Luft knistert, als ein weiterer Blitz seine Elektrizität in der Luft entlädt.

»Sag ihm, dass er dich loslassen soll. Sag ihm, dass er dir nichts bedeutet.«

Nein! Mein Herz schlägt mit einem Mal viel zu heftig. Wehrt sich, kann diese Lüge nicht ertragen. Dennoch öffne ich den Mund. Sage: »Lass mich los.«

Ich will weitersprechen, doch Emilian schiebt mich von sich. Hält mich an den Schultern fest. »Sag mir, was mit dir ist, Robin!«

»Töte ihn! Er verdient es!«

Meine Hand gleitet zu den Messern in meinem Gürtel. Ich

spüre einen schlanken Eisengriff. Muss schnell sein, denn Emilians Reflexe sind bemerkenswert. Mein Herz schreit, mein Atem geht viel zu schnell. Meine Hand zittert. Ein Atemzug. Noch einer.

»Tu es!«

Eins. Zwei.

Drei. Ich reiße den Arm hoch. Werde in der Bewegung aufgehalten. Emilian sieht mich entsetzt an. Zögert. Dann dreht er meinen Arm so, dass ich aufschreie. Ich lasse das Messer fallen.

»Komm zu dir, Robin!«

»Töte ihn!«

Meine Kraft schwindet. Was bleibt ist Wut. Hass. Gier. Ich entwinde mich Emilians Griff, suche das Messer auf dem Boden. Doch Emilian hebt mich hoch, als würde ich nichts wiegen. Meine Faust landet in seinem Bauch. Er keucht. Ich beiße ihm so fest in die Schulter, dass er mich loslässt. Komme am Boden auf, doch im nächsten Moment packt mich Emilian an einem Bein. Ich stürze. Rolle mich auf den Rücken, will nach ihm treten. Verfehle ihn.

Emilian drückt mich in die aufgeweichte Erde. Er presst sein Knie auf meinen Bauch und seinen Unterarm auf meine Brust.

»Vertreib ihn aus deinem Kopf, Robin!«

Ich weiß nicht, wovon er redet. Spucke ihm ins Gesicht. Emilian weicht zurück. Ich ramme meinen Ellenbogen gegen sein Kinn. Springe vom Boden auf, als er für ein paar Sekunden von mir ablässt. Doch Emilian ist schnell. Er bekommt mein Hemd zu fassen, zieht mich zurück. Ein zweites Mal krache ich der Länge nach auf den Boden. Ich schreie vor Wut, fauche wie eine Wildkatze.

Als Emilian sich erneut auf mich wirft, kratze ich ihm mit den Fingernägeln die Wange blutig. Emilian holt aus und ohrfeigt mich. So heftig, dass ich ein paar Sekunden lang Sterne sehe. Flüstert: »Es tut mir so leid … Robin! Ich bin es, Emilian!«

»Was ist denn hier los?« Lysander. Im nächsten Moment ist er hellwach. Er springt hoch, drängt Emilian von mir fort. »Ich glaube, ich sehe nicht richtig!«

Hass füllt mich bis in die Haarspitzen aus. Wie Gas schleicht er sich mit jedem Atemzug in meinen Körper. Vergiftet meine Seele. Wie können sie es wagen, sich mir zu widersetzen? Gegen mich zu kämpfen? Mein Blick trifft auf Emilians. Seine Gesichtszüge sind erschreckend hart. Eiskalt. Ich verziehe meine Lippen zu einem hämischen Grinsen. Konzentriere mich.

Emilians Augen weiten sich. Gerade noch kann er sich meiner Gedankenkraft widersetzen. Hätte er nur eine Sekunde später reagiert, wäre er jetzt tot. Er ist stark, leistet erstaunlichen Widerstand. Seine Stirn ist zerfurcht von Falten der Anstrengung.

»Robin …«, presst er hervor.

Lysander scheint erst jetzt zu verstehen, was hier vor sich geht. Er holt aus und schlägt mir seine Faust direkt ins Gesicht. Ich taumle, kann mich gerade noch auf den Beinen halten.

Emilian packt mich an den Schultern und schüttelt mich. »Sieh mich an, Robin! Du liebst mich!«

Mein Hemd verrutscht und entblößt einen Teil der dunkelroten Ader über meiner Brust. Emilian hält inne. »Was ist das?«

Mein Atem scheint in meiner Luftröhre zu gefrieren. Ich kippe nach vorne. Falle in Emilians Arme.

»Glaubst du, sie ist wieder bei sich?«, höre ich Lysander fragen,

»Ich bin mir nicht sicher. Vielleicht ist es auch eine Falle.«

Ich bin wie betäubt. Kralle mich an Emilians Hemd fest, atme seinen Duft tief ein. Ich muss klar im Kopf bleiben. Muss Birkaras aussperren. Doch der Spuk ist ohnehin vorbei. Meine Gedanken und mein Körper gehören wieder mir.

»Robin?«, weht Emilians Stimme über mich hinweg. »O Robin …«

Als ich zu Emilian aufsehe, glitzern Tränen in seinen Augen.

Ich hätte Emilian fast getötet. Emilian, der alles für mich ist.

ERBARMUNGSLOS

Er steht vor seinem Zelt. Ein Zelt, das gerade mal so hoch ist wie eine Hundehütte. Ein größeres zu transportieren wäre für die Reise zu umständlich gewesen. Serbio, Pavel und Vincente schlafen auf einfachen Matten draußen an der frischen Luft.

Sie können es sich nicht leisten, ein Nachtlager bei anderen Stämmen zu fordern. Sie müssten Umwege riskieren. Eventuell lästige Fragen beantworten.

Sein Blick ist auf den Sternenhimmel gerichtet. Aber er sieht nicht die Sterne. Er sieht eine Landschaft. Gebirge. Er sieht Emilian und diesen Fremden, der seine Tochter ebenfalls begleitet. Weiß, welchen Weg sie gewählt haben, um dorthin zu gelangen. Alles dank der Haarsträhne im Bernstein. Diese Haarsträhne ist die Verbindung zu seiner Tochter. Mit jedem Tag wird diese Verbindung stärker.

Er ist wütend. Hat seit Tagen kaum geschlafen, weil es ihn immer weiterdrängt. Immer weiter und weiter, damit er seine Tochter einholt. Und wenn er wütend ist, verspürt er große Lust zu töten ...

Vincente sitzt Serbio und Pavel gegenüber am Feuer. Wärmt seine krummen Finger. Zu nichts ist er zu gebrauchen. Er sollte sein Zelt aufbauen. Hat es nicht hingekriegt. Er sollte die

Hunde füttern. Hatte Angst vor ihnen. Er ist ein vorausschauender und kalkulierter Berater, der bereit ist, alles für seinen Herrscher zu tun.

Aber das reicht ihm nicht mehr.

»Vincente!«

Mit schlotternden Beinen erhebt sich Vincente von seinem Platz am Feuer. Serbio und Pavel lachen, als er seinen Krug mit Wasser am Boden umstößt. Vincente stellt den Krug wieder auf. Ignoriert das Gelächter. Eilt seinem Herrn entgegen.

»Wawas ist, Herr?«

Birkaras breitet die Arme aus, als wolle er ihn in eine Umarmung schließen. Doch als Vincente vor ihm steht, holt er aus und ohrfeigt ihn so heftig, dass Vincentes Lippe aufplatzt und seine Knie vor Schreck nachgeben. Wie ein Regenwurm krümmt Vincente sich am Boden.

Serbio und Pavel lachen vorsichtig – unsicher, ob es ihnen gestattet ist oder ob sie lieber schweigen sollten.

»Entententschuldigt, Herr«, stammelt Vincente. Seine Stimme ist rau. Warum entschuldigt er sich? Diese erbärmliche Gestalt widert ihn an.

»Unsere Essensvorräte neigen sich dem Ende zu.«

»Ja … ja. Ihr habt rererecht, Herr.« Er richtet sich ein wenig auf.

Ein einziger Blick genügt, und er knickt wieder ein. »Du solltest von den Capricornen etwas Fleisch, Käse und Wasser erbitten und kehrst mit nichts zurück.«

Er hatte die Hoffnung gehabt, dass der Stamm der Steinböcke Mitleid mit diesem viel zu dünnen Geschöpf haben würde. Doch Vincente war mit nur einer Flasche Wasser und einem halben Laib Brot zurückgekehrt.

»Der Ananführer der Capricornen wollte mich nicht anhören. Sie hahaben mir das Brot und das Wawasser gegeben und dann das Tor zu ihrer Sisisiedlung vor meiner Nase geschlossen!«

Er glaubt Vincente. Wahrscheinlich hat Oxana, die Anführerin der Aries, ihre Finger im Spiel. Hat die Capricornen verständigt, vorbeiziehenden Taurern weder Unterschlüpf noch Nahrung zu gewähren.

»Das ändert nichts an der Tatsache, dass wir heute Abend nichts zu essen haben.«

Vincente lugt zu seinem Herrn hinauf, die Augen mit Tränen gefüllt. Er würde alles dafür tun, um ihm, Birkaras, gut zu dienen. Ihn stolz zu machen. Aber er ist nur noch eine Last.

»Sprich mit mir! Oder ist dein Anführer deine Worte nicht wert?«

Gerade, als Vincente zu einer Antwort ansetzen will, schlagen die Hunde an. Er lässt seine Augen über die Gegend schweifen. An der hervorstehenden Wurzel eines knorrigen Baumes angekettet, heulen zehn Bestien. Abgemagert. Zähne wie Messer. Darauf konditioniert, seine Tochter zu finden.

Die Hunde ziehen und zerren an den Eisenketten. Das Geräusch klirrt unangenehm in seinen Ohren.

»Diese Tölen sollen ruhig sein! Bringt sie zum Verstummen!« Er ist außerordentlich wütend.

»Verzeiht mir, Herr«, bettelt Vincente. Faltet die Hände wie zum Beten.

Isa hat immer gesagt, nur die besonders edlen Charaktere sind stark genug, um zu verzeihen. Isa hat in jedem nur das Gute gesehen. Wenn er an sie denkt, ihre warmen Augen vor sich sieht, ihre weichen Lippen, ihr seidenes Haar, verspürt er einen Schmerz, der viel schlimmer ist als das, was er bis vor kurzem noch ertragen musste. Als sein Körper dabei war, langsam und qualvoll zu zerfallen.

An dem Tag, an dem sein Vorgänger, der damalige Anführer der Tauren, ihm befahl, Isa zu töten, zersplitterte seine Welt in tausend Scherben. Aber das Wort des Anführers galt. Er wollte irgendwann selbst der Anführer sein, er musste gehorchen.

Emilian hat seinem Anführer nicht gehorcht. Er kämpft für die Liebe.

»Herr?«, reißt ihn Vincente ins Hier und Jetzt zurück.

Er sollte Vincente dafür dankbar sein, dass er ihn aus seinen qualvollen Erinnerungen befreit hat. Aber er hasst ihn dafür.

Er versucht sich zu besinnen. Vergebung. Kann er Vincente vergeben? Hat Isa ihm vergeben, dass er sie töten musste? Wohl kaum.

Wieder bellen die Hunde. »Sorgt endlich dafür, dass diese Tölen ruhig sind!«

Serbio greift nach der Peitsche, die neben ihm auf dem Boden liegt. Die Hunde verstummen sofort, als er mit ihr gemächlich auf sie zuschlendert. Sie senken die Köpfe so tief, dass ihre Lefzen beinahe den Boden berühren. Winseln. Verstecken sich hintereinander.

Doch Birkaras hebt die Hand. Hält Serbio auf. Die Hunde sind ohnehin schon schwach. Sie müssen noch laufen können.

»Ich könnte ververversuchen, einen Hasen zu fangen«, schlägt Vincente vor.

Er überlegt sich seine Antwort genau. »Weißt du eigentlich, wie sehr mich dein Stottern quält?« Er macht einen Schritt auf ihn zu. Sein schwarzer Umhang schleift über den Boden. »Wie mich deine Unfähigkeit verletzt? Warum dienst du deinem Herrn nicht so, wie er es verdient? Ich habe dich stets gut behandelt. Dich – obwohl du ein Versager bist – an meiner Seite geduldet.« Er wendet sich Serbio zu. »Ist er nicht ein Versager?«

Serbio nickt. Grinst verächtlich.

»Ihr seid so ...« Vincente sucht offensichtlich nach einfachen Worten. Bemüht sich, dass seine Zunge dieses Mal nicht stolpert. Doch er versagt. »... so gügütig, Herr.«

»Ja, das bin ich.« Er macht noch einen Schritt auf ihn zu. Kniet sich vor Vincente auf den Boden. »Deshalb bin ich auch der einzig wahre Anführer.«

Er streicht sich mit den Fingernägeln über die Bartstoppel an seinem Kinn. Seufzt. Fixiert Vincente. Lächelt.

Vincentes Augen leuchten hoffnungsvoll auf. Er hofft, sein Herr könnte ihm verzeihen. Birkaras streckt ihm seine Hand entgegen, Vincente nimmt sie dankbar an. Gemeinsam erheben sie sich vom Boden.

»Du hast so manches Mal gute Ideen gehabt«, beginnt er.

Vincente nickt eifrig.

»Du warst mir stets ein treuer Diener«, fährt er fort. »Ein Berater, dem ich vertrauen konnte. Der nicht nach meinem Platz strebte.«

»Ich bibibin es immer noch!«

Birkaras atmet schwer aus. »Ich befürchte nein.«

Er zieht die Augenbrauen hoch. Seine Lippen verziehen sich zu einem genüsslichen Lächeln.

Jetzt scheint Vincente zu ahnen, dass sein Herr keine Gnade zeigen wird. »Nein! Nein, Herr! Mein Anführer! Ich flehe euch an, verschont mich!«, bettelt er.

Birkaras nimmt wahr, dass Vincente kein einziges Mal über die Buchstaben gestolpert ist. Aber es interessiert ihn nicht mehr.

»Verabschiede dich, Vincente.«

»Nein!«, schreit er. Krallt sich am Mantel seines Herrn fest.

Ein flüchtiger Gedanke genügt. Vincentes Augen erstarren. Sein Körper schlägt dumpf auf dem Boden auf.

Nicht einen einzigen Funken Mitleid verspürt er. Vielleicht war sein Herz einmal vor langer Zeit zu einem winzigen Teil gut gewesen. Doch an dem Tag, an dem Isa starb, ist dieser Teil mit ihr gestorben.

BESTIEN

Ich schäme mich. Fühle mich schmutzig. Habe das Gefühl, Birkaras hat auf meinen Händen, meinen Armen und Beinen seine Spuren hinterlassen. Wünschte, ich könnte meine Haut abstreifen.

Ich spüre Emilians Blick in meinem Rücken. Kann mich nicht daran erinnern, mich bei ihm entschuldigt zu haben. Habe Angst, es zu tun. Denn dann müssten wir darüber sprechen, wie Birkaras mich lenken konnte. Dann hätte Emilian die Möglichkeit, mir zu sagen, dass er sich vor mir fürchtet. Mich nicht wiedererkennt …

Unser Schweigen baut sich zwischen uns auf wie eine Mauer. Die plötzliche Distanz schmerzt. Meine Lunge rasselt. Meine Rippen fühlen sich an, als würden sie zusammengedrückt. Ich spüre, dass das Ende naht. Mein Ende.

Auf einmal wittere ich einen fremden Geruch. Vielleicht täusche ich mich. Vielleicht ist es nur meine Angst, die sich nach außen stülpt, mich verrückt werden lässt.

»Stimmt etwas nicht?«, reißt mich Lysander aus meinen Gedanken.

Seine Augen ruhen auf meinem Unterarm. Die Härchen darauf haben sich aufgestellt. Dennoch schüttele ich den Kopf. Die Wolkendecke am Himmel reißt auf. Sonnenstrahlen versengen meine Haut. Krampfhaft versuche ich, ruhig zu atmen und meinen Kopf nicht, wie ich es am liebsten tun würde, unter meinen Armen zu verstecken. Das grelle Licht ist eine Qual. Wie Feuer unter der Haut.

Ich weiß nicht mehr, was ich denken soll. Beschließe, dass es besser ist, nicht vorschnell Alarm zu schlagen. »Nein«, schwindle ich deshalb. »Alles in Ordnung.«

Wir laufen durch ein weites Kornfeld, dessen Ähren so hoch sind, dass sie an meiner Taille entlangstreichen. Ich habe es aufgegeben, Lysander zu fragen, ob wir auf dem richtigen Weg sind. Ich muss auf seine Orientierung vertrauen.

»Schaut mal, dort vorne sind Zugschienen.« Emilian deutet geradeaus.

Ich beschleunige meine Schritte, durchbreche die letzte Reihe goldener Kornpflanzen. Meine nackten Füße sind von roten Striemen und Dreck überzogen. Aber das ist mir egal. Denn ich fühle mich, als könnte ich ein klein wenig freier atmen, wenn ich barfuß laufe. Als wäre dies meine letzte Möglichkeit, die Natur zu spüren.

»Bereust du jetzt, dass du deine Schuhe weggeworfen hast?« Lysanders Augen wandern von meiner Gänsehaut zu meinen Füßen.

»Nein.«

Meine Stiefel stehen nun am Waldrand neben einem Wildrosenbusch. Ich hätte es nicht ertragen, noch einen weiteren Schritt in ihnen zu machen.

Vor uns erstreckt sich ein weites Tal, in dessen Mitte ein

breiter, reißender Fluss rauscht. Der Hügel, auf dem wir uns befinden, liegt hoch. Ich habe das Gefühl, die ganze Welt von hier aus überblicken zu können. Am Ende des Tals entdecke ich die Zugschienen, von denen Emilian sprach. Ein Zug. Eine spezielle Form des Autos, nur viel größer und auch schneller. Wie eine riesige Schlange, laut Lysander. Noch nie habe ich so eine Maschine gesehen. Deshalb bin ich mir nicht sicher, ob sie nur einen Witz mit mir machen.

Vorsichtig klettern wir den Hang hinab. Ich mache einen großen Schritt, steige über einen Maulwurfhügel.

»Was ist das?« Auf der anderen Seite des Tals vor dem Wald hebt sich ein großes, graues Gebäude ab. »Sind die Menschen denn wirklich überall?«

»Ja, so ziemlich. Nur unter Wasser sind sie nicht. Und je höher wir in die Berge kommen, desto weniger Menschen gibt es.«

»Aber das da sieht mir nicht nach einer Stadt aus.« Am Rande des Walds ist das Gebäude nur schwer zu erkennen. Es scheint, als wäre dieses graue Monstrum der einzige Bau.

»Vermutlich ist das ein Bahnhof. Die Bahnhöfe befinden sich meistens etwas außerhalb. Die Stadt dürfte aber nicht weit entfernt sein.«

»Woher weißt du das alles?«

»Vergiss nicht, dass ich schon sehr, sehr lange auf dieser Welt lebe.«

Ich atme erleichtert auf, als wir das Ende des Hügels erreichen, wir wieder ebene Fläche unter den Füßen haben.

»Hast du Durst?«, frage ich Emilian.

Er hebt den Kopf. Sieht mich an, als sei ich eine Fremde. Das ist nicht wahr!, schreit mein Herz. Es scheint besser als ich zu wissen, dass Emilian mich bedingungslos liebt.

»Nein, danke«, antwortet er, blickt wieder zu Boden.

»Ich habe eine Idee.« Lysander legt die Finger aneinander, als würde er beten. »Ich werde zum Fluss gehen und die Flasche auffüllen. Ihr zwei klärt das, was euch bedrückt. Einverstanden?«

Er wartet nicht auf unsere Antwort, marschiert einfach mit dem Rucksack auf den Schultern davon. Emilian und ich sind alleine.

Mein Instinkt warnt mich. Will mich zur Flucht treiben. Meine Muskeln spannen sich. Wir schauen uns an. Emilian muss nicht aussprechen, was er denkt. Ich sehe es in seinen Augen.

»Es wird nicht noch mal passieren. Das verspreche ich dir«, sage ich.

»Woher willst du das wissen? Du hast doch nicht einmal gemerkt, dass er Besitz von dir ergriffen hat!« In diesem Moment wirkt Emilian zugleich wie ein kleiner Junge und ein alter Mann.

Ich will etwas erwidern. Doch mein Körper leistet Widerstand. Mein Atem versagt. Meine Schultern verspannen sich. Meine Hände werden feucht.

»Kannst du dir vorstellen, was in meinem Kopf vorging, als du mich angegriffen hast? Ich wollte mich wehren, aber ich konnte nicht. Ich hatte Angst, dass es zu viel ist und ich dich verletze. Dich töte. Und du? Du hättest mich umgebracht, wenn Lysander nicht gewesen wäre.«

Seine Worte sind wie Messerstiche in meine Brust. »Nein …«

»Doch. Ich weiß, dass es nicht du gewesen bist, die mich angegriffen hat. Dass es Birkaras war. Aber …« Er bricht ab. Nimmt Haltung an. »Ich will dich nicht an ihn verlieren.«

»Es tut mir leid, Emilian. Ich wollte dir niemals weh tun. Dich niemals verletzen …«

»Ich weiß, Robin. Das musst du mir nicht sagen.«

Bitteres Schweigen.

»Ich weiß, dass du das nicht hören willst«, setzt er an und in meinem Magen liegen auf einmal schwere Steine. »Aber befürchtest du nicht auch, dass die Macht, die Birkaras auf dich ausübt, immer stärker wird? Was, wenn das erst der Anfang war?«

»Natürlich habe ich Angst!« Meine erhobene Stimme hallt durch den Wald. »Aber ich werde deshalb nicht umkehren. Das ist es doch, was du vorschlagen willst. Nicht wahr?«

»Ich weiß selbst nicht, was richtig und was falsch ist, Robin. Ich habe nur Angst, dass wir eine Chance verpassen, die dich retten könnte. Dass ich nicht das Richtige tue … dass ich dich verliere!«

»Und ich habe Angst, dass du mich nicht mehr lieben kannst. Weil du ihn in mir siehst. Wir wissen beide, dass es keine andere Möglichkeit gibt, den Fluch rückgängig zu machen. Libra ist unsere einzige Chance. Bitte, Emilian, verlass mich nicht …«

»Das würde ich niemals, Robin! Niemals!«

Und auf einmal ist es, als wäre seine Brust aus Glas. Als könnte ich direkt in ihn hineinsehen, all die Gefühle erkennen, die in seinem Herzen toben. Angst, Hoffnung, Hass, Verzweiflung. Aber vor allem Liebe.

Mein Puls hämmert in meinen Schläfen. Ich versuche durch die Tränen, die mit einem Mal meine Augen füllen und über meine Wangen laufen, zu lächeln. Will Emilian sagen, dass ich ohne ihn nicht sein kann. Dass wir für immer zusammengehören.

Als kenne er meine Gedanken besser als ich selbst, ist er mit wenigen Schritten bei mir. Umrahmt mit seinen schlanken Fingern mein Gesicht. Lächelt leise und sanft. »Niemals.«

Mir stockt der Atem. Er küsst mein linkes Ohr. Zwickt mich liebevoll mit den Zähnen in mein Ohrläppchen. Als er sich von mir löst, betaste ich meinen Mund, als hätte ich ihn auch dort gespürt.

Sein Lächeln verschwindet von seinen Lippen, doch bleibt in seinen grünen Augen. »Ich bin froh, dass es dich gibt.«

Ich boxe ihm scherzhaft gegen die Schulter. »Ich bin auch froh, dass es dich gibt.«

Nachdem Lysander zehn Minuten später immer noch nicht zu uns zurückgekehrt ist, werde ich nervös. Emilian beschließt, ihn zu suchen. Ich bleibe für den Fall, dass Lysander auftaucht, zurück.

Genau in der Sekunde, in der Emilian hinter den Bäumen verschwindet, wittere ich erneut einen fremden Geruch. Ich habe mich also eben nicht getäuscht. Adrenalin jagt durch meinen Körper.

»Emilian?«, rufe ich in den Wald hinein. Weiß, dass es nicht Emilian sein kann. Seinen Duft würde ich sofort erkennen.

Keine Antwort.

Eine Bewegung direkt hinter mir. Blicke in meinem Rücken. Pfeilschnell drehe ich mich um – nichts als Wald. Ich bin alleine. Dennoch werde ich das Gefühl nicht los, umkreist zu werden.

»Emilian! Lysander!«, rufe ich ein zweites Mal. Meine Stimme hallt gespenstisch wider.

Stille.

Mein Körper steht unter Hochspannung. Konzentration. Kein einziger Vogel singt. Kein Rascheln von einem Eichhörnchen, wenn es von Ast zu Ast springt. Kein Scharren von Rehhufen auf laubbedecktem Boden. Der Wald ist wie ausgestorben.

Sie sind hier. Birkaras ist hier.

Der Geruch in der Luft schnürt mir den Hals zu. Lysander ist ein Urgott, seine Kraft ist erstaunlich. Und Emilian ist stark, stärker als jeder Taurer, rufe ich mir in Erinnerung. Dennoch steigt Panik in mir auf.

Ich muss weg von hier. Kopflos setze ich mich in Bewegung. Mit jedem Schritt wird der Geruch deutlicher. Auf einmal packt mich jemand an der Schulter. Reißt mich zurück. Ich will um mich schlagen, mich wehren – egal, wer hinter mir steht.

»Bleib ruhig«, zischt Emilian in mein Ohr. »Wir müssen verschwinden. Ich habe Stimmen gehört.«

Lysander ist bei ihm, zum Glück. Emilian nimmt meine Hand, zieht mich vorwärts. Wir rennen. Meine Füße bewegen sich mechanisch. Ich höre unseren schnellen Atem, sehe Wurzeln, sehe tiefhängende Äste, die Emilian zur Seite schlägt.

Plötzlich nehme ich hinter mir einen Schatten wahr. Ohne zu überlegen legt sich meine Hand um den Griff eines meiner Messer. Etwas Schwarzes taucht an meiner Seite auf. Eine knurrende Bestie mit Zähnen so spitz wie meine Messer. Sie springt mich an. Reißt mich von Emilian los. Ich pralle mit dem Rücken gegen eine Tanne, stürze zu Boden. Alles geht viel zu schnell.

Ich schlage die Klauen des Tieres fort, mit denen es in mein Gesicht springen wollte. Geifer tropft auf meinen Hals. Heißer Atem schlägt mir ins Gesicht. Die Augen der Bestie sind so schwarz wie sein ungepflegtes Fell, seine Schnauze blutig. Auch an seinen dünnen Schenkeln zeichnen sich Wunden ab, als wäre das Tier lange gefesselt gewesen und die Haut von den Stricken wundgerieben.

Seine Zähne verfehlen nur um einen Zentimeter mein rechtes Ohr. Im nächsten Moment wird das Tier hochgehoben und von mir geschleudert – Lysander zieht mich mit einem Ruck vom Boden hoch. Die Hände vor seiner Brust kampfbereit zu Fäusten geballt, steht er wie versteinert da.

Dann begreife ich weshalb. Mehrere Hunde kreisen uns ein,

die Köpfe drohend gesenkt. Sie knurren, geifern. Funkeln uns mit ihren vor Leid und Qual finsteren Augen an.

»Was jetzt?« Emilian stellt sich schützend vor mich.

Gieriges Lachen. Die Taurer rufen meinen Namen. Ihre Rufe verfangen sich zwischen den Ästen der Tannen, hallen von allen Seiten wider.

Krallen graben sich in meinen Rücken. Wie Messerspitzen bohren sie sich durch meine Haut. Ich werde nach hinten gerissen. Schreie vor Schmerz. Emilian packt den Hund, zerrt ihn von mir.

Ich sehe, wie zwei der Tiere zusammenbrechen. Werde von Emilian auf die Beine gezogen. Wir nutzen die Chance. Rennen. Sofort nehmen die restlichen Hunde die Verfolgung auf. Ihr Knurren und wütendes Bellen ist viel zu nah. Meine nackten Füße federn über den Waldboden. Spitze Steine bohren sich in meine Ferse, Gestrüpp reißt meine Haut auf.

Auf einmal tönt ein seltsames Pfeifen durch den Wald und bringt den Boden zum Vibrieren.

»Was war das?« Meine Stimme überschlägt sich. Ich werde langsamer. Kann nicht mehr.

»Ich habe eine Idee.« Lysander packt mich am Unterarm, zieht mich weiter.

Lachen. Grölen.

»Tochter!« Birkaras. So nah, viel zu nah.

Ich wittere seine Gier. Kann sein genüssliches Grinsen direkt vor mir sehen, spüre es in meiner Brust. Er ist hier irgendwo.

Wir sind langsamer geworden, und das liegt allein an mir. Mein Orientierungssinn ist wie ausgelöscht. Der Wald lichtet sich. Etwas Graues ragt vor uns auf. Das Gebäude, das wir vom Hügel aus gesehen haben.

»Was … was machen wir hier?«, presse ich hervor.

»Das ist unsere einzige Möglichkeit. Glaub mir.«

Die Straße fühlt sich unter meinen nackten Füßen an wie der bloße Tod. Wortlos zieht mich Lysander ins Gebäude hinein. Emilian ist dicht hinter mir.

Die Luft ist stickig. Ein paar Menschen halten sich im Gebäude auf, scheinen auf etwas zu warten. Manche sitzen auf gepolsterten Bänken, trinken etwas. Hier gibt es nichts außer einer großen Uhr, einem kleinen Café und Bänken. Als sie uns sehen, breitet sich Entsetzen aus wie die Lava eines Vulkans. Die Menschen tuscheln, zeigen auf uns oder weichen aus Angst vor den drei völlig verdreckten Gestalten zurück. Lysander reißt eine große Glastür auf der anderen Seite des Gebäudes auf. Ich stehe vor einer gigantischen Maschine. Lysander hatte recht: Sie sieht aus wie eine Schlange.

Er drückt einen roten Knopf, der sich an der silbrig glänzenden Außenwand des Zuges befindet. Alles an dieser technischen Schlange ist silbern, selbst das, was Fenster zu sein scheinen. Eine Tür springt auf, schiebt sich von selbst zur Seite. Ohne auf meine Zustimmung zu warten, drängt Lysander Emilian und mich ins Innere der Schlangenmaschine. Im nächsten Moment schließt sich die Tür hinter uns.

Gerade, als mir bewusstwird, wo ich mich befinde, macht

es einen Ruck. Emilian hält mich fest. Erneut ertönt das laute Pfeifen. Wie durch Magie setzt sich das Gefährt in Bewegung. Durch die großen Fenster sehe ich, wie das graue Gebäude langsam an uns vorüberzieht. Sehe, wie Birkaras in die Halle stürmt. Sehe seine Fassungslosigkeit, dass wir es doch noch geschafft haben, zu entkommen. Dann taucht die Schlangenmaschine ins Grün des Waldes ein. Birkaras ist fort.

Bäume fliegen an uns vorbei, so schnell, dass ich nicht mal mehr erkennen kann, um welche Art es sich handelt. Ich kralle mich an Emilians Hemd fest, um nicht umzukippen.

Die Menschen, die mit uns im Zug sind, sitzen auf den weich gepolsterten Bänken und starren uns an. Ich fühle mich wie ein unerwünschtes Insekt, das sie am liebsten zerquetschen würden.

Mit einem Mal kommt mir der Gang des Zuges viel zu eng vor, unsere Fahrt viel zu schnell. »Dürfen wir hier denn einfach so mitfahren? Gibt es keine Kontrollen?«

»Hin und wieder schon.« Emilian legt seine Hände auf meine Schultern und lächelt schief. »Ab jetzt wird alles gut, klar? Keine pessimistischen Gedanken mehr. Schau doch mal raus: Wir sind ganz nah!«

Nur noch vereinzelt stehen Bäume in der hügeligen Landschaft. Nahezu greifbar wirken die gezackten Spitzen des Gebirges.

Ich halte mich an Emilian fest. »Bist du schon mal mit so etwas gefahren?«

»Einmal«, antwortet er, »um es auszuprobieren.«

»Aber was, wenn dieser Zug nicht anhält und uns ganz woanders hinbringt?«

So langsam gewöhne ich mich an die Tatsache, dass wir in einer riesigen Schlangenmaschine durch die Landschaft rasen. Mein Herz schlägt wieder langsamer.

Lysander zieht mich zur Tür und legt im nächsten Moment einen roten Schalter zur Seite um. »Deshalb steigen wir ja auch schon früher aus.«

Ein heftiger Ruck geht durch den Zug. Schnell, sehr schnell endet die Fahrt der Riesenschlange. Die Menschen sind wie eingefroren, mustern uns feindselig. Dann springt die Zugtür auf, und Lysander zieht Emilian und mich nach draußen. Wir rennen so schnell wie möglich über eine weite Wiese. Verstecken uns schließlich hinter ein paar Bäumen. Unser Atem geht so schnell, dass er einem Hecheln gleicht.

Wir warten etwa zwanzig Minuten. Dann endlich springen die Türen des Zugs zu und die Riesenschlange setzt sich wieder langsam in Bewegung. Als das Monstrum irgendwann aus unserem Blickfeld verschwunden ist, muss ich lachen. Ich lache so laut, wie ich es schon lange nicht mehr getan habe. Auch Lysander und Emilian stimmen ein.

FREIHEIT

Seit Stunden laufen wir bergauf. Bei jedem Schritt sticht es in meinen Knien, als würden dort Nadeln unter meiner Haut stecken. Ich kann kaum mehr atmen.

Ich will es nicht wahrhaben. Aber ich spüre, dass ich nicht mehr viel Zeit habe.

Die Luft hat sich verändert: Sie hat ihre Süße verloren, trägt stattdessen Säure mit sich. Inzwischen haben wir eine Höhe erreicht, die es nur noch Nadelbäumen erlaubt zu wachsen. Und selbst diese sind spärlich. Wir sind auf dem richtigen Weg.

Als Emilian meine zittrigen Beine bemerkt, überredet er uns, ein paar Minuten Rast zu machen. Wir setzen uns auf einen Fels, der durch die Witterung ganz schwarz geworden ist. Unter ihm sprudelt ein eiskalter Bach, dessen Wasser immer wieder von aufragenden Steinen gebremst wird. Wie gerne würde ich meine Füße darin kühlen.

Aus den Augenwinkeln sehe ich, dass Emilian lächelt. Es ist ein schwaches Lächeln. Aber es macht mir Mut. Auch meine Mundwinkel heben sich. Ich begegne seinem starken, offenen und liebevollen Blick. Er schiebt den Kragen meines Hemdes zurück und küsst mich auf mein Schlüsselbein. Der Ausdruck in Emilians Gesicht bringt mich zum Lachen. Er grinst wie ein gerissener Gauner.

Lysander seufzt. Versinkt im Anblick der weiten Landschaft vor uns. Wie Wellen gehen Hügel in Täler über, nur um kurz darauf erneut dem Himmel entgegenzuwachsen.

»Wenn Aurora aufwacht – glaubst du, es wir dann so sein wie früher?«, frage ich Lysander. Rücke ein Stück näher an Emilian heran, dessen Schmunzeln darauf hinweist, dass bald ein zweiter Kuss folgen wird.

Meine Frage zieht einen kurzen Moment des Schweigens nach sich. »Sie wird nicht verzeihen, was ich ihr angetan habe. Das ist nicht möglich«, antwortet Lysander schließlich. »Aber ich werde sie immer lieben. Immer. Und ich werde verstehen, wenn sie mich nie wieder sehen möchte.«

»Was, wenn wir Libra wirklich finden, sie uns aber nicht helfen kann?«

»Schhh.« Lysander legt den Zeigefinger an seinen Mund, lässt mich verstummen. »Hoffnung ist ein wundervolles Gefühl, das einen sicher eine ganze Zeitlang antreiben kann – aber nicht so viele Jahre. Hätte ich keinen Glauben, hätte ich schon längst aufgegeben.«

Ich stehe auf, strecke meine Arme über den Kopf. Atme einen tiefen Zug Zuversicht ein, als ich die Bergspitzen am Ende des Horizonts betrachte, die in den Wolken versinken.

Ich steige zum Fluss hinab, wate mit meinen nackten Füßen durch das eiskalte Wasser. Meine Haut beginnt zu prickeln. Die Wolken über mir ballen sich zusammen, um dann wieder wie Watte auseinanderzureißen und schwarze Schatten auf den Boden zu werfen.

Etwas Leichtes fällt auf meinen Kopf. Zuerst denke ich an Regen, doch der Himmel ist so freundlich, dass es das nicht sein kann. Dann sehe ich Emilian auf dem Fels über mir frech grinsen. Er bricht ein Stück des dünnen Zweiges in seiner Hand ab. Wirft es spielerisch nach mir. Es prallt an meiner Schulter ab.

»He, lass das!«, kichere ich.

Ich spritze Wasser auf Emilians Beine, der sogleich aufspringt und zu mir in den Bach hüpft. Sein helles Lachen ist das Schönste, was ich in meinem Leben je gehört habe. Mein Herz sprüht Funken.

Mein Lachen erstirbt. Mein Herz rast. Im nächsten Moment ist es still in meiner Brust. Ich merke kaum, wie meine Knie nachgeben. Ich auf dem Boden aufschlage, meine Kleidung sich mit Wasser vollsaugt. Ich darf nicht sterben. Nicht jetzt. Nicht, wo ich so kurz vor dem Ziel stehe.

Emilian ist sofort an meiner Seite. Mit einer Hand greift er unter meine Achseln. Zieht mich an sich. Stützt mich. Mit der anderen benetzt er mein Gesicht mit kaltem Wasser. Ich bin müde, so unendlich müde. Meine Augenlider beginnen zu flattern, ehe sie einfach zufallen, als würde ich schlafen. Ich müsste nur loslassen ...

»Jetzt nicht schwach werden, Robin. Jetzt nicht. Wir sind so knapp vor dem Ziel!«

Eine ganze Ladung Eiswasser landet in meinem Gesicht. Zu meinem eigenen Erstaunen atme ich. Schlägt mein Herz im gewohnten Takt, erfüllt das Echo der Schläge meinen Körper.

»Danke«, flüstere ich.

Zehn Minuten später brechen wir wieder auf. Emilian nimmt meine Hand. Hält mich fest, als hätte er Angst, dass ich mich sonst in Luft auflöse.

Der Anblick der unberührten Landschaft erscheint mir wie ein Wunder. Lässt mich beinahe glauben, es gäbe keine Menschen auf der Welt. Niemand, der sich rücksichtslos ausbreitet. Alles zerstört, was die Natur an Schönheit und Vollkommenheit bereithält.

Ich versinke im Anblick zweier weißer Vögel über uns. Kreisend segeln sie durch die Luft. Hin und wieder reißen sie ihre gelben Schnäbel auf und stoßen helle, spitze Schreie aus.

»Ich hoffe sehr, dass du es schaffen wirst«, sagt Lysander in die Stille. »Ich meine nicht nur wegen Aurora, sondern weil du das Zeug dazu hast, alles wieder in Ordnung zu bringen.«

»Ich?« Meine Stimme ist rau.

Lysander folgt meinem Blick gen Himmel. Eine Zeitlang betrachtet er wie ich die beiden Vögel, dann nimmt er meine Hand. Nickt in Emilians Richtung, gibt mir so zu verstehen, dass ich auch seine Hand ergreifen soll. »Ich bin mir ziemlich sicher, dass wir bald da sind.«

Ohne uns vorher zu sagen, was er vorhat, läuft er los. Zieht mich und Emilian mit sich. Wir rennen, obwohl jede schnelle Bewegung ein gefährliches Ziehen in meiner Brust zur Folge hat.

Lysanders Begeisterung springt wie ein glühender Funke auf mich über, treibt mich an. Da ist es, das Gefühl von Freiheit, das ich so lange vermisst habe. Als würde ich ein paar Zentimeter über dem Boden schweben. Auf Wolken laufen, mit nichts als Luft unter mir. Emilian an meiner Seite, seine Finger mit meinen verschränkt.

Mein Bauch kribbelt. Fast kann ich glauben, dass alles gut werden wird. Ich wünsche mir, dass dieses Gefühl niemals endet. Seltsamerweise bin ich glücklich. Tränen laufen meine Wangen hinab, streifen meine Lippen.

Es ist, als würde die Last meiner Sorgen von meinen Schultern abfallen. Und gleichzeitig ist es, als würde sie mich erdrücken. Wenn Lysander recht hat und wir bald den Ort, den Libra mir gezeigt hat, erreicht haben, dann wird dies der Moment sein, der alles entscheidet.

LIBRA

Ich weiß nicht, wie lange wir rennen. Irgendwann strömt Schweiß in Bächen meinen Rücken hinab. Ich ringe nach Luft. Stütze mich auf den Oberschenkeln ab.

»Geht gleich wieder«, presse ich hervor. Meine Zunge schmeckt sauer.

»Hört ihr das Meer rauschen?«, fragt Lysander. Sagt damit eigentlich: Es ist nicht mehr weit. Halte durch, Robin.

»Ich nehme Robin auf den Rücken«, schlägt Emilian vor.

»Kommt nicht in Frage! Du …«

Emilian hebt die Hand, und ich schweige. Klettere auf seinen Rücken. Ich hasse es, so schwach zu sein.

Mein Herz hämmert wie wild in meiner Brust. Die Landschaft, die Luft, das Rauschen in der Ferne, an all das erinnere ich mich, als wäre ich schon einmal hier gewesen. Dies ist der Ort, den Libra mir gezeigt hat. Der Geruch des Meers ist so stark, fast als könnte ich das Salz in der Luft fühlen.

Nach unserem Lauf über die Ebene steigen wir einen steilen Berg hinauf. Zu beiden Seiten fällt er schroff ab. Der grauschwarze Stein unter unseren Füßen ist scharfkantig. Jeder Schritt eine Gefahr. Jeder Schritt scheint uns auch den Wolken näher zu bringen. Ich bitte Emilian, mich herunterzulassen. Seine Kräfte zu schonen. Doch er weigert sich. Die Dämmerung setzt ein. Die Luft kühlt ab. Wir laufen immer weiter bergauf, bis wir irgendwann ein Plateau erreichen.

Dann endlich sehen wir es. Das Meer. So mächtig. So unendlich weit. Wunderschön.

Ja, das ist der Ort, den Libra mir gezeigt hat.

Ich gleite von Emilians Rücken. Er legt einen Arm um meine Taille. Befürchtet, dass ich wieder zusammenbreche. Doch meine Beine tragen mich sicher zum Rand des Plateaus, das in etwa so groß wie die Siedlung der Leonen ist.

Es verschlägt mir den Atem. Vor meinen Augen geht es scheinbar endlos in die Tiefe. Mein Fuß bringt einen faustgroßen Stein ins Rollen. Er fällt die Klippen hinab, fällt und fällt, bis ich ihn irgendwann nicht mehr sehen kann. Weit unten schäumt das Meer, bildet weiße Kronen. Stundenlang könnte ich dem Spiel der Wellen zusehen. Mich an ihrer Kraft berauschen, mich von ihrer Energie hypnotisieren lassen.

Wie Dolche ragen einzelne Felsbrocken vor, der Boden unter meinen Füßen ist zerklüftet. Einige trockene Büsche trotzen dem Wind.

Eine starke Windböe ergreift mich. Drängt mich einen halben Schritt nach vorne. Meine Fußspitze ragt über den Abgrund. Geistesgegenwärtig greift Emilian nach meinem Hemd und zieht mich zurück – weg vom Abgrund. Ich bin so schwach, dass ich fürchte, wie ein Laubblatt davongeweht zu werden.

»Vorsicht«, mahnt Lysander mich. »Auf manch einen wirkt das Meer wie eine Droge.«

»Das verstehe ich«, murmle ich gedankenverloren.

Ja, das ist der Ort, an dem Libra mich erwartet. Ich stelle mir vor, wie die Nacht über uns hereinbricht. Die Sterne den nachtschwarzen Himmel zum Leuchten bringen.

»Wir sind angekommen, nicht wahr?«, deutet Lysander das Funkeln in meinen Augen richtig.

»Ich denke ja.«

Emilian zieht mich an sich, um gemeinsam mit mir, Arm in Arm, dieses wunderschöne Naturschauspiel zu betrachten.

Lysander blickt in den sich rosarot färbenden Himmel, als könnte er Libra dort sehen. »Was jetzt?«

Ich löse mich von Emilian. Folge Lysanders Blick. »Fühlt ihr das auch?«

Ganz schwach, wie Musik, die von fern herüberweht, spüre ich die Magie dieses Ortes. Energie, die das Felsmassiv durchdringt. Ich schließe die Augen, nehme das sanfte Knistern in der Luft wahr.

»Was fühlst du, Robin?«, fragt Emilian, aber ich höre ihn kaum.

Es ist, als würde diese Energie in meinen Körper, meinen Kopf und meine Gedanken übergehen. Als würde sie mich leiten. Ich sinke zu Boden. Lege meine Hände auf den Stein. Versuche die Natur zu fühlen, so wie ich es vor langer Zeit getan habe. Mein Atem geht gleichmäßig und ruhig. Ich höre Oxanas Stimme, die mir sagt: *»Konzentrier dich auf das, was du willst. Ruf Libra in deinem Geist!«*

Und das tue ich. Aber es ist nicht Libra, die antwortet. Es ist

Birkaras. *»Du bist mein Fleisch und Blut, Tochter. Du bist wie ich. Lass uns gemeinsam die Sternenvölker regieren. Vater und Tochter, endlich vereint.«*

Ich versuche, ihn aus meinem Kopf zu verbannen, nur an Libra zu denken. Flüstere immer und immer wieder dieselben Worte, wie eine Beschwörungsformel: »Libra, bitte erhöre mich!«

»Sie wird dich nicht hören. Sie spürt deine Morde. Sie spürt, wie sehr du nach Rache gierst. Sie weiß, dass dein Herz nicht so rein ist, wie du es dir einredest.«

»Nein!«, schreie ich.

Ich reiße die Augen auf. Suche nach einem Zeichen, dass die Urgöttin mich wahrgenommen hat. Aber der Himmel schweigt mich an, verhöhnt mich mit seiner Perfektion und seiner Sorglosigkeit. Selbst das Rauschen des Meeres ist mit einem Mal so leise, als hielte die Natur den Atem an.

»Libra, ich brauche deine Hilfe!«

Ich schlucke meine Verzweiflung hinunter. Zwinge mich dazu, mir noch einmal Almaras' Tod vor Augen zu führen. Mich an Minnas Gesicht zu erinnern, feucht von Blut und Tränen, als Vincente ihre Wange mit einem Messer aufgeschnitten hat. Versuche all das Leid, das die Tauren den Leonen angetan haben, in meinem Kopf zu sammeln.

»Robin …!« Emilian scheint mich zu berühren. Ich nehme seine Nähe wahr. Aber gleichzeitig ist es, als wäre ich in einer undurchdringbaren Blase gefangen. »Robin, beruhige dich!«

»Libra, ich weiß nicht mehr weiter. Du bist meine einzige Hoffnung!«, rufe ich mit bebender Stimme.

Ich höre mich wimmern. Sehe meine Hände zittern und kann nichts dagegen tun. Ich durchlebe erneut Jendriks Beerdigung. Titus' Tod. Zähle jeden einzelnen Mord in meinen Gedanken auf, den die Tauren an den Leonen begangen haben. Auch wenn ich mich damit selbst quäle. Ich will, dass Libra sieht, wie sehr wir leiden. Ich will, dass sie durch meine Erinnerungen wenigstens etwas von der Angst und der Furcht spürt, die wir Leonen Tag für Tag ertragen müssen. Ich will, dass sie mir antwortet …

»Robin! Sieh mich an!«

Nichts. Ich fühle mich, als wäre ich bereits gestorben. Mein Kopf sinkt auf meine Brust, mein ganzer Körper erschlafft. Meine Augen sind mit einem Mal ganz trocken. »Es geht nicht.«

»Komm wieder zu dir!«

Zwei Hände packen mich an den Schultern, ziehen mich vom Boden hoch. Ich schaue in Emilians Augen und fühle mich schuldig. Ich fühle mich schrecklich, weil er für mich sein Leben aufgegeben hat und ich ihm sagen muss, dass wir gescheitert sind.

»Robin …« Lysander sagt etwas, doch der Inhalt seiner Worte perlt an mir ab, weht über mich hinweg.

Ich kann nicht fassen, dass ich nicht auf Emilian gehört habe. Dass ich so viel geopfert habe, für das hier … für nichts. Ich war mir so sicher, dass es Libra möglich sein würde, mir mein Leben wiederzugeben. Meine Zukunft mit Emilian …

»Es tut mir so leid ...«, haucht Emilian und zieht mich an sich. »Wir werden einen anderen Weg finden.«

Tränen füllen meine Augen.

»Wir bleiben hier und hoffen auf die Nacht«, sagt Emilian leise. Drückt tröstend meine Hand.

Eine andere Möglichkeit haben wir ohnehin nicht.

Lysanders Stimme ist voller Zweifel, als er sagt: »Du hast recht, Emilian. Wir gehen davon aus, dass Libra ein Stern ist. Also erscheint sie vielleicht wirklich erst nachts.«

Ich nicke mechanisch. Glaube nicht daran. Glaube an nichts mehr. »Hoffentlich habt ihr recht«, flüstere ich.

Emilian verschränkt die Arme vor der Brust. Sein Gesicht verrät nichts von der Enttäuschung, von der Verzweiflung, die er empfinden muss. Ich rechne es ihm hoch an. »Wenn sie heute Nacht nicht erscheint, brechen wir morgen auf und suchen Birkaras. Wir werden ihm die Kette abnehmen. Koste es, was es wolle.«

»Nein«, höre ich mich selbst sagen. Ich erinnere mich daran, wie ich vor scheinbar endloser Zeit mit Laurin am Fluss war, um ihm das Fischen beizubringen. Damals sagte ich zu ihm, dass er warten solle, bis die Fische zu ihm kämen. Und dann zustechen solle – so schnell wie möglich.

Warum sollte das nicht auch so bei meinem verhassten Vater funktionieren?

Ich schrecke hoch.

Lysander schläft. Zusammengerollt, tief und fest. Emilian

ist ebenfalls eingenickt. Seine Augen sind geschlossen, seine Brust hebt und senkt sich gleichmäßig. Auch, als ich mich neben ihm aufrichte, rührt er sich nicht.

Die Nacht hat sich über uns herabgesenkt. Ein Meer aus Sternen schmückt den silbern schimmernden Himmelsteppich. Millionen kleine funkelnde Pünktchen drängen sich aneinander, scheinen sich zu berühren. Mehrere Sterne strahlen so atemberaubend, dass die Zeit stillzustehen scheint, sobald ich den Blick auf sie richte. Ihre Klarheit entzündet mein Herz, erfüllt mich mit einer Sehnsucht, die schmerzlicher ist als alles Leid, das ich bisher kannte.

»Bitte, Libra ... Lass mich nicht im Stich«, flüstere ich.

Auf einmal huscht eine Sternschnuppe über den Sternenhimmel. Scheint vom Himmel zu fallen. Hinter einem der Hügel zu verschwinden. Ich schiebe meine Hände unter meine Achseln, um mich selbst zu stützen. Der Anblick war zu schön, um wahr zu sein. Ich bin mir sicher, mich getäuscht zu haben. Kann meinen eigenen Augen nicht mehr trauen.

Dennoch setze ich mich in Bewegung. Laufe in Richtung des Hügels. Glaube zu träumen, als ich dort eine Gestalt stehen sehe. Ihren Körper umgibt ein silberner Schein, als würde ihre Haut aus funkelnden Diamanten bestehen.

»Robin«, haucht die Gestalt. Ihre Stimme ist so samten wie die Nacht.

Mein Atem stockt. Mein Puls rast. Das Unmögliche ist wahr geworden.

»Libra ...« Ich schlucke. Mein Hals ist ganz trocken.

Libra nähert sich mir mit federleichten Schritten. Wie ich ist sie barfuß. Langes, silberblondes Haar wellt sich ihren Rücken bis über die Hüfte hinab. Ihre Gesichtszüge sind erstaunlich jung, nahezu kindlich. Ihre kristallblauen Augen schillern wie Schnee im Sonnenlicht. Wie Schnee ist auch ihre Haut. Bei jedem Schritt schwingt ihr mattgoldenes Kleid, das ihr bis zu den Knöcheln reicht.

Als sie direkt vor mir steht, umschließen ihre Hände meine Finger. »Ich freue mich, dass du zu mir gefunden hast.«

So viele Gefühle überschlagen sich in meiner Brust, so viele Worte purzeln in meinem Kopf durcheinander, dass ich unfähig bin, auch nur einen einzigen vollständigen Satz zu bilden. »Ich … ich hatte so große Angst, dass …«

»Ich verspreche dir, dass ich alles in meiner Macht Stehende tun werde, um dir zu helfen. In den schrecklichen Bildern, die du mir gesandt hast, habe ich gesehen, dass die Leonen ein Leben in Unterdrückung führen. Erkläre mir, wie es dazu gekommen ist.« Libras Stimme ist wärmend wie ein Feuer und im selben Maße voller Autorität.

Ich weiß nicht, wie ich es ihr erklären soll. Wo ich anfangen soll. Gleichzeitig nähert sich mein Herz wieder seinem gewohnten Takt an. Ihre Berührung verströmt in meinem Körper ein Gefühl der Ruhe. Als wäre die Last, die all die Zeit so schwer auf meine Schultern drückte, mit einem Mal ganz leicht.

An einem langen, goldenen Band hängt ein haselnussgroßer Stein um ihren Hals. Er funkelt in demselben dunklen Grünton, in dem auch Emilians Augen strahlen. In diesem Stein sind vermutlich die Kräfte der Libren gespeichert. Ich erinnere mich daran, welche Kräfte das sind: Sie beruhigen, klären den Kopf. Schenken Momente der Sorglosigkeit und des Friedens.

Libra lässt meine Hände los und setzt sich auf eine Erhebung. Jede ihrer Bewegungen ist von einer nahezu schmerzhaften Eleganz erfüllt.

»Es begann alles in der Nacht«, berichte ich so knapp wie möglich, »als Lysander, der Urgott der Tauren, Aurora, der Urgöttin der Leonen, ihre Kräfte raubte und sie in der Kette der Tauren speicherte. Diese wurden daraufhin außergewöhnlich stark, die Leonen hingegen verloren ihre Kräfte. Aurora fiel in einen Schlaf, aus dem sie bis jetzt nicht mehr erwacht ist.«

Ich setze mich neben sie, scharre mit meinen Fußspitzen in der hauchdünnen Moosschicht, die den Fels zu meinen Füßen bedeckt. »All die Jahre suchte Lysander nach einem Weg, seinen Fehler rückgängig zu machen. Er konnte die Kette, in der die Kräfte der Leonen gespeichert waren, nicht mehr bei sich tragen und versteckte sie.«

»Ich nehme an, der Anführer der Tauren hat diese Kette gefunden?«

Ich nicke. Reibe mir den Nacken, wie es sonst Emilian macht. »Birkaras hat die Kette an sich genommen. Er hatte ein Verhältnis mit meiner Mutter. Als ich geboren wurde, schnitt er mir eine Haarsträhne ab und ließ sie in die Kette ein. Er wollte mich auf diese Weise kontrollieren. Zerstört er die Kette, tötet er mich.«

»Ich habe in deinen Bildern gesehen, dass er dich gefangen hielt. Jetzt bist du hier. Das bedeutet, dass du geflüchtet bist. Warum hat er dich dann nicht einfach mit Hilfe der Kette getötet und die Kräfte der Leonen und der Tauren in ein anderes Schmuckstück eingelassen?«

»Als Birkaras meine Mutter tötete, verfluchte sie ihn. Er solle langsam und qualvoll sterben. Doch durch die Strähne in der Kette schlug der Fluch auf mich über. Er entzieht mir meine Lebenskraft. Sterbe ich, bevor er sie mir ganz genommen hat, so stirbt auch er.«

Es vergehen qualvolle Minuten, in denen Libra kein Wort spricht. Schließlich sagt sie: »Und jetzt hoffst du, dass ich einen Weg finde, Lysanders Gier sowie den Fluch deiner Mutter rückgängig zu machen. Trägst du die Kette der Tauren bei dir?«

»Nein. Sie ist bei Birkaras. Scheinbar muss er die Kette tragen, um mir Lebenskraft zu rauben. Einmal ist es mir gelungen, ihm die Kette abzunehmen. Er brach sofort zusammen.«

»Du bist sehr schwach, das spüre ich. Ich bezweifle, dass du es bis zur Siedlung der Tauren zurück schaffen wirst.« Aus Libras Stimme ist jegliche Wärme gewichen, doch in ihren Augen ist sie noch zu sehen.

»Birkaras folgt uns. Ich hoffe, dass er uns bald finden wird.«

»Wie sollte er? Wie kann er wissen, wo er suchen muss?«

»Durch das Haar in der Kette haben wir eine Verbindung. Ich höre seine Stimme, er kann in meinen Kopf blicken. Kann sehen, wo wir uns aufhalten.«

Libra streicht über den seidigen Stoff ihres Kleides. »Nutze diese Verbindung. Lock ihn. Lass ihn glauben, dass du kurz davor bist zu gewinnen. Ich spüre, dass du kaum noch Kraft hast. Dir bleibt nicht viel Zeit.«

Gänsehaut überzieht meine Arme. Libra berührt mich sanft am Ellenbogen. Sofort löst sich das drückende Gefühl in meinem Bauch auf. »Ich soll Birkaras in meinen Kopf blicken lassen? Bewusst? Das wird die Verbindung zu ihm stärken.«

Libra schweigt. Sagt mir auf diese Weise, dass es die einzige Möglichkeit ist.

»Was wird dann geschehen?«, frage ich.

Libra scheint in einem Ozean aus Gedanken zu versinken. Ihr Blick verliert sich in der schwarzen Weite des Meeres. Sie nimmt ein zweites Mal meine Hand. Diesmal beruhigt mich ihre Berührung nicht. Im Gegenteil. Mein Puls beschleunigt sich. Mein Magen zieht sich schmerzhaft zusammen. Mein Körper weiß, dass sie mir nun etwas sagen wird, was ich nicht hören will.

»Es hängt alles an der Kette. Du musst sie ihm abnehmen.« Sie streicht mir eine Haarsträhne hinters Ohr, so wie Marla es früher immer gemacht hat. »Dann musst du sie zerstören und die Kräfte der Leonen und Tauren in zwei anderen Gegenständen speichern.«

Stille. Die Zeit zerfließt zu einer mir unbekannten Größe.

Mag sein, dass es uns mit Libras Hilfe gelingen wird, den Leonen ein freies, schönes Leben zu schenken. Dass Birkaras seine Macht verlieren wird. Doch gegen mich wird er gewinnen.

»Das bedeutet, dass ...« Ich hole tief Luft. Schließe meinen Mund, kann es nicht aussprechen.

»Es tut mir leid.«

Es ist, als fließe Eiswasser durch meine Adern. Ein seltsames Gefühl umhüllt mich, als wäre ich in diesem Augenblick schon nicht mehr anwesend. Irgendwo im Himmel verschwunden, wo meine Seele endlich frei sein kann.

Ich erkenne meine eigene Stimme nicht wieder, als ich schließlich sage: »Das bedeutet, dass ich sterben werde.«

ANGRIFF

Der Gedanke, diese Welt zu verlassen, erschüttert mich. Als ich zu Emilian und Lysander zurückkehre, bin ich vollkommen aufgewühlt.

Ich kann mich kaum mehr an den Rest des Gespräches zwischen Libra und mir erinnern. Meine Gedanken waren allein um Emilian gekreist. Unsere Liebe hat keine Zukunft. Hatte sie nie. Ich habe Angst vor dem, was mich erwartet. Vor dem ewigen Nichts des Todes, in dem ich ohne ihn sein muss.

»Gibt es keine andere Lösung?«, hatte ich Libra gefragt, obwohl ich die Antwort bereits kannte.

Sie hatte den Kopf geschüttelt. Ihre langen Haare waren über ihre Schulter gefallen. So schön. So wunderschön. »Es tut mir leid, Robin.«

Ich hatte eingeatmet. Ausgeatmet. Mich so sehr wie noch nie danach gesehnt, mich an Emilian zu kuscheln. Seine Hände auf meinem Körper zu spüren. Ihn ganz nah zu wissen.

Libra hatte ihre Hände vor dem Bauch verschränkt. »Ich weiß, welches Opfer du bringst und was du auf dich genommen hast. Wir Urgötter werden dich bei uns aufnehmen.«

»Es ist möglich, wieder auf die Erde zurückzukehren, auch wenn man ein Stern ist?«

»Ja, es ist möglich.«

»Die Sternschnuppe …«

Libra hatte genickt.

Auf einmal hatte die Ader über meinem Herzen wie verrückt gepocht. Ich hatte die Hände auf die Stelle gepresst, mir die Finger verbrannt. Meine Haut war so heiß geworden, als stünde sie in Flammen. Gleichzeitig war eine Eiseskälte in meine Knochen hineingekrochen, als läge ich nackt im Schnee. Ich hatte meine Augenlider aufgezwungen, doch sie waren immer wieder von alleine zugefallen.

»Es ist vorbei«, hatte eine mir so vertraute und noch mehr verhasste Stimme in meinem Kopf geflüstert. *»Ich kann spüren, wie es mit dir zu Ende geht.«*

Ich hatte die Chance genutzt. Hatte Libra fest in die Augen gesehen und Birkaras dieses Bild gesandt. Ihm meine Gedanken geöffnet. Er sollte wissen, dass ich die Urgöttin gefunden hatte. Sollte befürchten, dass ich einen Weg gefunden hatte, den Tauren die Kräfte zu rauben. Sollte sich mir stellen. Damit wir es beenden können.

Die Ader über meinem Herzen hatte sich ausgeweitet. Ich hatte gespürt, wie etwas oder jemand an meiner Seele zog. Sie mir entreißen wollte. Hatte Birkaras' Stimme gehört: *»Jetzt habe ich dich.«*

Mein Kinn war auf meine Brust gesackt. Es hatte gutgetan, zu wissen, dass nun alles ein Ende finden würde. Und gleichzeitig hatte mich dieser Gedanke innerlich zerrissen.

Eine nächtliche Brise hatte mein Gesicht gestreift. »Ich danke dir, Libra.«

Wir hatten uns von dem Fels erhoben. Sie hatte ihre Hände auf meine Schultern gelegt, mich umarmt. Ihre Umarmung war federleicht gewesen. »Hab keine Angst vor dem Tod. Du wirst die, die dich zu früh verlassen haben, wiedersehen. Deine Mutter und deinen wahren Vater …«

Diese Vorstellung hatte mein Herz ein wenig mit Wärme erfüllt.

Auf einmal war das Licht, das Libra umgeben hatte, so gleißend hell geworden, dass ich meine Augen schloss. Als ich sie wieder geöffnet hatte, war ich alleine gewesen. Eine Sternschnuppe war durch den Sternenhimmel gehuscht und im Nichts verschwunden.

Ich setze mich neben Emilian auf den Boden. Ziehe die Beine an. Betrachte sein wunderschönes Gesicht. Seine langen, dunklen Wimpern. Seinen perfekten Mund. Die edlen, markanten Wangenknochen.

Ich weiß, dass ich es ihm sagen muss. Wenn ich ihm verschweige, dass ich Birkaras' Kette zerstören muss, nehme ich ihm die Möglichkeit, sich von mir zu verabschieden. Aber ich kenne Emilian. Er wird niemals zulassen, dass ich mein Leben aufgebe. Eher wird er mir all meine Erinnerungen stehlen. Mich vergessen lassen, wer ich bin und was ich zu tun habe.

Mit den ersten Sonnenstrahlen wacht Emilian auf. Wir wecken Lysander, dann erzähle ich beiden von meiner Begegnung mit Libra. Ich sage, dass Libra die Kette sehen müsse, um zu entscheiden, wie sie den Fluch meiner Mutter rückgängig machen und den Leonen ihre Kräfte wiedergeben könne. Eine Lüge, die es mir unmöglich macht, Emilian in die Augen zu sehen.

Die Intensität seines Blickes, den ich auf mir spüre und mit dem er direkt in mein Herz zu sehen scheint, verrät mir, dass er mir nicht glaubt. Aber er spricht es nicht aus.

Nicht weinen, sage ich mir. Nur nicht weinen. Reiß dich zusammen! Es gelingt mir. Jedoch nur, weil ich Emilian so vor der Wahrheit schützen kann.

Doch mein Herz blutet. Ich will nicht, dass das Letzte, was ich zu Emilian sage, eine Lüge ist. Aber ich habe keine andere Wahl.

»Das, was du vorhast, ist Wahnsinn!« Auf Emilians Stirn bildet sich eine steile Falte. Er schiebt die Hände in die Hosentaschen, nur um sie kurz darauf wieder hervorzuziehen. Sich die Haare zu raufen. »Nein, das lasse ich nicht zu.«

»Es geht nicht anders.«

»Du willst, dass ich dich alleine lasse? Dich ihm ausliefere? Nein, Robin. Das werde ich nicht tun.«

Aber das ist der Plan: Ich werde Birkaras allein erwarten. Er soll sich in Sicherheit wiegen. Denken, dass Emilian und Lysander mich verlassen haben. Ich habe keine Ahnung, wie viele Taurer ihn auf seiner Verfolgungsjagd begleiten. Wenn Emilian und Lysander zunächst unentdeckt sind, besteht die

Chance, dass die beiden Birkaras' Begleiter ausschalten, bevor es überhaupt zu einem Kampf kommt.

»Was schlägst du dann vor?«

Emilian schüttelt den Kopf. Presst die Hände vors Gesicht. Er weiß, dass es der beste Plan ist, den wir haben.

»Ich werde nicht von deiner Seite weichen.« Sein Tonfall ist bestimmt. Er macht einen Schritt auf mich zu. Lässt mich nicht aus den Augen.

Doch ich widerstehe. »Du weißt, dass es unsere einzige Möglichkeit ist, die Taurer zu überraschen. Birkaras ist zu stark.«

»Er weiß, dass ich dich niemals alleine lassen würde.«

»Natürlich weiß er das. Aber dennoch wird er zunächst verwirrt sein.«

»Was, wenn du wieder zusammenbrichst?«

»Emilian.« Lysander legt Emilian eine Hand auf die Schulter. »Birkaras wird Robin nichts antun. Er braucht sie. Robin hat recht. Das klingt nach einem guten Plan.«

Emilian schnaubt. Er ist überstimmt.

Es ist schwer, ein Versteck für Emilian und Lysander zu finden. Es gibt hier keine Bäume. Nur Felsen, Gestrüpp und kleine Pflanzen mit rauen Blättern. Immerhin: Je weiter man sich vom Rand der Klippen entfernt, desto zahlreicher werden die trockenen Büsche. So kommt es, dass Lysanders und Emilians Versteck so weit von mir entfernt ist, dass ich tatsächlich das Gefühl habe, vollkommen allein zu sein. Sie kauern hinter einem Felsen, der zu beiden Seiten von Gesträuch bewuchert ist. Wir setzen darauf, dass Birkaras die beiden nicht bemerkt, wenn er mit seinen Begleitern an ihnen vorbeizieht. Dann haben wir eine Chance, dass Emilian und Lysander sich unbemerkt anschleichen können. Und Birkaras hoffentlich überwältigen.

Als es so weit ist, zieht mich Emilian an sich. Seine Umarmung ist so fest, dass ich schon glaube, er wird mich niemals gehen lassen. Eine Hand ruht auf meinem Hinterkopf, die zweite liegt auf einem meiner Schulterblätter. Er drückt mich so lange an sich, bis unsere Herzen im gleichen Takt schlagen. Schließlich löst er sich von mir. Küsst mich. Ein Kuss, der nach Verzweiflung und Angst schmeckt.

Ich lege meine Hände auf seine Brust, schiebe ihn sanft von mir. Hätte mir gewünscht, ich könne ihn noch einmal so küssen, dass mein Herz in Flammen steht. Doch bei diesem Kuss würde mein Herz verglühen.

»Bald ist alles gut. Bald kann uns niemand mehr trennen«, flüstert Emilian in mein Haar.

Meine Augen brennen. Ein Kloß sitzt in meinem Hals, den ich nicht hinunterschlucken kann. Ich würde alles für ein Leben mit Emilian geben.

Lysander umarmt mich. Seine Lippen sind so nah an meinem Ohr, dass nur ich seine leisen Worte hören kann. »Ich danke dir. Ich danke dir für alles. Du bist das tapferste Mädchen, das ich kenne.«

Er streicht mir die Haare aus dem Gesicht, küsst mich auf die Stirn. Eine Träne löst sich aus seinem unteren Wimpernkranz und läuft seine Wange hinab. Er ahnt, dass wir uns nicht wiedersehen werden. So, wie Emilian es vermutlich ahnt. Es aber nicht wahrhaben will.

Als ich mich schließlich umdrehe, fühle ich mich, als wäre ich in einem luftleeren Raum gefangen. Als würde mich nichts mehr ausmachen. Als hätte ich alles verloren, was in meinem Leben eine Bedeutung hatte.

»Robin!«, höre ich Emilians Stimme auf einmal hinter mir.

Spüre seine Hände an meinen Schultern. Er dreht mich zu sich um, zieht mein Gesicht zu sich heran. Seine Lippen treffen auf meine. Ich zittere am ganzen Körper. Weine, obwohl ich mir geschworen hatte, nicht in Tränen auszubrechen. Er vergräbt eine Hand in meinem Haar. Ich spüre die zarte und zugleich drängende Berührung seiner Zunge. Spüre, wie sich sämtliche Muskeln seines Körpers anspannen. Versinke in seiner Wärme. Seiner Liebe.

»Ich liebe dich«, haucht er. »Vergiss das nie. Niemals.«

»Ich dich auch. Mehr als mein Leben.«

Schließlich bin ich allein. Ich betaste meine Lippen, spüre Emilians Kuss nach. Mein Körper pulsiert im Takt meines pochenden Herzens. Als die Sonne im Zenit steht, kündigt der Wind Birkaras' Erscheinen an. Weht seinen Geruch zu mir herüber. Die Ader in meiner Brust zuckt. Zieht sich zusammen, als würde sie versuchen, mein Herz zu zerdrücken.

Birkaras taucht als schwarzer Schatten im Gegenlicht der Sonne auf. Auch er ist alleine. Ist es Emilian und Lysander gelungen, Birkaras' Begleiter auszuschalten? Nein, dann wäre

Birkaras nicht so ruhig. Eine Falle? Ich weiß es nicht. Weiß gar nichts mehr.

Birkaras steht am anderen Ende des Plateaus. Fixiert mich. »Tochter«, hallt seine Stimme zu mir herüber. »Wie schön es ist, dich zu sehen!«

Ich balle meine Hände zu Fäusten. »Ich glaube dir nicht, dass du alleine hier bist.«

Birkaras lacht. »So wie ich dir nicht glaube, dass dich Emilian und dieser Fremde alleine gelassen haben. Du meinst also, am Ziel zu sein? Eine Chance gegen mich zu haben?«

»Ja, das glaube ich«, antworte ich mit fester Stimme.

»Was willst du? Willst du einen Kampf? Den kannst du nur verlieren.«

»Ich will eine faire Chance. Nur du und ich.«

Birkaras kommt langsam auf mich zu. »Tochter, du bist schwach. Am Ende. Und ich bin stärker als je zuvor.«

»Das glaubst du. Aber du weißt auch, dass ich Libra gefunden habe. Was, wenn sie eine Möglichkeit hat, mir zu helfen?«, fordere ich ihn heraus. »Wenn sie meine Kräfte freisetzt? Was machst du, wenn ich dann wieder die Macht beider Seiten in mir nutzen kann?«

»Das wird deinen Tod bedeuten.« Birkaras' Lachen ist tief und gehässig. Er breitet die Arme aus, dreht sich erst nach links, dann nach rechts. »Und wo ist Libra? Ich sehe sie nicht! Sieh es endlich ein, Tochter. Du hast verloren.«

Wenige Schritte von mir entfernt bleibt er stehen. »Du versteckst deine Begleiter, ich verstecke meine. Wir haben so viel gemeinsam, Tochter. Findest du nicht auch?« Wieder lacht er. »Emilian, wo steckst du? Komm raus. Du weißt, dass ich dich ganz leicht locken kann!«

Ich kann den Bernstein an seinem Hals leuchten sehen. Mein Herz verstummt.

»Ich habe die Kontrolle über dich, Robin«, flüstert seine Stimme in meinem Kopf. *»Du wirst mir gehorchen. Ob du willst oder nicht.«*

Ich versuche mich innerlich darauf vorzubereiten. Dagegen anzukämpfen. Doch als Birkaras sich meines Kopfes und Körpers bemächtigt, ist es mir, als habe sich nichts geändert. Ich merke kaum, wie sich meine Muskeln lockern. Wie meine Beine wie von einem unsichtbaren Band vorgezogen werden. Ich setze Fuß vor Fuß. Bis ich meinem verhassten Vater direkt gegenüberstehe. Ihm in seine grauen Augen blicke. Die Gier darin sehe.

Er legt die Hände um meinen Hals. Sein Grinsen entblößt seine spitzen Zähne. Er drückt zu. Jedoch nur so fest, dass noch ein klein wenig Sauerstoff in meine Lunge gelangt. Ich ahne, was er vorhat. Wenn er mich quält, lockt er Emilian aus seinem Versteck. Ich will mich wehren. Doch meine Arme und Beine sind wie erstarrt.

»Genau so hat mich auch deine Mutter angesehen, als ihre letzten Sekunden durch meine Hände rannen.« Der Druck um meinen Hals wird stärker. »Ihr habt dieselben Augen.« Sein Gesicht nimmt einen seltsamen Ausdruck an. Fast so, als müsse er gegen Tränen ankämpfen. »Ich habe sie wahrhaft geliebt. Und sie mich. Aber es hat nicht genügt … Weil Liebe niemals genügt.«

Ich will ihm ins Gesicht spucken, ihm sagen, dass er meine Mutter nie geliebt hat. Will ihn auslachen, denn ich weiß, dass er mir nichts tun wird. Doch meine Lippen sind versiegelt. Mein eigener Körper kämpft gegen mich.

»Warum bist du nur wie sie?« Seine Hände lösen sich von meinem Hals. Wandern mein Kinn entlang. Legen sich auf meine Wangen. »Isa …«

Ich ringe nach Luft. Nehme wahr, dass ich meine Finger bewegen kann. Birkaras' Kontrolle lässt nach, die Erinnerung an meine Mutter lenkt ihn ab. Wenn ich jetzt …

Auf einmal bohrt sich ein stechender Schmerz durch meinen Kopf. Ich presse die Zähne aufeinander. Schreie auf.

»Du denkst, dass ich die Beherrschung verliere? Niemals, Tochter.«

Er verpasst mir einen Stoß. Meine Knie geben nach, ich sinke zu Boden. Kämpfe innerlich gegen seine Kontrolle an. Es ist hoffnungslos.

»Na, wo steckst du, Emilian? Fürchtest du dich?«, ruft er, während er sich nach allen Seiten hin umsieht. Sein heißer Atem schlägt mir ins Gesicht, als er sich zu mir herabbeugt. Mit einer Hand mein Hemd zur Seite schiebt, die dunkelrote Ader entblößt. *»Ich weiß, dass Emilian sich hier irgendwo versteckt. Dass er auf seine Chance wartet, den Taurern an meiner Seite den Garaus zu machen. Aber ich bin schlauer als ihr. Emilian kann es nicht ertragen, still mit anzusehen, wie ich dir weh* *tue, wie ich dich verletze. Er wird aus seinem Versteck herauskommen, und dann werden ihn meine Begleiter töten.«*

Er holt aus und ohrfeigt mich so heftig, dass meine Lippe aufplatzt. Dann hebt er mein Kinn an, so dass ich gezwungen bin, ihm direkt ins Gesicht zu sehen. »Ihr Leonen seid so arrogant. Ihr glaubt, ihr seid die Guten. Die Besseren. Was hat es euch gebracht? Am meisten freut mich, dass du als ein Teil von mir sterben wirst.«

»Lass sie los!«

Emilian.

»Jetzt sitzt ihr in der Falle«, flüstert Birkaras.

Ich flehe Emilian in Gedanken an, nicht näher zu kommen. Von hier zu verschwinden. Sich in Sicherheit zu bringen.

Birkaras' Augen sind weiterhin auf mich gerichtet. *»Du denkst, du liebst ihn?«*, dröhnt seine Stimme in meinem Kopf. *»Warum tötest du ihn dann?«*

Ich verstehe nicht. Verstehe nur zu gut. Will schreien, Emilian warnen. Doch ich erwidere nur Birkaras' Blick.

Er beantwortet seine Frage selbst: *»Weil Liebe niemals ausreicht. Niemals.«*

Er lässt genau in dem Moment von mir ab, als Emilian sich auf ihn wirft. Es ist, als flösse Säure durch die Ader über meinem Herzen. Die Welt verschwimmt für ein paar Sekunden vor meinen Augen. Als ich wieder klar sehe, weiß ich nicht, wo ich bin. Wer ich bin. Mechanisch erhebe ich mich vom Boden. Mein Kopf ist ganz leicht, meine Erinnerung wie ausgelöscht.

Ich weiß nur, dass ich eine der beiden kämpfenden Personen vor mir abgrundtief hasse. Glaube, die Namen der beiden zu kennen. Emilian und Birkaras. Mein Körper ist stumm, mein Herz tot. Ich empfinde nichts. Rein gar nichts.

»Sieh mich an«, befiehlt mir eine Stimme in meinem Kopf. Ich kenne die Stimme. Sie ist so vertraut, als hätte ich selbst gesprochen.

Ich gehorche. Blicke in Birkaras' Gesicht. Er ist erstaunlich stark, presst seine Hand in Emilians Gesicht. Schleudert ihn von sich. Emilian rappelt sich sofort wieder vom Boden auf.

»Töte Emilian.« Birkaras' Augen versprechen mir Freude. Befriedigung.

Also tue ich, was die Stimme mir befiehlt. Ich packe Emilian an der Schulter. Mein Knie landet in seinem Bauch. Ich frage mich, was dieser verwirrte Ausdruck in seinem Gesicht soll. Sehe, wie Birkaras sein rotes Hemd glattstreicht. Im Gegensatz zu Emilian ist er vollkommen ruhig. Als wisse er, dass er in Sicherheit ist.

Emilian blockt meine Faust. Ich will ihn an seinem Hemd festhalten, aber er packt meine Hand. Drückt sie auf meinen Rücken. Ein stechender Schmerz durchfährt meine Schulterblätter. Ich versuche ihn zu beißen, aber er ist erstaunlich schnell. Weicht mir aus.

»Robin! Ich bin es!« Emilian packt mich am Nacken, mit der anderen Hand hält er immer noch meinen Unterarm auf den Rücken gedrückt. Seine Worte prallen an mir ab. Ich winde mich in seinem Griff, trete nach ihm. Alles, was ich denke, ist, dass er sterben muss. Er hat mich verraten. Er, den ich großgezogen habe. Den ich lehrte, wie ich zu sein. Hass und Verachtung kochen in mir hoch. Zischeln wie Schlangen in meinem Kopf.

Meine Mundwinkel heben sich zu einem gefährlichen Lächeln. Ich spiele meine Macht aus. Meine tödliche Kraft.

»Robin …« Emilian bricht ab. Meine Gedankenkraft trifft ihn mit voller Wucht. Er keucht. Sein Körper erzittert. Er lässt von mir ab. Kämpft innerlich gegen mich an. »Komm. Zu. Dir«, presst er hervor. Spuckt Blut.

Ich müsste meine Kräfte nur ein klein wenig verstärken. Dann würde ich seinem Leben ein Ende bereiten. Aber ich tue es nicht. Weil ich spüre, dass mein Leben wie Sand durch meine Hände rieselt, je mehr ich mich anstrenge? Oder weil das Grün seiner Augen ganz tief in mir etwas auslöst?

Ich höre Lachen. Sehe Birkaras, der vor Begeisterung in die Hände klatscht. In den Himmel blickt und ruft: »Isa, hast du es dir so vorgestellt, als du mich verflucht hast?«

Auf einmal ist jemand neben ihm. Alles geht so schnell, dass ich unvorsichtig werde. Emilian nutzt diese Chance, packt mich an meiner Jacke. Aber ehe er etwas tun kann, bin ich schon aus den Ärmeln geschlüpft. Sehe aus den Augenwinkeln, wie ein großgewachsener Taurer Birkaras an den Haaren zu Boden zerrt. Lysander. Ich weiß nicht, warum ich seinen Namen kenne.

Birkaras entfährt im selben Moment wie mir ein Schrei. Jede Zelle meines Körpers ist erfüllt von Schmerz. Schwankend laufe ich zwei Schritte. Stürze. Pralle mit den Händen voraus auf scharfkantigen Boden. Hasse Emilian dafür, dass er mich so quält. Doch als sich unsere Blicke treffen, erkenne ich, dass nicht er es ist, der mir solche Schmerzen zufügt. Ich verstehe nicht. Verstehe gar nichts mehr.

Ich höre Birkaras rufen: »Jetzt!« Seine Stimme klingt gepresst. Er spricht nicht mit mir. Scheint jemandem ein Kommando zu geben, der bis jetzt im Verborgenen war.

Bellen. Knurren. Verschwommen nehme ich wahr, wie mehrere Hunde den steilen Berg hinaufjagen. Auf das Plateau springen. Wie zwei Taurer Lysander ergreifen. Doch all meine Gedanken sind darauf gerichtet, Emilian zu töten.

Ich beschwöre eine Feuerkugel. Schleudere sie auf Emilian. Sie streift seine Schulter, versengt sein grünes Hemd. Der widerliche Geruch nach verbranntem Fleisch liegt schwer in der Luft. Ich muss würgen. Emilian ist blass wie Nebel. Stumm formen seine Lippen meinen Namen. Seine Augen drängen sich in meine. »Robin!« Sein Blick ist warm und flehend.

Ich will aufstehen. Doch er hält mein Bein fest. Ich stürze. Er wirft sich auf mich. Sein Körper liegt schwer auf meinem. Er sieht mich an. Sagt: »Ich bin es. Emilian!«

Einer der Hunde springt Emilian von hinten an. Gräbt seine Zähne tief in seine Schulter. Ein zweiter schnappt nach seinem Bein. Krallen schrammen meine Wange entlang. Ich verliere den Überblick. Sehe nur, wie Emilian eine der Bestien von sich stößt. Wie sie im nächsten Moment zusammenbricht. Reglos am Boden liegen bleibt.

Viel zu spät nehme ich wahr, wie einer der Hunde vor mir zum Sprung ansetzt. Bevor er seine Krallen in mein Fleisch graben kann, wehrt Emilian ihn ab. Die messerscharfen Zähne der Bestie versinken in Emilians Oberarm. Er stöhnt vor Schmerz auf.

Er hat mich gerettet. Obwohl ich ihn töten will. Warum?

»Töte ihn!«, drängt mich Birkaras erneut. *»Sofort!«*

Emilian steht mir mit dem Rücken zugewandt. Sein Oberarm blutet stark. Ich reagiere blitzschnell. Nutze seine Schwäche. Drücke von hinten meinen Unterarm auf seine Kehle und reiße seinen Kopf nach hinten. Im nächsten Moment umklammere ich seinen Oberkörper mit meinen Beinen. Drücke ihn zu Boden. Blicke ihm direkt in seine grünen Augen.

Augen, die ein seltsames Gefühl in mir auslösen. Die mein Herz warm werden lassen. Die mir sagen, dass sie mich immer beschützen werden. Dass sie für mich sterben würden.

Er ist geschwächt. Schutzlos. Ein einziger Gedanke würde genügen, um seinem Leben ein Ende zu bereiten. Doch die Weise, wie er meinen Namen flüstert, mich ansieht, als wäre ich die Einzige, die ihn retten kann, verwirrt mich.

»Robin ...«, haucht er.

In meinem Kopf lichtet sich der Nebel. Langsam, ganz langsam und gleichzeitig so schnell, dass ich keine Zeit habe zu begreifen. Ich spüre meine zum Zerreißen gespannten Muskeln. Sie warten auf mein Kommando. Gehören wieder mir. Ein neuer Gedanke besiegt jegliche Zweifel in mir: Ich könnte Emilian niemals etwas antun. Weil ich ihn liebe.

»Du musst ihn töten! Sofort! Sonst tötet er dich!«

Als ich Birkaras' Stimme erneut in meinem Kopf höre, schaffe ich es, mich ihr zu widersetzen. Ich lasse von Emilian ab.

Antworte meinem Vater in Gedanken: *»Die Liebe wird immer stärker sein. Immer.«*

In diesem Moment geschehen zu viele Dinge gleichzeitig: Ich muss mit ansehen, wie Lysander von den zwei Taurern an den Rand der Klippen gedrängt wird. Sehe, wie mehrere Hunde sich in seinen Beinen verbissen haben. Wie einer der Taurer leblos zu Boden sinkt.

Er ist nur gegen die Kräfte der Sternenwesen immun. Doch er ist nicht unsterblich. Eine Waffe könnte ihn töten. Ein Sturz in hundert Meter Tiefe könnte ihn töten ...

Ich sehe, wie der zweite Taurer Lysander einen Stoß versetzt. Lysander kämpft um sein Gleichgewicht. Verliert. Die Steinkante unter seinen Füßen bricht. Er stürzt die Klippen hinab. Schreit. Schafft es irgendwie, sich mit einer Hand an einem Felsvorsprung festzuhalten.

Ich springe vom Boden auf. Töte im Rennen den Taurer, der Lysander den Stoß versetzt hat. Kurz bevor ich den Rand der Klippe erreiche, werfe ich mich auf die Knie. Strecke meine Hand nach Lysander aus.

Eine Sekunde zu spät. Der Stein, an dem Lysander sich festgehalten hat, löst sich aus der Felswand. Die Zeit bleibt stehen.

Lysander fällt. Ich muss mit ansehen, wie sein Körper auf dem Wasser aufschlägt. Knapp neben den wie Messer aus den Wellen ragenden Felsen. Sehe, wie die gewaltigen Wassermassen ihn begraben und kann nichts dagegen tun. Diesen Sturz kann nicht mal ein Urgott überleben.

Hinter mir höre ich Birkaras zu Emilian sagen. »Es ist an der Zeit, deinem Leben endlich ein Ende zu bereiten.«

LIEBE

Nur noch wir drei: Emilian. Birkaras und ich.

Emilian steht Birkaras direkt gegenüber.

»Na los, wehr dich!« Verachtung trieft aus Birkaras' Stimme.

Von einer Sekunde auf die andere verfinstert sich sein Blick. Er konzentriert sich darauf, Emilian zu töten. Doch Emilian hält stand. Jegliche Gutmütigkeit ist aus seinen Augen gewichen, als er Birkaras seine Kraft entgegenschleudert.

In derselben Sekunde trifft mich eine Welle des puren Schmerzes. Alles ist schwarz um mich herum. Ich bin wie taub. Höre nichts mehr außer einem schmerzhaften Summen. Habe das Gefühl, Nägel würden sich in mein Gehirn bohren. Ich schlage hart auf dem Boden auf. Versuche, die Dunkelheit fortzublinzeln.

Ich erinnere mich an Birkaras' Worte: »Merkst du nicht, dass unsere Leben miteinander verbunden sind?« Jetzt endlich verstehe ich die Botschaft. Wenn Emilian mit seiner Gedankenkraft Birkaras zu bezwingen versucht, quält er mich. Wenn es Emilian gelingt, Birkaras zu töten – dann tötet er mich. Die Kette mit meiner Haarsträhne darin schützt meinen Hassvater.

Das Sonnenlicht ist viel zu grell. Ich habe das Gefühl, meine Netzhaut verbrennt. Mein Atem geht viel zu schnell. So schnell, wie mein Herz in meiner Brust hämmert. Muss mich zusammenreißen. Versuche verzweifelt, den fast betäubenden Schmerz zu ignorieren. Auszublenden. Es funktioniert. Das Summen wird leiser.

Ich höre Birkaras sagen: »Siehst du nicht, dass du sie quälst? Nicht mich.«

»Nein …« Doch Emilian weiß, dass es die Wahrheit ist. Er sieht, wie ich versuche, mich aufzurichten. Zusammenbreche. Mit der Stirn an einer Felskante entlangschramme.

Emilian zittert. Er wird Birkaras' Kraft nicht mehr lange standhalten können.

»Wenn du mich tötest, stirbt auch sie.«

Birkaras weiß, dass er gewonnen hat. Dass Emilian niemals mein Leben riskieren würde. Dass er für mich sterben wird.

»Nein!«, schreie ich.

Emilian darf nicht aufgeben! Wenn er das tut, schlägt Birkaras mit voller Wucht auf ihn ein und tötet ihn innerhalb eines Atemzugs.

Blut strömt aus meiner Nase. Verfärbt den rauen Stein unter mir rot. »Du musst kämpfen, Emilian!«

Er schüttelt den Kopf. Beißt die Zähne zusammen. Sein Kehlkopf bewegt sich mehrmals auf und ab. Seine zu Fäusten geballten Hände lockern sich. Er wird es tun. Aufgeben. Um mich zu schützen.

»Nein!«, schreie ich. Richte mich mit meiner letzten Kraft auf. Meiner letzten Lebenskraft. Konzentriere mich. Breite die Arme aus. Atme tief ein, spüre sowohl meine taurischen als auch meine Leonenkräfte. Beide umweben meine Muskeln, bringen meine Fingerspitzen zum Kribbeln. Geben mir das Gefühl, voller Leben zu sein, obwohl sie mir genau das nehmen.

Feuerzungen schießen aus dem Boden. Wachsen zu einer Mauer heran. Breiten sich immer weiter aus, bis sie mich und meinen Vater in einen flammenden Kreis einschließen. Von Emilian trennen. Ihn schützen.

»Was soll das werden, Tochter?« Sein Lachen ist nicht echt. »Willst du uns hier so lange einschließen, bis du stirbst?«

Taubheit breitet sich langsam in meinem Körper aus. Es ist vorbei.

»Du vergisst etwas, Birkaras«, sage ich über das Knistern des Feuers hinweg. »Ich bin stur. Ich gebe nicht auf.«

Meine Hände umschließen den Griff des Messers in meinem Gürtel. Ziehen es heraus. Setzen es an meinen eigenen Hals an. »Wenn ich sterbe, bevor es vollendet ist, stirbst auch du.«

»Was soll das!« Birkaras' Stimme überschlägt sich. Er kommt auf mich zu. Hebt die Hände, als würde er sich ergeben. »Leg das Messer weg!«

»Wir wissen beide, dass ich es tun werde.«

»Ich kann dich kontrollieren! Kann dich zwingen, es wegzulegen!«

Für ein paar Sekunden zweifle ich an mir. Aber ein einziger Blick auf Emilian durch die Feuerzungen hindurch erinnert mich daran, wie stark mein Geist ist. Wie stark meine Liebe zu Emilian ist. Sie gibt mir die Kraft, Birkaras Widerstand zu leisten.

»Du kannst mich nicht mehr kontrollieren. Die Liebe ist eben doch stärker.«

Ein Satz, der Schweigen nach sich zieht.

»Eins«, beginne ich schließlich zu zählen.

Höre Emilian meinen Namen schreien. Schließe die Augen.

Ich muss daran denken, wie ich vor vielen Jahren im Winter mit Almaras auf Jagd war. Die Leonen hatten bereits viel zu lange gehungert, deshalb war unser Glück unfassbar groß, als wir ein Reh im Wald aufspürten. Ganz vorsichtig schlichen wir uns an. Kurz bevor wir es erreicht hatten, entdeckte uns das Reh, weil ich auf einen Ast getreten war. Es drehte sich um. Sah uns an. War ganz ruhig, blinzelte nicht mal. Es wusste, dass es sterben würde.

Genauso sieht Birkaras mich jetzt an.

»Zwei.« In diesem Moment fühle ich mich so stark wie schon lange nicht mehr, obwohl ich schwächer bin denn je. »Drei.«

Bevor ich mit dem Messer meinen Hals aufschneiden kann, stürzt sich Birkaras auf mich. Instinktiv greife ich nach der Kette an seinem Hals. Reiße sie von seinem Hals.

Der Bernstein in meiner Hand fühlt sich an wie pure, fließende Energie. Lebensenergie, die mir geraubt wurde. Sie strömt in mich ein, bringt meine Brust zum Glühen. Meine Lungen sind mit einem Mal frei, mein Kopf pocht nicht mehr bei jedem Atemzug, mein Herz findet seinen alten Rhythmus wieder. Mein Körper gehört wieder mir.

Ich könnte leben.

Aber dann wäre alles umsonst gewesen.

Birkaras' Haut an den Unterarmen platzt auf. Seine Augen weiten sich unnatürlich. Wirken mit einem Mal in seinem eingefallenen Gesicht viel zu groß. Er schwankt. Streckt seine Arme nach mir aus. Mir dreht sich der Magen um, als ich mit ansehen muss, wie seine Haare, seine Zähne ausfallen. Sein Körper auf einmal nur noch aus Haut und Knochen besteht.

Es ist vorbei.

Alles.

Ich wünschte, ich könnte Emilian sagen, wie erfüllt mein Leben mit ihm gewesen ist. Wie einsam ich gewesen bin, bevor ich ihn kannte. Dass er mich in all dem Leid, das ich ertragen musste, gelehrt hat, was Freude bedeutet. Was Liebe bedeutet.

Es ist so unfair. Ich will Emilian nicht verlieren. Wir hatten nicht genug Zeit.

Ich sinke zu Boden. Meine Hände tasten nach einem losen Stein. Finden ein keilförmiges Felsstück. Ich lege die Kette vor mich.

Meine Kräfte schwinden. Die Flammen ziehen sich in den Boden zurück. Ein letztes Mal darf ich Emilian ansehen. Er hat so viel verloren. Jetzt muss ich ihn auch verlassen. Ich bin nicht dazu bereit, werde es niemals sein. Aber ich muss.

Ich habe keine Angst vor dem Tod. Habe nur Angst davor, nie mehr mit Emilian zusammen sein zu können.

Birkaras tastet auf dem Boden nach der Kette, doch er scheint sie nicht zu sehen. Obwohl sie nur ein kleines Stück von ihm entfernt liegt. Immer wieder öffnen sich seine aufgeplatzten Lippen. Doch sie sind nicht mehr fähig, Worte zu formen.

Ich ziehe die Kette mit dem kleinen goldenen Löwen, die Emilian mir geschenkt hat, vom Hals und lege sie ebenfalls neben mich auf den Boden. Wenn ich die Kräfte aus dem Bernstein freisetze, dann müssen sie in Gegenständen gespeichert werden. Emilian wird verstehen und richtig handeln. Er wird einen zweiten Gegenstand finden, in dem die Kräfte der Tauren gespeichert werden können.

Der Stein liegt schwer in meiner erschöpften Hand. Emilian und ich sehen einander an. Tränen laufen meine Wangen hinab. Ich entschuldige mich für das, was ich ihm angetan habe. Entschuldige mich dafür, einfach von ihm zu gehen. Schenke ihm mit diesem Blick meine ganze Liebe, die ihn für immer wärmen soll.

»Robin ... Nein!«

Er weiß, dass ich es tun muss. Vielleicht wussten wir beide es von Anfang an.

»Ich werde immer bei dir sein« Ein Flüstern nur, doch der Wind trägt meine Worte zu Emilian.

»Robin!« Jetzt beginnt er zu rennen. »Lass mich nicht alleine!«

Ich stelle mir vor, wie mein Leben mit ihm gewesen wäre. Wunderschön. Plötzlich ist mir klar, weshalb ich sterben muss. Nur derjenige, der wahrhaft geliebt hat, hat auch wahrhaft gelebt. Und das habe ich.

Ich blinzle die Tränen fort. Lächle.

Meine Hand ist entschlossen, als sie herabsinkt, den Felssplitter fest umklammert. Der Bernstein mit meinem Haar darin reflektiert das Licht der Sonne. Funkelt wie ein Stück pures Gold.

In dem Moment, in dem der Stein auftrifft, trifft auch Emilian auf mich. Seine Arme umfangen mich, stoßen mich fort, aber es ist zu spät. Ich habe meine Aufgabe erfüllt.

»Ich liebe dich«, keucht er. »Du und ich. Für immer! Vergiss das nie ...«

Er versucht mich festzuhalten, dabei bin ich schon längst verschwunden. Meine Seele zerreißt. Es fühlt sich an, als würde ich innerlich bersten wie ein Glas, das zu Boden fällt und in tausend Scherben zerspringt.

Birkaras bricht zusammen. Schreit. Mit weit aufgerissenen Augen bleibt er schließlich reglos am Boden liegen.

Auf einmal ist alles hell um uns herum. Das Licht so gleißend, dass ich meine zu erblinden. Und durch jenes Licht tanzt ein rötlichgoldener Faden, der den Leonen das Leben zurückgeben wird, das ihnen zusteht. Ein zweiter goldener Faden, der leicht bläulich schimmert, steigt aus der Kette hervor. Die Kraft der Tauren. Alles um mich herum löst sich auf, oder nein: Ich selbst löse mich auf, während ich mit Emilian zu Boden sinke.

Das, was mich ausgemacht hat, entschwebt an einen mir fremden Ort. Von dort werde ich über meine Familie und über Emilian wachen.

Mein Herz schlägt ein letztes Mal. Ich schwimme im Licht

und warte darauf, dass es mich verschlingt. Etwas Warmes erfüllt meinen Körper, eine süße Versprechung. Ein Gefühl, das ich niemals vergessen werde.

Emilian küsst mich. Ich schmecke seine Lippen, seine Tränen, atme seinen Duft ein, seine Liebe, höre seinen Atem, sein Herz. Glücklicher hätte ich nicht gehen können.

Dann treibe ich mit dem Licht davon, schwebe in eine andere Sphäre und danke den Urgöttern dafür, dass sie mir Emilian gesandt haben.

GEFÜHLSRAUSCH

Als Jendrik sich erhängte, starb etwas in den Herzen der Leonen. Jetzt, wo sie mit ansehen mussten, wie Titus vor ihren Augen von Birkaras getötet wurde, sind sie wie Geister. Sie essen kaum etwas, sprechen fast nicht. Warten und warten und warten. Auf den Tod. Den Namen Robin wagen sie nicht mehr zu nennen. Haben jeglichen Glauben verloren.

Als die ersten Waldvögel ihr Lied angestimmt hatten, war er die Felswand hinabgeklettert. Als er noch ein kleiner Junge war, hatte Almaras ihn oft mit auf die Jagd genommen und ihm gezeigt, wie man Hasenfallen baut. Früher war es ihm nie gelungen. Er wollte keine Hasen fangen. Wollte sie lieber im Wald hoppeln sehen.

Jetzt holt er den dritten Hasen innerhalb von zwei Tagen aus der Falle. Er packt das Tier an den Hinterläufen, sucht eine geeignete Stelle, um Feuer zu machen. Die Leonen haben Angst davor, ein Feuer in der Höhle zu beschwören, obwohl die Tauren doch schon längst wissen, wo sie sich verstecken.

Langsam, ganz langsam läuft er durch den Wald. Er ist müde. Erschöpft. Jeden Tag ringt er in der Höhle verzweifelt nach tröstenden Worten für die Leonen. Zwingt sich selbst dazu, die Hoffnung nicht aufzugeben. Robin wird es schaffen. Wer, wenn nicht sie?

Er findet eine geeignete Feuerstelle in der Mitte von drei im Kreis stehenden Pinien. Er legt den Hasen auf einen von dunkelgrünem Moos überzogenen Felsbrocken. Macht sich ein zweites Mal auf, um Brennholz zu sammeln. Steigt über einen umgefallenen Baumstamm, der von Würmern und Insekten zerfressen ist. Der Wald verkommt, weil die Leonen sich nicht mehr um ihn kümmern.

Über seinem Kopf springt ein Eichhörnchen von einem Ast zum nächsten. Er schiebt den tiefhängenden Ast eines Walnussbaumes zur Seite.

Auf einmal wird er von einem seltsamen Gefühl ergriffen. Sein Körper steht unter Strom. Seine Haare, seine Zehen, seine Nasenspitze sind von einer kraftvollen Energie durchdrungen. Er taumelt zwei Schritte, lehnt sich an den Stamm einer von Harz verklebten Kiefer. In seinem Kopf wütet ein Wirbelsturm. Ein Wirbelsturm verschiedenster Sinneseindrücke.

Er fühlt das Wasser durch den Boden gluckern. Fühlt, wie die Wurzeln die Flüssigkeit dankbar aufnehmen. Fühlt, wie die Tropfen den Stamm hinaufgezogen werden, meint zu hören, wie die Blätter freudig aufseufzen. Das Eichhörnchen klettert den Kiefernstamm hinab, springt ab und landet sicher auf seiner Schulter. Es keckert.

Ohne zu wissen, was er tut, antwortet er: »Danke, mir ist nur ein bisschen schwindelig.«

Erneutes Keckern. Dann verschwindet das Eichhörnchen unter einem dichten Farn. Doch er weiß ganz genau, dass es noch dort ist. Er nimmt seine warme und gleichzeitig freche Energie so deutlich wahr wie seinen eigenen Atem.

Alles in diesem Wald ist mit einem Mal so intensiv, dass er eine Hand auf die Brust legt. Mehrmals schluckt. Einmal tief ausatmet. Es ist, als wäre die Energie des Waldes zuvor nur ein leichter Nieselregen gewesen. Jetzt ist sie ein strömender Wolkenbruch.

Das kann nicht sein ... Es ist wirklich geschehen!

Ein Lächeln erfüllt sein Gesicht. Es reicht von einem Ohr bis zum anderen. Er breitet die Arme aus, lässt die morgendlichen Sonnenstrahlen auf sein Gesicht scheinen. Er spürt, wie die weißen Blumen im Moos ihre Köpfe öffnen und den Wald begrüßen. Er fühlt ihre Freude über die Sonne. Er versteht den Ruf zweier Wildgänse, auf die er kurz einen Blick durch die Baumkronen hindurch erhascht.

Hastig klaubt er ein paar Äste vom Boden auf, achtet gar nicht darauf, ob sie als Brennholz geeignet sind. Er lässt sie achtlos auf die Feuerstelle fallen, schließt die Augen. Konzentriert sich.

Als er die Augen wieder öffnet, tanzt ein perfektes Feuer vor ihm auf dem Boden und verschlingt das Holz. Die Leonen konnten schon immer Feuer beschwören – doch das hier ist etwas anderes. Dieses Feuer ist voller Farben. Dunkelrot, hellgelb, waldgrün, himmelblau ... Es zuckt nicht nervös, knistert nicht gefährlich. Nein. Jede Bewegung der Flammen ist gleitend, elegant, machtvoll. Die Geräusche, die entstehen, wenn die Äste rot aufglimmen, sind wie eine Melodie.

Er sinkt auf die Knie. Tränen füllen seine Augen. Er versucht sie fortzublinzeln, doch schon laufen sie über seine Wangen.

Robin hat es geschafft.

Die Leonen haben ihr Leben wieder. Er kippt mit dem Oberkörper zur Seite, legt die Hände auf sein Gesicht. Ein Wunder.

Er muss es sofort den Leonen sagen! Er springt vom Boden auf, lässt den Hasen liegen. Er wird ihn später holen. Er sprintet durch den Wald. Rennt, wie er noch nie zuvor gerannt ist. Weicht in letzter Sekunde Bäumen aus. Weiß ganz genau, wann er sich bücken muss, um nicht gegen einen Ast zu laufen. Der Wald leitet ihn. Spricht mit ihm. Warnt ihn.

Er fühlt sich so stark wie noch nie in seinem Leben.

Als er die Felswand erreicht, ringt er nach Luft. Springt vor Freude, während er die Leonen ruft. Es ist ihm egal, ob im Wald Taurer lauern und ihn hören könnten. Es ist vorbei! Es ist endlich vorbei ...

Sepo taucht am Höhleneingang auf, versteht seine wirren Worte nicht.

»Robin«, schreit er! Holt noch mal tief Luft. »Robin, sie hat es geschafft! Sie hat es geschafft!«

»Was?«, fragt Sepo. Er scheint erstarrt zu sein. Kann nicht glauben, was Laurin ihm von unten zuruft. »Was?«, fragt er noch einmal, dreht sich bereits zu den Leonen in der Höhle um.

»Kommt alle raus! Wir müssen uns nicht mehr verstecken! Robin hat es geschafft! Wir sind frei!«

Er schüttelt den Kopf, rauft seine Haare. Kann es selbst

kaum glauben. Das alles ist so viel, so unglaublich viel. Sein Kopf scheint zu zerplatzen, während seine Brust vor lauter Sinneseindrücken und Gefühlen glüht.

Es dauert eine gefühlte Ewigkeit, bis die Leonen alle die Höhle verlassen und wieder sicheren Boden unter den Füßen haben.

»Versucht es!«, spornt er die Leonen an. Er zieht Marla an sich und umarmt sie so fest er kann. Flüstert in ihr Haar: »Sie hat es geschafft. Deine Tochter hat es geschafft.«

Als Marla sich von ihm löst, weint sie. Ihre Lippen zittern. Ihr ganzer Körper bebt. »Robin … Es ist ein Wunder …« Dann sieht sie in den Himmel und lächelt. Er ist sich sicher, dass Almaras zurücklächelt.

»Er hat sie beschützt«, sagt er. Sieht sie fest an. »Und er wird dafür sorgen, dass wir sie bald wiedersehen.«

Marla nickt, trocknet mit dem schmutzigen Ärmel ihres weiten Hemdes ihre Tränen.

Flora klammert sich an sein Bein, versteht nicht, warum alle so aufgeregt sind. Minna breitet ihre Arme aus und dreht sich. Auf einem Ast der Kiefer hinter ihr entdeckt er das Eichhörnchen von vorhin. Ein Dachs schiebt seinen Kopf zwischen den Ästen eines jungen Haselnussbaumes hervor, beobachtet, was hier vor sich geht. Er spürt die Anwesenheit einer Fuchsfamilie, nimmt wahr, dass zwei Wildtauben auf ihn herabblicken. Es ist, als würde er endlich zum Leben erwachen.

Als der Luchs zwischen den Tannen auftaucht und ihn mit seinem warmen Blick beschenkt, verschlägt es ihm den Atem.

Der Luchs blinzelt zweimal. Schnurrt. Sagt: »Endlich seid ihr die, die ihr verdient habt, zu sein.«

»Unglaublich«, hört er Sepo sagen. Er ist der Erste, der ein Feuer beschwört. Seine Augen leuchten vor Aufregung. Sind voller Leben. Ein Leben, das er schon fast aufgegeben hatte.

Als die Leonen sehen, wie schön das Feuer ist, probieren sie es alle. Überall im Wald sprudeln Flammen aus dem Boden. Ungefährliche Flammen, die den Wald nicht verletzen. Er sieht, wie Donia fasziniert die zarten, weißen Blumen eines Holunderbaumes berührt. Wie Salomé trotz ihres Alters auf dem Boden kniet, die Hände im Moos vergräbt. Wie Parl vor Freude so laut lacht, dass er sich am Stamm einer Tanne abstützen muss.

Es ist wie in einem Traum. Einem wunderschönen Traum.

Er hebt Flora hoch, dreht sich mit ihr. Küsst sie auf ihr Haar. »Jetzt wird alles gut.«

Sternenhimmel

Eine wohlige Wärme hüllt mich ein, als würde Sonnenlicht auf meine Wangen fallen. Als ich meine Augen aufschlage, liege ich jedoch auf Schnee – einem wie mit Diamanten besetzten, glitzernden, weichen Teppich. Die Luft um mich herum ist so hell, dass sie mich blendet.

Vorsichtig erhebe ich mich. Silberner Nebel schmiegt sich an meine Beine, gleitet die mit Efeu bewachsenen Säulen zu meinen Seiten hinauf und schwebt die Treppenstufen hinab, die scheinbar ins Nichts führen.

Meine Kleidung ist rein und weiß und fühlt sich an, als wäre nur Luft um mich herum. Ich schiebe den Ausschnitt meines Hemdes ein Stück zur Seite. Die rote Ader über meinem Herzen ist verschwunden.

»Robin«, sagt auf einmal jemand hinter mir. »Du mutige, tapfere, junge Frau. Du hast es geschafft.« Libra schreitet barfuß auf mich zu. Sie ist noch schöner, als ich sie in Erinnerung habe. Ihre Haut glitzert wie Tautropfen, die morgendliches Sonnenlicht reflektieren.

»Wo bin ich?«, frage ich.

Auch Libra lässt ihre Augen über die Säulen schweifen, die leichte Erhebung, auf der wir uns befinden. Dahinter erahne ich eine hellweiße Landschaft, deren Boden von teils goldenen, teils silbernen Sternen gepflastert ist. Selbst die Blätter der Bäume und die Köpfe der Blumen sind wie mit Sternenstaub besprenkelt. Die Schönheit dieses Ortes ist nahezu schmerzhaft.

»Wo glaubst du denn, dich zu befinden?«, stellt Libra mir eine Gegenfrage. Lächelt liebevoll.

Der Nebel türmt sich in der Ferne zu Wolken so flauschig wie Watte auf, verbirgt vor mir, was sich hinter dieser Landschaft befindet. »Bin ich im Himmel? Bei den Sternen?« Die Worte kommen mir nur so leise über die Lippen, dass ich schon fürchte, Libra habe sie nicht gehört.

»Gefällt es dir hier?«

Mein Herz ist so leicht, so ungewohnt unbeschwert. Es ist, als wäre ich zu Hause. Aber ich bin nicht zu Hause. Meine Familie, Emilian ... sie sind unerreichbar.

»Das bedeutet also, dass ich tot bin?«, weiche ich aus.

»Ich denke, diese Frage wird sich dir schon bald beantworten.« Sie streckt mir ihre Hand entgegen, und ich nehme sie an. »Komm, wir setzen uns.«

Libra führt mich zu einer Bank, die schräg zu einem hohen Brunnen steht. Erst auf den zweiten Blick erkenne ich, dass es gar kein Brunnen ist – es ist eine Schale, gehalten von einer Skulptur aus weißem Marmor, die Hunderte sich aneinanderreihende Sterne darstellt.

Nachdem wir uns gesetzt haben, hole ich tief Luft. Betrachte meine Hände, die makellos sind. Ohne einen Kratzer. »Was ist passiert? Nachdem ich den Bernstein zerschlagen habe ...«

»Birkaras ist gestorben. Der Urgott der Aries, der über besondere Heilkräfte verfügt, kam vom Himmel herab und versorgte deine Freunde.«

»Meine Freunde?« Der Plural verwirrt mich. »Bedeutet das, Lysander lebt noch?«

Libra nickt. Ihre tiefen Augen ruhen auf mir, schenken mir Stärke und Zuversicht. »Sowohl Lysander als auch Emilian sind wohlauf.«

»Aber ich habe doch gesehen, wie Lysander die Klippen hinabgestürzt ist! Die Wellen waren so gewaltig …«

»Xenian, der Urgott der Acuarier, und Kylius, der Urgott der Piscarien, haben ihn gerettet.«

»Wie konnten die Urgötter wissen, dass Lysander und Emilian ihre Hilfe benötigen?«

»Ich habe sie gerufen. Das war alles, was ich für euch tun konnte.«

Ein kaum zu ignorierender Drang, sie an mich zu ziehen und zu umarmen, überkommt mich, doch ich halte mich zurück. »Ich muss dir für alles danken. Dafür, dass du mir geglaubt hast.«

»Ich möchte dir etwas zeigen.« Libra erhebt sich von der Bank. Sie bleibt vor der Schale stehen, spielt mit ihren Fingern in dem silbernen Wasser. »Komm zu mir.«

Ich gehorche. Kann kaum glauben, was meine Augen sehen. Durch das Wasser ziehen sich milchige Fäden, werden breiter und kreisen immer schneller, bis sie ein Bild formen. Ich sehe Emilian, sehe Lysander. Ein breitschultriger, großgewachsener Mann mit weißblonden Haaren und langem Bart ist bei ihnen.

Emilian sitzt etwas abseits, die Knie angewinkelt und sein Kinn auf die Hände gestützt. Er wirkt, als wäre all seine Lebensfreude, sein Charme, sein Humor – alles, was ihn ausgemacht hat – aus ihm gewichen. Mein Herz zieht sich zusammen. Eine Träne löst sich aus meinen Augen und tropft ins Wasser.

Libra lässt ein zweites Mal ihre Hände durch das Wasser gleiten und das Bild verschwindet. »Keine Sorge. Es wird alles so werden, wie du es dir wünscht.«

Ich verstehe nicht ganz. »Was meinst du?«

»Bevor ich es dir erkläre, möchte ich dir noch eine wundervolle Gelegenheit schenken. Eine Begegnung, die dir bei deiner Entscheidung helfen wird.«

Sie streckt ihre Hände vor sich aus, lässt sie zu beiden Seiten auseinanderfahren, als würde sie in unsichtbarem Wasser schwimmen. Der Nebel gleitet auseinander. Zunächst sehe ich nur die Umrisse zweier Personen, die sich mir langsam nähern. Als ich sie schließlich erkenne, ist meine Brust erfüllt von einer Vielzahl an Gefühlen: Liebe. Hoffnung. Geborgenheit. Dem Gefühl, endlich angekommen zu sein.

Meine Mutter und Almaras bleiben ein Stück weit von mir entfernt stehen. Ich möchte auf sie zustürmen, doch Libra hält mich an meiner Schulter zurück.

»Robin«, haucht meine Mutter. Ihre Art, meinen Namen auszusprechen, klingt wie pure und bedingungslose Liebe. Sie sieht aus wie die Wolken: silbern und durchscheinend. Der Saum ihres weißen Kleides geht in den Nebel über.

Auch Almaras gleicht einem Bild, dessen Farben ausgeblichen sind. Er nimmt Isas Hand, drückt sie. »Ich bin so stolz auf dich, Robin. Ich wusste immer, dass du es schaffen kannst.«

Ich möchte auf sie zurennen, sie in meine Arme schließen, spüren, dass dieser Moment real ist. Doch Libra hält mich noch immer zurück.

Auf einmal gellt ein Schrei durch den Nebel. Sofort ist mein ganzer Körper in Alarmbereitschaft, meine Muskeln angespannt, mein Geist hellwach. Ein Schauer jagt über meinen Rücken. Es ist, als würde jemand Höllenqualen erleiden. Meine Augen suchen die Landschaft ab, doch der Nebel verbirgt das meiste. Aber ich bin mir sicher: Die Person, die solch schmerzerfüllte Schreie von sich gibt, muss in meiner Nähe sein.

»Wer ist das? Woher kommen diese Schreie?!« Ich hatte gehofft, endlich einen Ort des Friedens gefunden zu haben – doch selbst hier finde ich Leid.

»Keine Sorge, Robin«, beruhigt mich Libra. »Birkaras kämpft mit seiner Seele.«

»Er kämpft mit seiner Seele?«

Ich bin hin- und hergerissen. Auf der einen Seite bin ich unbeschreiblich glücklich: Meine Mutter ist so nah bei mir – nur ein paar Schritte trennen uns. Almaras ...

Ein weiterer Schrei zerreißt den scheinbaren Frieden der Nebellandschaft.

»Er leidet!« Ich weiß nicht, warum mich das so stark aufwühlt. Vor ein paar Tagen hätten mich diese qualvollen Laute aus Birkaras' Mund zufriedengestimmt.

»Bald schon wird es ihm bessergehen«, spricht Libra in Rätseln. »Möchtest du ihn sehen?«

Ich nicke stumm. Balle meine Hände zu Fäusten. Halte die Luft an.

Ein zweites Mal lichtet Libra den Nebel. Offenbart einen Anblick, der meine Seele schaudern lässt. Ich erkenne Birkaras erst auf den zweiten Blick. Er sieht ganz anders aus – seine Haare sind kurz, sein nackter Körper ist muskulös und jung. Meine Mutter hingegen erkennt ihn sofort, schlägt die Hand vor den Mund. Lehnt sich mit der Schulter an Almaras an, die Augen starr auf Birkaras gerichtet. Es dämmert mir, dass mein Hassvater – so, wie er vor mir auf dem Boden kniet – der Birkaras ist, wie ihn meine Mutter kennen- und lieben gelernt hat.

Birkaras lässt seinen Oberkörper mit vor Schmerz verzogenem Gesicht nach vorne fallen, richtet sich wieder auf, nur um sich erneut nach vorne kippen zu lassen. Die Arme hat er um seinen Oberkörper geschlungen, als hätte er Angst auseinanderzubrechen.

Gänsehaut überzieht meine Arme, als ich die zwei Schatten sehe, die ihn scheinbar so sehr quälen. Ein Schatten tanzt und brodelt in seiner Brust und ist leuchtend hell. Der zweite – ein tiefdunkler Schatten – umkreist seinen nackten Körper, fährt immer wieder wie Messerstiche durch ihn hindurch.

»Was geschieht mit ihm?« Selbst meine Stimme zittert.

»Jedes Sternenwesen hat einen Platz hier bei uns verdient. Doch Birkaras' Seele ist schwarz und überdeckt das Gute, das einst in ihm geschlummert hat. Das Gute, das deine Mutter in ihm erweckt hatte. Er muss es lösen, wenn er hier bleiben möchte und nicht im Nichts verschwinden will.«

»Aber er hat so viel Böses getan!« Ich weiß nicht, ob ich ihn verteidigen oder schweigend genießen soll, wie er sich auf dem Boden krümmt.

»Ja, das hat er. Aber es gab mal eine Zeit, in der er fähig war zu lieben. Er war zu feige, um für diese Liebe zu kämpfen – er hat sein Leid im Hass und der Lust zu töten erstickt. Du und Emilian, ihr habt ihm immer wieder vor Augen geführt, dass man um die Liebe kämpfen muss. Er wusste die ganze Zeit über, dass er damals mit seiner Feigheit sein Leben zerstört hat. Das einzige Sternenwesen, das ihm etwas bedeutet hat, war tot. Getötet von ihm selbst. Ich denke, in seinem tiefsten Herzen weiß er, dass er sich dies nie verzeihen wird.«

Birkaras schabt mit seinen Fingernägeln über die Brust, schlägt seinen Kopf mehrmals auf den Boden.

Ich sehe den Blick meiner Mutter, sehe den Glanz in ihren Augen. »Birkaras …«, flüstert sie.

Mein Hassvater blickt zu mir auf. Erst jetzt scheint er mich wahrzunehmen. Er kriecht auf mich zu, seine Augen flehen mich stumm an. »Hilf mir, Robin! Hilf mir!« Er glaubt, dass ich seinen Namen in den Nebel gehaucht habe.

»Wird er es schaffen?«, frage ich Libra.

Das Wirbeln des schwarzen Schattens wird immer schneller

und schneller. Immer wieder stößt er durch Birkaras' Körper, schließt ihn in seine tiefdunkle Hülle ein. Der weiße Fleck in seiner Brust verliert hingegen zunehmend an Leuchtkraft.

»Hilf mir, Robin ...«, krächzt er ein zweites Mal. »Ich kann nicht mehr.« Er bricht zusammen.

»Birkaras«, flüstert Isa erneut, rührt sich jedoch nicht. Ich weiß nicht, wie ich diesen Glanz in ihren Augen deuten soll. Sie kann ihn nicht mehr lieben – nicht nach all dem, was er den Leonen angetan hat. Dennoch scheint sie der Anblick seines Leids innerlich aufzuwühlen.

Nun erkennt Birkaras, dass nicht ich es bin, die seinen Namen ausspricht. Er wendet sich nach rechts, sieht Isas Geist. Wie ein kleines Kind, das nicht glauben kann, was seine Augen ihm zeigen, sieht er sie an. Er ist mit einem Mal vollkommen ruhig. Tränen laufen über seine Wangen. »Isa ...«

Unerwartet stößt der schwarze Schatten ein letztes Mal zu. Birkaras' Schrei schmerzt in meinen Ohren wie das Quietschen von Fingernägeln an einer Tafel. Doch dann breitet sich der weiße Schatten aus wie ein Fächer, quillt über Birkaras' Brust hinaus und vertreibt den dunklen Mantel, der ihn eingehüllt hielt.

»Isa«, ist das Letzte, was Birkaras' Lippen formen.

Dann ist er verschwunden. Der Nebel wallt herbei, verdeckt die Stelle, an der er eben noch kauerte.

»Was wird jetzt aus ihm?« Ich betrachte sorgenvoll meine Mutter, deren Augen wie versteinert auf den Nebel gerichtet sind.

»Er hat sich dazu entschlossen, hier zu bleiben. Wir werden sehen. Die Zeit entscheidet vieles von alleine.«

»Auch du kannst dich entscheiden, ob du mit uns kommst oder zurückkehrst«, richtet Almaras das Wort an mich. Tröstend streicht er über Isas Rücken.

Meine Mutter nickt schwach. Löst ihre Augen vom Nebel und stärkt mich durch ihren liebenden Blick. »Ich weiß, wie viel auf deinen Schultern lastet. Ich spüre deine Sehnsucht nach dem vollkommenen Frieden, mein Löwenherz. Aber du hast noch Zeit ...«

»Ich ...« Ich verstehe nicht. Meine Augen huschen zwischen Almaras und meiner Mutter sowie Libra hin und her. »Ich kann leben?«

»Wenn du es dir wünscht. Dein Herz darf sich entscheiden.« Meine Mutter legt ihre freie Hand auf ihr Brustbein. »Diese Entscheidung hast du dir mehr als jeder andere verdient.«

»Aber wie ist das möglich?« Ich wende mich Libra zu. »Habe ich dir das zu verdanken?«

Libra legt den Kopf schief, als verstünde sie nicht ganz, wovon ich spreche. »Ich habe keine magischen Kräfte, die ein Leben retten könnten.«

»Aber von der Kette hing mein Leben ab.«

»Ich wollte nie, dass der Fluch auf dich umschlägt, Robin. Ich wusste nicht, dass mein Fluch wahr werden und Birkaras erkranken würde.« Isas schönes Gesicht verfinstert sich.

Ich kann nicht glauben, dass ich ihr so nah bin und dennoch nicht zu ihr darf. Sie gibt mir das Gefühl, einen verlorenen Teil meiner Seele wiedergefunden zu haben. Ich sehne mich danach, ihr alles zu erzählen. Dicht neben ihr im Gras zu liegen und einfach nur ihre Anwesenheit zu spüren. Sie nie wieder zu verlieren …

»Es ist nicht deine Schuld. Du konntest nicht wissen, was passieren wird.« Und mit zittriger Stimme füge ich hinzu: »Ich liebe dich, Mama. Euch beide.«

Almaras legt seinen Kopf schief. »Wir dich auch. Aber überlege dir deine Entscheidung gut. Auch wenn dich gerade das Gefühl überkommt, uns nicht noch mal verlieren zu wollen – es gibt so viel auf dieser Welt, was du noch nicht gesehen hast.«

»Und du hast verdient, alles zu sehen«, stimmt meine Mutter Almaras zu.

Mein Kopf sinkt auf meine Brust. Ich weiß nicht, was richtig und was falsch ist.

»Lass uns ein Stück gehen.« Libra fährt mit ihren Fingern meine Schultern entlang. Ihre Berührung fühlt sich an wie das Streicheln einer Feder.

»Werde ich meine Mutter und Almaras wiedersehen?«, frage ich Libra.

»Ich glaube, deine Entscheidung ist schon gefallen. Ich werde dir alles erklären.«

Die Augen meiner Mutter glänzen. »Wir werden immer bei dir sein, Robin. Immer. In deinem Herzen.«

Der Nebel richtet sich vor ihnen auf, legt sich über sie wie eine silberne Decke. Als er wieder zu Boden sinkt, sind meine Mutter und Almaras verschwunden. Ein seltsames Gefühl lastet auf meiner Brust: Ich müsste Trauer verspüren, Sehnsucht – doch stattdessen erfüllt mich die Gewissheit, dass alles gut ist.

»Folge mir.« Die Wolken gleiten auseinander, offenbaren einen Weg. Das Gras unter meinen Füßen schillert in den buntesten Farben. Libra führt mich in einen Wald hinein. Die Bäume hier haben schlanke Stämme mit einem dichten Wurzelwerk, das zum Großteil auf dem hellgrün funkelnden Moos liegt. Die Zweige gleichen Fäden, so dünn und zart sind sie, doch sie tragen handtellergroße Blätter und bunte Blüten. Ich atme den süßlichen Duft des Waldes ein, der nach Honig duftet. Libra bewegt sich erstaunlich geschmeidig zwischen all den Wurzeln hindurch. Kein einziges Mal bleibt ihr langes Haar in den Ästen hängen und ebenso geschickt, wie sie den Ästen ausweicht, weiß sie auch ihre Füße zu setzen. Sie ist ein so zerbrechliches Geschöpf und gleichzeitig so unglaublich stark.

»Es tut mir leid, dass wir dich doch so sehr in unseren Krieg hineingezogen haben«, sage ich, als sie vor einem ruhig plätschernden Bach stehen bleibt. Das Wasser sieht aus wie flüssiges Gold.

»Nicht du warst es, die mich hineingezogen hat. Es waren allein die Tauren. Mir tut es leid, dass ich nichts von eurem Leid mitbekommen habe. Jeder Urgott kehrt etwa zweimal im Jahr auf die Erde zurück, um zu sehen, ob mit seinem Stamm alles in Ordnung ist. Dadurch, dass Lysander und Aurora nicht mit uns in den Himmel gekommen sind, dachte ich, sie würden von der Erde aus auf ihre Stämme aufpassen. Aber dem war nicht so. Es wäre meine Aufgabe gewesen, mich dessen zu versichern. Dann wäre es nie so weit gekommen.«

»Ist Aurora denn nun wieder wach?«

»Ich denke ja. Die Leonen haben ihre Kraft wieder.«

Erst ein paar Augenblicke später wird mir die Bedeutung des letzten Satzes bewusst. »Wir haben unsere Kraft wieder«, wiederhole ich ihre Worte flüsternd. »Wie sieht diese Kraft aus?«

Nun lacht sie. Ihr Lachen ist so hoch wie das Zwitschern der Vögel im Frühling. »Es liegt an den Leonen, das nun auszuprobieren. Vor allem bei dir wird es interessant werden, da du ja auch die taurischen Kräfte in dir trägst, die nun anders sein werden als zuvor.«

Meine Seele tanzt in meiner Brust. Die Vorfreude darauf, mit meinem Stamm die Kräfte zu testen, erfüllt mich. »Das bedeutet, die Tauren können nicht mehr töten?«

»Gewiss sind sie immer noch sehr stark.« Sie zieht ihre dünnen Augenbrauen hoch, die in ihrem rundlichen Gesicht kaum auffallen, so hell sind sie. »Aber töten können sie nicht mehr, zumindest nicht mit Gedankenkraft.«

Ich denke daran, wie Emilian mir beigebracht hat, meine zerstörerischen Kräfte zu kontrollieren. Wie er mich immer wieder an meine Grenzen gebracht hat. Wir haben miteinander gekämpft, damit ich lerne, nicht unbewusst zu töten. Wenn wir wieder zu Hause sind, müssen wir das unbedingt wiederholen, damit ich sehe, wie stark die Kräfte der Tauren jetzt sind.

»Wenn du Lysander wiedersiehst, dann sage ihm bitte, dass er und Aurora jederzeit bei uns willkommen sind. Er muss es nur wollen, das ist alles.« Sie streicht ihre Haare über die Schulter.

»Das bedeutet, Lysander ist immer noch ein Urgott?«

»Eigentlich dürfen wir Urgötter uns den Stämmen nicht zeigen, aber Lysander hatte keine andere Wahl.« Sie lächelt. »Die Urgötter würden sich freuen, ihn und Aurora wieder unter sich zu haben.«

»Du gehst doch wohl nicht schon?«

»Ich muss.« Flüchtig blickt sie in Richtung Himmel, von dessen Schönheit die Baumwipfel nur einen winzigen Fleck preisgeben. Tausende Punkte scheinen nur wenige Meter über mir zu schweben, schillern in den buntesten Farben.

»Aber wie ist es möglich, dass ich hier sein kann? Lebend ...«

»Deine Mutter hat Birkaras sehr geliebt, nicht wahr?«, stellt Libra mir eine Gegenfrage.

»Ja, das hat sie, denke ich. Genauso wie Birkaras sie geliebt hat.«

»Als Birkaras sie schließlich verraten hat, da hat sie ihn verwünscht, ihn sogar verflucht. Und dieser Fluch wurde wahr.«

Ich nicke. Langsam verstehe ich. »Dabei reichen die Kräfte der Leonen für eine solch starke Magie nicht aus.«

»Eben. Die Verbindung zwischen zwei Sternenwesen verschiedener Stämme ist etwas Besonderes, sogar Außergewöhnliches. Das Universum hat so etwas nicht vorgesehen. Vor allem nicht, dass sich zwei Wesen verschiedener Stämme so sehr lieben. Ich denke, es ist jene Liebe, die in extremen Situationen den Sternenwesen Kräfte verleiht, die sonst nicht existieren.«

»Du meinst, weil meine Mutter und Birkaras sich so sehr geliebt haben und Birkaras sie umbringen wollte, hat meine Mutter derart starke Kräfte entwickelt?«

»In gewisser Weise, ja. Genauso wie es bei dir und Emilian der Fall war. Emilian hätte alles dafür getan, dass du am Leben bleibst, und das Schicksal hat ihm diesen Wunsch erfüllt. Stell es dir so vor: Weil ihr von zwei unterschiedlichen Stämmen kommt, seid ihr wie zwei Magnete. Dadurch entsteht eine besondere Kraft, die durch eure Liebe noch um einiges verstärkt wurde. Ihr habt sie schließlich auch genutzt, als ihr sie gebraucht habt.«

Ich lege mein Gesicht in die Hände, versuche mich innerlich zu sortieren. Eine zarte Berührung streift meinen Hinterkopf.

»Dann wäre ich ohne Emilian gestorben«, sage ich.

Es bleibt still. Als ich wieder aufsehe, ist nur noch der Wald bei mir. Zuerst bekomme ich Angst, weil ich noch so viele Fragen habe, die vielleicht nun nie mehr beantwortet werden. Dann aber merke ich, dass alles gut ist, so wie es ist.

Eine Sternschnuppe blitzt durch die schillernde Decke des Himmels und erlischt. Kurz darauf funkelt ein neuer Stern zwischen all den goldenen Punkten, strahlt über alle anderen Sterne hinweg.

»Auf Wiedersehen, Libra«, flüstere ich und bilde mir ein, dass jener Stern für ein paar Sekunden noch heller funkelt.

Dann gleitet der silberne Nebel zwischen den Bäumen hervor und auf mich zu. Ich spüre, wie er meine Waden wärmt, wie Ranken meine Hüfte, meinen Bauch hinaufwandert, schließlich auch meinen Kopf umhüllt. Ich glaube zu schweben, glaube zu spüren, wie meine Füße die Verbindung zum Boden verlieren und ich in der Luft treibe. Ein wohltuender Strudel erfasst mich – dann schlafe ich einfach ein.

ERWACHEN

Meine Augenlider sind schwer. So schwer, dass ich sie geschlossen halte. Alles hier riecht fremd, und dennoch scheint meine Nase den Geruch wiederzuerkennen.

Auch wenn mein Körper noch nicht bereit ist, drängt es mich, mich zu bewegen. Sei es auch nur mit dem kleinen Finger oder meinen Zehen.

»Robin ...«, tastet sich eine Stimme ganz vorsichtig vor. Mit einem einzigen Wort bringt sie Zärtlichkeit und Sorge zugleich zum Ausdruck.

»Das kann nicht sein«, erklärt eine andere Stimme sachlich. »Du solltest schlafen gehen. Du hast selbst noch kein Auge zugetan und brauchst dringend etwas Ruhe. Ansonsten bildest du dir noch Dinge ein, die ...«

»Ich hab es mir nicht eingebildet. Ihr Brustkorb hat sich ein wenig gehoben, als würde sie Luft holen.«

Ich nehme eine Bewegung wahr, jemand rückt näher. Dann spüre ich eine zarte Berührung an meinem Hals, warmen Atem, weiches Haar. Die Energie jener Person sickert durch meine Haut und hinterlässt dort prickelnde Spuren. »Emilian ...«

Mit diesem einfachen Wort erreiche ich genau das Gegenteil von dem, was ich mir gewünscht habe. Emilian reißt sich von mir los und nimmt seine Wärme mit sich.

»Das ist unmöglich …«, flüstert die andere Stimme ehrfurchtsvoll. Auch sie weckt Erinnerungen in mir. Eine solch weibliche Weichheit und gleichzeitig eine derartige Bestimmtheit finden sich nicht oft zusammen in einer Stimme.

»Robin!« Zwei Hände umschließen mein Gesicht. »Robin! Bleib bei mir!«

Ich will unbedingt die Augen öffnen, einfach nur um Emilians Gesicht zu sehen, und endlich gelingt es mir. »Emilian.«

Sein Gesicht ist meinem ganz nah. Er schenkt mir ein Lächeln, mein Herz bebt. »Da bist du ja wieder.«

»Ich sollte doch tot sein.«

Denn das ist die einzige Wahrheit, die in diesem Moment meinen Kopf bestimmt. Wenn ich lebe, dann bedeutet das, dass ich gescheitert bin. Versagt habe, wie Birkaras es wollte. Dann wird ein anderer den taurischen Thron besteigen und das fortsetzen, was mein verhasster Vater begonnen hat.

»Haben wir verloren?«, frage ich Emilian zögerlich.

Er schüttelt den Kopf. »Nein. Es ist alles so, wie es sein sollte.« Seine Finger fahren meinen Kiefer entlang. »Alles.«

Ich will etwas ganz anderes sagen, aber meine Lippen formen: »Ich bin so müde …«

Zwei Hände legen sich auf Emilians Schultern. Erst jetzt sehe ich Oxana, die wohl die ganze Zeit am Ende des Bettes gestanden haben muss, in dem ich liege. Es tut gut, sie zu sehen. »Sie muss sich ausruhen. Und du auch.«

»Ich möchte bei ihr bleiben.«

»Ich weiß nicht. Ihr seid beide sehr mitgenommen.«

»Aber im Bett ist genug Platz für zwei und ich will sie nicht alleine lassen«, beharrt Emilian.

Meine Zunge liegt schwer in meinem Mund, unfähig, noch einen letzten Satz zu sagen. Deshalb ziehe ich zur Bestätigung meine Hände unter der weichen Wolldecke hervor und lege sie auf Emilians Hand, die an meiner Wange ruht.

»Also gut«, gibt Oxana schließlich nach. »In ein paar Stunden komme ich noch mal vorbei und sehe nach euch.«

Wie auf Kommando streift Emilian die Schuhe von seinen Füßen, hebt die Decke hoch und schmiegt sich an meine Seite. Seine Nähe ist die beste Medizin. Ich kuschle mich an seine Brust, während er die Arme um mich schließt und mir das Gefühl gibt, dass wirklich alles gut werden wird.

Eigentlich rechne ich damit, sofort einzuschlafen, doch auf einmal tauchen die Bilder unseres Kampfes in meinem Kopf wieder auf. Ich sehe, wie Birkaras zusammenbricht. Sehe Lysander ein zweites Mal die Klippen hinabstürzen.

»Was ist mit …«, setze ich an.

Oxana hebt die Hand, um mir zu bedeuten, dass ich nicht weitersprechen und meine Kräfte schonen soll. Sie weiß ohnehin, was ich fragen wollte. »Lysander geht es gut.«

»Er … er lebt?« Mein Herz schlägt wie verrückt. Doch ich spüre, dass es mir allein gehört. Mein Herz. Mein Körper. Mein Geist.

Seltsamerweise weiß ich, dass Oxana recht hat und es Lysander gutgeht. Ich weiß, dass Libra wieder ein Stern ist. Ich weiß auch, dass Emilians Liebe mir mein Leben geschenkt hat. Doch woher ich das alles weiß, ist mir ein Rätsel.

»Auch ich war mir sicher, dass Lysander tot ist«, erklärt Emilian, als er meine in Falten gelegte Stirn sieht. »Aber Lysander sagt, er ist auf einer der Klippen im Wasser aufgewacht, als wäre nichts gewesen. Er ist sich ziemlich sicher, dass entweder der Urgott der Acuarier oder der Piscarien ihn gerettet hat.«

»Und der Urgott der Aries hat euch geheilt«, vollende ich seine Erklärung.

»Ähm, ja«, sagt Emilian verwundert. »Woher weißt du das?«

»Wenn ich das nur wüsste …«

Mir fällt die Ader auf meinem Brustkorb ein. Ich schiebe den Ausschnitt meines weiten Hemdes ein wenig zur Seite. Sehe eine bis auf zwei Kratzer makellose Haut.

Ich atme schwer aus. Meine Lippen heben sich. Zunächst kann ich nicht glauben, dass ich wirklich lächle – doch als Emilian mein Lächeln erwidert, weiß ich, dass alles gut ist. Mein Gesicht an Emilians Brust vergraben, gebe ich mich schließlich dem Schlaf hin.

MAGIE

Am nächsten Morgen wachen Emilian und ich gleichzeitig auf, als uns der Duft von frisch gebackenem Brot in die Nase steigt.

»Guten Morgen.« Er blinzelt verschlafen, tippt mit dem Zeigefinger spielerisch auf meine Nasenspitze. »Gut geschlafen?«

»Sehr gut.« Ich strecke meine müden Knochen. »Und du?«

»Das fragst du noch?« Er rollt sich zur Seite, so dass er halb auf mir liegt. Stützt sich mit einer Hand neben mir ab. Streift mit seinen Lippen meinen Mundwinkel.

Die Ledervorhänge unseres Zeltes werden aufgeschoben, und Elvors behaarter Kopf schiebt sich zu uns hinein. »Perfekt, ihr seid wach«, freut er sich und reibt sich die mit Mehl bestäubten Hände. »Wir bereiten gerade das Frühstück für euch vor. Habt ihr Hunger?«

Emilian und ich sehen uns an. Im nächsten Moment sind wir aus dem Bett aufgesprungen und auf dem Weg nach draußen. Ich schiebe gerade die Ledervorhänge des Zeltes zur Seite, als Emilian mich noch einmal festhält.

»Warte. Ich muss dir noch etwas geben.«

Ich sehe ihn fragend an, während er aus seiner Hosentasche einen winzigen Gegenstand hervorkramt. Dann streckt er mir seine Hand entgegen. Darin liegt die Kette mit dem kleinen goldenen Löwen, die er mir geschenkt hatte. Eine Kette, in der nun die Leonenkräfte gespeichert sind. Es ist, als würde ich ein Wunder in meiner Hand halten.

»Und die Kräfte der Tauren?«, frage ich.

»Lysander hat sie in dem Armband gespeichert, das Aurora ihm geschenkt hat.«

Mein Herz schlägt schneller, als Emilian mir die Kette um den Hals legt, und noch schneller schlägt es, als er sich zu mir herabbeugt und mich küsst. Ein Kuss, der so zärtlich ist, dass er mir die Gewissheit schenkt, noch unendlich viele Jahre gemeinsam mit ihm vor mir zu haben. Ich lächle unter seinen Lippen, schiebe meine Hände unter den Kragen seines Hemdes.

Als er sich von mir löst, sind wir beide außer Atem. Seine Nasenspitze berührt meine, ehe er mir noch einen letzten, viel zu kurzen Kuss schenkt und mir dann die Ledervorhänge aufhält. Ich berühre meine Lippen, spüre ihm nach, und er zwinkert mir zu.

Lysander erwartet uns bereits am Frühstückstisch. Als er mich sieht, springt er von seinem Platz auf, kommt auf mich zu und umarmt mich. »Wie geht es dir?«

»Gut. Sehr gut sogar«, antworte ich mit einem Schmunzeln auf den Lippen. »Und dir?«

»Ich bin aufgeregt.«

Aufgeregt, weil sich schon bald herausstellen wird, ob Aurora erwacht ist.

»Was, wenn es nicht funktioniert hat? Wenn sie immer noch nicht bei Bewusstsein ist … Ich müsste es doch spüren, wenn sie aufgewacht wäre!«, stößt er aus, als hätte er zuvor die Luft angehalten. Er sinkt auf die Bank, lässt die Schultern hängen. »Aber ich spüre nichts. Gar nichts.«

Ich lege meine Hand auf seine. »Mach dich nicht verrückt.«

»Ich weiß. Aber ich habe Angst.«

Elvor und Oxana setzen sich zu uns an den Tisch. Allein der Duft des frisch gebackenen Brotes lässt meinen Magen fordernd knurren. Lysander verschlingt Unmengen von Törtchen, verschiedenster Käsesorten und herzhafter Pfannkuchen. Während wir essen, kommen immer wieder Stammesmitglieder zu unserem Tisch, um uns zu beglückwünschen und zu betonen, wie schön es ist, dass wir wieder hier sind.

»Wisst ihr, was mich wundert?«, fragt Lysander, nachdem die meisten Aries vom Frühstück verschwunden sind. Er wartet gar nicht auf eine Antwort, fährt gleich fort. »Warum hat Libra sich mir nicht gezeigt? Soll ich nun jeden Tag mit der Angst aufwachen, kein Urgott mehr zu sein? Denn das würde bedeuten, dass mich und Aurora Welten trennen …«

»Libra weiß, dass du dich zeigen musstest. Dass du keine andere Wahl hattest«, sage ich. Frage mich, woher ich das weiß. Denn als Libra und ich an den Klippen gesprochen hatten, erwähnte sie es nicht. »Du musst keine Angst haben.«

»Das hat sie dir gesagt? Und hast du sie auch gefragt, wie Aurora und ich wieder zu einem Stern werden können?«

»Ihr müsstet es nur wollen.«

»Wir müssten es nur wollen?!«

Ich zucke mit den Schultern.

»Wann werdet ihr aufbrechen?« Oxanas Hände umschließen eine Tasse heiße Milch, die keiner von uns probieren will, weil Lysander auf unserer Reise behauptet hatte, die Aries würden nur Milch von Widdern trinken. Zwar glaube ich ihm nicht, die Lust auf Milch ist mir jedoch trotzdem vergangen.

Lysander hebt seinen Holzbecher mit Früchtetee. »So bald wie möglich, wenn es euch recht ist!« Er gibt sich locker, doch mir entgeht nicht die Anspannung in seinem Gesicht.

Oxana trinkt ihre Milch aus und erhebt sich dann von ihrem Platz. »Dann werde ich euch noch etwas Proviant zusammenstellen lassen.«

Ich hätte gedacht, dass es mir schwerfallen würde, die Aries zu verlassen. Aber es gelingt mir erstaunlich leicht. Ich weiß, dass ich jederzeit wiederkommen kann. Die Leonen sind frei. Ich bin frei.

Oxana zieht mich zum Abschied an sich und umarmt mich mit all ihrer Wärme. »Kommt uns bald besuchen.« Sie löst sich von mir, lässt ihre Augen über unsere kleine Gruppe schweifen. »Ihr alle.«

»Das werden wir«, verspreche ich.

Elvor reicht uns den Rucksack mit Wasser und Kuchen darin. Lysander zieht ihn sich auf den Rücken.

»Grüß den Urgott der Aries von uns«, scherzt Elvor. Er schlägt Lysander so fest auf die Schulter, dass ich vermutlich zusammengebrochen wäre. Lysander bleibt jedoch stehen wie eine hundertjährige Eiche.

»Wird gemacht.« Lysander lächelt gequält. Er befürchtet vermutlich, die anderen Urgötter nie wiederzusehen.

»Bis bald«, verabschiede ich mich.

Es fühlt sich seltsam an, so sorglos zu wandern. Nicht auf der Flucht zu sein. Mehrmals zucke ich zusammen, wenn wir einen Hasen oder Truthahn erschrecken und dieser hastig aus seinem Versteck flüchtet. In diesen Momenten rechne ich damit, Birkaras zu sehen. Der überlebt hätte, mich verfolgen und nun mein Glück endgültig zerstören würde.

Erst jetzt, wo ich so frei durch die Landschaft streife, wird mir bewusst, was ich wirklich gewonnen habe. Das hüfthohe Gras der weiten Wiese streichelt meine Unterarme. Ich spüre das Prickeln, wenn die Grashalme sich der Sonne entgegenstrecken. Noch nie war es so schön anzusehen, wie die Vögel durch den Himmel schweben, kreisen, sich treiben lassen. Ich verstehe ihr buntes Zwitschern. Lache, weil sie wild durcheinanderreden. Der Duft der Freiheit umwebt mich. Die Süße frisch erblühter Blumen, der Duft sonnengewärmter Haut, die Frische der verbliebenen Tautropfen am Fuß der Gräser, feuchte Erde.

Emilian nutzt die Tatsache, dass ich meine Augen für ein paar Sekunden genießerisch geschlossen habe. Er hebt mich hoch, als würde ich nichts wiegen, und trägt mich in seinen starken Armen.

»Emilian!« Ich halte mich an seinem Nacken fest. Weiß nicht, ob ich erschrocken oder freudig aufgeregt sein soll.

»Nicht rot werden«, neckt er mich. Beugt sich zu mir und küsst mich auf die Nasenspitze.

»Ich bin es nicht gewohnt, getragen zu werden. Ich laufe lieber selbst ...«, murmle ich. Verfluche meine erhitzten Wangen.

Emilian lacht. »Genau deshalb habe ich dich hochgehoben. Ich liebe es, dich aus der Fassung zu bringen.« Sein schiefes Lächeln ist gefährlich und charmant.

Als mein Bauch zu schmerzen beginnt, merke ich, dass ich lache. In meinem ganzen Leben habe ich noch nie unbeschwert gelacht. Ich bin so glücklich, dass sich die Welt um mich herum zu drehen scheint.

Wir rasten einmal etwa zehn Minuten, stärken uns. Wenn mich meine Orientierung nicht täuscht, befinden wir uns ein paar Stunden westlich des Leonengebiets und südlich der Ariessiedlung.

Wir tauchen in einen Wald ein, der so harmonisch wie ein Gemälde wirkt. Sanft kitzelt das warme Sonnenlicht meine Augenlider, erhellt den mit saftigen Pflanzen überzogenen Boden. Selbst die kräftigen Wurzeln der Bäume sind vollkommen unter der hellgrünen Decke verborgen. Baumschwämme wachsen an den Stämmen der mächtigen Buchen wie durcheinandergeratene Treppenstufen hinauf.

Eine flache Brücke aus morschen Brettern führt über einen glasklaren Bach. Es folgt ein steiler Hang, den wir seitlich hinabsteigen müssen. Alles in diesem Wald ist von kräftigem Grün. Die Bäume rücken immer dichter beisammen, erschweren es dem Sonnenlicht, den Boden zu erreichen. Efeu schlängelt sich die breiten Baumstämme hinauf. Die schweren Äste der Trauerweiden berühren fast den Boden.

Lysanders Aufregung steigt mit jedem Schritt. Es ist nicht mehr weit.

Als eine völlig eingewachsene Hütte vor uns auftaucht, atmet Lysander so schwer aus, als hätte er zuvor minutenlang die Luft angehalten. »Wir sind angekommen.«

Die Hütte ist so gut versteckt, dass ich sie wahrscheinlich nicht gesehen hätte, wäre Lysander nicht stehen geblieben. Dies ist also Auroras Aufenthaltsort, den Lysander in seinem Tagebuch als Höhle beschrieben hat. So wie die Sträucher und Bäume ineinander übergehen, verschmilzt auch sie vollkommen mit der Natur. Ihr Dach ist ein buntes Blumenbeet, die hölzernen Wände verstecken sich unter dunkelgrünen Kletterpflanzen. Der langgliedrige Vorhang einer Weide schützt den Eingangsbereich.

»Wo sind wir hier?«, frage ich Lysander. Dieses Waldstück wirkt so unberührt, so gesund, als hätte noch nie ein Mensch seinen Fuß hierhergesetzt.

»Dieses Gebiet gehört zu keinem Sternenstamm. Niemandsland sozusagen. Aber genau das hat es so perfekt gemacht. Die Hütte habe ich selbst gebaut.« Er holt tief Luft. Wirft einen Blick zu der von Efeuranken überwucherten Tür. »Schon seltsam. Ich dachte, wenn ich wieder hier bin, wird mich nichts davon abhalten können, zu Aurora ans Bett zu stürzen. Und jetzt stehe ich hier, und alles in mir sträubt sich, die Hütte zu betreten. Ich habe Angst ...«

Die feinen Härchen auf meinen Unterarmen stellen sich auf. Irgendetwas stimmt hier nicht. Aber ich schweige, solange ich noch nicht weiß, was es ist.

»Es wird alles gutgehen«, sagt Emilian.

Wir tauschen einen flüchtigen Blick, mit dem ich ihm meine Unsicherheit mitteile. Dann dämmert es mir auf einmal: Das Waldstück hinter mir knistert vor Energie. Vor Leben. Ströme, die durch den Boden brausen und meine Sinne tanzen lassen. Aber diese Ströme versiegen vor der Hütte. Als befände sich dort drinnen nicht ein leisester Lebenshauch. Als lauere dort der Tod.

Lysander schüttelt den Kopf. »Ich weiß es einfach. Ich fühle, dass es nicht funktioniert hat.« Seine Augen glänzen. »All die Jahre habe ich in meinem Herzen gespürt, dass sie noch lebt. Selbst wenn ich Hunderte Kilometer von ihr entfernt war. Aber seit das Gleichgewicht der Kräfte wiederhergestellt ist, ist dieses Gefühl verschwunden. Es ist, als wäre sie nur so lange am Leben geblieben, um zu wissen, dass die Geschichte gut ausgeht. Und jetzt, wo das der Fall ist ...«

»Nein, Lysander. Sie wartet dort drinnen auf dich.« Ich versuche, so viel Zuversicht wie nur möglich in meine Stimme zu legen. Lysanders Zweifel zu vertreiben. »Geh zu ihr.«

»Wir erwarten dich draußen«, fügt Emilian hinzu.

»Nein. Bitte. Kommt mit mir.«

Eine Elster, die auf dem Fensterbrett rechts der Tür sitzt, flattert aufgeregt davon, als Lysander die Kette an seinem Hals unter seinem Hemd hervorholt. Die Kette mit dem Schlüssel. Ich schiebe die Blätter eines Efeus auseinander, damit er die Tür aufsperren kann. Er muss zweimal kräftig ziehen, bis die dichte Wand aus Kletterpflanzen reißt. Ich höre die Pflanzen schreien. Beiße die Zähne zusammen. Emilian streicht mir tröstend über meinen Unterarm.

In der Hütte ist es finster. Es dauert einen Augenblick, bis sich meine Augen an die Dunkelheit gewöhnt haben.

»Könntest du …?«, fragt Lysander.

Er muss nicht weitersprechen. Schon beschwöre ich eine Lichtkugel. Ein wunderschönes, golden schillerndes Licht. Viel glänzender als jenes, das wir Leonen bisher erschaffen konnten.

Staubflocken treiben durch die Luft, kitzeln mich in der Nase. Die Hütte ist nur ein einziger, kleiner Raum. Gerade mal ein Bett, zwei Stühle und ein Tisch haben darin Platz. Der Tisch ist von Staub so dicht bedeckt, als sei Schnee daraufgefallen.

In dem Bett liegt regungslos eine Frau. Aurora.

Ihre Schönheit verschlägt mir die Sprache. Wie ein Engel sieht sie in ihrem trägerlosen, hellgelben Kleid aus. Ihr blondes, sanft gewelltes Haar bedeckt ihre nackten Schultern, um den Hals trägt sie eine Kette. Ihre Gesichtszüge sind weich und scharf zugleich: volle Lippen, lange Wimpern, hohe Wangenknochen. Ihr Körper ist schlank, aber muskulös.

Jegliche Spannung weicht aus Lysanders Schultern. Er

stürzt zur leblosen Aurora ans Bett, schüttelt immer wieder den Kopf. »Nein … nein! Es hat nicht sein sollen.«

Er legt eine Hand auf Auroras Brustkorb, will ihren Herzschlag fühlen. Die Feuchtigkeit, die eben noch seine Augen zum Glänzen gebracht hat, läuft nun als Tränen über seine Wangen. »Ihr Herz schlägt nicht mehr. Es schlägt nicht mehr!« Voller Verzweiflung sieht er uns an, ohne die Hand von Aurora zu lösen.

Ich weiß nicht, was ich sagen soll. Weiß nicht, wie ich Lysander helfen kann. Kann einfach nicht glauben, dass Aurora nicht aufgewacht ist. Dass sie tot ist … Aber ich spüre kein Leben. Spüre nichts. Gar nichts.

»Tut doch was! Bitte helft mir … macht irgendwas!«

Emilian tastet an Auroras Unterarm nach ihrem Puls. Sieht mich an. Schüttelt den Kopf. Als er eine Hand auf Lysanders Schulter legt, schiebt der Urgott sie von sich fort, als könne er keinen Trost ertragen. Er beugt sich über Aurora, schmiegt sein Gesicht an ihres. »Wach auf, Aurora! Du musst aufwachen!«

Nichts.

Die Verzweiflung kocht in ihm hoch. Er löst sich von ihr, packt sie an den Schultern. Schüttelt sie. »Wach doch bitte auf!« Seine Tränen tropfen auf das Bettlaken.

Auch meine Augen brennen. Ich verstecke mein Gesicht hinter den Händen, während Lysander seine Lippen auf Auroras presst. Versucht, ihr Sauerstoff einzuhauchen.

Emilian zieht mich an sich. Meine Hände sinken herab, bleiben auf meinem Brustkorb liegen. Fühlen die Kette um meinen Hals. Die Kette, die Emilian mir geschenkt hat. In der die Kräfte der Leonen gespeichert sind.

»Ich habe eine Idee!« Ich öffne den Verschluss. Nähere mich vorsichtig Aurora.

Mein Blick fällt auf die Wunde an ihrer Stirn. Dort, wo Lysander ihr durch den Schlag mit einem Stein das Bewusstsein geraubt hat. Sie blutet noch immer ganz leicht, als wäre sie gerade erst von dem Stein getroffen worden.

Meine Hände zittern, als ich den Verschluss ihrer Halskette öffne: eine goldene Kette, an der ein schwerer, roter Stein hängt. In dieser Kette waren einst die Kräfte der Leonen gespeichert, bevor Lysander sie der Urgöttin raubte. Stattdessen lege ich ihr mein Lederband mit dem Löwenanhänger um den Hals. Binde es zu. Richte den kleinen, goldenen Löwen so, dass er über ihrem Herzen liegt.

Dann mache ich ein paar Schritte zurück, stelle mich wieder neben Emilian. Wir halten alle die Luft an. Warten. Die Zeit steht still.

Doch nichts passiert.

»Sie ist tot. Ich habe sie getötet.« Lysanders Stimme bricht. Er räuspert sich, wischt sich die Tränen von der Wange. Mit einem Mal ist er ganz ruhig. Als hätte er aufgegeben.

Ich kann den Anblick des gebrochenen Urgotts kaum ertragen. Es schnürt mir die Kehle zu. Emilian nimmt meine Hand, wir blicken uns traurig an. Es kann einfach nicht sein, dass Lysander und Aurora nicht zusammen sein werden.

»Was ist das?«, stößt Lysander auf einmal aus. »Schaut! Schnell!«

Die Wunde auf Auroras Stirn zieht sich zusammen. Das Blut verschwindet, als würde ein unsichtbares Tuch es fortwischen. Kurz darauf ist nur noch eine dünne Narbe zu sehen, und selbst diese verschwindet von einer Sekunde auf die andere.

Mein Herz schlägt mir bis zum Hals.

»Aurora ...« Lysander umschließt mit einer Hand ihren Unterarm, mit der anderen streichelt er zärtlich ihre Wange.

Langsam, ganz langsam öffnen sich Auroras Augen.

»Du bist wieder bei mir ...« Er schluchzt so heftig, dass auch meine Augen sich wieder mit Tränen füllen.

Auroras Lider senken sich erneut herab, als wäre sie nie wach gewesen.

Lysanders Atem geht schnell und heftig. Er dreht sich zu uns um, seine Unterlippe bebt. »Was ist mit ihr? Sie war wach! Warum ...?!«

Er legt eine Hand auf den kleinen Löwen auf Auroras Brustkorb. »Hier ist deine Kraft, Aurora. Spürst du sie? Sie ist wieder bei dir!«

»Lysander ...«, haucht Aurora. Ihre Lippen bewegen sich kaum.

»Ich bin hier. Ich bin bei dir!«

Sie blinzelt ein paarmal, ehe sie die Augen ein zweites Mal aufschlägt. »Wo bin ich?«

Lysander öffnet den Mund, schließt ihn wieder. Er wirft mir

einen hilfesuchenden Blick über die Schulter zu. Aber auch ich bringe keinen Ton hervor.

Schließlich ist es Emilian, der zu sprechen beginnt: »Du bist in einer Hütte im Wald, einige Kilometer vom Leonengebiet entfernt. Du hast viele Jahre geschlafen.«

Aurora versucht sich aufzurichten, ist aber zu schwach. Lysander stützt sie am Rücken, während seine Tränen einfach nicht versiegen wollen. »Du lebst. Ich dachte, ich hätte dich für immer verloren ...«

Die Urgöttin wirkt, als wäre sie noch halb in ihrem tiefen Schlaf gefangen. Sie legt ihre Hand auf den Löwenanhänger auf ihrem Brustkorb. Holt mehrmals tief Luft, als würde sie mit jedem Atemzug die Kraft der Leonen einatmen.

»Sie braucht Ruhe«, sage ich und lege meine Hand auf Emilians Rücken, um gemeinsam mit ihm nach draußen zu gehen.

Doch es ist Aurora selbst, die uns aufhält. »Nein ... Es geht schon. Mir ist nur ein wenig schwindelig.« Ihre Wangen gewinnen ein wenig an Farbe.

»Kannst du dich an irgendetwas erinnern?«, fragt Emilian sie ganz sanft.

»Ich weiß, dass Lysander mich hierhergebracht hat.« Sie hebt den Kopf, sieht Lysander tief in die Augen. »Ich kann mich an jedes Wort erinnern, dass du zu mir gesagt hast, während ich hier lag. Du hast mir immer von deinen Reisen erzählt. Von den Tauren und den Leonen.«

»Dann erinnerst du dich auch ...«

Aurora nickt schwach.

»Es tut mir so leid. Ich wollte das nicht, ich …«

»Was du getan hast, ist schrecklich, Lysander.« Vorsichtig setzt sie ihre Füße auf den Boden auf. Legt die Hände in den Schoß. »Wie konntest du nur?«

»Ich … ich habe all die Jahre versucht, einen Weg zu finden, meine Tat rückgängig zu machen …«

»Ich weiß.« Sie nickt bedächtig.

Dann sieht sie mich auf einmal so direkt an, dass ich unsicher die Hände in die Taschen meiner Hose schiebe. Ihre Augen sind rehbraun. »Du musst Robin sein.« Ihr Blick wandert zu Emilian. »Und du Emilian.«

Langsam erhebt sie sich vom Bett. Schwankt. Lysander will sie stützen, doch sie hebt nur ihre Hand, und er zieht sich zurück. Aurora ist erstaunlich groß. Fast so groß wie Lysander.

Sie schließt mich in eine Umarmung. »Es tut mir so leid, dass du all das ertragen musstest. Dein Mut und deine Tapferkeit sind außergewöhnlich. Es ist mir eine Ehre, dass du zu meinem Stamm gehörst.« Dann wendet sie sich Emilian zu, umarmt auch ihn. »Auch dein Herz ist bemerkenswert. Sich gegen seinen eigenen Stamm zu stellen, sein Leben zu riskieren, um für die Liebe und Gerechtigkeit zu kämpfen, ist ein Opfer, das vermutlich kein Zweiter auf dieser Welt erbracht hätte.«

Sie geht zurück zum Bett, um sich auf die Kante zu setzen. »Aber nun erzählt, wie es euch gelungen ist, Birkaras zu besiegen.«

Lysander beginnt zu berichten. Er schildert ihr unsere Reise. Beschreibt, wie Birkaras immer mehr die Kontrolle über mich bekam. Als wir zu dem Teil gelangen, wo ich Birkaras' Bernstein zerschlagen habe, sitzt Lysander neben ihr auf dem Bett und Emilian und ich auf dem Boden.

»Hat Libra dir eine Möglichkeit genannt, wie Lysander und ich zu den übrigen Sternengöttern gelangen können?«, fragt Aurora.

»Du und ich?«, tastet sich Lysander vor.

Aurora lächelt milde. »Ich weiß, wie sehr du gelitten hast, Lysander. Du wärest für mich gestorben. Und ich liebe dich, daran wird sich nie etwas ändern.«

Lysander strahlt bis über beide Ohren. Auch noch, als Aurora hinzufügt: »Aber es wird dich viel Mühe und Arbeit kosten, mein Vertrauen wiederzugewinnen. Ich kann nicht einfach so vergessen.« An mich gerichtet fragt sie erneut: »Hat Libra dir keinen Hinweis gegeben?«

Ich schüttele den Kopf. Wische mit dem Zeigefinger den Staub auf dem Bettgestell neben mir fort. »Aber manchmal habe ich das Gefühl, sie hätte mich in einem Traum besucht und mit mir gesprochen.«

»Und was hat sie in diesem Traum zu dir gesagt?«

»Lysander müsse es nur wollen ...«

Aurora legt den Kopf schief. Streicht ihre langen Haare hinter die Schultern. »Ach Lysander, du hast dich nicht verändert.« Ihre Augen lächeln. »Möchtest du denn zu den Urgöttern?«

»Jetzt wo ich dich habe, ja. Jetzt hält mich hier nichts mehr.«

»Dann weißt du doch schon, wie es geht.«

Lysander versteht immer noch nicht. Er legt die Stirn in tiefe Falten, kräuselt den Mund ahnungslos.

»Verabschiede dich von deinen Freunden«, sagt Aurora.

»Auf Wiedersehen«, murmelt er verwirrt.

Aurora schließt ihre Hände um Lysanders Finger. Dann erfüllt die Hütte auf einmal ein silbernes Flimmern, durch das mein Blick ganz müde wird. Ich weiß nicht mehr, ob ich träume, oder ob das alles wirklich geschieht. Ich reibe meine Augen, und als ich sie wieder öffne, sind die beiden verschwunden.

Emilian streicht über mein Haar. »Ich wette, wir sehen Lysander wieder.«

»Glaubst du?« Noch immer ist mein Blick auf den Platz vor mir gerichtet, wo gerade eben noch Aurora saß.

Er lächelt. »Ich bin mir ziemlich sicher.«

WIEDERSEHEN

Mein Herz schlägt mir bis zum Hals. Jede Faser meines Körpers glüht vor sprudelndem Leben. Das hier ist mein Wald, meine Heimat. Ich möchte das dunkle Moos küssen, jeden einzelnen Baum umarmen, mit meinem Körper die feuchte Erde spüren.

Meine Füße drängen mich vorwärts, immer schneller laufe ich durch den Wald. Gehe nicht mehr. Renne. Seit Stunden umklammere ich Emilians Hand so fest, dass unsere Knochen inzwischen vermutlich bereits verwachsen sind.

Jedes kleinste Geräusch des Waldes spüre ich in meinem Körper. Ein herabfallendes Blatt kitzelt mich an meinen Füßen. Das Rauschen des Wassers durch die Wurzeln der Bäume ist für mich eine Melodie, die meine Seele zum Leuchten bringt. Ich spüre, wie die Bäume es genießen, wenn der Wind ihre Zweige zum Schaukeln bringt. Alles in diesem Wald ist ein Kreislauf, und ich bin ein Teil davon.

Es ist nicht mehr weit ... Nur noch ein winziges Stück.

Irgendwo in der Ferne bewegt sich etwas. Früher hätte ich nur eine fremde Aura gespürt, vielleicht die unruhigen Schritte einer weiteren Person wahrgenommen. Jetzt rieche ich ihren Duft, höre ihren aufgeregten Herzschlag, glaube sogar zu sehen, wie das Wesen die kleinen Händchen ballt, um die volle Kraft in sein Rennen zu legen.

»Flora …«, presse ich hervor.

»Robin! Es ist Robin!«, ruft ihr zartes Stimmchen.

Dann sehe ich meine kleine Schwester, sehe wie sie hastig über einen frisch gesprossenen Farn springt. Ihre Wangen sind vom Rennen gerötet. Sie breitet ihre Arme aus, und ich tue es ebenfalls. Ich drücke sie an mich, umarme sie, als würde ich sie nie wieder loslassen. Ihr Gesicht presst sie gegen meinen Bauch, dass nur noch ihre wilden Haare zu sehen sind.

Mein Herz geht auf, als ich sehe, dass auch Minna durch den Wald eilt. Kurz bevor sie bei uns ist, bleibt sie stehen. Presst ihre zittrige Hand auf den Mund. Wie erwachsen sie geworden ist … Noch immer ist sie kleiner als ich, doch der Kummer, den sie ertragen musste, hat das kindliche Blitzen ihrer Augen verblassen lassen.

Es ist Laurin, der sie ein Stück nach vorne schiebt und sie mit sich auf mich zuzieht. »Unsere Gebete wurden erhört.«

Emilian hebt Flora hoch und hält sie sicher in seinen starken Armen, während ich Laurin und Minna entgegenlaufe. Es fühlt sich so gut an, die beiden wieder bei mir zu haben. Ich spüre Marlas Energie, auch sie ist hier irgendwo. Ein paar Atemzüge später entdecke ich sie, wie sie beinahe ängstlich durch den Wald läuft. Ohne ein Wort zu sagen kommt sie auf uns drei zu und legt ihre Arme um uns.

Sie leben. Sie alle leben …

»Es ist ein Segen, dass ihr wieder da seid.« Marla zittert am ganzen Körper, wischt sich flüchtig die Tränen aus den Augenwinkeln, die sich dort angesammelt haben.

»Jetzt ist alles gut.« Ich streiche ihr tröstend über den Rücken, und sie nickt hastig, mehr um sich selbst zu überzeugen.

»Ja, endlich ist alles gut.« Ihre Lippen beben bei jedem Wort.

Minna drückt ihre Hand. »Komm, wir gehen zu den anderen. Die warten sicher schon ganz aufgeregt.« Sie sagt es, als wäre sie die Mutter und nicht Marla. Ich frage mich, wie viel mein Stamm ertragen musste, während ich nicht bei ihm war.

Am Abend sitzen wir alle gemeinsam am Lagerfeuer. Selbst die Kinder dürfen noch aufbleiben und den Geschichten unserer Reise lauschen. Wir erfahren, wie sich mein Stamm in der Höhle versteckt hat. Wie Birkaras Titus ermordete. Wie Laurin entdeckte, dass sich etwas geändert hat: dass die Kräfte der Leonen wieder stark geworden sind. Wie Laurin alle nach Hause geführt hat. In die Siedlung der Leonen.

»Und da wussten wir, dass du es geschafft hast«, schließt Laurin. »Dass du uns alle gerettet hast.«

»Es war einfach unglaublich!« Minna schenkt Laurin mit dem Schöpflöffel heißen Beerenwein nach, der in einem Kessel über dem Feuer köchelt. »Die Leonen haben den ganzen Tag nichts anderes gemacht, als Feuer zu beschwören, Baumstämme zu berühren oder mit Tieren zu sprechen!«

Die Flammen knistern. Laurin hat das Feuer mit Hilfe seiner Magie geschaffen. Alle möglichen Farben tanzen darin, während sich die roten Spitzen wie sanfte Wellen emporstrecken.

Ein verführerischer Duft nach Tannennadeln und würzigen Kräutern steigt auf. Mir wird bewusst, wie sehr ich das alles vermisst habe.

Als der Wald bereits friedlich schläft, bringt Marla die kleine Flora ins Bett, und auch ein paar Leonen verschwinden bereits in ihre Häuser. Der Großteil bleibt jedoch, stellt immer wieder Fragen, kann nicht glauben, dass wir wirklich einen Urgott kennenlernen durften.

»Und ihr seid euch sicher, dass er ein Urgott war?« Sepo schüttelt ungläubig den Kopf, leert seinen Holzbecher in einem Zug.

Emilian und ich lachen, weil wir diese Frage schon mindestens zehnmal beantwortet haben.

Minna ruft nach Donia und deutet dann auf den Kessel. Donia versteht sofort: »Schon alles ausgetrunken? Ich könnte zur Feier des Tages etwas Wurzelpunsch machen. Was hältst du davon?« Sie wendet sich an Laurin.

»Was haltet ihr von Wurzelpunsch?«, fragt Laurin die Leonen.

»Ich warte schon die ganze Zeit drauf!«, platzt es aus Sepo heraus, und alle lachen.

Erstaunlich, wie sehr sich auch Laurin verändert hat. Wenn ich daran denke, wie tollpatschig er früher durch den Wald gestolpert ist. Es kaum gewagt hat, seine Meinung zu sagen. Er hat sichtlich an Muskelmasse gewonnen, obwohl sein Körper immer noch sehr schlank ist. Der Schein des Feuers betont sein hartes Kinn. Ich vermisse seine weichen Wangen, die er früher einmal hatte und die bei der Arbeit im Wald immer so schnell glühend rot geworden sind. Ich hoffe, dass sie zurückkommen, wenn wir ab jetzt immer ausreichend zu essen haben.

»Gut, dann mache ich einen«, erwidert Donia freudig und will gerade in Richtung Kochhaus verschwinden, als Laurin sie noch einmal zurückhält.

»Aber eigentlich musst du unsere Anführerin fragen und nicht mich.« Er nickt in meine Richtung.

Abwehrend hebe ich die Hände. »O nein ...« Emilian drückt meine Hand. Er ahnt, was ich vorhabe. »Ich denke, wir haben inzwischen einen neuen Anführer.«

Laurin runzelt verwirrt seine Stirn. Er blickt die anderen Leonen fragend an, doch sie alle schweigen wohlwissend. Ich beschließe, ihm ein wenig auf die Sprünge zu helfen. »Ich finde, zu dir passt diese Rolle viel besser.«

»Was? Ich?« Das, was er daraufhin murmelt, versteht niemand mehr.

Es ist auch überflüssig. Zuerst beginnt Sepo zu klatschen, dann steigen alle anderen mit ein.

Irgendwann liegen Emilian und ich in meiner geliebten Hängematte hinter meinem alten Zuhause. Wenn ich so den Sternenhimmel betrachte, die tiefe schwarze Decke mit all den funkelnden Punkten, frage ich mich, wie es Lysander wohl nun geht. Mit Sicherheit ist er im Paradies, einfach nur, weil er jetzt mir Aurora zusammen sein kann. Jahrelang, jahrhundertelang getrennt zu sein … Ich kuschle mich enger an Emilian.

Als hätte Emilian meine Gedanken gehört, streicht er sanft über mein Haar und küsst mich auf die Stirn. Ich liege auf seiner Brust, lausche dem beruhigenden Schlag seines Herzens. Genau das hier, das ist mein Paradies.

»Wirst du zu den Tauren zurückkehren?«, frage ich.

»Ich denke, sie würden mich in Stücke reißen.«

»Das können sie gar nicht mehr.«

Emilian lacht leise. »Stimmt.« Eine Weile ist es still, er denkt darüber nach. »Du bist jetzt mein Zuhause, Robin.«

»Was glaubst du passiert jetzt mit den Tauren?«

Emilian holt tief Luft. »Ich weiß es nicht. Ich kann nur hoffen, dass sie sich an ihre neue Situation gewöhnen und irgendwann ein normaler Stamm wie jeder andere werden.«

Ich schließe die Augen und konzentriere mich auf das rhythmische Heben und Senken von Emilians Brust. In meinem Bauch flattern hundert Schmetterlinge, wenn ich daran denke, dass ich ab jetzt jede Nacht mit Emilian in dieser Hängematte liegen kann. Sein Herzschlag führt mich sicher ins Reich der Träume.

NEUBEGINN

Am nächsten Morgen weint der Himmel. Dicke Regentropfen stürzen vom Himmel herab, wiegen schwer auf meinen Schultern. Mein dunkelbraunes Hemd liegt eng an meinem Körper an, meine Haare kleben mir im Gesicht. Meine nackten Füße sinken in die aufgeweichte Erde ein.

Emilian macht einen Schritt nach vorne, kniet sich auf den Boden und legt den Blumenstrauß, den wir gemeinsam gepflückt haben, auf den länglichen, flachen Stein. Sepo und er haben den Stein gestern vom Fluss hierhergetragen. Der Regen lässt seine Farbe dunkler wirken, was den weißen Schriftzug darauf noch deutlicher hervorhebt. Ein Name steht darauf geschrieben: Melvin.

Die Spitzen der Tannen wiegen sich im Wind. Greifen einander. Das letzte Mal war ich an diesem Ort, als Almaras begraben wurde. Der Friedhof der Leonen liegt ein ganzes Stück von der Siedlung entfernt. Es ist der Ort im Wald, an dem die Bäume am weitesten auseinander stehen. Der Erdboden am lockersten ist. Zwischen den Stämmen und den Wurzeln liegen Hunderte flache Steine verteilt. Die meisten Leonen, die hier begraben sind, waren Opfer der Tauren.

Emilian erhebt sich, nimmt meine Hand. Nun beugt sich Marla zu dem Stein hinab und legt Blumen neben unseren

Strauß. Nach und nach folgen Leonen, bis der Stein fast vollkommen bedeckt ist.

Ein heftiges Schluchzen schüttelt meinen Körper. Ich starre auf meine vom Matsch dunklen Füße. Wage es nicht, mich auf dem Friedhof der Leonen umzusehen. Aber ich weiß ohnehin, dass auf dem Stein neben Melvin »Almaras« geschrieben steht, auf dem Stein dahinter »Titus«. Ich kann nicht glauben, dass ich sie nie wiedersehen werde. Almaras nie wieder um Rat fragen, nie wieder mit Titus streiten, nie wieder bewundern kann, wie Melvins eisblaue Augen langsam auftauen.

Meine Tränen mischen sich zu den Regentropfen auf meinem Gesicht.

»Komm«, sagt Emilian leise. Er zieht mich von den Leonen fort. Führt mich durch den Wald an meinen geliebten Fluss, wo wir uns unter der Trauerweide niederlassen. »Ab jetzt wird alles gut«, verspricht er mir.

Und ich glaube ihm.

Zwei Tage später ernennen die Leonen Laurin offiziell zum Anführer. Die Weste, die mir auf meiner Ernennungsfeier viel zu groß war, steht ihm viel besser. Emilian, Sepo, Parl und ich tragen ihn – wie es der Brauch vorsieht – auf seinem Thron einmal um die Siedlung der Leonen, ehe wir ihn an der Spitze des Tisches absetzen.

Mit kleinen Schritten entdecken die Leonen ihr neues Leben. Sie lernen, ohne Angst durch den Wald zu streifen. Zu lachen, ohne dabei im Kopf zu haben, dass es vielleicht das letzte Lachen ist, das auf ihren Lippen liegt. In die Stadt aufzubrechen, wann immer sie dazu Lust haben. Im Wald umherzustreunen, ohne befürchten zu müssen, dass ein Taurer auf einmal hinter ihnen steht und sie tötet.

Es sind nur ein paar Tage vergangen, als Lysander uns besucht. Ich zeige Emilian gerade, wie man Fische fängt. Die ersten Vögel stimmen ihr Lied an, der Wald erwacht aus seinem Schlaf. Langsam, ganz langsam öffnen die Blumen ihre Köpfe und empfangen freudig die ersten Sonnenstrahlen.

Emilians schnelle Reaktionen sind beeindruckend. Innerhalb kürzester Zeit hat er sechs Fische gefangen. Kurz bevor Lysander die Zweige der Trauerweide auf die Seite schiebt, bereitet mich die Natur auf seine Ankunft vor.

»Lysander«, sage ich nur.

Emilian spießt den Fisch in seiner Hand an einem der Haken am Seil auf und legt die Beute ans Ufer. Er sieht wunderschön aus, mit leicht zerzaustem Haar, die Ärmel und Hosenbeine hochgekrempelt. Sein Hemd ist ganz nass und schmiegt sich an seine schlanke Taille. Seine Haut ist braun gebrannt, die dunklen Ringe unter seinen Augen verschwunden.

»Na, ihr beiden«, begrüßt Lysander uns fröhlich. »Wie geht's?«

Emilian und ich strahlen uns an.

»Okay, verstehe schon«, lacht Lysander. Er pustet sich eine braune Haarlocke aus dem Gesicht. Seine Wangen sind leicht gerötet, seine Augen funkeln. »Bist du bereit?«, fragt er Emilian.

»Bereit wofür?« Emilian steigt aus dem Wasser. Ich reiche ihm den Speer und er legt ihn auf den Boden.

»Deinem Stamm unter die Arme zu greifen?«

»Den Tauren? Sie werden mich in Stücke reißen. Niemals.«

»Ich habe sie eine Weile beobachtet. In ihrer Siedlung herrscht das absolute Chaos. So kann es nicht bleiben«, berichtet Lysander. »Alle zwei Minuten streiten sie um den Posten als Anführer, kämpfen miteinander. Der große Platz gleicht einem Saustall. Sie brauchen jemanden, der sie führt. Zumindest die erste Zeit, bis sie einen neuen Anführer gefunden haben.«

»Und das soll ausgerechnet ich machen? Sie werden nicht auf mich hören.«

»Ich werde mitkommen. Auf mich werden sie hören. Aber ich brauche deine Hilfe.«

»Aber sie hassen mich! Ich bin ein Verräter für sie!«

»Du bist kein Verräter. Du hast sie von einem Unrecht befreit, das müssen wir ihnen klarmachen.«

Emilian schüttelt langsam den Kopf. Fährt sich über den Nacken. »Ich weiß nicht, Lysander. Was, wenn das Chaos in der taurischen Siedlung durch meine Anwesenheit nur noch schlimmer wird?«

»Anfangs wird es vielleicht so sein, Emilian. Aber die Tauren haben immer zu dir aufgesehen. Deshalb vertraue ich darauf, dass sie sich irgendwann von dir führen lassen.«

Emilian wirkt nicht überzeugt. Er wirft mir einen Blick über die Schulter zu. Ich lege den Kopf schief. Nicke ihm aufmunternd zu: »Was hast du zu verlieren? Einen Versuch ist es wert.«

Emilian versteht mich. Seufzt. »Gut. Wir versuchen es.«

Mir vorzustellen, wie Emilian nach all dem, was passiert ist, die Siedlung der Tauren betritt, verursacht mir Magenschmerzen. Aber ich gebe Lysander recht: Emilian ist jemand, dem man nicht widerspricht. Zu dem man aufsieht. Den man respektiert. Wenn es jemand schaffen kann, die Tauren zur Vernunft zu bringen, dann er.

Als Emilian am Abend von den Tauren in die Siedlung der Leonen zurückkehrt, spricht er kaum. Schnauft mehrmals schwer. Er blutet über seiner rechten Augenbraue. Sein Hemd ist am Rücken zerrissen. Ich wage nicht, ihn auf das, was er erlebt hat, anzusprechen. Emilian und ich sind uns ähnlich: Wir reden nur, wenn wir es auch wirklich wollen. Deshalb warte ich.

Mitten in der Nacht richtet er sich in der Hängematte auf einmal auf. Ich blinzle schläfrig. Streiche ihm über den Oberarm. Er legt sich nicht wieder hin.

»Egal, was ich sage«, beginnt er, »die Tauren verstehen alles als Provokation. Jeder beansprucht den Posten des Anführers für sich. Sie wollten mich aus der Siedlung jagen, haben es jedoch nicht gewagt, Lysander anzugreifen, als er sich vor mich stellte.«

Ich schlinge meine Arme um seinen Oberkörper, schmiege mein Gesicht an seine Schulter. »Wirst du morgen wieder zu ihnen gehen?«

»Ich habe es Lysander versprochen.«

In der ersten Woche steht Emilian jeden Tag, bevor der Wald

zum Leben erwacht, auf und kommt erst, nachdem die Leonen schon ins Bett gegangen sind, wieder nach Hause. Kein einziges Mal ohne blutige Schrammen oder blaue Flecken.

Und schließlich kommt er eines Abends gar nicht nach Hause.

Mir ist schlecht vor Angst. Es ist wie damals, als wir darauf warteten, dass Almaras von den Tauren zurückkehrt. Damals, als sie ihm ein Auge herausgerissen hatten. Ich zittere am ganzen Körper, laufe in unserem Haus auf und ab. Schleudere schließlich mit voller Wucht eine Schale an die Wand, in der Hoffnung, mich auf diese Weise zu beruhigen. Aber es funktioniert nicht.

Deshalb renne ich zur Grenze, so schnell mich meine Füße tragen. Dort warte ich auf ihn, wage mich keinen Schritt weiter, weil ich es Emilian versprochen habe. So, wie er mir versprochen hat, immer wieder zu mir zurückzukommen.

Kurz bevor die Sonne aufgeht, spüre ich seine Energie. Ich springe vom Boden auf, lehne mich an den Stamm der Tanne, an deren Fuß ich die Nacht über gekauert habe. Dann sehe ich ihn. Lysander muss ihn stützen, sein Gesicht ist schmerzverzerrt.

»Alles gut«, sagt er nur mit rauer Stimme und verzieht seinen schönen Mund zu einem schiefen Lächeln.

Am nächsten Tag, als ich Emilian in Salomés Haus besuche, erzählt er mir, was passiert ist: »Ich war alleine draußen am See, wollte eine Runde schwimmen. Mich irgendwie abreagieren. Lysander war gerade dabei, einen Arbeitsplan in der

Felsenburg zu gestalten. Da die Tauren keine Menschen mehr als Diener haben, müssen Arbeiten wie die Instandhaltung des Trainingsplatzes von ihnen selbst erledigt werden. Die Chance, mich allein zu erwischen, haben ein paar der Tauren genutzt … Sie waren zu dritt.«

»Bitte, Emilian, geh nicht wieder zurück!«, flehe ich ihn an.

»Mach dir keine Sorgen, Robin. Auch das wird ein gutes Ende nehmen.«

Schon am nächsten Morgen bricht Emilian wieder auf, weil er nicht möchte, dass die Tauren denken, er habe aufgegeben. Gemeinsam mit Lysander will er einen Rat wählen lassen, der einmal in der Woche tagt und alle Entscheidungen fällt.

Ich kann mir nicht vorstellen, dass die Tauren bereit sind, sich zu beraten, miteinander zu diskutieren und Kompromisse einzugehen. Aber zu meinem Erstaunen berichtet mir Emilian abends, dass nach einigen Streitereien fünf Taurer auserwählt wurden, die gemeinsam mit ihm und Lysander alle weiteren Entscheidungen fällen.

Trotzdem zweifle ich daran, jemals Frieden mit den Tauren zu schließen. Aber diese Zweifel geraten ins Wanken, als ich eine Woche später Flora beibringe, Spuren zu lesen.

»Und was ist das für ein Tier gewesen?«, frage ich meine Schwester und deute auf zwei längliche, nebeneinanderliegende Abdrücke in der feuchten Erde.

»Ein Reh«, antwortet sie vollkommen richtig, stellt sich auf die Zehenspitzen und strahlt bis über beide Ohren.

Voller Stolz streiche ich ihr über die Nasenspitze. »Sehr gut.«

Wir folgen den Spuren. Zunächst nur aus Spaß. Dann aber verschwindet auf einmal das Lächeln aus meinem Gesicht. Meine Schritte beschleunigen sich, ich beginne zu rennen. Flora ist mir dicht auf den Fersen. Ich kann ihr Herz aufgeregt schlagen spüren.

Die Spuren führen uns quer durch den Wald. Führen uns an Bäumen vorbei, die mit einem roten Kreuz versehen sind. Diese Kreuze warnen, dass hier das Leonengebiet endet und das Taurengebiet anfängt. Dennoch sehen wir Rehspuren, über die Grenze hinweg. Das kann nicht sein! Es wäre ein Wunder, wenn sich Tiere freiwillig auf taurischem Gebiet aufhalten.

Nachts in der Hängematte erzählt Emilian mir voller Begeisterung, er habe ganz in der Nähe der Siedlung der Tauren ein Reh gesehen. »Das ist ein gutes Zeichen«, schließt er. »Scheint, als schließe die Natur ihren Frieden mit den Tauren.«

So vergehen die Tage, bis Emilian eines Abends mit einem Lächeln nach Hause kommt. Ich erwidere sein Lächeln, stürme auf ihn zu. Küsse ihn auf sein Kinn.

»Abwarten«, sagt er nur, hebt mich hoch und trägt mich zu Flora, die mit Minna am Waldrand eine Kette aus Gänseblümchen flechtet.

EPILOG

Eine ganze Woche lang haben die Leonen damit verbracht, den Wald auf das große Fest vorzubereiten: einen Sternenball so schön, wie es ihn noch nie gegeben hat. Den die Leonen endlich in Freiheit genießen können. Nun zieren goldene und silberne Laternen die Bäume. Blaue, grüne, gelbe und rote Girlanden spannen sich von einem Ast zum nächsten, verbinden die Häuser miteinander. Lange Tische mit glitzernden Tischdecken und prächtigem Blumenschmuck füllen den Platz der Siedlung. Fackeln säumen die Wege.

Es ist wunderschön zu sehen, wie die Tiere sich am Treiben im Wald erfreuen. Zwei Eichhörnchen springen aufgeregt von Baum zu Baum, ein Hasenpärchen hat sich zögerlich der Siedlung genähert und beobachtet, wie Sepo auf einer Leiter steht und die letzte Laterne ans Dach des Waschhauses hängt. Er lacht, als eine Elster so dicht an ihm vorbeisegelt, dass ihre Flügelspitze ihn fast an seinem Unterarm gestreift hätte.

Donia läuft den ganzen Tag aufgeregt von einer Seite der Siedlung zur nächsten und erteilt mit erhobenem Kochlöffel Kommandos. Lysander hat angeboten, sie könne die große Küche in der Felsenburg der Tauren nutzen. Aber als ich ihr das vorschlage, weigert sie sich strikt. In dem kleinen Kochhaus der Leonen habe sie sich immer wohl gefühlt, es habe sie nie im Stich gelassen. Seit fast zwölf Stunden macht sie nichts anderes, als Teig zu kneten, Fleisch zu braten, Salat zu putzen und Saucen zu rühren. Wir alle helfen ihr, wo wir nur können. Da sie Emilian heiß und innig liebt, ist er ihr Vorkoster. Alle fünf Minuten ruft sie ihn zu sich.

Zusätzlich bringt jeder Sternenstamm Spezialitäten seines Gebiets mit. Speisen, die ich noch nie probieren durfte. Meeresfrüchte von den Acuariern, zartes Büffelfleisch von den Jaculanen, Rosenblättertorte von den Virginen …

Als alle eingetroffen sind, türmt sich das Essen auf den Tischen. Zwei Zwillingspaare der Gemellen haben Instrumente mitgebracht und unterhalten die Gäste mit fröhlicher Musik. Geige, Harfe, Gitarre und Bass.

»Unglaublich«, sagt Laurin, als er sich neben Emilian und mich auf die Bank setzt. Besser hätte ich es selbst nicht ausdrücken können.

Uns gegenüber haben Oxana, Elvor und seine schwangere Frau Platz gefunden. An ihren Seiten unterhalten sich angeregt zwei Schützen-Frauen. Über ihre weiten Kleider tragen sie Lederwesten mit praktischen Taschen, in denen sie auf der Jagd ihre Messer verstauen können.

Daneben unterhält sich ein breitschultriger, glatzköpfiger Cancermann mit einer atemberaubenden Acuarierdame, deren Haut in den verschiedensten Blautönen schillert. Ich beobachte, wie Marla sich sichtlich nervös einen Tisch weiter mit einem Piscarienmann unterhält, dessen Kiemen am Hals sich bei jedem Luftholen leicht öffnen. Wie Donia mit geröteten Wangen einem wunderschönen Virginenmann aus dem dampfenden Kessel über dem Feuer etwas heißen Holunderwein nachschenkt. Wie Flora mit Kindern anderer Sternenstämme durch den Wald rennt und Fangen spielt.

Auch ein paar Taurer sind gekommen. Sie sitzen abseits an einem Tisch, bleiben unter sich. Aber sie sind hier. Und obwohl ich immer noch Abscheu empfinde, wenn ich zu ihnen hinüberblicke, bin ich froh, dass sie mit uns feiern. Vielleicht wird irgendwann alles so sein, wie die Urgötter es einst vorgesehen haben: eine Gemeinschaft der verschiedenen Stämme.

Emilian nickt in Richtung der tanzenden Paare. »Ich bin mir ziemlich sicher, dass das der schönste Sternenball der Geschichte ist.«

Ich lächle. Betrachte gedankenversunken das elegante, weit schwingende Kleid der Librenfrau, die sich von einem schlanken, großgewachsenen Scorpionenmann über die Tanzfläche wirbeln lässt.

Ich streiche über den roten Stoff des Kleides meiner Mutter. Das Kleid, das ich auf dem letzten Sternenball getragen habe. Meine offenen Haare fallen mir über die Schultern. Der einzige Schmuck, den ich habe, ist eine zarte, rote Blume, die Emilian hinter mein Ohr gesteckt hat, kurz bevor die ersten Gäste eintrafen.

Als die meisten Sternenwesen aufgegessen haben, schlägt Laurin mit der Gabel gegen sein Glas. Die Menge verstummt. Laurin erhebt sich von seinem Platz und räuspert sich. Alle Augen sind auf ihn gerichtet. Früher hätte in einem solchen

Moment sein Gesicht geglüht, er hätte nervös gestottert, nicht gewusst, was er sagen soll. Jetzt steht er kerzengerade, seine Stimme ist tief und ruhig: »Liebe Sternenwesen, es ist uns Leonen eine Ehre, euch alle hier begrüßen zu dürfen. Für uns beginnt ein neues Leben. Ein Leben in Frieden und Freude.«

Er erwähnt nicht, wie sehr wir gelitten haben. Das liegt hinter uns. Darüber zu sprechen würde nur die fröhliche Stimmung des Festes trüben. Stattdessen sagt er: »Ich hoffe, dass wir in Zukunft viel miteinander zu tun haben, regen Handel treiben und uns alle gut kennenlernen werden. Der Sternenkreis ist nun endlich geschlossen, wir sind alle eins. Im Herzen tragen wir die Gleichheit und Harmonie der Sternenvölker!«, zitiert er die Worte, die auf der Innenseite seiner Weste gestickt stehen. »Darauf erheben wir die Gläser!«

Laurin hebt sein Glas in die Höhe, und alle Sternenwesen tun es ihm gleich.

Als die Tanzfläche immer voller wird, das Lachen immer lauter und die Stimmung immer ausgelassener, wage ich es, Emilian zu fragen, ob er tanzen möchte. Ich bin mir sicher, dass er ja sagen wird – doch zu meinem Erstaunen küsst er mich auf den Nacken und sagt: »Später, Robin. Später.«

Dann erhebt er sich von seinem Platz, steuert zielstrebig auf Marla zu und unterhält sich kurz mit ihr. Ich bleibe sprachlos auf meinem Platz zurück. Vertreibe mir die Zeit damit, zu beobachten, wie Laurin zwei Tische weiter von einer Gruppe junger Frauen umlagert wird. Von zwei Virginen sowie einer Capricornen- und einer Acuarierfrau. Lächle, als er selbstsicher den Arm auf die Lehne seines Stuhls legt. Die Augenbrauen in die Höhe zieht und erzählt. Er scheint etwas Lustiges zu sagen, denn die Frauen lachen.

Ich puste eine Haarsträhne aus meinem Gesicht. Beschließe Minna zu suchen, vielleicht hat sie ja Lust zu tanzen. Es dauert eine Weile, bis ich sie gefunden habe. Ich erwische mich dabei, wie ein eiskalter Schauer meinen Rücken hinabläuft, als ich sie bei den Taurern entdecke. Aber sie sieht glücklich aus. Deshalb trete ich stillschweigend den Rückzug an.

Lysander und Aurora haben entschieden, den Sternenball nicht zu besuchen. Lysander sagte, es sei besser, wenn die Urgötter weiterhin ein Mysterium blieben. Ich weiß, dass er recht hat. Finde es dennoch schade.

Ich helfe Donia, die leeren Schüsseln ins Waschhaus zu tragen. Gerade, als ich die Rosenblättertorte anschneide, höre ich Marla hinter mir sagen: »Ich kann gerne übernehmen. Amüsier dich.«

»Ich weiß nicht, wo Emilian ist …«, murmle ich. Nehme die Enttäuschung in meiner Stimme wahr.

»Keine Sorge, er ist bestimmt bald wieder an deiner Seite.«

»Amüsierst du dich denn?«, frage ich Marla.

Endlich tanzen ihre Sommersprossen wieder, als sie lächelt. Sie ist wunderschön in ihrem luftigen Kleid mit den blauen Punkten. Sie hat es sich selbst genäht. Den Stoff habe ich ihr in der Stadt gekauft. Wir Leonen müssen uns noch daran gewöhnen, dass wir endlich Geld zur Verfügung haben, um auch mal Dinge zu kaufen, die wir nicht unbedingt brauchen.

»Ich finde, es ist ein wunderschöner Ball«, antwortet sie. »Es ist toll, sich mit all den Sternenwesen austauschen zu können. Zu hören, wie sie leben. Stell dir vor: Die Piscarien wohnen wirklich unter Wasser, während die Acuarier auch an Land leben können!«

Zwei Hände gleiten meine Taille entlang, bleiben auf meinem Bauch liegen. Ich lächle. Schließe die Augen, kann mein Glück nicht fassen. Emilians warmer Atem kitzelt meinen Nacken, als er mir ins Ohr haucht: »Darf ich die Dame kurz entführen?

Ich werfe Marla einen fragenden Blick zu, die daraufhin lacht. »Na los, ihr zwei.«

»Danke«, sage ich zu Marla, und sie küsst mich auf die Stirn.

Emilian nimmt meine Hand und führt mich von der tanzenden Menge fort. Meine Aufregung steigt mit jedem Schritt. Als wir ein paar Schritte gegangen sind, bleibt er stehen und zieht aus der Hosentasche ein rotes Tuch hervor. »Schließ deine Augen.«

Ich muss kichern. Wie ein kleines Mädchen, das ich niemals sein konnte. Jetzt bin ich frei. Kann all das nachholen, was ich verpasst habe. Ich gehorche, und Emilian verbindet mir mit dem Tuch die Augen. Sanft spüre ich die Berührung seiner Lippen an meiner Schläfe. Mein Atem stockt.

Seine Hand gleitet meinen Unterarm hinab, bis sich seine Finger um meine schließen. Er weiß ganz genau, wie er mich berühren muss, um mir ein Lächeln auf die Lippen zu zaubern.

»Weißt du eigentlich, wie schön du bist?«, flüstert er. Jedem anderen hätte ich nicht geglaubt. Aber Emilian glaube ich. Er gibt mir das Gefühl, wahrhaft schön zu sein. Ich muss schlucken, mein Herz schlägt laut.

»Achtung, ein größerer Ast liegt auf dem Boden«, warnt mich Emilian, als er mich weiterführt.

Vorsichtig hebe ich einen Fuß an. Lasse mir von Emilian über den Ast helfen. Als ich wieder sicher stehe, dämmert mir, warum Emilian mir die Augen verbunden hat. Natürlich, er will mich mit etwas überraschen. Aber er weiß auch, wie intensiv ich seine Nähe spüre, wenn ich nichts sehen kann. Wie stark das Prickeln ist, das seine Berührung in meinem Bauch verursacht. Wie mächtig seine Energie durch den Boden durch meine Beine direkt in mein Herz wandert. Ich spüre seinen Herzschlag, spüre, wie sich seine Brust bei jedem Atemzug hebt und senkt.

Nur schwach nehme ich die Melodie des Waldes wahr. Das Leben, der im Gebüsch versteckten Tiere. Die Energie, der sich im sanften Wind wiegenden Blätter. All meine Sinne sind allein auf Emilian gerichtet.

Als wir stehen bleiben, löst Emilian den Knoten des Tuches. Ich öffne die Augen. Vergesse zu atmen. Wir stehen mitten in einem Lichtermeer. Goldene Kugeln schweben gemächlich durch die Luft. Hunderte Kerzen bedecken den Boden, schwimmen selbst auf dem Wasser des Flusses. Der Wald ist wunderschön.

Der Wald. Er war mein Gefängnis. Jetzt ist er mein Zuhause.

Emilian lässt das Tuch auf den Boden fallen. Nimmt meine Hände und zieht mich an sich.

»Danke«, hauche ich. Sauerstoff staut sich in meiner Brust. Ich atme einmal heftig aus. Meine Augen brennen, obwohl ich unbeschreiblich glücklich bin.

Ich spüre eine fremde Energie. Warm und stark. Lasse mich von meinen Augen leiten. Entdecke den Luchs. Er sitzt auf der anderen Seite des Flusses. Ich verstehe sein leises Schnurren, das mir sagt: »Ich wünsche dir alles Glück der Erde.« Er legt sich auf den Boden, leckt mit seiner rosa Zunge über seine Pfote, beobachtet uns sanftmütig.

»Ich kann gar nicht glauben, dass du das alles vorbereitet hast ...« Erst jetzt fallen mir die roten Laternen in den Bäumen auf.

»Marla und Minna haben mir geholfen.« Emilian fährt sich über den Nacken. Eine Geste, die ich so sehr an ihm liebe.

Leise dringt die Musik des Sternenballs zu uns herüber. Emilian zieht mich an sich. Legt eine Hand auf meinen Rücken, mit der zweiten umschließt er meine Finger. Er führt mich und ich lasse mich von ihm führen. Er ist der Einzige, dem ich mich so sehr ergebe.

Ich bette meinen Kopf an seiner Brust. Lausche seinem Herzschlag, der noch viel schöner ist als die fröhliche Musik.

»Es gibt so viel auf dieser Welt, das wir uns ansehen werden«, sagt Emilian. »Wo wollen wir anfangen?«

Ich lächle in sein weißes Hemd hinein.

»Hey!« Emilian legt seinen Zeigefinger unter mein Kinn und hebt meinen Kopf an. »Versteck dein Lächeln nicht vor mir. Ich habe es viel zu selten gesehen.«

Ich kann gar nicht glauben, dass die Welt uns nun offensteht. Dass es keine Grenzen mehr gibt, die mich einsperren. Dass ich frei bin.

Als ich Emilian über die Schulter streichle, spüre ich das sanfte Spiel seiner Muskeln. Atme tief seinen verführerischen Duft ein. Meine Hand erwärmt in seinem Griff.

»Ich liebe dich, Emilian«, sage ich. Versinke im Anblick seiner grünen Augen.

»Ich dich auch. Mehr als mein Leben.« Er beugt sich zu mir hinab.

Mein Körper spannt sich an. Mein Herz schlägt mir bis zum Hals. Alles in mir erwartet sehnsüchtig einen Kuss, doch Emilian hebt mich vollkommen unerwartet hoch, so dass ich in seinen starken Armen liege.

»Emilian!« Ich klammere mich an seinem Hals fest. Drücke mich fest an ihn.

Emilian dreht sich im Kreis, dass meine Haare fliegen. »Ich werde mit dir jeden Ort dieser Welt anschauen!«

Als er mich wieder hinablässt, schwanke ich. Mein Lachen schüttelt meinen ganzen Körper. Löst die Tränen, die sich in meinen Augen angestaut haben. Ich habe das Gefühl, mein

Herz ist viel zu klein für all die Liebe, die in mir ist. Es müsse doch platzen, aber stattdessen glüht es.

Unter seinem forschenden Blick wird mir heiß. Das Licht der Kerzen strahlt seine Wangenknochen golden an. Lässt ihn wunderschön aussehen. Unsere Blicke versinken ineinander, als er mit seinen schlanken Fingern mein Kinn entlangfährt. Seine Lippen berühren sanft meine Schläfe, streicheln meine Wange. Er übersät meinen Hals mit Küssen, und ich dränge mich ihm entgegen.

Meine Hände wandern seinen Körper entlang. Wollen jeden Millimeter seiner Haut berühren. Unsere Lippen treffen aufeinander. Jede Faser meines Körpers verzehrt sich nach diesem Mann, der Liebe meines Lebens. Dem Mann, der Gefühle in mir geweckt hat, an die ich zuvor nicht geglaubt habe. Die ich mir nicht ansatzweise vorstellen konnte.

Emilian beißt mir zärtlich in die Unterlippe. Küsst mich noch einmal sanft auf den Mund. Löst sich von mir. Nimmt mein Gesicht in seine Hände. »Du und ich.«

Ich stelle mich auf die Zehenspitzen. Lege meine Lippen auf seine. Flüstere. »Für immer.«

DANKSAGUNG

Auch, wenn nur mein Name auf dem Cover geschrieben steht, so war diese Trilogie von Anfang an eine Gruppenleistung.

Deshalb möchte ich meiner Schwester Madeleine danken, die eigentlich viel zu viel um die Ohren hat, sich aber trotzdem Zeit nimmt und sich als Erste durch das Manuskript wühlt. Meiner Mutter, die immer ganz begeistert ist, wenn sie wieder etwas von mir lesen darf. Anky, die Bücher ebenso liebt wie ich und auf deren Gespür ich vertraue. Dem riesigen Heiland-Clan, der viel zu groß ist, um alle beim Namen zu nennen.

Herzlich danken möchte ich auch meinem großartigen Agenten Kai Gathemann. Ohne ihn würde es diese Trilogie vermutlich nicht geben.

Und Danke an meine Lektorin Silke Reutler, die meine Manuskripte poliert hat. Ich bin sehr glücklich, dich als Lektorin zu haben, liebe Silke!

Und schließlich: Danke an alle Leser! Es ist wundervoll zu wissen, dass ihr bis zum Schluss mit den Leonen gelitten und an die Liebe von Robin und Emilian geglaubt habt.